Der Brockopath

Alarm im Harz

Marie Kastner

W0415682

DER BROCKOPATH

Alarm im Harz

Marie Kastner

XOXO Verlag

Bibliografische Information durch die Deutsche Nationalbibliothek: Die Deutsche Nationalbibliothek verzeichnet diese Publikation in der Deutschen Nationalbibliografie; detaillierte bibliografische Daten sind im Internet über http://www.d-nb.de abrufbar.

Print-ISBN: 978-3-96752-019-4
E-Book-ISBN: 978-3-96752-519-9

Copyright (2019) XOXO Verlag

Umschlaggestaltung: Grit Richter
© Ulrich Guse, Art Fine Grafic Design, Orihuela (Costa)
© Fotos/Grafiken: Lizenz von www.dreamstime.com

Buchsatz:
Alfons Th. Seeboth

Rechtlicher Hinweis:
Sämtliche Personen, Orte und Begebenheiten rund um diesen Roman sind, abgesehen freilich von real existierenden Ortschaften, frei erfunden. Dasselbe gilt bezüglich der beschriebenen Vorgänge bei Behörden sowie anderen Institutionen oder Firmen. Eventuelle Ähnlichkeiten mit lebenden oder verstorbenen Menschen sowie deren Vereinigungen sind von der Autorin nicht beabsichtigt und wären daher rein zufällig. Selbstverständlich gilt letzteres nicht für ›Öffentliche Personen‹ aus der Politik.

Hergestellt in Bremen, Germany (EU)

XOXO Verlag
ein IMPRINT der EISERMANN MEDIA GMBH
Gröpelinger Heerstr. 149
28237 Bremen

Für meinen Sohn Patrick

1
TEUFELSWERK

1. Mai 2016

Die Spuren der vergangenen Nacht waren noch deutlich sichtbar, als der vierköpfige Reinigungstrupp gegen acht Uhr eintraf. Obwohl die alljährliche Walpurgisfeier diesmal buchstäblich ins Wasser gefallen war, lagen auf dem Hochplateau des Brockens, im Volksmund auch Blocksberg genannt, jede Menge leere Dosen, Pappbecher und sonstiger Unrat herum.

Etliche Eingefleischte hatten sich den Hexensabbat trotz Regen und Kälte nicht nehmen lassen. Bevor die ersten Wanderer ankamen, musste sämtlicher Müll beseitigt und abtransportiert werden. Es dauerte nur noch zwei Stunden bis zum Eintreffen eines Triebwagens der Brockenbahn, der sowohl die Bauhofarbeiter als auch die gefüllten Plastiksäcke in einer Sonderfahrt zu Tal transportieren sollte. Die Touristen erwarteten unbefleckten Naturgenuss. Denen konnte es egal sein, dass keine öffentliche Straße zum Gipfel hinaufführte, sich daher jeglicher Transport daher in logistischer Hinsicht schwierig gestaltete.

Kühler Nieselregen und böiger Wind sorgten dafür, dass die Männer des städtischen Bauhofs von Wernigerode die Kapuzen ihrer Allwetterjacken tiefer in die Stirn zogen. Heute war Maifeiertag und da würden traditionsgemäß viele Leute auf den Brocken pilgern, allesamt in der Hoffnung auf eine gute Fernsicht, viele davon in unpassender Kleidung. Während unten schon der Frühling einzog, herrschte hier oben ein unwirtliches Klima wie in Island. Zu Deutsch: Es war saukalt.

Daniel, der Wirt der Brockenrestauration, freute sich auf den umsatzstärksten Tag des Jahres und auch die Betreiber der Harzer Schmalspurbahn würden heuer sicher wieder auf ihre Kosten kommen, Wetter hin oder her. Der historische Traditionszug mit Dampflok sollte in Wernigerode um 10.45 Uhr abfahren und um 13 Uhr am Brockenbahnhof eintreffen.

»Schau dir die Sauerei an! Da sind wieder einige der besoffenen Idioten durch den Brockengarten getrampelt. Wieso werden Absperrungen einfach ignoriert? Die Leute scheren sich offenbar einen Dreck darum, dass die Bergkuppe zum Naturschutzgebiet Hochharz gehört und hier schon seit Jahren mit viel Idealismus und Fleiß daran gearbeitet wird, zumindest einen Teil zu renaturieren«, schimpfte Sven Ackerwald, ein neunundzwanzigjähriger Blondschopf, der als sehr naturverbunden gelten konnte. Angewidert fischte er Bierdosen und zerfetztes Plastik zwischen zwei Granitfelsen hervor.

»Wenn es nach mir ginge, würde ich diese albernen Hexenfeiern zukünftig verbieten!«

»Es geht aber nicht nach dir«, grinste sein älterer Kollege Erhardt. »Meine älteste Tochter war gestern Nacht auch hier oben, sie genießt das immer sehr. Manche Menschen brauchen solche mystisch angehauchten Partys eben, um vorübergehend ihr ödes Leben zu bereichern. Im Fall meiner Mandy ist es ihr langweiliger, schlecht bezahlter Job am Fließband.«

»Und der lässt sich leichter ertragen, wenn man sich eine Warzennase anklebt, in albernen Klamotten herumrennt und einen Reisigbesen schwingt? Tut mir leid, aber dafür habe ich keinen Sinn. Mir sind Kuhschelle und Habichtskraut jedenfalls wichtiger als flüchtige Vergnügungen«, stänkerte Sven und bückte sich nach einer leeren Sektflasche der Edelmarke *Rotkäppchen*. Manche der Errungenschaften aus der ehemaligen DDR hatten die Wende seltsamerweise überdauert.

Der Kollege erwiderte nichts mehr, wandte sein wettergegerbtes Gesicht wieder den Unrat-Stillleben auf dem matschigen Boden zu, während die anderen beiden Arbeiter, hundert Meter entfernt, dasselbe taten.

Im Grunde ging es in der Walpurgisnacht vorrangig darum, ausgelassen mit viel Alkohol zu feiern, die durch Überlieferungen inspirierten Traditionen hochzuhalten – und das in geselliger Runde. Ein Einzelgänger wie Sven würde das nie kapieren. Der lebte in seinem eigenen Universum.

Auch Sven arbeitete konzentriert weiter. Der Regen hatte sich inzwischen doch einen Weg ins Innere seiner Jacke gebahnt, ihn fröstelte trotz seines dicken Pullovers. Laut dem Thermometer am Hexenkiosk hatte die Außentemperatur mittlerweile wieder die Null-Grad-Grenze überstiegen, gefühlt herrschten aber immer noch Minusgrade. Vermutlich lag das in erster Linie an der klammen Feuchtigkeit, die sich wie ein dünner Eisfilm über das Gesicht legte.

Dünne, zerfaserte Nebelschleier verbreiteten eine unheimliche Atmosphäre, erschwerten teilweise die Sicht auf den von großen und kleinen Steinen übersäten Boden. Man musste schon genau hinsehen, um jeden Zigarettenstummel zu entdecken. Die Männer arbeiteten lieber schweigend weiter, die Zeit drängte. Während die Natur Anfang Mai anderswo längst grünte und sprießte, schien hier tiefster Winter zu herrschen. An schattigen Stellen hielten sich immer noch hartnäckig verkrustete Schneereste, Raureif überzog die Grashalme.

Die Hoffnung auf gute Fernsicht würde sich für die Besucher bei diesen schlechten Wetterbedingungen wohl kaum erfüllen. An klaren Tagen konnte man leicht bis zum Großen Inselsberg in Thüringen, dem Köterberg im Weserbergland, und, auf der anderen Seite, zum Petersberg nördlich von Halle an der Saale schauen, gelegentlich sogar die Umrisse der Rhön und des Rothaargebirges erkennen. Doch am heutigen Feiertag war in punkto Aussicht definitiv nichts drin, das wusste Sven aus Erfahrung.

Der als ›Brocken‹ bezeichnete Berg ist mit seinen 1.141,2 Metern, gemessen am höchsten Punkt seines Gipfelplateaus, die höchste Erhebung in Norddeutschland. Das raue, unwirtliche Klima wirkt sich massiv auf Flora und Fauna aus. An der Kuppe überleben keine Wälder, und daher findet man oberhalb einer Grenze von rund 1.050 Metern allenfalls kleinwüchsige Fichten und vereinzelte Zwergbirken, Sträucher sowie niederen Heidebewuchs mit Kräutern, Gräsern und Moosen vor. Einige der Arten sind vom Aussterben bedroht.

Erhardt richtete sich nach einer weiteren halben Stunde Plackerei auf, stützte beide Hände in die Nierengegend und drückte stöhnend den schmerzenden Rücken durch. Den Greifer konnte man leider nur für Papier und kleinere Gegenstände nutzen, ansonsten kam man ums Bücken nicht herum. Das hinterließ in seinem Alter zunehmend Spuren.

Sven bemerkte es, hielt bei der Arbeit inne.

»Sollen wir eine kurze Pause einblenden? Ich habe eine Thermoskanne mit Kaffee dabei. Daniel öffnet seine Pforten ja leider erst später. Der wird noch in den Federn liegen.«

Erhardt nickte dankbar. Sven war halt doch eine gute Haut.

»Das wäre super! Gehen wir am besten einen Moment rüber zum Hexenaltar. Der flache Felshaufen taugt prima als Tischplatte. Der Teufel wird uns diese Zweckentfremdung bestimmt nachsehen … nun ja, das hoffe ich jedenfalls«, entgegnete er augenzwinkernd.

Die etwa gleich großen Männer setzten sich in Bewegung. Vor den Gesichtern sah man immer noch die weißliche Fahne des Atemhauchs. Es wollte einfach nicht wärmer werden.

Sie wussten beide genau, wo der sogenannte Hexenaltar lag, konnten ihn jedoch wegen der Nebelschwaden nicht entdecken. Erst kurz bevor sie direkt davorstanden, schälten sich die Umrisse schemenhaft aus dem milchigen Dunst. Von der umliegenden Berglandschaft des Harzgebirges war hingegen keine Spur zu erkennen, hierfür war die Suppe zu dicht.

Aber etwas stimmte da nicht. Die Oberfläche des Hexenaltars schien heute keineswegs von flachen Felsblöcken gekrönt, sondern erhöht und sehr unregelmäßig geformt zu sein. Man sah lediglich verschwommene Konturen.

»Was, zum Geier, ist das wieder … !«, murmelte Erhardt Wolters und hegte bereits eine gehörige Ladung Groll in der Brust, weil er eine weitere Müllablagerung hinter dem Gesehenen vermutete. Sein chronisches Magengeschwür machte sich unangenehm bemerkbar.

Wenn das so weiter geht, werden wir vormittags gar nicht mehr fertig … alle Welt hat am Maifeiertag frei, nur wir dürfen in dieser eisigen Einöde Dreck wegräumen, dachte er missmutig. Wütend stapfte er zum vermeintlichen Abfallberg, gefolgt von Sven, der die Handschuhe ausgezogen hatte und sich die kalten Hände rieb.

Doch Wolters täuschte sich, und zwar gewaltiger, als ihm lieb sein konnte. Es handelte sich bei der Auflage des Hexenaltars nämlich keineswegs um Abfälle.

Als die Wernigeröder Arbeitskollegen in grauenhafter Deutlichkeit erkannten, *was* man da in der vorangegangenen Walpurgisnacht auf der charakteristischen Felsformation abgelegt hatte, stockte beiden vor Entsetzen der Atem. Mit einem scheußlichen Knacksen zerbrach der Stiel eines morschen Reisigbesens unter Svens stahlbewehrtem Arbeitsschuh.

Die gestandenen Kerle zuckten jäh zusammen und verließen fluchtartig den Schauplatz des Schreckens. Der ›Tag der Arbeit‹ war für sie gelaufen.

*

Der Anruf kam zur Unzeit. Kommissar Bernd Mader hatte am Feiertag endlich einmal ausschlafen und die restliche Freizeit zur Renovierung des unansehnlichen Bauernhauses nutzen wollen, welches er seit sechseinhalb Wochen als Single bewohnte.

Seit er in dieses marode Anwesen in Sachsen-Anhalt umgezogen war, nutzte er jede freie Minute, die ihm sein aufreibender Schichtdienst ließ, Haus und Hof wieder halbwegs bewohnbar zu machen. Kein leichtes Unterfangen, wie ihm zwischenzeitlich bewusst geworden war. Aber die angeranzte Bude am finsteren Ende der Welt hatte nun mal seiner Lieblingsoma gehört und er hatte diese fragwürdige Erbschaft spontan und aus purer Sentimentalität angenommen.

»Kein Wunder, dass das nahe Dorf ›Elend‹ heißt. Nomen est omen, wie der Lateiner sagt. Die Leute werden sich bei der Namensfindung schon was gedacht haben«, hatte der Polizeibeamte voller Sarkasmus nach dem Einzug in seinen Bart gebrummt. »Und die Ortschaft ›Sorge‹ liegt auch nicht sehr weit von ›Elend‹ entfernt, es ist also fast wie im richtigen Leben.«

Wenige hundert Meter vor der verwitterten Haustür verlief die Landesgrenze zu Niedersachsen und bis zur Wende war jenseits davon wirklich eine terra incognita gelegen. Seine Oma hatte die unbekannte Hochburg des Kapitalismus hinter den Grenzzäunen damals teils mit sozialistisch korrektem Schaudern, teils mit Neugierde betrachtet.

Heutzutage allerdings kam es ihm, ihrem einzigen Enkelsohn, geradezu unwirklich vor, dass Deutschland jemals in zwei Hälften geteilt gewesen sein sollte. Ost und West waren in den vergangenen zwei Jahrzehnten wie ungleiche Geschwister zusammengewachsen. Nur wenige Spuren des Sozialismus erinnerten die ortsansässige Bevölkerung jetzt noch an die dunkle Vergangenheit, doch in den Köpfen und Herzen mancher Leute mochte es ganz anders aussehen, was besonders für die sogenannten ›Wendeverlierer‹ galt. Manch einer hatte im alten System einen Job und sein Auskommen gehabt, war in den Neunzigern aber von der monetären Brutalität des kapitalistischen Systems überrollt worden. Nun sorgte der Sozialstaat für diese Leute.

Was es tatsächlich bedeutete, in der kalten Jahreszeit am Fuße des Brockens zu wohnen, hatte er heillos unterschätzt. In seiner Kindheit war er während der Schulferien gerne hierher auf Besuch gekommen, war durch den halb verwilderten Garten voller wildwachsender Blumen, Erdbeerbeete und Johannisbeersträucher gestreift und auf sämtliche Bäume geklettert. Wenn Oma ihn früher zum Abendessen suchte, musste sie den Blick fast immer nach oben richten, wo er dann meist zerschrammt und schmutzig auf einem Ast saß.

Durchwegs positive Erinnerungen fanden sich an jenes kleine, geduckt unter einer monströsen Fichte dastehende Bauernhaus mit den moosigen Dachschindeln, das früher noch nicht einmal über fließendes Wasser oder einen Kühlschrank verfügt hatte.

Selbst das hölzerne Plumpsklo auf dem Hof war ihm als Junge abenteuerlich und irgendwie urig vorgekommen.

Inzwischen gab es zwar ein bescheidenes Badezimmer sowie Strom- und Wasseranschluss – aber das waren auch so ziemlich die einzigen Modernisierungsmaßnahmen, die seine Großmutter mit ihrer schmalen Witwenrente in Angriff nehmen hatte können. In diesem bescheidenen Haus war Oma Frieda 1929 geboren worden und hier war sie im vergangenen Februar im Alter von siebenundachtzig Lebensjahren plötzlich und unerwartet verstorben, mehr als zwanzig Jahre nach seinem Großvater.

Ihn gruselte immer noch ein wenig bei der Vorstellung, dass ihre Leiche nach einem Hirnschlag drei Wochen lang auf dem Küchenfußboden gelegen hatte, bis der Briefträger wegen des gekippten Küchenfensters auf den süßlichen Verwesungsgeruch aufmerksam geworden war und die Behörden alarmiert hatte.

Auch wenn er als Kripobeamter durchaus an ekelhafte Anblicke gewöhnt war – die eigene Oma hätte er doch nicht madenübersät vorfinden wollen. Er behielt sie lieber so in Erinnerung, wie er sie als Junge gekannt hatte. Eine dickliche, stets fröhliche, aber resolute Frau war sie gewesen, die ihm gelegentlich auch schon mal den Hintern versohlte. Vermutlich hatte er, der ungezogene Lausbub, es wirklich gebraucht, dass man ihm ab und zu den Hosenboden stramm zog … na, jedenfalls hätte er ihr ein solches Ende nie und nimmer gewünscht. Wenigstens war es schnell zu Ende gegangen, sie hatte nicht leiden müssen.

Mader schüttelte das ekelerregende Bild ab, das sich vor seinem geistigen Auge zusammengefügt hatte, setzte sich widerwillig im Bett auf, streckte sich vorsichtig und gähnte. Sein steifer Nacken hatte sich über Nacht trotz des großzügig aufgetragenen Franzbranntweins, den er in Omas Spiegelschränkchen gefunden hatte, kein bisschen gebessert. Schon bei der kleinsten Bewegung fuhren ihm Schmerzblitze die Halswirbelsäule hinunter. Es fühlte sich fast so an, als sei ein glühend heißes Kabel zwischen Hinterkopf und Rückenmuskulatur eingebaut, welches bei jedweder Bewegung am Knochen scheuerte und Schmerzreflexe auslöste.

Verdammte undichte Fenster, sicherlich habe ich mir in der Nacht einen Zug geholt! Ich muss so bald wie möglich in den Baumarkt nach Wernigerode fahren, Material zum Abdichten holen. Das Dach müsste ebenfalls isoliert werden, auf alle Fälle noch vor dem nächsten Winter, sinnierte der dreiundvierzigjährige Kriminalbeamte seufzend, während er seinen schlafwarmen Kater vorsichtig von seinem Lieblingsplatz zwischen den Knien hob und ihn anderswo auf der Daunendecke platzierte.

Stubentiger Felix öffnete eines seiner grasgrünen Augen, rollte sich dann wieder zusammen und gab einen zufriedenen Seufzer von sich. Anschließend befand er sich wieder im Katzentraumland. Ja, manchmal war Mader neidisch auf das silbergrau getigerte Fellbündel, das ihm erst vor vier Wochen zugelaufen und zu seinem verlässlichsten Freund geworden war.

Im Badezimmer beschränkte er die Morgentoilette darauf, sich einen Schwall kaltes Wasser ins müde Gesicht zu werfen, sich die Zähne zu putzen und kurz durch die Haare zu fahren.

Ich kenne dich Wrack zwar nicht, wasche dich aber trotzdem, dachte er schwarzhumorig beim Blick in den Spiegel. Ein attraktiver, aber mitgenommen aussehender Mann in den besten Jahren starrte ihm entgegen. Kantiges Kinn, leuchtend blaue Augen, braunes, stoppelkurz geschnittenes Haar und Dreitagebart … die Damen standen auf ihn. Dennoch hatte Sabine ihn wegen eines Anderen verlassen. Der Schichtdienst … viele Polizistenehen endeten bekanntlich auf ähnliche Weise. Er würde sich künftig nie wieder festbinden, aus die Maus.

Er schlurfte in die Küche, fütterte die neu angeschaffte Kaffeemaschine mit einem Pad und kramte in einer der gelblich lackierten Schubladen unter der Arbeitsplatte der altmodischen Küchenzeile nach dem Fahrplan der HSB. Seit gestern galt der Sommerfahrplan und die Züge der Schmalspurbahn fuhren das Brockenplateau wieder häufiger an. Er würde sich sehr beeilen müssen, um rechtzeitig zur Abfahrt um zehn Uhr fünfundzwanzig am Bahnhof Wernigerode einzutreffen, stellte er erschrocken fest. Der Zug sollte laut Fahrplan, wie anno dazumal, mit einer Dampflok bespannt sein.

Wenn seine Dresdner Kollegen wüssten, wie schwierig es hier sein konnte, überhaupt bis zu einem Tatort zu gelangen … nun, sie hatten ihn ja eindringlich davor gewarnt, sich in die tiefste Provinz versetzen zu lassen. Jetzt hatte er den sprichwörtlichen Salat, konnte nicht mehr kneifen.

Natürlich hatte er die Kollegin von der Leitstelle gefragt, ob man nicht einfach mit dem Auto auf den Brocken fahren könne. Sie hatte verneint und angemerkt, dass man hierzu eine Sondergenehmigung der Naturschutzbehörde benötigen würde und die schlecht befestigten Wege um diese Jahreszeit ohnehin nur mit Schwierigkeiten befahrbar wären.

Die andere Möglichkeit, eine Zugfahrt zu vermeiden, sei der Kremser, hatte Celia amüsiert gesagt. Man könne sich mit einem Pferdefuhrwerk in ›nur‹ zwei Stunden hinauf zum Gipfel chauffieren lassen.

Na toll, er hatte sich zum Gespött einer Zwanzigjährigen gemacht.

Hektisch schlüpfte Bernd A. Mader, wie auf seinem Klingelschild zu lesen stand, in verwaschene Jeans, einen groben flaschengrünen Strickpullover und seine heißgeliebten Doc Martens-Boots, angelte die gefütterte Rindslederjacke vom Kleiderrechen und nahm einen großen Schluck Kaffee aus der geblümten Jumbotasse. Die Eile brachte ihm eine verbrannte Unterlippe sowie eine schmerzende Zunge ein.

Ei, verbibbsch … der Tag fängt ja gut an!, dachte er auf Sächsisch.

Fluchend schnappte er sich den Autoschlüssel, zog die Haustür nur hinter sich zu, anstatt noch abzusperren. So abweisend, wie das Haus im Moment von außen aussah, würde sich ohnehin kein Einbrecher freiwillig damit abgeben.

Mit quietschenden Reifen fuhr der pflaumenblaue Opel Corsa vom Hof. In Dresden war das alte, aber liebenswerte Fahrzeug als Zweitwagen und Winterauto genutzt worden. Die Familienkutsche, einen neuwertigen BMW X 5, hatte seine Frau Sabine behalten – so wie fast alles andere auch, inklusive der gemeinsamen Kinder.

Am Bahnsteig traf Mader auf zwei Beamte von der Spurensicherung, den glatzköpfigen Gerichtsmediziner Rainer Müller und eine Horde Ausflügler, die auf bequeme Weise den Gipfel stürmen wollten.

Klar, die werten Kollegen konnten ja auch nicht anders da hinauf gelangen … meine Güte, dann ist der Tatort vielleicht noch gar nicht abgesperrt. Hoffentlich haben die vier Typen vom Bauhof mitgedacht und lassen keine sensationsgierigen Touris in die unmittelbare Nähe der Leiche, dachte der Kommissar erschrocken.

Der groben Beschreibung nach, die ein Herr Wolters abgeliefert hatte, war der grausige Anblick nichts für schwache Nerven. Zudem bestand die große Gefahr, dass an der Ablagestelle des Leichnams wertvolle Spuren achtlos zertrampelt wurden. Dieser Gedanke machte ihn nervös. Er durfte gar nicht darüber nachdenken, wie lange der Bummelzug brauchen würde, um sich bis hinauf zum Brockenbahnhof zu mühen. Bis dahin war der Täter wahrscheinlich längst über alle Berge und das im wahrsten Sinne des Wortes. Die Zeit arbeitete in diesem Mordfall von Anfang an gegen ihn.

Die Kollegen schienen all das lockerer zu nehmen. Sie scherzten ausgelassen miteinander, so als würden sie zu einem heiteren Regenausflug ins Grüne aufbrechen. Seine Wenigkeit hatten sie zwar alle mit Handschlag begrüßt – vermutlich, weil das Dienstrang und Höflichkeit geboten –, doch jetzt stand er wieder ein Stückchen abseits, wurde nicht mehr behelligt. Bislang hatten die eingeborenen Provinzler weder mit ihm noch er mit ihnen richtig warm werden können. Er wusste nicht einmal zu sagen, ob er das bedauerte.

Endlich. Der Zug dampfte mit fünf Minuten Verspätung gemächlich auf dem Schmalspurgleis heran und es roch penetrant nach Öl und anderen Schmiermitteln. Drei historische dunkelgrüne Personenwaggons zog die kleine Lokomotive hinter sich her. Quietschend bremsten die Räder. Metall schleifte auf Metall und die Lokomotive stieß laut zischend eine riesige Dampfwolke aus. Aus einem Lautsprecher über dem Bahnsteig verkündete eine blechern schnarrende Stimme, dass der Zug 8925 abfahrbereit an Gleis drei stehe. Die Fahrgäste mögen bitte sofort einsteigen und an der Bahnsteigkante Vorsicht walten lassen.

Am Bahnhof Wernigerode schien die Zeit stehen geblieben zu sein. Keine hochmodernen, aerodynamischen Züge waren hier zu sehen, man hätte sich mit ein bisschen Fantasie auch in den Siebzigern oder Achtzigern befinden können. Die einzigen Zutaten, die für eine perfekte Illusion fehlten, waren Schlaghosen, Hemden mit riesigen Kragen und Vokuhila-Frisuren.

Unter normalen Umständen hätte er sich näher für die Baureihe der Lok interessiert, Fotos geschossen und die Fahrt genossen, aber dies waren eben keine normalen Umstände. Es war für ihn vielmehr eine Reise ins Unbekannte und, in beruflicher Hinsicht, eine Art Bewährungsprobe. Die neuen Kollegen würden mit Argusaugen beobachten, was der Neuzugang aus der Stadt so draufhatte.

Bislang hatte Bernd das Plateau des Brockens noch nie betreten, war seit seinem Umzug nicht dazu gekommen. Früher, zu DDR-Zeiten, war dies ohnehin militärisches Sperrgebiet gewesen, und nach der Wende hatte sich Omas Interesse an diesem Berg weiterhin in engen Grenzen gehalten. Sie war ein bisschen abergläubisch, auch das mochte bei ihrer Verweigerungshaltung eine Rolle gespielt haben. Weiter als bis nach Schierke zu ihrer alten Schulfreundin war sie mit der Brockenbahn niemals gekommen. Kein Wunder, der Harz strotzte nur so vor Sagen über Teufel, Hexen und andere Ausgeburten der Hölle.

Der Kommissar stieg als erster ein, wählte einen Fensterplatz. Die restlichen Ermittler platzierten sich eine Reihe weiter vorn, genauso, wie er das erwartet hatte. Nicht zu weit entfernt, aber auch nicht direkt neben ihm. Man musste kein Psychologe sein, um diese Konstellation zu analysieren.

Er musste sich eingestehen, dass er die eingeschworene Kameradschaft seiner Dresdner Dienststelle vermisste, besonders seinen Partner Maik. Abgesehen von einer prima Zusammenarbeit waren sie auch privat eng befreundet gewesen. Maikie hatte immer ein offenes Ohr für seine Sorgen und Nöte gehabt. Während der belastenden Trennungsphase, als der Sorgerechtsstreit eskalierte, war er ihm hilfreich zur Seite gestanden und hatte bei Sabine umsichtig als Vermittler fungiert. Einen solchen Partner und Freund würde es kein zweites Mal geben.

Der Zug füllte sich, war bald bis auf den letzten Platz besetzt. Touristen und Tagesausflügler in wetterfester Kleidung bevölkerten die unbequemen Sitze, die meisten führten prall gefüllte Rucksäcke mit sich. Ein älterer Herr setzte sich neben ihn. Er schien ein Scherzkeks und in Plauderlaune zu sein.

»Guten Tag! Sind Sie auch so aufgeregt wie ich? Dieser Zug erklimmt gleich einen Berg von über tausend Metern Höhe und das ohne Zahnradtechnik. Bei uns an der Nordsee ist alles platt, selbst die Sprache, ha ha. Fahren Sie zum ersten Mal da hinauf?«

Neugierig war er also auch noch. Konversation war aber gerade das, was Mader im Augenblick nicht gebrauchen konnte. Er wollte in Ruhe seinen Gedanken nachhängen.

»Ja«, antwortete er kurz angebunden und drehte seinen ganzen Oberkörper demonstrativ in Richtung Fenster. Sein Nacken war immer noch steif und schmerzte bei jeder Bewegung. Die norddeutsche Nervensäge seufzte, schien aber zumindest über Anstand zu verfügen und hielt die Klappe. Der Mann widmete sich seinem Reiseführer. Manchmal hilft ein Wink mit dem Zaunpfahl eben doch.

Ein Pfiff ertönte, der Zug fuhr ruckelnd los. Eine monströse Dampfwolke verhüllte den Bahnsteig, ließ die Welt da draußen für einen Moment verschwinden. Der Zug rumpelte über eine Weiche, tuckerte, vorbei an einem Zirkuszelt und Betriebsanlagen der Bahn, durch das malerische Städtchen hinaus aufs Land, eine grauweiße Fahne hinter sich herziehend.

Die Natur war im Tal gerade dabei, sich ihr schönstes Kleid überzustreifen. Frisches Grün bildete einen wunderbaren Kontrast zum dunkleren Nadelwald soweit das Auge reichte und in den Gärten blühten Obstbäume. Droben am Endbahnhof würde das ganz anders aussehen. Hie und da hatte auch hier die Forstwirtschaft hässliche Narben in den Märchenwald geschlagen, doch im Großen und Ganzen schien die Natur im Harzgebirge noch intakt zu sein. Pittoreske Häuser flogen vorbei.

Mit jedem Meter, den der Zug sich Richtung Gipfel schraubte, schienen die Wolken dunkler, die feinen Nebelschwaden dichter zu werden. Noch erlaubten sie flüchtige Blicke über angrenzende Hügelketten, jedenfalls da, wo der Wald sich lichtete. Es gab vier kurze Aufenthalte an den Bahnhöfen Hasserode, Steinerne Renne und Drei Annen Hohne. Anschließend gelangte der Zug nach Schierke, wo er eine Viertelstunde auf die Weiterfahrt wartete. Hier oben war ganz schön Betrieb, gleich mehrere Dampfzüge und Triebwagen mussten sich die eingleisige Strecke teilen. Überall lauerten Fotografen, um die blechernen Relikte aus einer anderen Zeit im Bild festzuhalten.

Die Lok setzte schnaufend zum Endspurt an, mühte sich die letzten Anhöhen hoch. Es wurde zunehmend schwieriger, die Dampfwolken der Eisenbahn von den wabernden Nebelschwaden zu unterscheiden, man konnte nicht mehr viel von der Umgebung erkennen. Die Vegetation neben der Strecke veränderte sich zusehends; sie glich hier oben eher derjenigen in den Höhenlagen der Alpen. Keine Spur mehr von Frühlingserwachen.

Ein weiterer Zug dampfte vor dem Erreichen des Bahnhofes in umgekehrter Fahrtrichtung vorbei; die etwas größere Lok zog sechs Waggons in Cremeweiß und Weinrot, von denen einer ein buntes Graffito mit der Aufschrift ›Faust‹ trug. Eindeutig ein Tribut an Goethe, der sich hier oben gerne aufgehalten hatte, wie er sich vage aus dem Schulunterricht erinnerte.

Maders innere Anspannung stieg direkt proportional zu den Höhenmetern, gipfelte in nervöser Unruhe. Gleich sollte er sein Ziel erreicht haben. Aber was würde ihn hier erwarten?

*

Brocken, stand schlicht und unverschnörkelt auf dem Schild am tristen, dunklen Steingebäude. Der Zug hielt mit kreischenden Bremsen an. Kurz darauf stand Mader zwischen plaudernden, noch orientierungslos wirkenden Touristen auf dem Bahnsteig.

Gerichtsmediziner Müller zog eine Mütze über seine Bowlingkugel mit Ohren, tippte ihm von hinten auf die Schulter.

»Kommen Sie, ich weiß wo wir hinmüssen.«

Mader setzte sich in Bewegung, folgte den drei anderen Ermittlern. Schemenhaft tauchte ein Turm aus der grauen Nebelsuppe auf, dazu ein paar flachere Gebäude. Aber für die Bebauung des steinübersäten Plateaus hatte Mader momentan keinen Blick. Sein innerer Fokus richtete sich ausschließlich auf berufliche Fakten, die er gleich zu sehen bekommen sollte.

Ihm platzte fast der Kragen, als er den Menschenauflauf gewahrte, der sich um den mutmaßlichen Tatort gruppierte. Die vier Männer vom Schierker Bauhof waren zwar dageblieben und taten ihr Möglichstes, konnten sich aber mehr schlecht als recht gegen die Schaulustigen durchsetzen.

Unter Verwendung beider Ellbogen bahnte sich Mader einen Weg durch die lästigen Gaffer und stieg behände über ein kniehohes Holzgeländer, das den moosigen Bodenbewuchs vermutlich vor dem Zertrampeln schützen sollte. Auf dem unwirtlichen Plateau schienen sich bei jedem Wetter massenhaft Besucher zu tummeln, was ihn ziemlich erstaunte.

Einer von der Spusi zog das unvermeidliche Plastikband aus der Jackentasche und machte sich hektisch daran, endlich eine offizielle Absperrung anzubringen.

»Hier gibt es nichts mehr zu sehen, bitte halten Sie Abstand!«, brüllte der Kommissar in die Menge. Anschließend konnte er die letzten Meter bis zur blutigen Bescherung auf dem Hexenaltar antreten, deren Anblick ihm in der kommenden Nacht den Schlaf rauben sollte. Es gab Horrorszenarien, an die man sich als Polizeibeamter selbst nach vielen Dienstjahren noch nicht gewöhnt hatte. Und dies war eines davon.

Die natürliche Steinformation sah aus, als habe ein Riese mit voller Absicht brettflache Felsen aufeinandergetürmt. Am oberen Ende lagen zwei der Platten nebeneinander, bildeten eine leichte Schräge. Auf der Nahtstelle lag ein splitternackter Frauenkörper aufgebahrt, oder vielmehr ein Torso mit unversehrtem Kopf. Verkrustetes Blut verklebte die hellblonden langen Haare, die, wie ein seidener Fächer ausgebreitet, einen Kontrast zum dunkleren Granit des Felsens bildeten. Das Opfer mochte Mitte vierzig gewesen sein, der Leib war schlank und zierlich.

Arme und Beine fehlten. Der Täter musste den Körper gleich hier an Ort und Stelle zerteilt haben. Hierauf ließ das viele Blut schließen, das rundum von den Felsschichten des Hexenaltars wie dunkelrote Tränen heruntergelaufen und schließlich, unten am Fuße der Formation, in den mit niedrigem Gras bewachsenen Boden gesickert war.

Hoffentlich ist sie schon tot gewesen, als er oder sie ihr das angetan hat. Ansonsten muss das arme Ding unbeschreibliche Qualen erlitten haben …

»So eine Schweinerei! Dies ist das Werk eines Wahnsinnigen. Hat man die Arme und Beine der Frau gefunden?«, wollte Mader von einem der Zeugen vom städtischen Bauhof wissen. Der nickte stumm, zeigte seitlich am Hexenaltar vorbei in den Nebel. So käsig wie der junge Mann aussah, hatte ihn der Fund wohl ziemlich mitgenommen.

Mader schoss zunächst mehrere Fotos vom Tatort, dann folgte er gemessenen Schrittes der angegebenen Richtung. Bereits nach wenigen Metern blieb er verdutzt stehen, kratzte sich am Kopf. Hier musste ein Psychopath der Sonderklasse am Werk gewesen sein, kein Zweifel.

Wenigstens können wir in diesem Fall gleich nach einem Mörder suchen, brauchen uns nicht mit der Frage aufzuhalten, ob es sich womöglich um Selbstmord gehandelt haben könnte, dachte der Kommissar ironisch.

Sexuelle Motive sind nicht auszuschließen, die komplette Kleidung fehlt … aber vielleicht hat er sich so auch bloß mit dem Zerteilen leichter getan, sinnierte der erfahrene Beamte. Die spätere Obduktion würde sicher Informationen dazu erbringen.

»Müller, sobald Sie da vorne fertig sind, kommen Sie bitte zu mir herüber. Mit diesen Teilen hier dürfte unser Opfer zu vervollständigen sein. Aber Vorsicht, damit Sie nirgends hineintreten!«, rief Mader dem Gerichtsmediziner durch den Nebel zu.

Auf einem relativ ebenen Stück der Wiese hinter dem Hexenaltar standen zehn große Plastikschüsseln im Kreis, von der Sorte, wie man sie zum Waschen von Hand, oder im Garten bei der Beerenernte verwendet. Metallischer Blutgeruch lag in der

Luft, erzeugte ein flaues Gefühl in der Magengrube. Zum Glück hatte er noch nicht gefrühstückt.

Genau in der Mitte dieser akkuraten Anordnung aus identischen Schüsseln war wiederum ein Steinkreis von ungefähr einem Meter Durchmesser angelegt, welcher, aufgrund der allzu symmetrischen Abstände zwischen den Steinen, nicht natürlichen Ursprungs zu sein schien. Schwarz verkohlte Äste legten die Vermutung nahe, dass hier jemand vor kurzem ein kleines Lagerfeuer angezündet hatte.

Aber ist sowas hier überhaupt erlaubt, hätte das nicht anderen Besuchern der Walpurgisfeierlichkeiten auffallen müssen? Was ist mit dem Wirt des Brockenhotels, der war doch sicher die gesamte Zeit vor Ort?

Vielleicht kursieren im Internet Fotos aus dieser Nacht, in den sozialen Netzwerken oder auf You Tube. Heutzutage findet sich doch jeder Blödsinn im Netz, was für polizeiliche Ermittlungen gar nicht so übel ist. Falls meine Leute bei ihren Recherchen nachher fündig werden sollten, sähe man die genauen Wetterverhältnisse und womöglich hat jemand sogar zufällig das Leuchten des Feuerscheins aufgenommen.

Mader ging kopfschüttelnd in die Hocke, schnupperte wie ein Spürhund. Falls ihn nicht alles täuschte, hatte das Feuer tatsächlich erst in der vergangenen Nacht gebrannt. Zwar fühlte sich der Boden darunter nicht mehr warm an, doch das war bei diesen Temperaturen und dem rauen Wind, der unablässig übers Plateau fegte, kein Wunder.

Die Schüsseln beherbergten blutige Klumpen, dazu die Hände und Füße des Opfers. Die vier Gliedmaßen der bedauernswerten Toten schienen demnach nicht etwa ordentlich tranchiert, sondern dilettantisch auseinandergesägt worden zu sein, vermutlich in großer Eile. Es fanden sich keine glatten Schnittkanten.

Mal abwarten, ob das Müller genauso sieht. Ein Metzger oder Chirurg scheint unser gestörter Killer also schon mal nicht zu sein, grübelte Mader und fotografierte das ekelerregende Szenario, wie üblich, von sämtlichen Seiten gleich mehrfach.

Die beiden Kerle von der Spurensicherung waren noch eifrig beim Torso zugange, sie packten soeben einen zerbrochenen Reisigbesen ein. Den hatte Mader vorhin im Vorübergehen zwar liegen sehen, jedoch noch nicht bewusst mit dem Tatort in Verbindung gebracht.

Jetzt aber dämmerte ihm, dass der Mörder wohl ein Meister der Inszenierung sein musste. Er hatte ganz bewusst eine Kulisse aufgebaut, das Opfer hingebungsvoll in Szene gesetzt. Aus welchen Motiven heraus oder zu welchem Zweck, das mussten sie nun in akribischer Kleinarbeit herausfinden. Dies hier sah wie eine Art krankes Abendmahl aus und die Zahl elf schien dabei eine tragende Rolle zu spielen.

Zehn Schüsseln und dazu der Torso – das machte summa summarum elf … damit schieden religiöse Motive vermutlich aus. Sonst hätten es zwölf Teile sein müssen. Aber sicher konnte man bei Psychopathen halt auch nie sein, vorschnelle Schlussfolgerungen verboten sich grundsätzlich. Vielleicht hatte dieser Wahnsinnige sich in seiner Erregung nur verzählt.

Hatte es mehrere Mittäter gegeben, ließ sich die Anzahl der Schüsseln vielleicht auf diese Weise erklären? Doch war es wirklich denkbar, dass sich sage und schreibe elf Personen an diesem Verbrechen beteiligt hatten?

Eine Sekte, Teufelsjünger … was weiß ich, welche Gestörten hier meinten, in der Nacht zum ersten Mai eine Frau opfern zu müssen … ich werde die Kollegen fragen müssen, ob sie hier in der Gegend schon mit Kulthandlungen von Satanisten zu tun hatten. Das ist der Nachteil, wenn man als Zugereister keine Ahnung von der hiesigen Volksseele hat.

Und welche Rolle spielte der kaputte Besen? Sein Gehirn weigerte sich, das Naheliegende in Erwägung zu ziehen. Eine beim Fliegen abgestürzte Hexe, die von ihren skrupellosen Artgenossinnen verspeist wird … eine solchermaßen alberne Idee schien ihm selbst für die kranke Fantasie eines oder mehrerer Psychopathen überzogen zu sein.

Kommissar Mader unterdrückte aufkommende Übelkeit, entfernte sich ein Stück weit vom blutigen Menschenfrikassee. Er wollte sich in der näheren Umgebung nach den Klamotten des Opfers umsehen, denn schließlich war die Frau in dieser Kälte sicher nicht unbekleidet hierhergekommen, bevor sie auf ihren Mörder getroffen war.

Er fand nichts dergleichen, obwohl er sein Suchgebiet immer mehr ausweitete. Der Irre musste die Kleidung mitgenommen und woanders entsorgt, oder als Trophäe behalten haben – was dann doch wieder für einen Einzeltäter gesprochen hätte. Bei dieser gestörten Sorte Mensch musste man mit allem rechnen.

Mader stieß, einige Meter vom Tatort entfernt, unverhofft auf eine verwitterte Schautafel aus Holz, die den Touristen die Sehenswürdigkeiten des Brockenplateaus erläutern sollte. Genauer gesagt, wäre er im Nebel fast dagegen geprallt. Er studierte die Aufschrift:

Hier im Bereich der Teufelskanzel und des Hexenaltars verbrachte Goethes Dr. Faust die Walpurgisnacht. Die Walpurgisnacht ist die Nacht zum 1. Mai, in der Hexen ganz Deutschlands den Winter vertreiben, indem sie mit ihren Reisigbesen den letzten Schnee vom Brocken fegen.

Nun ja, *diese* Hexe würde jedenfalls nie wieder irgendwo fegen. Aber die Symbolhaftigkeit der Tatumstände konnte man kaum übersehen. Ein direkter Bezug zur Walpurgisnacht schien Mader nach alledem mit hinreichender Sicherheit zu bestehen. Diese Erkenntnis machte die Sache allerdings nicht einfacher.

Er las weiter, auf der Tafel fand sich nämlich auch ein Reim:

Die Hexen zu dem Blocksberg ziehn,
die Stoppel ist gelb, die Saat ist grün,
dort sammelt sich der wilde Hauf,
Herr Urian sitzt oben auf.

Herr Urian? Wer, zum Teufel, war Herr Urian? Er würde später eine Menge an Informationen aus dem Internet googeln müssen, um bei der ersten Dienstbesprechung nicht gleich als völliger Depp dazustehen. Zudem musste er schleunigst eine Sonderkommission ins Leben rufen, um schnelle Fahndungserfolge vorweisen zu können.

Um sich die Reaktionen der Presse auf die blutige Brockensensation vorzustellen, brauchte es nur wenig Vorstellungsvermögen. Dieser höchst mysteriöse Fall würde zweifellos bundesweit Beachtung finden, was natürlich ihn und seine Leute noch zusätzlich unter Erfolgsdruck setzte. Eine zügige und lückenlose Aufklärung dieses außergewöhnlich abscheulichen Verbrechens tat not, keine Frage.

An diesem Fall würde sich seine weitere Karriere entscheiden, das war Mader sonnenklar. Dieser Punkt war für sein Ego nicht minder von Bedeutung, er konnte als ehrgeizig gelten und wollte nicht vor einem Haufen verschworener Provinzler kapitulieren. Er war damals aus purem Idealismus zur Polizei gegangen – und der wollte, nein, *musste* auch heute noch unverändert befriedigt werden. Ein Bernd Mader war eben keineswegs der Typ Polizist, der sich auf seinen Lorbeeren ausruhte.

Katastrophe oder goldene Chance zur Bewährung im Revierkommissariat Wernigerode? Bislang wusste Mader noch nicht, wie er diesen ersten und zugleich sehr komplexen Mordfall in seiner neuen Wahlheimat einschätzen sollte.

Eine seiner Befürchtungen hatte sich damit jedenfalls erledigt. Er würde in dieser beschaulichen Ecke Deutschlands *keine* ruhige Kugel schieben und sich langweilen müssen, wie seine Dresdner Kollegen grinsend prophezeit hatten.

*

2. Mai 2016

Das Revierkommissariat Wernigerode lag im Sonnenschein, nur ein paar harmlose Schönwetterwolken schoben sich wie eine Schafherde über den blassblauen Himmel. Auf dem Nicolaiplatz tummelten sich rund um den Göbelbrunnen, den eine riesige Steinkugel zierte, schon am frühen Vormittag eine Menge Leute. Vermutlich hatten viele Arbeitnehmer frei genommen und den Feiertag Christi Himmelfahrt dazu genutzt, sich in dieser Woche einen Urlaubstag einzusparen.

Die Temperaturen sollten heute über fünfzehn Grad hinaus klettern, und so rüstete sich die angrenzende Gastronomie für sonnenhungrige Gäste, indem die Außentische eilig abgewischt und für das Mittagsgeschäft einladend hergerichtet wurden. Eine flinke Bedienung verteilte gerade cremefarbene Sitzpolster auf den hellbraunen Korbstühlen.

Bernd Mader konnte die Frühlingsidylle nur durch sein Bürofenster betrachten. An Urlaub brauchte er wegen des Brockenmordes nicht im Traum zu denken. Dabei hätte er den für seine Renovierungsarbeiten benötigt und sich das Städtchen Wernigerode gerne etwas näher angeschaut. Auf der Fensterbank lag ein Farbprospekt, den das Revier im vergangenen Jahr anlässlich eines Jubiläums zum Tag der offenen Tür hatte drucken lassen. Das Dienstgebäude war auf der Titelseite abgebildet und auf Seite zwei gab es Erläuterungen für auswärtige Besucher:

Mit ihren rund dreiunddreißigtausend Einwohnern hat die Stadt Wernigerode eine überschaubare Größe, bietet aber dennoch Vielfalt. Die zahlreichen Fachwerkhäuser verleihen dem Stadtkern einen historischen Anstrich und es gibt sogar ein neugotisches Märchenschloss zu bestaunen. Es thront markant über dem Stadtbild und ist schon aus der Ferne gut zu erkennen. Durch die günstige Lage auf der Regenschattenseite des Harzes ist die Stadt begünstigt; es fällt verhältnismäßig wenig Regen und gelegentlich profitiert sie von Föhnwetterlagen, ähnlich dem Voralpenland.

Das heutige Revierkommissariat befindet sich in einem Gebäudekomplex auf dem Gelände des ehemaligen Nicolaihospitals, das beim großen Stadtbrand 1851 vernichtet worden war. Das denkmalgeschützte, dreigeschossige Hauptgebäude wurde an seiner Stelle im klassizistischen Baustil mit einfachem, funktionalem Fachwerk errichtet.

Bis zum Jahr 1873 hatte sich direkt davor noch die Nicolaikirche befunden, die aber komplett abgerissen wurde. Noch heute sind deren einstige Grundrisse im Pflaster des heutigen Nicolaiplatzes zu erkennen.

»Stimmt, von außen sieht die Dienststelle gut aus. Aber innen ähneln sich wahrscheinlich alle Polizeibehörden. Kaltes Neonlicht, unmoderne Büromöbel … ich wollte, man würde für die Sicherheit der Bürger ein wenig mehr Steuergelder locker machen. Finanzminister Schäuble soll sich seine heilige ›schwarze

Null‹ sonst wohin stecken«, brummte Kommissar Mader. Momentan weilte er alleine im Zimmer und in solchen Momenten verfiel er oft in sarkastische Selbstgespräche.

Er riss sich aus seinen negativ angefärbten Gedankengängen, trat vom Fenster zurück und griff missmutig nach seiner frisch angelegten Fallakte, die bis dato lediglich einen Bericht und ein paar Fotos enthielt. In fünf Minuten musste er sich im Besprechungsraum einfinden und sich über die ersten Ermittlungsergebnisse der Spurensicherung aufklären lassen.

Bei dieser Gelegenheit konnte er auch gleich die Sonderkommission ins Leben rufen. Er würde einige ausgewählte Beamte ausschließlich auf den mysteriösen Brockenmord ansetzen und sie von ihren übrigen Pflichten befreien, damit sie sich ungestört darauf konzentrieren konnten. In Dresden war sowas gang und gäbe, meistens mit effektiven Ergebnissen gesegnet gewesen.

Sein Vorgesetzter Walter Remmler hatte zwar bei der Berichterstattung heute Morgen die Stirn ob dieses Ansinnens gerunzelt, aber er hatte ihn von der Notwendigkeit überzeugen können. Jener Chef würde bei der Besprechung höchstpersönlich anwesend sein; vermutlich wollte er sich ein schärferes Bild von seinem Neuzugang aus der Großstadt machen. Das sorgte bei Mader im Vorfeld für eine gewisse Anspannung.

Er musste jetzt los. Die stark profilierten Sohlen seiner Boots erzeugten auf dem lindgrünen Linoleumboden Knarzgeräusche, als er über den Flur zum Besprechungsraum eilte. Er trat nichtsahnend ein – und viele Köpfe fuhren herum, Augenpaare hefteten sich, unverhohlen neugierig, auf ihn. Dem Anschein nach waren alle anderen Teilnehmer bereits vollzählig eingetroffen.

Scheinen durch die Bank von der überpünktlichen Sorte zu sein, meine werten Kolleginnen und Kollegen. Muss ich mir unbedingt merken.

Er postierte sich vor der großen Magnettafel, die die gesamte Rückseite des Raumes einnahm und begann unverzüglich damit, über die bislang bekannten Fakten zu referieren. Er pinnte Tatortfotos auf die noch schneeweiße Fläche und schrieb routiniert ein paar Bemerkungen darunter. Ein entsetztes Aufstöhnen ging durch die Reihen seiner Kollegen, als die Fotos mit den Schüsseln dran waren.

»Nach diesen ersten Erkenntnissen müssen wir davon ausgehen, dass der Täter … sagen wir mal, psychisch nicht gesund ist. Der Sinn seiner sorgfältigen Inszenierung verschließt sich mir bislang noch, aber die Darstellung weist auf einen Zusammenhang mit der Walpurgisnacht hin.«

Gemurmel machte sich breit, manch einer tuschelte mit seinem Sitznachbarn. Auf Maders Stirn bildete sich eine steile Falte zwischen den Augenbrauen.

»Leute, bitte! Wenn es zum Fall etwas zu sagen gibt, würde ich es ebenfalls gerne erfahren. Über das heutige Mittagessen in der Kantine können Sie sich auch nach der Besprechung unterhalten«, rügte er, nur halb im Scherz.

Eine der eifrigsten Schwätzerinnen meldete sich zu Wort, eine junge Frau von vielleicht Anfang dreißig. Sie besaß eine süße Himmelfahrtsnase und braune Kulleraugen, trug ihr langes Haar zum Pferdeschwanz gebunden.

»Ja?«

»Marit Schmidbauer, ich bin Ihnen bislang noch nicht vorgestellt worden. Wir … ähm … haben uns gefragt, ob Sie mit den Sagen und Legenden dieser Gegend hier schon genauer vertraut sind. Weil Sie doch nicht aus dem Harz stammen … «

»Sie meinen diesen Hexenblödsinn? Ich habe davon gehört. Ob der zerbrochene Besen überhaupt zum Tatort gehört oder einfach nur von einer Feiernden dorthin geworfen wurde, müssen wir erst noch herausfinden«, antwortete Mader in abfälligem Tonfall.

Die Schmidbauer verschränkte trotzig die Arme vor der Brust.

»Dann wissen Sie also auch, was es, jedenfalls der Sage nach, mit den Schüsseln auf sich hat?«, fragte sie trotzig.

»Nein, aber Sie anscheinend. Dann mal raus mit der Sprache«, sagte Mader, jetzt etwas freundlicher. Er durfte es sich mit der Belegschaft keinesfalls gleich zu Beginn verderben.

»Also gut. Ich gebe eine Geschichte wieder, die bei uns in der Region bereits jedes Kleinkind kennt. Klar, es ist nur eine Sage, aber sie scheint auf frappierende Weise zu unserem Tatortszenario zu passen. Eventuell könnte das ein wichtiger Hinweis darauf sein, dass der Täter aus der näheren Umgebung des Brockens, zumindest aber aus dem Harz stammt. Also:

Jährlich findet in der letzten Nacht des Aprils eine schauerliche Zusammenkunft auf dem Brocken statt. Der Teufel höchstpersönlich lädt seine Hexen- und Zauberdiener zum wichtigsten Hexensabbat ein. Daher nennt man den Berg auch Blocksberg.

Sobald Mitternacht vorbei ist, kommen von allen Himmelsrichtungen die teuflischen Bundesgenossen auf ihren Untieren, Mistforken und Besen herbeigeritten. Sind alle beisammen, tanzt die Gesellschaft unter lautem Jauchzen bis zur Erschöpfung um ein loderndes Feuer. Anschließend begibt sich der Regent der Unterwelt zur Teufelskanzel, von wo er über Gott, dessen Lehre und die Engel lästert. Danach lädt er die Anwesenden zu einem teuflischen Mahl, das auf dem Hexenaltar zubereitet wird.

Das Mahl besteht nur aus einer einzigen, scheußlichen Zutat. Jene Hexe, welche zuletzt den Brocken erreicht, muss wegen sträflicher Vernachlässigung der teuflischen Etikette nach einer letzten glühenden Umarmung mit dem Höllenfürsten sterben. Dann wird ihr in Stücke gerissener Körper in die Hauptschüsseln des Festessens verteilt und den Gästen vorgesetzt.

Sobald sich der Morgen ankündigt, bricht die Schar der Hexen überhastet in alle Windrichtungen auf. Die Menschen, die rund um den Brocken wohnen, schützen sich in diesen Tagen, indem sie drei Kreuze an Haustüren und Ställen anbringen. Die bösen Geister sollen so auf ihrem Hin- und Rückflug von Zaubereien an Unschuldigen abgehalten werden.«

Anstelle einer Äußerung drehte sich der Kommissar zur Magnettafel um, schrieb die Worte *Hexensabbat: zerbrochener Besen, 11 Portionen Hexenfleisch* neben die Tatortfotos. Um die Zahl 11 zog er schwungvoll einen roten Kreis. Danach wandte er sich wieder Marit Schmidbauer zu.

»Ich muss sagen, Ihre Theorie klingt insoweit logisch. Aber wieso ausgerechnet elf? Ist diese Zahl mythologisch belegt?«

Die Angesprochene schüttelte ratlos den Kopf und er sah aus dem Augenwinkel auch andere Kollegen die Schultern zucken.

»Okay, dann lassen wir das mal so stehen. Sobald wir die Identität der Toten geklärt haben, müssen wir nachforschen, ob sie vielleicht mit einem hiesigen Heimatkulturverein in Verbindung stand oder welchen Bezug sie sonst zu dieser Hexensage gehabt haben könnte.«

Maders Blick wanderte in den hinteren Teil des Raumes, wo Revierleiter Remmler, gleich einem unbeweglichen Felsbrocken, dasaß und zuhörte. Seiner Miene konnte man weder Zustimmung noch Ablehnung entnehmen. Scheinbar war das bei ihm normal, er hatte neulich Kollegen auf dem Flur schon scherzhaft über eine sehr wahrscheinliche Gesichtslähmung spekulieren hören. Nun wusste er warum.

Plötzlich überkam ihn eine Eingebung.

»Herr Müller, haben Sie die Leiche eigentlich auf Spuren einer Vergewaltigung untersucht? Wenn die Hexensage buchstabengetreu nachgestellt wurde, dann könnte es vor ihrem Tod noch ›eine letzte glühende Umarmung mit dem Höllenfürsten‹ gegeben haben. Nicht wahr, Frau Schmidbauer?«

Anstelle einer Antwort hielt die Schmidbauer nur einen Daumen hoch, strahlte über das ganze Gesicht.

»Wir sind mit der Obduktion noch nicht fertig, das werden wir überprüfen. Momentan kann ich Ihnen nur den Todeszeitpunkt nennen. Das Opfer muss in den frühen Morgenstunden des ersten Mais, so zwischen zwei und drei Uhr, verstorben sein, und zwar durch dreizehn Messerstiche in den Rücken. Die Lunge wurde total perforiert. Danach wurden die Verstümmelungen vorgenommen, und zwar unprofessionell. Welche Art von Messer oder Säge der Täter hierfür verwendet hat, müssen wir erst noch ermitteln. Die Auswertung der Spuren wird ein Weilchen dauern, wie Sie wissen«, referierte der Gerichtsmediziner.

Die Spurensicherung kam zum Zuge.

»Wir haben am Tatort jede Menge DNA-Material gesammelt, auch Fingerabdrücke am Besenstiel und den Schüsseln … aber ob da etwas Verwertbares dabei ist, steht bislang in den Sternen.

Vermutlich haben zahllose Touristen diesen Hexenaltar besucht und ihr Genmaterial hinterlassen, was selbstverständlich auch für die Fußabdrücke rund um die Felsformation gilt. Der Tatort war verunreinigt. Na, mal sehen, ob es in der Datenbank Treffer gibt. Eine Wiederholungstat ist ja nicht auszuschließen.«

Mader brachte die entsprechenden Notizen auf der Tafel an.

»Gut, dann warte ich auf Ihren Bericht. Nun zu unserem letzten Punkt für heute. Ich habe mich entschieden, eine Soko zu bilden. Es versteht sich von selbst, dass ich in diesem Team nur sehr erfahrene Ermittler gebrauchen kann. Herr Remmler hat mir freundlicherweise bis zu fünf Personen genehmigt, mich selbst als Leiter eingeschlossen. Meldet sich jemand freiwillig?«

Im Besprechungsraum herrschte Totenstille. Remmler spielte immer noch den kalten Felsblock. Mader begann zu schwitzen. Er kannte die Kollegen noch zu wenig, um deren ermittlungstechnische Fähigkeiten einschätzen zu können.

Da schnellte Marit Schmidbauers Arm nach oben.

»Ich würde sehr gerne mitwirken, das Rätsel zu lösen. Und ich empfehle Ihnen, die Herren Schröck, Jablonski und Beckert mit ins Boot zu holen.«

Dafür erntete sie missbilligende Blicke der genannten Beamten. Als er diese direkt ansah, einen nach dem anderen, nickten sie jedoch alle.

Feiges Pack.

»Einverstanden«, sagte er erleichtert.

»Wie soll unsere frisch gegründete Soko eigentlich heißen?«, fragte die Schmidbauer neugierig. Ihr hellwacher Blick erinnerte an den eines Erdmännchens.

»Sie werden lachen, aber darüber habe ich mir gestern Abend schon Gedanken gemacht. Wie wäre es mit *Urian*?«

Wieder entstand Gebrabbel. Was hatten diese Unsympathen nun schon wieder auszusetzen? Er hatte nach seiner Rückkehr vom Brocken extra noch gegoogelt und herausgefunden, dass Urian einfach ein anderer, altmodischer Ausdruck für den Teufel war. In früheren Tagen nannte man wohl auch ungebetene Gäste manchmal ›Herr Urian‹.

»Keine gute Idee«, widersprach Marit schnell.

»Wieso? Der Teufel wird hier doch als vorgeschobener Täter missbraucht«, konterte der Kommissar.

»Zu DDR-Zeiten wurde die gesamte Bergkuppe des Brockens für Überwachungs- und Spionagezwecke genutzt. Es gab zwei leistungsfähige Abhöranlagen, wovon die eine dem sowjetischen Geheimdienst gehörte. Sie hießen *Jenissej* und *Urian* … manche Leute sind auf diese Vergangenheit nicht gut zu sprechen, also könnte der Name in der Bevölkerung Unwillen erwecken.«

»Ich sehe schon, Sie sind ein wandelndes Lexikon und haben einen klassischen Heimvorteil. Wie gut, dass ich Sie in der Soko habe«, lachte Mader. »Alternative Vorschläge?«

Das viel zitierte Schweigen im Walde wäre vermutlich lauter gewesen, dachte Mader frustriert. Er drehte sich wieder zum Magnettafel um und da traf ihn der Einfall wie ein Blitz.

»Die Würfel sind gefallen, um mit Julius Cäsar zu sprechen.«

Er griff nach dem roten Marker und brachte über den Fotos in Großbuchstaben den Schriftzug BROCKOPATH an.

»Wir haben es mit einem Psychopathen zu tun, der am Brocken mordet. Welcher Begriff läge also näher?«

Diesmal klang das Gemurmel zustimmend. Vielleicht tauten jetzt allmählich die Ersten auf, was ja auch Zeit wurde. Mit frischem Elan fuhr er fort:

»Frau Schmidbauer, Sie checken bitte noch heute die Vermisstenanzeigen, ob sich unser Opfer dort finden lässt – bei uns und in benachbarten Revieren. Es könnte ja sein, dass dort gerade erst eine Anzeige eingegangen ist, die sich noch nicht im System befindet. Falls dem nicht so sein sollte, warten wir noch einen Tag, ob etwas hereinkommt. Andernfalls müssten wir eine Fotografie der Toten in der Zeitung abdrucken lassen und darauf hoffen, dass die Frau hier in der Region wohnte und sie irgendjemand erkennt. Sie wissen schon – vorher noch eine Abgleichung von Zahnstatus und Fingerabdrücken … allem eben, was zur Identifizierung beitragen kann.«

Marit Schmidbauer nickte gehorsam, nahm eine Fotografie entgegen. Das hübsche Gesicht des Mordopfers wirkte darauf zwar unnatürlich blass, aber man hätte annehmen können, dass die Frau nur friedlich schlafe. Einzig die blutverkrusteten blonden Haarsträhnen wiesen auf eine Gewalttat hin.

»Klar, die übliche Vorgehensweise halt«, entgegnete sie grinsend. Der Angeber aus der Stadt musste sich schon was anderes einfallen lassen, wenn er hier Eindruck schinden wollte. Scheinbar meinte er, sie hätten drüben in Dresden die Weisheit mit Löffeln gefressen, während hier ermittlungstechnisch noch tiefste Steinzeit herrschte. So ein Schnösel, aber das würden sie ihm bestimmt noch austreiben. Schließlich hatte es im Raum Wernigerode 2012 und 2015 Morde gegeben, so unbefleckt war dieser Landstrich nun auch wieder nicht.

»Prima, damit ist für den Moment alles gesagt. Wir warten die Ergebnisse der Gerichtsmedizin ab und bis dahin macht sich bitte jeder Gedanken über mögliche Mordmotive, den genauen Tathergang und diesen teuflischen Inszenierungs-Unsinn. Das Briefing ist für heute zu Ende. Ich entlasse Sie jetzt in Ihre tägliche Tretmühle – oder in die wohlverdiente Mittagspause.«

Letztere in Anspruch zu nehmen, hatte auch Bernd vor. Er wollte im Baumarkt noch ein paar Utensilien besorgen. Doch kaum hatte er die Fallakte *Brockopath* im Dienstzimmer auf seinen Schreibtisch geknallt und nach seiner Lederjacke gegriffen, öffnete sich die Tür. Walter Remmler schien seine Starre überwunden zu haben, stand in voller Lebensgröße vor ihm. Wobei diese Lebensgröße höchstens eins zweiundsiebzig betrug.

»Wohin so eilig, Kollege Marder? Wir müssen noch die Statements für die morgige Pressekonferenz durchgehen. Da möchte ich Sie besser dabeihaben. Wir müssen da sehr genau abwägen, welche Details wir preisgeben und welche wir der Öffentlichkeit vorläufig vorenthalten. Ich möchte vermeiden, dass die Angst umgeht und die Gastronomie oben am Brocken unter dem Vorfall leiden muss. Oder schlimmer noch, die HSB. Der Bahnbetreiber ist ein wichtiger Steuerzahler.«

Der Angesprochene setzte sich auf die Kante seines Schreibtisches, atmete tief durch. Provinzieller Klüngel. Auch das noch.

»Der Name ist *Mader*, nicht Marder.«

»Auch recht. Also auf geht's, wir verkrümeln uns in mein Büro. Dort sind wir ungestört.«

Erst zehn Minuten vor acht schaffte es der Kommissar, fliegenden Fußes das Polizeirevier zu verlassen. Der Baumarkt lag in der Halberstädter Straße und somit außerhalb des Stadtkerns. Er würde ein paar Geschwindigkeitsbeschränkungen ignorieren müssen, um noch rechtzeitig vor Ladenschluss dort einzutreffen. Die Uhr lief gegen ihn.

Die Zeitanzeige am Armaturenbrett stand auf 19.58 Uhr, als er endlich auf den Parkplatz des Bau- und Heimwerkermarktes eintraf. *Respekt, wer's selber macht,* prangte in riesigen Lettern über dem Eingang. Nur noch vereinzelt standen Autos in den Parkbuchten.

Im Laufschritt rannte Mader zum Eingang – und prallte fast gegen die Schiebetür, weil die sich entgegen seiner Erwartung nicht mehr automatisch öffnete.

»So eine Scheiße!«, fluchte er frustriert.

Und dabei heißt es immer, Beamte würden überpünktlich den Stift fallen lassen. Kundenfreundlichkeit sieht ganz anders aus. Drecksprovinz! Wenn die könnten, würden sie nachts wahrscheinlich auch die Bürgersteige hochklappen.

»Entschuldigung, kann ich Ihnen weiterhelfen? Heute haben wir leider ausnahmsweise schon geschlossen«, sagte eine weibliche Stimme hinter ihm.

Er fuhr herum, blickte in ein offenes, freundliches Gesicht. Die ungefähr vierzigjährige Dame lächelte ihn achselzuckend an. Mit ihren aschblonden, knapp schulterlangen Haaren, der etwas unreinen Haut und den zu kleinen, runden Augen war sie zwar keine Venus, doch die Schönheitsfehler wurden durch ihre nette Wesensart wett gemacht. Ihre kleine Handtasche trug sie fest unter den Arm geklemmt, so als befürchte sie jeden Augenblick einen Überfall.

»Seit wann ist es üblich, die Kunden schon vor Ende der Öffnungszeiten auszusperren? Ich hätte heute noch so einiges kaufen wollen, aber nun kann ich daheim nicht mehr weiterarbeiten«, moserte der Kommissar. Er brauchte dringend einen Blitzableiter, um diesen beschissenen Tag zu kompensieren.

Doch die Frau blieb souverän, ließ sich nicht provozieren.

»Das kommt normalerweise nicht vor. Aber heute hatten wir um sieben einen Feueralarm, mussten den gesamten Markt evakuieren. Dieser stellte sich zwar am Ende als Fehlalarm heraus, aber die Feuerwehrleute haben eine Weile gebraucht, sich überall sorgfältig umzusehen. Die Entwarnung kam erst gegen 19.40 Uhr. Da hätte es keinen Sinn mehr gemacht, die Kunden noch für ein paar Minuten herein zu lassen«, erklärte sie.

»Auch wieder wahr«, räumte Mader ein.

Sie zog die Handtasche unter ihrem Arm hervor, griff zielstrebig hinein und förderte einen Briefumschlag zutage. Dem entnahm sie einen Rabattcoupon.

»Hier, weil Sie vergeblich hergefahren sind. Zwanzig Prozent auf alles.«

» … außer auf Tiernahrung, ich weiß Bescheid. Die hätte ich zwar ebenfalls gebraucht, aber trotzdem vielen Dank.«

Nun musste auch Bernd lachen. Er steckte den Coupon in seine Brieftasche.

»Das ist der Slogan unserer Konkurrenz. Wir führen hingegen überhaupt keine Tiernahrung«, konterte die Dame augenzwinkernd. Sie trug klassische Bürokleidung, wahrscheinlich stand er vor der Filialleiterin höchstpersönlich.

»Was für ein Tier haben Sie denn?«

»Einen fetten Kater. Ich müsste ihn zwar auf Diät setzen, aber er soll auch nicht leben wie ein Hund«, scherzte Mader.

Ihre grünen Augen strahlten wie Smaragde.

»Ich liebe Katzen. Keine kommt an mir vorbei, ohne sich ein paar Streicheleinheiten einzuhandeln. Leider kann ich mir selber keine halten, weil ich ja fast nie zu Hause bin.«

Die Frau wurde immer sympathischer. Er gab ihr die Hand, bedankte sich nochmals für den Rabattcoupon und sah ihr hinterher. Die wohlproportionierte Silhouette gefiel ihm gut, auch wenn sie ein wenig mollig war. Er beobachtete, wie sie zu ihrem

Škoda Octavia ging, behände einstieg und wegfuhr. Erst dann kehrte er, halbwegs versöhnt, zu seinem eigenen Wagen zurück.

*

3. Mai 2016

Wenige Straßen vom Polizeirevier entfernt, rutschte ein Mann in der Praxis seines Hausarztes unruhig auf dem Hosenboden hin und her. Das lag einerseits an seiner Nervosität, andererseits an einem unerträglichen Juckreiz. Er musste sich sehr beherrschen, um sich nicht ständig an den Schritt zu fassen.

Endlich kam er an die Reihe, die junge Sprechstundenhilfe rief seinen Namen auf. Verschämt schilderte er Doktor Kanz seine Beschwerden sowie den Ort ihres Auftretens.

»Zeigen Sie mal her! Raus mit den nackten Tatsachen«, witzelte der Arzt, kam hinter seinem Schreibtisch hervor und setzte sich auf einen niedrigen Drehhocker.

Wegen dieser unverblümten Direktheit überzog feine Röte das Gesicht des sechsundvierzigjährigen Patienten. Widerwillig entblößte er sein dick angeschwollenes, über und über von roten Pusteln übersätes Geschlechtsteil und bemühte sich, wegzusehen.

Der Doktor knetete daran herum, zog eine stark vergrößernde Lupe aus der Jackentasche seines schneeweißen Arztkittels und betrachtete den Penis von allen Seiten. Anschließend tastete er die Hoden ausgiebig ab.

»Hmmm … scheint mir nichts Infektiöses zu sein. Das sieht eher nach einer stärkeren Allergiereaktion aus. Haben oder hatten Sie Fieber?«

Der Patient verneinte, hätte sich am liebsten wieder angezogen. Doch der Arzt hielt seinen aufgedunsenen Schwanz, der mehr wie eine fette Salami aussah, noch immer in der Hand, was für ihn mehr als peinlich war.

»Dann trage ich da jetzt gleich eine Salbe auf, die den Juckreiz schnell bessern sollte. Dazu kriegen Sie ein Rezept für ein Antihistamin. Eine Tablette nehmen Sie bitte gleich nach dem Abholen ein, eine weitere vor dem Schlafengehen. Morgen je eine morgens und abends. Damit sollten die Pickel deutlich zurückgehen. Falls nicht, sehen wir uns übermorgen wieder, ich müsste dann sicherheitshalber doch einen Abstrich machen.«

Der Patient nickte achselzuckend. Die junge Sprechstundenhilfe von der Anmeldung öffnete in diesem Moment die Tür, um eine Frage zu stellen. Natürlich starrte sie unwillkürlich sofort auf seinen geschwollenen Penis, der wie ein Ständer steil in die Höhe ragte, obwohl er selbstverständlich keineswegs erregt war. Ein Grinsen konnte sie sich beim Hinausgehen nicht verkneifen. Wäre dies kein ärztliches Behandlungszimmer gewesen, hätte man sonst was annehmen können.

Gott, wie peinlich! Wie um ihn noch weiter zu kompromittieren, ramschte der Herr Doktor nun endlos in seinem Arzneimittelschrank, bis er endlich die gesuchte Salbe zutage förderte, die Pusteln dick einschmierte, einen leichten Mullverband um seinen Penis wickelte und er sich wieder anziehen durfte.

»Den Verband habe ich nur angebracht, damit Sie sich nicht die ganze Unterwäsche versauen«, meinte er augenzwinkernd. Er kehrte hinter seinen riesigen Mahagonischreibtisch zurück.

»Wenn es sich – wie angenommen – um eine Allergie handelt, sollten wir schleunigst herausfinden, wogegen sie besteht. Da sind mehrere Faktoren denkbar. Ein neuer Weichspüler, Billigunterhosen, die ihre Färbung an die Haut abgeben, eine Latexallergie oder Geschlechtsverkehr mit einer anderen Frau, die Produkte zur Intimreinigung benutzt, mit denen Ihr Immunsystem Probleme hat … wobei letzteres wohl kaum zutrifft, könnte ich mir denken. Sie sind doch verheiratet, nicht wahr?«

»Seit zehn Jahren, ja. Und war meiner Gattin niemals untreu. Aber ich habe vorgestern zum ersten Mal in meinem Leben ein Kondom benutzt … könnte das unter Umständen die unangenehme Bescherung ausgelöst haben?«

»Aber natürlich, da haben wir den Übeltäter wahrscheinlich schon gefunden! Manche der modernen Pariser sind mit einem Spermizid-Film überzogen und dieses Mittel kann auf empfindlicher Haut durchaus ungewollte Reaktionen hervorrufen. Eine Allergie kann man ohnehin von jeglicher Substanz bekommen, sei sie natürlicher oder chemischer Art. Und das war vorgestern tatsächlich Ihr erstes Kondom?«, fragte der Doktor ungläubig.

»Meine Frau nimmt normalerweise die Pille und sie war … ist … meine erste und letzte Geschlechtspartnerin. Ich neige nicht zum Wechseln, bin ein sehr beständiger Mensch. Aber sie hatte die Einnahme vergessen, und weil wir doch schon zwei Töchter haben, die von meinem bescheidenen Gehalt ernährt und gekleidet werden müssen … «

»Ja ja, schon gut. Dafür müssen Sie sich doch nicht rechtfertigen«, lachte Doktor Kanz. »Hier ist das Rezept. Und keine Sorge, Ihr bestes Stück wird schon nicht abfallen. Das Ding sollte Ihnen noch jede Menge Spaß bereiten.«

Der Patient zog mit verkniffener Miene von dannen, ohne über die humorige Bemerkung gelacht zu haben. Im Vorbeigehen vermied er es, der Sprechstundenhilfe ins Gesicht zu sehen. Er schämte sich zu sehr.

*

Die Zeitungen stürzten sich auf die Sensation wie Schmeißfliegen auf einen Kadaver. Wie von Remmler erwartet, interessierten sich auch überregionale Blätter für den Brockenmord; insbesondere der Regenbogenpresse bot er ein gefundenes Fressen, ließ er doch jede Menge Raum für wilde Spekulationen.

ABGESTÜRZT UND ZERSTÜCKELT – MODERNE HEXEN LEBEN GEFÄHRLICH, titelte die Bildzeitung. Man erging sich munter in Mutmaßungen über geheime Hexenzirkel, die in der Harzregion angeblich wieder im Kommen seien und spekulierte über das Täterprofil.

In einem Punkt aber waren sich die Verfasser der mehr oder weniger sachlichen Artikel und Bernd Mader einig: Diese grauenvolle Tat konnte nur jemand begangen haben, der psychisch nicht ganz auf der Reihe war, um es vorsichtig auszudrücken.

Auch die ›Volksstimme‹ hatte sich des Themas angenommen, jedoch in weitaus rationaleren Sätzen. Man fragte sich, wer die bislang unbekannte Tote sei und was sich in der Walpurgisnacht am Gipfelplateau des Brockens abgespielt haben mochte – und wann die Polizei endlich Details liefern würde.

Die raue, kahle Kuppe des Brockens ist schon von weitem unverkennbar und genau dort liegt der Tatort. Es ist ein Berg der Extreme: Klare Tage mit fantastischer Fernsicht, wüstes Wetter mit entfesselten Elementen oder schneeweiße Stille – der Berg fasziniert seine Besucher zu jeder Jahreszeit. Aber nun ist er zum Schauplatz einer mörderischen Inszenierung geworden. Da sollte man doch aus Vernunftgründen in nächster Zeit fernbleiben, bis der Täter gefasst ist, lautete die Einleitung des Artikels.

Big Boss Remmler würde hierüber bestimmt wenig erfreut sein. Wie er ihm erst gestern wortreich erklärt hatte, saß ihm der Bürgermeister im Nacken, weil der Einbußen auf dem Tourismussektor befürchtete. Mythen und Sagen sorgten zwar für Besucherströme, doch ein Zuviel davon verschreckte die Leute eher. Bei Mord hörte der wohlige Grusel auf.

Bernd Mader legte seufzend die Zeitung beiseite. Er musste zum Dienst, auch wenn Felix schnurrend auf seinem Schoß lag, ihm den Kopf mit den spitzen Tütenohren entgegenstreckte.

»Du hast es besser, du kleiner, verschmuster Faulpelz. Musst dir dein Futter nicht selber verdienen, sondern brauchst einfach nur goldig aussehen, um was Leckeres abzukriegen. Die hiesige Mentalität kann dir egal sein, denn zum Streunen bist du viel zu träge. Stattdessen pennst du den ganzen Tag. Im nächsten Leben werde ich auch Katze bei jemandem wie mir, so viel steht fest«, murmelte sein Herrchen liebevoll.

Behutsam trug er den Kater zu einem Kissen auf der Fensterbank, was dieser mit einem unwilligen Maunzen quittierte. Er hätte sich wohl viel lieber weiterhin die Ohren kraulen lassen.

Der Kommissar ignorierte seinen knurrenden Magen und stellte die Kaffeetasse in die Spüle. Außer einer kleinen Schale Müsli und einem Kaffee, verdünnt mit fettfreier Milch, hatte er zum Frühstück nichts zu sich genommen. Es war noch nicht allzu lange her, dass er dreißig Kilo abgespeckt und begonnen hatte, sich bewusster zu ernähren. Seitdem musste er, jeden Tag aufs Neue, einen Kampf gegen seinen inneren Schweinehund durchfechten. Das machte ihn manchmal nörgelig.

Sein Soko-Team wartete schon im Besprechungsraum. Beckert wedelte bei seinem Eintreten gleich vielsagend mit dem vorläufigen Bericht des Gerichtsmediziners und auch Marit Schmidbauer hielt einige Blätter Papier in der Hand.

»Na, dann schießen Sie mal los. Was gibt es Neues?«

Steffen Beckert machte den Anfang. Der sechsunddreißigjährige Blonde mit dem breiten Brustkorb, der aussah wie einem Modemagazin entstiegen, schlenderte lässig zur Magnettafel und brachte einige Schlagwörter unter dem Foto der Toten an. Sie lauteten *Vergewaltigung ohne DNA-Spuren* und *Abwehrverletzungen.*

Dann trat die Schmidbauer vor und schrieb den Namen *Alina Martens* darüber, dazu notierte sie das Geburtsdatum *15. März 1970* und die Adresse *Bad Harzburg, Lärchenweg 2.* Der Vermerk *vermisst seit 2. Mai 2016* bildete den Abschluss.

»Sehr gute und vor allem schnelle Arbeit«, lobte Mader. »Dann hat es also eine Vermisstenanzeige gegeben … und wer hat das Verschwinden angezeigt?«

»Ihr Lebensgefährte. Die beiden hatten erst seit ein paar Tagen zusammengewohnt. Alina wollte mit einer Freundin auf den Brocken zur Walpurgisfeier, dort quasi einen feuchtfröhlichen Mädels-Abend durchziehen. Die muss ihr in letzter Minute abgesagt haben, also ist sie eben alleine hinaufgefahren.

Ihr Freund wollte noch intervenieren, aber sie hat darauf bestanden, alleine dorthin zu gehen. Hat etwas von *alter Tradition* und *Nacht der Frauen* gesagt. Sie wollte mit dem letzten Sonderzug gegen zwei Uhr zurückkommen, doch als er am Bahnsteig auf sie gewartet hat, war sie nicht unter den Fahrgästen. Nachdem sie auch am folgenden Tag nicht zurückkam und über ihr Handy zu keiner Zeit erreichbar war, hat er sich verständlicherweise große Sorgen gemacht.«

»Und was ist das für ein Typ, dieser Freund?«

»Weiß ich noch nicht. Ich muss nachher erst hinfahren und mit ihm reden. Von Beruf ist der Kerl Kanalarbeiter«, sagte Marit. Ihr brauner Pferdeschwanz wippte bei jeder Bewegung.

»Okay, machen Sie das bitte gleich anschließend. Nun zu Müllers Bericht. Geben Sie mal her, ich überfliege ihn kurz, um auf dem Laufenden zu sein.«

Beckert reichte ihm das Gewünschte. Dabei zog er nur eine seiner Augenbrauen hoch.

»Müller meinte aber, ich solle Ihnen unbedingt mitteilen, dass dies nur die ersten, vorläufigen Ergebnisse der Obduktion sind. Mehr konnte er auf die Schnelle nicht herausfinden.«

»Schon klar«, nickte Mader, während er bereits mit gerunzelter Stirn zu lesen angefangen hatte.

Drei Minuten später ließ er den Bericht sinken.

»Also war unser Verdacht zutreffend, jedenfalls fast. Es gab diese glühende Umarmung mit dem Höllenfürsten tatsächlich, respektive hat der Mörder sein Opfer eiskalt vergewaltigt. Nur eben nicht vor seinem Tod, sondern post mortem. Wie krank muss man sein, um sowas zustande zu bringen?«

»Sehr krank. Aber es bestehen dennoch kleine Restzweifel, ob es sich wirklich so zugetragen hat. Müller hat zwar Fissuren im Gewebe der Scheide gefunden, die auf ein gewaltsames Eindringen schließen lassen, DNA-Spuren gab es aber leider keine zu sichern. Das Arschloch muss einen Pariser verwendet haben.«

»In diesem Fall sollte Marit nachher Alinas Freund ein paar hochnotpeinliche Fragen zu den üblichen Sexualpraktiken des Paares stellen. Aber ich glaube nicht, dass die Verletzungen von einvernehmlichem Sex herrühren. Sonst hätte das Opfer sich ja nicht gewehrt. Und dafür fanden sich an der Leiche unübersehbare Anzeichen«, merkte Fred Jablonski an.

Der dürre, hoch aufgeschossene Spargel bildete das Kontrastprogramm zu Beckert. Sein dunkelbraunes Haar war im Alter von ungefähr vierzig Jahren bereits schütter. Er trug es im Nacken zu einem Pferdeschwanz gebunden. Obwohl kein Gramm Fett auf seinen Rippen existierte, erinnerte seine Statur an einen schwangeren Regenwurm. Ein Bierbäuchlein wölbte sich unter dem taillierten Oberhemd. Am hervorstechendsten war jedoch seine riesige Nase. Sie erinnerte an diejenige des Filmschauspielers Adrien Brody.

Der Vierte im Bunde, Timo Schröck, schien ein sehr zurückhaltender Typ zu sein. Er hatte noch kein einziges Wort gesagt, doch sein interessierter Adlerblick verriet dem aufmerksamen Betrachter, dass er jede Information in sich aufsaugte.

Optisch war er total nichtssagend. Von mittlerer Statur, hatte er mittelbraunes, sehr kurz geschnittenes Haar, braune Augen und ein Durchschnittsgesicht, wie man ihm hundertmal begegnete und sich hinterher doch nicht daran erinnern konnte. Selbst das Alter ließ sich schwerlich schätzen.

Beckert ist hier der Leitwolf, ein Alphatier. Er wird mir Konkurrenz machen wollen. Bei dem muss ich auf der Hut sein. Mit den anderen werde ich locker fertig, sie werden mir mehr oder weniger widerstandslos zuarbeiten, analysierte Mader. Er fühlte sich wie ein Fremdkörper. Die anderen duzten sich freundschaftlich, begegneten ihm jedoch dienstlich-unterkühlt, vielleicht von Marit Schmidbauer abgesehen. Davon durfte er sich keinesfalls beirren lassen.

»So weit, so gut. Jablonski, Sie durchforsten mir das Internet nach Fotos und Videos der Tatnacht. Bestimmt findet sich was auf You Tube. Beckert, Sie fahren auf den Brocken und befragen alle Beschäftigten von Hotel, Bahnhof und Kiosk, derer Sie habhaft werden können, ob jemand etwas Außergewöhnliches bemerkt hat, insbesondere das Lagerfeuer. Schröck soll sich mit dem Hintergrund des Freundes der Toten befassen, dabei vor allem nach einschlägigen Vorstrafen suchen. Und Frau Schmidbauer weiß ja bereits, was zu tun ist. Noch Fragen?«

Es gab keine, deshalb kehrte Bernd Mader an seinen Schreibtisch zurück. Nachher würde er den Chef – im Kollegenkreis wegen seiner Körpergröße und der meist fehlenden Gesichtsmimik auch Botox-Zwerg genannt – noch über den Fortgang der Ermittlungen aufklären müssen. Ihm graute davor, dass der selbstgefällige Beamte ihn wieder eine kleine Ewigkeit in seinem Büro festnageln und an einem pünktlichen Feierabend hindern könnte. Immerhin, er kam wenigstens nicht mit leeren Händen, seine Soko hatte erste Ermittlungserfolge vorzuweisen.

Bis er gegen 15 Uhr in der Höhle des Löwen Rede und Antwort stehen musste, wollte er noch herausfinden, ob es in der Region Harz bereits früher brutale Frauenmorde gegeben hatte, eventuell mit ähnlicher Vorgehensweise. Es war in solchen Fällen nie auszuschließen, dass es sich womöglich um einen geisteskranken Serientäter handelte.

Mader gab sein Kennwort ein und stöberte im polizeieigenen Intranet nach einschlägigen Tatmustern.

*

Wernigerode, 1970

In einer großzügigen Dreizimmerwohnung saß eine junge Frau namens Nelly Spindler, die ihr vier Wochen altes Baby in den Armen wiegte. Zärtlich strich sie dem Säugling übers Köpfchen. Sie hatte es einfach nicht übers Herz gebracht, ihn weiter weinen zu lassen.

»Verziehst du den Jungen etwa schon wieder?«, dröhnte die markige Stimme ihres Gatten Hannes aus dem Schlafzimmer.

»Ich beruhige ihn doch nur, damit wir in Ruhe weiterschlafen können«, verteidigte sich die junge Mutter. Wehmütig legte sie ihr geliebtes Kind in die Wiege zurück, um sich möglichst nicht wieder Hannes' Zorn einzuhandeln. Er besaß sehr eigentümliche Ansichten zur Kindererziehung, setzte auf Zucht und Ordnung. Angeblich musste man seine Nachkommen von Beginn an mit Zuckerbrot und Peitsche erziehen und formen, damit sie später nicht aus dem Ruder liefen.

Manchmal fühlte sich Nelly überfordert. Sie hatte das Kind im Alter von Siebzehn bekommen. Und obwohl sie Hannes schon ihr Leben lang gekannt hatte, waren ihr vor der Eheschließung nie dessen rücksichtslose, manchmal sogar sadistische Charakterzüge aufgefallen. Er schlug sie zwar nicht körperlich, wusste sie aber verbal in einer Weise zu demütigen, wie es Faustschläge wahrscheinlich nie vermocht hätten.

Von außen betrachtet, führte sie als Ehefrau eines geachteten Genossen ein vergleichsweise gutes Leben. So waren sie auch an diese Neubauwohnung in einer Plattensiedlung gekommen, die im Rahmen des staatlichen Wohnungsbauprogrammes errichtet worden war. Eine solche Quadratmeteranzahl wurde normalerweise an Familien mit drei oder mehr Kindern vergeben, doch Hannes hatte seinen gewichtigen Einfluss geltend gemacht und dem zuständigen Genossen mit einem verschmitzten Augenzwinkern erklärt, er werde die restlichen Nachkommen für den Arbeiter- und Bauernstaat schon noch produzieren.

Hannes war Mitglied der Staatssicherheit und in der sogenannten Stasi-Moschee beschäftigt, wie man das Hauptgebäude der riesigen Abhöranlage auf dem Brockenplateau, ihrer markanten Kuppel wegen, nannte. Zusammen mit ungefähr zwanzig Kollegen bespitzelte er dort im Schichtbetrieb mithilfe einer Anlage namens *Urian* den Westen. Es galt, die Deutsche Demokratische Republik gegen ihre Widersacher abzuschotten, Stärke und Unerbittlichkeit zu demonstrieren.

Was genau er dort zu tun hatte, entzog sich Nellys Kenntnis. Kein Sterbenswörtchen verlor Hannes zu Hause und der Gipfel des Brockens war weiträumig abgesperrt, als militärisches Sperrgebiet für den Rest der Bevölkerung absolut unzugänglich. Es war ein ehrgeiziges Projekt der Abschreckung, ein Mikrokosmos für sich, den ausschließlich verdiente, ganz besonders linientreue Funktionäre betreten konnten.

Und so einer war ihr Ehemann. Deswegen gehörte er auch zu jenem erlauchten Kreis, welcher im nahegelegenen Wintersportort Schierke Urlaub machen durfte. Man benötigte dafür extra einen Passierschein. Sie hatte sich wie eine privilegierte Königin gefühlt, als sie ihren Mann im vergangenen Dezember dorthin begleiten hatte dürfen. Da war der kleine Winfried noch nicht auf dieser Welt gewesen. Elegante Damen, Luxusdatschen, Rotkäppchen-Sekt, dazu erlesene Fleisch- und Wurstspezialitäten – und sogar Südfrüchte, die sie nie zuvor gesehen hatte … dieses

Schierke war der blutjungen Ehefrau wie ein Schlaraffenland des Sozialismus vorgekommen.

Vorsichtig, ganz behutsam stieg sie neben dem angeheirateten Unhold ins Bett, hegte die Hoffnung, dass er inzwischen wieder eingeschlafen sein müsste. Doch weit gefehlt. Er wälzte sich auf sie und wollte Sex, obwohl ihr unten herum nach der Geburt noch alles wehtat. Sie wagte es nicht, sich zu widersetzen. Lieber ertrug sie die rasenden Schmerzen und nahm in Kauf, dass sie hinterher stark blutete.

*

4. Mai 2016

Wieder düste Mader nach Dienstschluss mit heißen Reifen gen Baumarkt, wieder bog er kurz vor Ladenschluss in den Parkplatz ein. Doch diesmal hatte er mehr Glück. Noch zahlreiche Kunden schienen sich auf dem Gelände zu tummeln und die Schiebetür aus Glas ließ ihn großzügig eintreten.

Soeben wurde über die Lautsprecheranlage gebeten, dass sich die Kunden allmählich in Richtung der Kassen begeben mögen, weil man zu schließen gedenke. Das störte ihn kaum; er brauchte nur schnell seine Einkaufsliste abzuarbeiten und kannte sich in diesem Markt aus wie in seiner Westentasche.

In der Eisenwarenabteilung hielt er sich bei den Äxten und Sägen dann doch etwas länger auf. Sinnierend stand er vor der stabilen Säge eines Markenherstellers.

Ob unser Brockopath ein solches Werkzeug zur Tatausführung benutzt hat? Wenn ICH jetzt die Knochen eines menschlichen Körpers innerhalb einer möglichst kurzen Zeitspanne klein kriegen müsste, wonach würde ich dann wohl am wahrscheinlichsten greifen?

»Aha, mein später Lieblingskunde ist wieder da. Sie wollten wohl Ihren Gutschein nicht verschimmeln lassen, was?«

Mader fuhr erschrocken herum – und blickte in ein paar grüne Augen. Die mutmaßliche Filialleiterin stand mit schräg gelegtem

Kopf vor ihm. Heute hatte sie ihr Haar hochgesteckt und trug auffällige Ohrringe in der Form von Seepferdchen.

»Keine Sorge, ich will Sie nicht zur Kasse scheuchen. Suchen Sie Ihr Baumaterial ruhig in Ruhe zusammen«, sagte sie nach einem Seitenblick in den Einkaufswagen. »Ich lasse Sie nachher durch den Seiteneingang hinaus.«

»Danke, das ist sehr nett. Ich würde gerne früher herkommen, aber der Dienst geht leider vor.«

»Der Dienst? Dann sind Sie vermutlich Beamter«, lächelte sein Gegenüber.

»Bingo, richtig kombiniert. Ich bin Kriminalkommissar und seit kurzem im Revierkommissariat Wernigerode tätig.«

»Oh … also bearbeiten Sie den Brockenmord? In Ihrer Haut möchte ich zurzeit lieber nicht stecken. Die Journalisten lassen kein gutes Haar an Ihrer Dienststelle.«

»Stimmt genau, deswegen stehe ich ja so sehr unter Druck. Zunehmend macht sich Hysterie in der Bevölkerung breit, vor allem *wegen* der fantasievollen Darstellung der Medien. Die Zeitungsleute scheinen in all ihrer Borniertheit nicht zu verstehen, dass Ermittlungen nun mal ihre Zeit brauchen. Jedenfalls, wenn keine folgenschweren Pannen passieren sollen.

Die Katze beißt sich also in den Schwanz, verstehen Sie? Erst machen sie den Leuten Angst vor einem wahnsinnigen Hexenmeister und hinterher beklagen sie sich darüber, dass sie damit Erfolg hatten. Wir Polizisten sollen dann zaubern und den Täter auf dem Silbertablett präsentieren. Immer dasselbe miese Spiel.

Und Sie leiten den Baumarkt, möchte ich annehmen?«

»Seit zwei Jahren, ja. Ist nicht gerade einfach für eine Frau, in dieser Männerdomäne zu bestehen. Gestatten: Julia Kröger.«

»Sie schaffen es schon, mit dem Testosterongeschwader fertig zu werden, da bin ich sicher. Ich heiße übrigens Bernd Mader.«

Sie reichte ihm ihre schmale, gepflegte Hand. *Keine Gelfingernägel, Gott sei Dank,* bemerkte Mader. Er hasste künstliche Schönheit, und das nicht nur, weil seine Exfrau alle paar Wochen beim Nageldesigner gesessen war. Aber noch etwas fiel ihm auf. Julia Kröger trug zwar keinen Ehering, aber eine deutlich sichtbare

Vertiefung an ihrem rechten Ringfinger legte den Schluss nahe, dass sich hier jahrelang einer befunden haben müsste.

»Sehr erfreut. Okay, Bernd Mader, kann ich noch etwas für Sie tun? Ansonsten gehe ich jetzt in mein Büro, den Tagesabschluss vorbereiten. Sehen Sie, diese knallrote Metalltür da drüben führt zum Verwaltungsbereich. Kommen Sie einfach dorthin, sobald Sie Ihre Einkäufe an Kasse eins bezahlt haben und ich Sie hinten hinauslassen soll. Ich gebe der Kollegin Bescheid, damit sie ihre Kassenlade noch nicht abschließt.«

»Sie sind ein echter Schatz! Ich brauche auch höchstens noch zehn Minuten«, versprach Bernd gerührt.

Eine Stunde später machte auch Julia Kröger Feierabend. Bernd stand immer noch am Kofferraum seines Wagens und mühte sich damit ab, seine Einkäufe zu verstauen. Rückbank und Beifahrersitz des Corsa waren bis unter den Fahrzeughimmel mit Transportkisten vollgestapelt, und das kompliziert angeordnete Arrangement von Zement- und Fliesenkleber-Säcken im Kofferraum glich mittlerweile eher einem überdimensionierten Tetris-Spiel. Trotz aller Bemühungen befanden sich im Einkaufswagen weitere, nicht minder sperrige Waren.

»Ach, du lieber Himmel! Wie, beziehungsweise wo, wollen Sie das noch alles unterbringen?«

Mader blickte ratlos drein.

»Ich habe mich wohl ein bisschen übernommen, beim Einkaufen die Dimensionen meines früheren Fahrzeugs im Hinterkopf gehabt. Ich hätte Sie vorhin sehr gerne nach einer Liefermöglichkeit gefragt, wollte dann aber nicht unverschämt sein. Schließlich waren die Öffnungszeiten schon vorüber.«

Ihr Blick fiel zufällig auf seine großen Hände. Er trug keinen Ehering, auch keine verräterische Ringdelle konnte sie erkennen. Offenbar war er nicht verheiratet.

»Wohnen Sie in der Nähe? Vielleicht könnte ich den Rest in *meinen* Kofferraum laden und Ihnen hinterherfahren.«

»Kommt ja gar nicht infrage. Sie haben schon so viel für mich getan. Dank des Coupons habe ich heute mehr als hundert Euro gespart«, protestierte Mader.

»Es würde mir nichts ausmachen. Verraten Sie mir nun, in welchem Ort Sie wohnen, oder ist das ein großes Geheimnis?«, grinste die hilfreiche Baumarktdame.

»Na schön … Sie sind von der hartnäckigen Sorte, das habe ich schon gemerkt. Mein Haus steht ein wenig abseits des Ortsteils mit dem heimeligen Namen ›Elend‹.«

»Das kenne ich. Wie praktisch, ich lebe im Ortsteil Hasserode, könnte also danach über die L 100 geradewegs heimfahren. Die beiden Ortschaften sind höchstens zwölf Kilometer voneinander entfernt. Somit ist es also abgemacht. Ich parke jetzt meinen Škoda direkt neben Ihrem Wagen und dann laden wir ein.«

Sie eilte davon. Eine nette Frau, die offenbar an einem Helfersyndrom litt und zudem einen veritablen Dickkopf besaß.

Zwanzig Minuten später parkten sie nacheinander auf dem unbefestigten Hof seines Anwesens ein und entluden die Fahrzeuge, wobei Julia Kröger tatkräftig mithalf.

Die ist sich für nichts zu schade. Sabine hätte im Gegensatz dazu nie im Leben einen Zementsack angefasst, sinnierte Bernd staunend.

»Ich stehe tief in Ihrer Schuld und möchte mich revanchieren. Möchten Sie vielleicht auf einen Kaffee mit hereinkommen? Mein Kater würde sich auch freuen«, fragte Bernd und vollführte eine einladende Geste in Richtung seiner Haustür.

»Ein andermal sehr gerne. Ich bin nachher bei einem befreundeten Ehepaar eingeladen, muss vorher noch duschen. Sie sind mir aber ohnehin nichts schuldig. Bei einem derart guten Kunden wie Ihnen muss auch mal ein besonderer Service drin sein«, entgegnete Sie grinsend.

»Sie Scherzkeks. Aber eines ist klar, los werden Sie mich nicht. Ich werde Ihren Markt noch häufig aufsuchen müssen. Sie sehen ja, in welchem Zustand die Bude hier ist.«

»Ja, das ist mir natürlich aufgefallen. Sieht nach einer Jahrhundertbaustelle aus. Ach, ehe ich es vergesse … !«

Sie kramte wie bei der letzten Begegnung in der Handtasche und förderte einen weiteren Coupon zutage.

»Bevor Sie mir jetzt aufs Neue mit Ihrer edlen Bescheidenheit daherkommen, möchte ich mal eines klarstellen. Diesen Coupon gibt es nur für eine Gegenleistung. Ich darf die Dinger frei vergeben, sie sind zur Kundenbindung gedacht. So einen wie Sie müssen wir uns warmhalten. Das Ding dient quasi nicht zuletzt der Jobsicherung.«

Die war wirklich mit allen Wassern gewaschen, besaß ein Talent dafür, ihm den Wind aus den Segeln zu nehmen. *Mal sehen, ob ich sie aus dem Konzept bringen kann.* Er räusperte sich.

»Ähm … und wie würde die Gegenleistung aussehen? Müsste ich dafür nackt auf dem Tisch tanzen?«

»Vorläufig nicht. Sie müssten mir momentan nur verraten, für welchen Namen das A in Bernd A. Mader auf dem Klingelschild steht«, gab sie schlagfertig zurück.

Seine Hochachtung stieg noch um ein paar Grade.

»Das wissen nur sehr wenige Menschen. Aber Sie haben sich diese Information redlich verdient. Dieses A steht nicht etwa für einen schönen Namen wie Andreas, Adam oder Axel. Ich heiße mit Rufnamen eigentlich *Augustin*, vielen Dank an meine lieben Eltern. Sie haben mir einen Vornamen gegeben, den sonst nur Clowns innehaben. Angeblich bloß, weil ich in einem August gezeugt wurde. Ich bin eine Art lebendes Urlaubssouvenir.

Aus purem Frust, wegen der Verarsche in der Schule, bin ich schon frühzeitig dazu übergegangen, meinen zweiten Vornamen *Bernd* zu benutzen. Da behördliche Schreiben aber meistens auf den Rufnamen lauten, muss ich das verhasste A trotzdem überall mitführen, sicher bis an mein Lebensende. Wehe Demjenigen, der ›Augustin‹ auf meinem Grabstein anbringt! Den würde ich glatt als Poltergeist heimsuchen.

So. Jetzt kennen Sie mein dunkles Geheimnis. Sie dürfen ruhig herzhaft lachen, nur zu.«

»Augustin, Augustin, alles ist hin … so geht doch ein Volkslied, wenn ich nicht irre. Nun aber im Ernst, ich verstehe, wieso Sie nicht so genannt werden wollen. Ich hasse Clowns wie die

Pest, schon als Kind habe ich einen großen Bogen um sie gemacht. Jeder Zirkusbesuch war für mich zwiespältig. Mit lächerlichem Herumalbern, ohne Sinn und Verstand, kann ich nichts anfangen, mit roten Nasen ebenso wenig.«

»So ein Zufall – mir geht es genauso!«, sprudelte er heraus.

Sie reichte ihm den Coupon mit einem gekonnten Augenaufschlag. Dabei berührte ihre rechte Hand leicht die seine, was er als angenehm empfand. Ein leichtes Prickeln wanderte über die Fingerkuppen bis in seinen Unterarm.

Ist das gerade volle Absicht von ihr gewesen – oder nicht?

»Alles klar, Bernd. Ich muss allmählich los. Hat mich gefreut, Sie wiederzusehen. Besuchen Sie mich doch im Büro, wenn Sie das nächste Mal Material besorgen. Gerne auch gegen Ende der Öffnungszeiten, das würde mir nichts ausmachen.«

»Werde ich tun, abgemacht. Kann aber eine Weile dauern, ich muss schließlich erst dieses ganze Zeug hier verarbeiten.«

» … und das in Ihrer spärlich bemessenen Freizeit. Sicherlich keine leichte Aufgabe«, ergänzte Julia Kröger verständig.

Er winkte ihr nach, als sie vom Hof fuhr. Bernd A. Mader war keiner der Typen, die mit Fremden schnell warm werden. Aber diese eigensinnige Frau, mit ihren auffälligen Pickeln auf Nase und Kinn, hatte es doch irgendwie geschafft, ihn hinter seinem psychischen Schutzwall hervor zu katapultieren. Sie besaß Charisma, faszinierte ihn. Doch eigentlich – und das war das wirklich Merkwürdige daran – passte sie optisch überhaupt nicht in sein übliches Beuteschema.

*

6. Mai 2016

Am Freitag stand Bernd Mader mit dem falschen Fuß auf. Die halbe Nacht lang war ihm die Begegnung mit Julia Kröger nicht aus dem Kopf gegangen. Danach hatten ihn laute Tropfgeräusche und die gedankliche Aufarbeitung des Mordfalls wachgehalten. Kater Felix, der für sein Leben gern in seiner Kniekehle schlief und ihn so rettungslos auf der Matratze festnagelte, hatte sich wegen der nervösen Unruhe seines Herrchens mehrfach umbetten müssen. Den fehlenden Liegekomfort hatte er mit unwilligem Maunzen quittiert, was dem Schlaflosen gleich noch ein Schuldgefühl gegenüber seinem treuen Pelzknäul einbrachte. Um seine Nachtruhe war es jedenfalls geschehen.

Entsprechend übermüdet schlurfte der Kommissar am Morgen ins unangenehm kühle Badezimmer. Eine Heizmöglichkeit existierte bislang noch nicht. Dieses baufällige Haus würde ihm den allerletzten Cent aus der Tasche ziehen, das war ihm längst bewusst geworden. Wenigstens jenen verbleibenden Teil seines Gehalts, welchen er nicht ohnehin an Sabine und seine Kinder abdrücken musste.

Er wollte gerade in den Corsa steigen und zur Arbeit fahren, da meldete sich besagte Ex via WhatsApp. Sie wollte wissen, um welche Uhrzeit er morgen die Kinder zum Besuchswochenende bei ihr abholen werde.

Verdammt … ausgerechnet dieses Wochenende … eigentlich müsste ich morgen arbeiten und mit den Ermittlungen vorankommen, sonst macht mir der Chef die Hölle heiß … ach, ich frage mal, ob wir mein Umgangswochenende besser auf das nächste verschieben könnten. Für Sabine dürfte das keinen Unterschied machen, die arbeitet sowieso nicht.

Mader tippte die entsprechende Antwort ins Telefon. Er liebte seine Kinder, wollte für sie aber auch den Kopf frei haben. Und das war im Augenblick ganz und gar nicht gewährleistet.

Wieder war der Rest seiner Soko bereits zum täglichen Briefing im Besprechungsraum angetreten, als er gähnend eintrat.

Sind das alles eingeschworene Frühaufsteher oder haben sie einfach den kürzeren Anfahrtsweg? Meine Fresse, da muss ich künftig wohl auch eine halbe Stunde früher anrücken, dachte Mader übellaunig.

Marit Schmidbauer berichtete, dass sie inzwischen den Freund des Mordopfers durchleuchtet und gestern persönlich gesprochen habe. Der aus Polen stammende Mann sei in strafrechtlicher Hinsicht nie aufgefallen, jedenfalls nicht in Deutschland und mache einen ruhigen, angenehmen Eindruck. Er sei zwar von der Intelligenz her eher einfach gestrickt, wirke aber in keiner Weise aggressiv. Rüde oder gar sadistische Sexpraktiken mit seiner Lebensgefährtin habe er bei der Vernehmung entsetzt von sich gewiesen, und das sehr glaubhaft. Sogar geweint habe er. Der Mann sei ein psychisches Wrack.

Also stammten Alina Martens' innere Verletzungen mit hoher Wahrscheinlichkeit tatsächlich vom Mörder.

Beckert wiederum hatte seine Vernehmungstour auf den Brocken anscheinend vorrangig dazu benutzt, sich abzuseilen und dort einen angenehmen, weitgehend arbeitsfreien Tag zu verbringen. Er brachte überhaupt keine neuen Erkenntnisse mit.

Angeblich hatte er zwar mit vielen der auf dem Gipfelplateau arbeitenden Leute gesprochen, aber niemand hatte in der Tatnacht etwas Ungewöhnliches bemerkt. Dafür besaßen sie laut Beckert allesamt wasserdichte Alibis für den Tatzeitraum, waren in Ausübung ihrer jeweiligen Jobs von den anderen Bediensteten gesehen worden. Was dem Kommissar merkwürdig vorkam, denn der Zeitpunkt des Mordes lag eindeutig *nach* der Abfahrt des letzten Zuges, der den Brockenbahnhof um 01.15 Uhr gen Tal verlassen hatte.

Um diese Uhrzeit sollten die Angestellten allesamt noch voll konzentriert am Schuften gewesen sein? Das war recht unwahrscheinlich, zumal der für die Außenflächen zuständige Reinigungstrupp bekanntlich erst am nächsten Vormittag anrückte.

Mader beschloss grimmig, auf dem Brocken selbst noch einige Erkundigungen einzuholen, am besten gleich morgen. Beckerts spärliche Aufzeichnungen über die Gespräche mit den potentiellen Zeugen waren ihm viel zu wenig detailliert, ließen wichtige Fragen offen. Er verfluchte ihn insgeheim dafür.

Übermäßig viel Selbstbewusstsein, aber ein Mangel an Kompetenz, notierte er in Gedanken. Außerdem schien dieser Schönling, wie sich gleich darauf herausstellte, wenig kritikfähig zu sein. Mader machte ihn behutsam auf seine Versäumnisse aufmerksam, was Beckert sofort in Rage brachte. Ein Wort gab das andere.

Gerichtsmediziner Müller referierte nach dem kleinen Machtgerangel, dass er unter den Fingernägeln des Opfers kein fremdes Genmaterial gefunden habe. Dafür sei der sogenannte Hexenaltar ein regelrechter Genpool, der wegen der Vielzahl von Spuren keine Aussagen über die Identität des Täters zuließe.

»Offenbar tatscht ein Jeder, der den Brocken besucht, den verdammten Stein mindestens einmal an. Es wird ewig dauern, all die Muster durch die Datenbank zu jagen«, meinte er sarkastisch. »Der zerbrochene Besenstiel muss ebenfalls durch viele Hände gegangen sein, aber ausgerechnet die DNA des Opfers klebte nicht daran. Somit gehörte der Gegenstand nur zur ›sagenhaften‹ Kulisse, die der Täter inszeniert hat. Ich nehme an, dass der Brockopath den Besen irgendwo geklaut und ihn nur mit Handschuhen berührt hat.«

Jablonski glänzte ebenfalls mit schlechten Nachrichten.

»Ich habe mich kreuz und quer durch soziale Netzwerke geklickt, mir reihenweise alberne Partyvideos angeschaut. Ich sage nur so viel: Ausgelassen feiernde Menschen in Regen und Nebel, jedoch keine Aufnahmen aus dem Bereich des Hexenaltars. Jede Menge brennende Partyfackeln, aber Lagerfeuer konnte ich dazwischen keines entdecken. Es tut mir leid, von meiner Warte aus: Totale Fehlanzeige.«

All das trug nicht gerade dazu bei, Maders miese Stimmung zu heben. Seine Ex Sabine setzte noch einen drauf, indem sie ihm in einer ellenlangen Antwort bittere Vorwürfe machte und ihn mit harschen Worten beschuldigte, sich nicht genügend um die gemeinsamen Kinder zu scheren. Die wusste auch nicht was sie wollte. Zuerst hatte sie seine Vaterrechte im Scheidungsverfahren mithilfe ihrer bornierten Anwältin bis zum geht-nicht-mehr beschneiden wollen – und nun sowas. Vielleicht hatte er ihr ein romantisches Wochenende mit ihrem neuen Lover versaut.

Am späten Freitagnachmittag geschah ein kleines Wunder.

»Wenn wir wegen diesem kranken Killer schon auf Pfingsturlaub und den heutigen Brückentag verzichten müssen, hätte ich da einen Vorschlag. Hättet ihr vielleicht Lust, nach dem Dienst noch rüber ins Brauhaus zu gehen, um entspannt ein schönes

Feierabendbierchen zu heben?«, fragte Steffen Beckert launig in die Soko-Runde.

»Prima Idee«, freute sich Jablonski. »In geselliger Runde könnten wir unseren Chef ein bisschen besser kennenlernen.«

Besagter Chef blickte wenig begeistert drein. Er hatte sich für den Rest des Nachmittags vorgenommen, die tropfenden Wasserhähne zu reparieren, die ihn nachts seit Wochen fast in den Wahnsinn trieben. Rohrzange, Kalkfilter und Dichtungsmaterial lagen schon seit dem Tag seines Einzugs griffbereit unter dem Waschbecken. Er kam einfach zu gar nichts. Selbst sein Stubentiger ließ ihn beleidigt spüren, dass er stark vernachlässigt wurde.

»Ohne mich, ich muss meine Bruchbude renovieren. Danke für das Angebot, aber ich fahre heute ohne Umwege nach Hause. Ich wünsche Ihnen viel Spaß, trinken Sie eines für mich mit. Bier habe ich mir ohnehin verboten, ich bin auf Diät. Acht Kilos müssen heuer noch runter.«

Als er eine Dreiviertelstunde später sein Dienstzimmer verließ, schnappte er auf dem Flur zufällig Bruchstücke einer leise geführten Unterhaltung zwischen Remmlers Sekretärin Ute Meißner und einer jungen Polizistin auf, die er nur vom Sehen kannte. Man zerriss sich fleißig über ihn das Maul, bezeichnete ihn, den neuen Kollegen aus dem fernen Dresden, unter anderem als sturen Bock und als total unnahbar.

So erfuhr er wider Willen von seinem Spitznamen. Man nannte ihn anscheinend *Bernd das Brot*, in Anspielung auf eine depressiv dreinblickende Zeichentrickfigur, die als fatalistischer Pausenclown seit vielen Jahren durch sämtliche Nachtschleifen des Kindersenders KiKA geisterte, und zwar zusammen mit *Briegel dem Busch* und *Chili dem Schaf*.

Ausgerechnet … er hasste auch *diesen* Clown, obwohl der 2004 für sein lauwarmes Geseiere mit dem Adolf-Grimme-Preis ausgezeichnet worden war. Bestimmt stammte der hundsgemeine Spitzname aus Beckerts losem Mundwerk. Insofern war Mader sich sogar ziemlich sicher. Wieso musste es eigentlich in jeder Dienststelle solche selbstherrlichen Machos als Kollegen geben?

Irgendwie verspürte er das Bedürfnis, sich bei Julia Kröger so richtig auszukotzen. Er widerstand dem Impuls jedoch in letzter Sekunde, schließlich kannte er die Frau bis dato kaum.

*

Samstag, 7. Mai 2016

Bernd Mader trat seine Dienstfahrt auf den Brocken bei wolkenlosem Himmel an. Immerhin – wenn er schon seine Freizeit opferte und das Besuchswochenende seiner Kinder verschob, dann durfte er zumindest persönlich etwas davon haben.

Er beschloss, den mit Arbeit versauten Tag ruhiger als sonst anzugehen. Er hatte ausgeschlafen und ausgiebig Felix gestreichelt, bevor er in Ruhe gefrühstückt und sich, eine dick wattierte Jacke auf dem Rücksitz seines Corsa, auf den Weg zum Bahnhof Wernigerode gemacht hatte.

Der Bahnsteig war jetzt um die Mittagszeit nur mäßig bevölkert. Wer den Brocken um seiner selbst willen besuchen wollte, tat das bei solch einem schönen Wetter meist schon am frühen Vormittag, um das Tageslicht und den wunderbaren Rundumblick möglichst lange ausnutzen zu können.

Mader musste da vollkommen anders planen. Auch er wollte Fahrt und Aussicht diesmal genießen, aber danach benötigte er die volle Aufmerksamkeit der zu befragenden Zeugen. Und die konnten nun mal nicht Rede und Antwort stehen, solange um sie herum der touristische Hexenkessel brodelte, um bei ortsüblichen Termini zu bleiben. Er wollte erst mit der letzten Bahn für diesen Tag, um 18.31 Uhr, nach Wernigerode zurückfahren.

Wieder war der historische Zug mit einer Dampflok bespannt, doch diesmal saß er in einem weinroten Waggon, der ein wenig mehr Komfort bot als der grüne von neulich. Vom Hauptbahnhof ging es in gemächlicher Fahrt über Westerntor und die Steinerne Renne bis hinauf nach Drei Annen Hohne. Von da an brauchte der Zug noch ganze fünfzig Minuten, um die Endhaltestelle Brockenbahnhof zu erreichen. Interessiert guckte Mader aus dem Fenster. Im Sonnenschein sah die Gegend gar nicht mal so übel aus. Man konnte sie durchaus als rau, karg und herb bezeichnen, aber das entfaltete sogar einen speziellen Reiz.

Könnte jemand theoretisch den gesamten Weg hinunter ins Tal zu Fuß zurücklegen, noch dazu in der totalen Dunkelheit der Nacht? Vielleicht … aber der müsste sich hier so gut auskennen wie in seiner Hosentasche, die Wanderwege gewissermaßen blind finden. Nächte ohne Nebel sollen hier selten sein, habe ich mir sagen lassen. Wie lange man für die Strecke wohl bräuchte? Die Einheimischen werden es sicher ungefähr wissen, überlegte der Kommissar, während die Landschaft langsam an ihm vorüberzog. Idyllische Zugfahrt hin oder her, zumindest eine Hälfte seines nimmermüden Polizistengehirns operierte schon wieder im Dienstbetrieb.

Nach dem Aussteigen führte ihn der erste Weg zum Hexenaltar, obgleich dort inzwischen natürlich sämtliche Spuren aus der Tatnacht beseitigt worden waren. Das Fleischmesser, mit dem der Mörder Herz und Lunge der Martens dreizehn Mal traktiert und sie ins Nirwana befördert hatte, war und blieb verschollen. So ziemlich jeder verfügbare Polizist der Umgebung war zwei Tage lang damit beschäftigt gewesen, das Brockenplateau rundherum abzusuchen. Es schien in der Natur verdammt leicht zu sein, ein Messer auf die Schnelle verschwinden zu lassen.

Ich würde es einfach tief in den lockeren Waldboden drücken und die Stelle anschließend mit einem Moosdeckel verschließen. Selbst mit einem Metalldetektor wären die Chancen gering, es jemals zu finden. Dieses Naturschutzgebiet hat eine enorme Größe. Ohne einen Anhaltspunkt, wo man danach suchen sollte, bleibt die primäre Tatwaffe wahrscheinlich auch in Zukunft unauffindbar. Womöglich stößt in tausend Jahren ein Archäologe darauf und wundert sich, welch merkwürdige Rituale hier in grauer Vorzeit zelebriert wurden, dachte er voller Ironie.

Noch immer in Gedanken versunken, wandte er sich um und wäre fast mit einem schmächtigen Mann zusammengeprallt, der wie ein Marathonläufer gekleidet war. Er japste nach Luft, so als ob er tatsächlich hier heraufgerannt wäre. Ein zweiter, ein dritter Läufer folgten und erst jetzt fiel Maders Blick auf eine mit weißer Farbe auf den Boden gepinselte Ziellinie. Sein fotografisches

Gedächtnis förderte augenblicklich ein Plakat zutage, das er am Bahnhof hatte hängen sehen. Darauf war die Rede von einem Event namens *Brockenlauf* gewesen, der am heutigen Samstag hier sein Finale finden sollte. Waren diese paar Verrückten etwa tatsächlich die nahezu dreihundert Kilometer von Berlin hierher gerannt, und das innerhalb von nur sechs Tagen?

Und ich hatte vorhin noch gerätselt, ob es ein kräftiger Mann zu Fuß bis hinunter zu den nächsten Siedlungen schaffen kann … angesichts dessen muss ich mir die Frage wohl mit ›ja‹ beantworten. Ein Killer, bis unter die Haarspitzen mit Adrenalin vollgepumpt, sollte kein Problem damit haben. Man müsste verschiedene Routen auf der Landkarte nachvollziehen und ausrechnen, um wieviel Uhr er ungefähr an welchem Ort herausgekommen wäre. Damit beauftrage ich am Montag am besten den Schröck, der mault mich wenigstens nicht gleich an.

Mader startete seine Interviewrunde am ›Hexenkiosk‹. Die launige, etwas mollige Betreiberin war äußerst auskunftsfreudig, um nicht zu sagen: redselig. Aber sie hatte ihre Souvenirbude in der Tatnacht schon gegen zehn Uhr abgeschlossen, konnte also keine sachdienlichen Informationen beitragen.

Von ihr erfuhr er allerdings beiläufig, dass ihn die werten Kollegen schlecht informiert hatten. Sonderfahrzeuge von Polizei, Rettungsdienst und Feuerwehr, sowie das Personal von Bahnhof, Gastronomiebetrieben und Wetterwarte konnten und durften sehr wohl durchs Naturschutzgebiet bis aufs Plateau fahren. Auch zu Fuß war es gut zu erreichen, es führte beispielsweise ein zirka sechseinhalb Kilometer langer Wanderweg, über den sogenannten *Teufelsstieg,* von Schierke aus hinauf.

Hätte ich das alles gewusst, wäre nicht so viel wertvolle Zeit verstrichen, bis ich am Tatort eingetroffen bin. Ob das volle Absicht gewesen ist, wollten sie mich, den ortsunkundigen Neuen, in Misskredit bringen? Andererseits ist auch Müller mit der Schmalspurbahn auf den Berg gefahren … aber der führte natürlich schweres Equipment mit sich.

Wie auch immer – falls der Mörder den Tatort zu Fuß verlassen hat, ist er höchstwahrscheinlich nur bis nach Schierke bergab gelaufen und von dort aus mit einem Pkw weitergefahren. Diesen Ansatz sollten wir unbedingt weiterverfolgen. Vielleicht gibt es auf dem Großparkplatz Überwachungskameras.

Am Bahnhof konnte man ihm überhaupt nicht weiterhelfen. Hier kümmerte man sich ausschließlich um den reibungslosen Betrieb der Brockenbahn. In der Tatnacht hatte an der Station reges Treiben geherrscht, bis die letzte Sonderfahrt das Plateau in Form des Triebwagens ›Wittenberger‹, Betriebsnummer 187 015, mit drei Minuten Verspätung um 01.18 Uhr verließ. Danach waren die Mitarbeiter der Harzer Schmalspurbahn angeblich samt und sonders zu ihren Autos gegangen und nach Hause gefahren – ohne etwas Auffälliges zu bemerken. Ungefähr so las sich das auch in Beckerts Bericht.

»In der Walpurgisnacht herrscht grundsätzlich Ausnahmezustand. Verkleidete, Betrunkene … was sollte einem angesichts dessen als außergewöhnlich ins Auge stechen?«, hatte der Bahnhofsvorsteher achselzuckend gefragt.

Verflixt noch mal! Eine derart attraktive Blondine müsste doch aufgefallen sein, sowas gibt es doch überhaupt nicht! Es sei denn, sie wäre bis zur Unkenntlichkeit als Hexe verkleidet gewesen. Was selbstverständlich im Bereich des Möglichen liegt, Kleidung haben wir ja keine gefunden, sinnierte Mader frustriert.

Den bombastischen Fernblick ignorierend, marschierte er im Stechschritt zum sogenannten Touristensaal, einem Selbstbedienungslokal mit Kantinenflair, das sich im Erdgeschoss des Brockenhotels befand. Er gedachte dort einen kleinen Imbiss zu sich zu nehmen. Davon nahm er Abstand, als er die Preise sah, die dort für einfache Gerichte wie Currywurst aufgerufen wurden. Man nutzte hier wohl schamlos aus, dass den Touristen nur wenige Alternativen zur Auswahl blieben, wenn sie ihren Hunger loswerden wollten.

Mit dem Fahrstuhl fuhr er in den siebten Stock des Brockenhotels, der die Hexenklause beherbergte. Die Einrichtung wirkte mit ihren lindgrünen Polyestertischdecken zwar ein wenig altbacken, aber dort gab es wenigstens Kaffee und Käsekuchen mit Mandarinenstücken aus der Dose. Er hatte schon besseren genossen, doch in der Not frisst der Teufel Fliegen.

Mader stärkte sich und versuchte beim Bezahlen, die reichlich unfreundliche Bedienung zu vernehmen. Die ungefähr fünfzigjährige Fregatte mit ausladendem Hinterteil stellte sich als wenig auskunftsbereit heraus, behauptete stereotyp, sich in der fraglichen Nacht keineswegs für Feierlichkeiten außerhalb des Hotels interessiert zu haben. Sie und ihre Kolleginnen hätten eine geschlossene Veranstaltung im Goethe-Saal betreut und alle Hände voll zu tun gehabt. Er könne sich die lästige Fragerei somit getrost auch bei den anderen Damen ersparen.

»Vielleicht hat der Chef irgendetwas bemerkt, der läuft ja viel herum und schaut nach dem Rechten. Aber der kränkelt und ist zurzeit nicht da. Man kann ihn telefonisch erreichen, die Nummer gibt's im Internet«, merkte die Xanthippe mit verkniffenem Gesicht an. Ohne sich zu verabschieden, verschwand sie hinter der Theke und danach in der Küche.

Ich hätte der blöden Kuh besser kein Trinkgeld geben sollen. Weiber in den Wechseljahren … eine echte Katastrophe. Na ja, Sabine war schon weit vorher ungenießbar.

Am Ende seines Ausflugs musste der Kommissar sich eingestehen, dass er Beckert wohl zu Unrecht verdächtigt hatte, seine Zeugenbefragungen unvollständig durchgeführt zu haben. Auch er konnte keine bahnbrechenden Erkenntnisse mit ins Revier nehmen. Er ging noch ein paar hundert Meter jenen Pfad entlang, welcher hinunter nach Schierke führte. Der gewundene, steinige Weg führte über Wurzeln und Holzstege, war selbst bei sehr gutem Wetter ohne festes Schuhwerk kaum zu bewältigen. Er nahm sich vor, hier irgendwann privat wandern zu gehen.

Wie geplant, fuhr er mit dem letzten Zug nach Wernigerode zurück. Zu seinen dringlichen Renovierungsarbeiten am Haus war er indes wieder nicht gekommen. Gegen elf schlief er, seinen Kater auf dem Schoß, vor dem Fernseher ein.

*

Der grobschlächtige, etwa einen Meter neunzig große Pole saß mit gesenktem Kopf auf der Couch, hielt seine fleischigen Hände im Schoß gefaltet. Rein vom Erscheinungsbild her hätte man ihm ohne weiteres zutrauen können, dass er eine Frau wie Alina auf seinen starken Armen in bewusstlosem Zustand zum Hexenaltar tragen, sie dort erstechen und zerteilen hätte können. Die Statur hätte gepasst, aber alles andere eben weniger.

Die hellgrauen, vom häufigen Weinen geschwollenen Augen des Wojciech Król verrieten sein butterweiches Inneres. Für ein gestandenes Mannsbild hatte er außergewöhnlich nah am Wasser gebaut.

Sicherlich, auch friedlichste Hunde beißen, wenn man sie nur lange genug tritt, sinnierte Marit Schmidbauer. *Aber dieser bedauernswerte Mann trauert offenkundig ehrlich um seine ermordete Lebensgefährtin. Er muss sie abgöttisch geliebt haben. Außerdem gibt es bislang keinerlei Hinweise, dass die beiden vor ihrem gewaltsamen Tod Stress miteinander gehabt hätten. Seine DNA war auch nicht am Tatort zu finden. Nur an der Kleidung des Opfers, aber dafür hat sicher die Abschiedsumarmung gesorgt.*

Außerdem hat Fred Jablonski sich stundenlang die Videoaufzeichnungen des Bahnhofs Wernigerode angesehen. Da war tatsächlich ein Mann mit Króls Statur frierend auf dem zugigen Bahnsteig gestanden und hat auf den letzten Zug vom Brockenplateau gewartet. Eindeutig zu identifizieren ist er auf den grobpixeligen Bildern zwar nicht, doch es ist sehr wahrscheinlich, dass es sich tatsächlich um den polnischen Kanalarbeiter handelt.

Aber, auf der anderen Seite … wer dermaßen hingebungsvoll liebt, der würde wahrscheinlich zur absoluten Wildsau werden, wenn seine Angebetete ihn verlassen will … und man könnte jemand Anderen mit der Beseitigung beauftragen, während man selber nachweislich am Bahnhof steht und einen auf unschuldig macht …

»Es tut mir leid, dass ich Sie schon wieder mit Fragen quälen muss. Aber wir wissen noch so wenig von Ihrer einstigen Lebensgefährtin«, sagte Marit eingangs entschuldigend.

Der gutmütige Riese hob die Hände.

»Ach, ist in Ordnung. Der böse Mensch, der das getan hat, muss bestraft werden. Ich will ihn im Gerichtssaal sehen.«

Ein osteuropäischer Akzent war unverkennbar. Król betonte Wörter auf der ersten Silbe, wodurch man sie stellenweise kaum als Deutsch identifizieren konnte.

»Ich hatte Sie beim letzten Mal gefragt, ob Alina Feinde, Neider oder andere Kontrahenten hatte. Sie verneinten das. Nun würde ich gerne noch Näheres über ihre Familie wissen. Pflegte sie Kontakt zu ihren Eltern oder zu ihrem Bruder?«

»Eltern sind gegangen nach Südamerika, fünfzehn Jahre … wie sagt man das … zurück, ich glaube? Nach Venezuela, haben dort Grundstück gekauft und Haus gebaut.«

»Vor fünfzehn Jahren«, korrigierte Marit geduldig. »Sie sind also ausgewandert, nicht wahr? Da hat man sich wegen der Entfernung wahrscheinlich nicht mehr häufig sehen können.«

»Nur zweimal. Einmal ist gewesen Alina in Maracaibo, einmal Eltern waren hier, haben besucht sie und Bruder Oliver. Aber telefoniert jede Woche mit Skype. Familie nicht hat umgebracht meine Alina, wenn Sie wissen wollen.«

»Klar will ich das wissen, deswegen bin ich ja hier. Und der Bruder lebt bis heute noch in Deutschland?«

»Ja, wohnt jetzt in Berlin. Hat gefunden Job auf Baustelle von Flughafen BER, Sie wissen schon – der, der niemals will fertig werden. Aber für ihn ist gut, hat lange Arbeit.«

Der leise Anflug eines sarkastischen Grinsens huschte über sein Gesicht. Doch er wurde gleich wieder ernst, seufzte. Sein Blick glitt liebevoll über ein gerahmtes Foto seiner Verflossenen, das er mitten auf dem Couchtisch platziert hatte. Eine hübsche Frau war sie gewesen. Naturblondes, seidiges Haar, azurblaue Augen, ein schön geschwungener, versonnen lächelnder Mund … man konnte kaum an ihr vorbeisehen.

Ist das nur rührselige Show – oder kann er es keine Sekunde aushalten, ohne sie anzuschauen und um sie zu trauern?

»Oliver hat eigene Familie mit drei Kindern, nicht viel Kontakt zu Alina. Berlin ist auch zu weit entfernt. Aber verstanden haben sie sich immer gut. Letztes Mal gesehen hat sie ihn … ich glaube, Ostern im letzten Jahr«, ergänzte Wojciech.

»Und wie sieht es mit verflossenen Beziehungen aus, gab es da jemals Probleme, hat sie etwas erzählt? Verheiratet war sie nach meinen Recherchen nie«, bohrte Marit weiter.

»Da gibt es nicht viel zu wissen. War verliebt als ganz junges Mädchen, aber Eltern haben verhindert Freundschaft. Danach hat gelebt sehr zurückgezogen, immer eigene Wohnung gehabt. Manchmal gab es Freund, aber nichts Festes. Mit mir war erstes Mal, dass sie Leben ändern und heiraten wollte. Wissen Sie, war meine ganz große Liebe … «

Nun brach Wojciech in Tränen aus, schluchzte wie ein liebeskranker Elefant. Die Polizistin reichte ihm mitleidig ein Papiertaschentuch. Wieder eine Sackgasse, immer noch keine bahnbrechenden Erkenntnisse. Es war zum Verzweifeln. Sie musste mit leeren Händen ins Revierkommissariat zurückkehren.

Nicht der Intelligenteste und vielleicht ein wenig unbeholfen, aber lieb und mit einem großen Herz ausgestattet, lautete ihr vorläufiges Urteil.

Beim Gehen ließ sie ihren geschulten Blick trotzdem in die Küche huschen. Wieso eigentlich? Falls sie gehofft hatte, einen Messerblock mit leerem Steckplatz auf der Arbeitsplatte zu entdecken, so löste sich jedenfalls auch dieser Strohhalm in Nichts auf. Die Küche war sauber wie geleckt und vorbildlich aufgeräumt. Kein einziges Messer war sichtbar.

*

Leipzig/Wernigerode, 1983

Winnie, wie ihn seine Mutter liebevoll in Abwesenheit des Patriarchen nannte, tat sich äußerst schwer mit Kontakten zu anderen Kindern. Von Anfang an hatte er die gesellschaftliche Stellung eines belächelten Außenseiters innegehabt.

Einesteils lag das sicherlich an seinem Aussehen. Er war mit seiner schmalen Hakennase, dem unvorteilhaft proportionierten Körper und seinem dünnen, kartoffelbraunen Haar nicht gerade das attraktivste Kind. Meistens lief er in ausgeleierten, selbstgestrickten Pullovern und braunen Stoffhosen herum, während die Schulkameraden versuchten, sich möglichst westähnlich zu kleiden. Und er besaß nicht einmal Jeans der Ost-Marke *Käfer*, weil sein Vater grundsätzlich alles hasste, was nach den Errungenschaften des amerikanischen Klassenfeindes aussah.

Zur hausbackenen Optik kam noch Winfrieds merkwürdiges Sozialverhalten. Er stand stets ein wenig abseits, freundete sich mit niemandem näher an und saß sogar alleine in der Schulbank. Manchmal kicherte er wie blöde vor sich hin, obwohl es gar nichts zu lachen gab. Manche seiner Klassenkameraden hielten ihn sogar für leicht geistesgestört und nahmen ihn nicht für voll, auch wenn seine schulischen Leistungen durchwegs im Normbereich lagen.

So wurde der linkische, schüchterne Junge regelmäßig zum Opfer verbaler und tätlicher Angriffe auserkoren. Zu Hause gab es ebenfalls häufig Schläge, nämlich jedes Mal dann, wenn er in den Augen seines zwanghaften, übermäßig strengen Vaters etwas falsch gemacht hatte. So mancher Kochlöffel war im Laufe der Jahre auf seinem geröteten Hinterteil zerbrochen worden.

Erfolge hatte er lediglich als Ringer im Wettkampf vorzuweisen. Sein Sportlehrer war wegen seiner gut ausgebildeten Hals- und Rückenmuskulatur auf ihn aufmerksam geworden, und so trainierte er in diesem Kampfsport seit fast vier Jahren für die Jugendmannschaft der Deutschen Demokratischen Republik. Die körperliche Verausgabung half ihm, die Aggressionen gegen seinen übermächtigen Vater abzubauen. Er galt im Kampf zwar nicht gerade als versierter Techniker vor dem Herrn, verfügte jedoch bald über eine Menge Kraft und schickte so manchen Gegner erbarmungslos auf die Matte.

Nun war er Dreizehn geworden und die Hormone meldeten sich bei ihm. Verstohlen blickte er den bildhübschen Mädchen aus seiner Ortsgruppe der FDJ hinterher, doch die ignorierten oder veräppelten ihn höchstens. Muskeln hin oder her, er wurde noch immer als unattraktiver Sonderling empfunden. Und das ließen ihn die Mädels nur zu gerne spüren.

Alle, bis auf eines.

Er hatte wegen seiner guten Sportleistungen im Juli 1983 an der IX. Kinder- und Jugendspartakiade in Leipzig teilnehmen dürfen und war deshalb zum ersten Mal für mehr als eine Woche von zu Hause weggekommen. Er fühlte sich, von der Minute seiner Ankunft in Leipzig an, wie befreit. Niemand kontrollierte ihn Tag oder Nacht und er bekam wenigstens nicht mit, wie sein Vater seine Mutter grün und blau schlug – was alle paar Tage, aus nichtigsten Anlässen heraus, vorkam. Mal schmeckte dem herrschsüchtigen Hausherrn das Essen nicht, mal war die weiße Tischdecke nicht mittig ausgerichtet.

Einmal hatte er mutig versucht, ihr zu Hilfe zu kommen, war daraufhin aber selber brutal verprügelt und mit Hausarrest bestraft worden, sodass er für geraume Zeit auf seine geliebten einsamen Streifzüge in die freie Natur verzichten hatte müssen. Seither sah er trotzig weg, wenn der Alte mit einem fiesen Grinsen über seine wimmernde Mutter herfiel.

Die temporäre Freiheit bekam ihm gut. Winnie taute ein wenig auf, sah in Leipzig nicht ganz so verbiestert drein. Hier durfte er derjenige sein, der er sein wollte: ein Sportler, der sich für Mädchen seines Alters interessierte; und zwar unabhängig davon, ob deren Familien Westkontakte nährten oder nicht.

Bei der Abschlussfeier der Spartakiade lernte er eine gleichaltrige Turnerin kennen, die, genau wie er selbst, leider keine Medaille hatte ergattern können. Das strohblonde, blasse Mädchen mit der süßen Nase hatte seinen Blick freundlich erwidert, sich nicht daran gestört, dass er es aus einiger Entfernung klammheimlich betrachtete. Es saß betont abseits, konnte mit seinen lärmenden, extrovertierten Kameradinnen offensichtlich wenig anfangen.

Vor allem *das* machte ihm die gertenschlanke, sehnige Schönheit auf Anhieb sympathisch. Er spürte, wie seine Lenden pochten, ihm wurde siedend heiß. Das verwirrte und faszinierte ihn gleichermaßen.

Von der ersten Sekunde an hatte er gespürt, dass er mit diesem Mädchen sprechen musste; koste es, was es wolle. Die Zeit drängte, schon morgen würde sich die sportliche Jungelite des Landes wieder in alle Himmelsrichtungen zerstreuen. So fasste Winnie sich notgedrungen ein Herz, überwand seine Scheu und steuerte direkt auf das Subjekt seiner Begierde zu.

»Darf ich mich für einen Moment zu dir setzen?«, fragte er mit puterrotem Gesicht. Immerhin, er hatte den Satz ohne Stottern herausgequetscht. Das Blut rauschte laut in seinen Ohren, ihm wurde ein wenig schwindelig. Er bemühte sich, möglichst ruhig weiter zu atmen.

Ein irritierter Blick aus azurblauen Augen traf ihn. Sie zögerte kurz, dann erlöste ihn ihr Nicken aus seiner Not. Mit gebührendem Abstand platzierte er sein Hinterteil neben ihr auf der nahezu leeren Tribüne. Die Abschlussfeier war vorüber und die meisten Besucher hatten das Stadion bereits verlassen. Nach all den ambitionierten Reden, der lauten Musik und den Fanfaren war eine fast greifbare Stille eingekehrt.

Was nun, Winnie? Worüber solltest du überhaupt mit ihr reden? Jetzt kommt es drauf an, du gehemmter Volldepp!

Eine Weile saßen sie schweigend nebeneinander, blickten in dieselbe Richtung. Winfried schwebte gefühlt zwischen Himmel und Hölle. Seine Gedanken rasten, kreisten alle um denselben Punkt. Wie sollte er es nur anstellen, sie für sich einzunehmen? Er schrak zusammen, als sie sich urplötzlich zu ihm umdrehte, ihn freundlich anlächelte und ihn kumpelhaft in den muskulösen Oberarm knuffte.

»Ich finde es knorke, dass du keiner von denen bist, die andauernd sinnloses Zeug plappern müssen. Die anderen Jungs und Mädels quasseln die ganze Zeit über – und sagen trotzdem im Grunde nichts. Dabei entgeht ihnen regelmäßig der Zauber des Augenblicks, sie sind nicht achtsam.

Fühlst du auch den Nachhall der Feiern, den dieses Stadion bewahrt hat, selbst wenn die Menschen längst gegangen sind? Ein Bauwerk ist mehr als die Summe seiner Teile, mehr als Beton und Stahl. Es besitzt eine Art von Seele, geformt aus dem Schweiß der Sportler, der Begeisterung des Publikums und dem Ehrgeiz des Komitees.

Doch inzwischen dominieren wieder andere Geräusche, der Wind und das Vogelzwitschern haben diesen Ort zurückerobert. Dort drüben bricht sich Unkraut seinen Weg durch den Stein, lässt sich nicht unterkriegen. Das erinnert mich schmerzlich an die Vergänglichkeit von allem, was wir Menschen auf der Welt jemals erschaffen haben. Weißt du, ich denke viel nach und lese für mein Leben gerne. Sogar die alten griechischen Philosophen haben es mir angetan.«

Sie senkte ihre Stimme, sah ihm intensiv in die Augen. Ihm wurde abwechselnd heiß und kalt, seine Handflächen schwitzten. Er rieb sie unauffällig an den Hosenbeinen trocken.

Das Mädchen fuhr mit seinen Betrachtungen fort.

»Bitte sage es niemandem weiter, sonst könnte das meinen Eltern schaden … aber ich glaube, selbst der gefeierte Sozialismus wird eines Tages nichts mehr weiter sein als ein Nachhall, ähnlich dem, der jetzt noch im Stadion präsent ist. Alles unterliegt einem stetigen Wandel. Aus dem Geschichtsunterricht weiß ich, dass das auch für politische Systeme gilt. Sie belügen uns, wenn es immer heißt, der Sozialismus würde niemals vergehen. Das meint auch mein älterer Bruder. Verstehst du, was ich damit sagen will?«

Winnie erfasste zwar den Sinn ihrer Worte nicht vollständig, nickte aber voller Beklemmung und schwieg weiter.

Die hat echt was im Kopf. Wenn ich jetzt was sage, merkt sie, dass ich nicht mithalten kann. Ich bin kein Philosoph.

»Wie heißt du denn und wo bist du zu Hause?«

»Winfried Spindler, aus Wernigerode. Meine Freunde nennen mich aber Winnie. Und du?«

Wenn du wüsstest, dass ich in Wirklichkeit gar keine Freunde habe …

Sie nannte ihren Namen.

»Dann wohnen wir nicht allzu weit voneinander entfernt. Ich komme aus Elbingerode. Ich glaube, ich habe dich neulich auf dem Schulhof gesehen, kann das sein? Aber jetzt muss ich allmählich los, meine Siebensachen zusammenpacken. Vielleicht sehen wir uns bald mal wieder, Winnie!«

Sie stand auf, gab ihm die Hand und wollte beschwingt weggehen, ein Liedchen auf den Lippen.

Ihn befiel blinde Panik. Sie durfte jetzt einfach nicht aus seinem Leben verschwinden!

»So warte doch!!!«

Der Ruf hatte eine Spur zu verzweifelt geklungen. Winnie biss sich auf die Zunge. Zu spät. Das Mädchen drehte sich mit halb amüsiertem, halb fragendem Blick um.

»Was hast du denn? Wir können morgen im Zug weiterreden. Meine Eltern besuchen nämlich ihre Bekannten in Wernigerode und holen mich dort am Bahnhof mit dem Trabi ab«, grinste sie verschmitzt. »Du bist doch bestimmt ebenfalls mit der Bahn hergekommen?«

»Woraus schließt du das?«

»Du hast deine Alten nicht im Schlepptau, genauso wenig wie ich. Die meinen hatten offenbar Besseres zu tun, als sich mein Scheitern mitanzusehen. Deine somit vermutlich auch«, grinste die Blondine achselzuckend.

Er nickte mechanisch. Seinem Vater war der Dienst auf seinem Horchposten wichtiger und Mutter durfte eigentlich nur zum Einkaufen alleine aus dem Haus gehen, wenn sie nicht bei ihm anecken wollte.

Erst nachdem das Mädchen gegangen war, merkte Winfried, dass ihm vor Faszination der Mund offenstand. Die Welt hatte sich für ihn verändert, er fühlte sich wie verzaubert. Er glaubte sogar, eine Art Nachhall ihrer Anwesenheit zu spüren. Zärtlich strich er über die Stelle, auf der sie gesessen war.

*

Dienstag, 10. Mai 2016

»Ich hoffe, ihr habt alle noch nicht gefrühstückt. Jetzt wird es nämlich gleich eklig«, lautete Müllers Einleitung. Er hatte durch physikalische Tests herausgefunden, wie und womit der Täter Alinas Leiche zerteilt haben musste und wollte seine Ergebnisse nun der Soko präsentieren.

Mader fühlte sich nicht recht aufnahmefähig. Bis zwei Uhr morgens war er mit Rohrzange, Meißel und Schweißgerät zugange gewesen, weil ihm mitten in der Arbeit mit dem Hahn am Waschbecken ein marodes Wasserrohr in der Wand gebrochen war. Bis er das Malheur behoben, die Wasserfluten im Badezimmer und dem angrenzenden Flur beseitigt und sich schnell noch den Schweiß vom Körper geduscht hatte, hätte er eigentlich gleich wach bleiben können. Leider war er dann doch für eine lausige Dreiviertelstunde in Omas abgewetztem Sessel eingepennt und nun hätte er locker im Stehen weiterschlafen können.

Müller zeigte über die Videoleinwand einige Bildsequenzen.

»Hier, sehen Sie … ich bin extra rüber zum Schlachthof gefahren und habe das Zerteilen des Körpers an einer Rinderhälfte nachgestellt. Jetzt gibt es Gewissheit. Zuerst hat unser Mörder dem bedauernswerten Opfer das Fleisch der Gliedmaßen rundherum mit einer Astsäge durchtrennt, anschließend mit einer handelsüblichen Feueraxt die Knochen durchgehackt. Die Beine wurden, auf diese laienhafte Weise, jeweils in vier, die Arme in drei ungleiche Stücke unterteilt. Kein Wunder, der Wahnsinnige musste sich ja bestimmt sehr beeilen. Meist brauchte es mehrere Schläge, die Knochen des Opfers auseinander zu bekommen, daher rühren die unregelmäßigen Schnittkanten. Die gute Frau scheint also nicht gerade an Osteoporose gelitten zu haben.«

Müller zog seufzend eine schiefe Grimasse. Nie erkannte jemand den schwarzen Humor hinter seinen makabren Formulierungen. Schade eigentlich.

»Das Ergebnis meiner Recherchen sieht äußerst unappetitlich aus, nicht wahr? Nun ja, aus *dieser* Sauerei lassen sich wenigstens noch Hamburger herstellen, ha ha.

Welche Fabrikate der infrage kommenden Gerätschaften unser Täter mit hoher Wahrscheinlichkeit benutzt hat, entnehmen Sie bitte meinem ausführlichen Bericht. Leider bekommt man das Zeug in jedem Baumarkt, war nichts Exotisches dabei. Den Kauf zurückzuverfolgen und damit Rückschlüsse auf die Identität des Mörders zu ziehen, dürfte somit ausscheiden. Ich muss jetzt aber wieder in meine heiligen Katakomben zurück.«

Er nagelte eine Mappe auf den Tisch und ging. Niemand griff freiwillig danach. Über eine Minute lang herrschte Schweigen im Besprechungsraum. Jeder hing seinen Gedanken nach.

Marit Schmidbauer schüttelte sich.

»Das wäre sogar für einen Horrorfilm ziemlich starker Tobak. Wenn ich mir das bildlich vorstelle … erst sticht er sie mit dreizehn Hieben ab, vergeht sich an ihrer Leiche und dann füllt er noch den blutigen Matsch in Schüsseln … !«

»Apropos ›abstechen‹. Steht auch schon fest, was für ein Messer der Irre benutzt hat?«, warf Mader gähnend ein.

»Ein handelsübliches Fleischmesser, wie man es in der Küche verwendet, spitz und mit ultrascharfer Klinge. Sowas beherbergt nahezu jeder Haushalt«, entgegnete Beckert kopfschüttelnd, der nun doch im Bericht schmökerte.

»So wie der drauf ist, hat er es vermutlich bloß abgewischt und zu Hause wieder seelenruhig in seinen Messerblock gesteckt. Da konnten unsere Kollegen den Tatort samt Umgebung freilich lange ergebnislos absuchen und den gesamten Harzwald hätten sie noch dazu nehmen können. Das würde auch nichts ändern«, brummte Marit resigniert.

»Genau. Und jetzt wird unser Killer pfeifend in irgendeinem Garten stehen und mit den restlichen Mordwerkzeugen seine Obstbäume in Ordnung bringen«, lästerte Beckert.

»Das ist es ja! Der Typ könnte uns hundertmal unter der Nase durchlaufen und wir würden ihn nicht einmal verdächtigen. Wir haben einfach überhaupt keine Anhaltspunkte, wer er ist oder wie er aussehen könnte. Er ist ein verdammtes Phantom«, setzte Jablonski noch einen obendrauf.

»Ich muss mir Müllers Bericht erst einmal genau durchlesen. Für mich stellt sich nach wie vor die Frage, wie der Täter nach seiner Gräueltat hinunter ins Tal gelangt sein könnte. Somit ist von zentraler Bedeutung, wie lange er für das Arrangement des Tatorts gebraucht hat. Wir kennen schließlich den ungefähren Todeszeitpunkt von Alina Martens. Plus die Zeit, die er für das Herrichten der Szenerie benötigte … es müsste sich zumindest auf eine Stunde genau eingrenzen lassen, wann er das Plateau verließ. Und genau auf dieses Zeitfenster müssen wir die Zeugenbefragungen konzentrieren – beziehungsweise, die bereits vorliegenden noch einmal nach Auffälligkeiten durchsehen. Das erledigen Sie bitte sofort heute Nachmittag, ein jeder für sich, und Sie erstatten mir morgen darüber Bericht. Selbe Zeit, selber Ort wie heute. Müllers ekelerregenden Rapport leite ich Ihnen allen als pdf-Dokument weiter«, entschied Mader.

Er verließ den Besprechungsraum als letzter, wie es sich für den Leiter einer Sonderkommission gehört. Auf dem Flur wurde er zufällig Zeuge einer kurzen Szene, die ihm gar nicht gefiel. Der Herr Revierleiter fasste Marit Schmidbauer wie beiläufig an den Hintern. Sie kam gerade aus dem Kopierraum, sah unglücklich drein, unternahm aber nichts gegen die Anzüglichkeit.

Mader beschleunigte seine Schritte und schloss zu ihr auf.

»Sagen Sie … habe ich da gerade richtig gesehen? Belästigt Sie der Remmler etwa? Das müssten Sie sich nicht gefallen lassen!«, raunte er ihr zu.

Die Schmidbauer blieb stehen, wich seinem Blick aus.

»Ich weiß … aber was soll ich denn machen? Er ist halt der Chef und außerdem geht es nicht nur mir so. Er betatscht meines Wissens sämtliche jüngeren Kolleginnen und redet für sein Leben gern zweideutigen Bullshit. Wahrscheinlich kriegt der alte Bock keinen mehr hoch. Wir Frauen nennen den Walter Remmler deswegen schon *Walter, der Rammler*. Nur die Jungs schimpfen ihn noch Botox-Zwerg«, entgegnete sie augenzwinkernd.

»Man verwendet hier überaus gerne Spitznamen, das habe ich bereits bemerkt«, grinste Mader augenrollend. »Aber dennoch, sexuelle Belästigung am Arbeitsplatz kann und darf man nicht tolerieren, erst recht nicht, wenn es sich um einen Polizeibeamten handelt, der es besser wissen und sich im Griff haben müsste. Soll ich mit Remmler mal ein ernstes Wörtchen reden?«

»Bitte vorläufig nicht, nein. Wir Mädels überlegen uns selber was, wie wir mit ihm fertig werden. Schließlich ist er verheiratet. Das ist unser Trumpf im Ärmel.«

»Okay. Aber mein Angebot steht, bitte nie vergessen.«

»Danke, das weiß ich zu schätzen.«

Sie drückte den fotokopierten Papierstapel an sich und steuerte ihr Büro an, das sie sich mit Schröck teilte. Unvermittelt blieb sie stehen, die Türklinke in der Hand, und drehte sich auf dem Absatz noch einmal zu ihm um.

»*Ihr* Spitzname ist übrigens nicht auf meinem Mist gewachsen, ich finde ihn sogar ziemlich fies. Sie sind schwer in Ordnung. Das hat diese respektlose Bagage nur noch nicht gemerkt«, konstatierte sie verlegen und verschwand vollends in Zimmer 108.

*

Prag/Wernigerode, August 1986

Die fünfzehnjährige Christiane Weißholz saß auf der Bettkante und öffnete vorsichtig einen Brief, den ihr ihre Mutter soeben in die Hand gedrückt hatte. Er stammte von ihrer besten Freundin, die zurzeit in einem Ferienlager des Tschechoslowakischen Jugendverbands ČSM weilte, der mit der deutschen FDJ eine Kooperation unter dem großspurigen Motto: *Freundschaft der sozialistischen Jugend* am Laufen hatte.

Die Busreise war vor zwei Wochen nach Prag gegangen, und Allie hatte, im Gegensatz zu ihr, einen der heiß begehrten Plätze ergattern können. Nur die allerbesten Schüler und Schülerinnen wurden mit der Teilnahme an solchen Maßnahmen belohnt.

Sie entfaltete voller Neugier das kleinkarierte, eng beschriebene Blatt, das ihre Freundin offenbar aus ihrem Schulblock gerissen hatte, und begann den Brief zu lesen. Sauber und ordentlich reihte sich ein Buchstabe an den anderen.

Liebe Christie,
wie versprochen, schreibe ich Dir ein paar Zeilen. Es ist gar nicht so einfach, sich für eine Weile abzuseilen. Eine Aktivität jagt hier die nächste, selbstverständlich alles im Namen des Sozialismus.

Die Stadt ist wunderschön, aber der Himmel über Prag bleibt meistens grau, auch wenn eigentlich die Sonne scheint. Das kommt angeblich von den vielen Fabriken am Moldauufer, die massenweise Dreck in die Atmosphäre pusten. Wir haben in dieser tollen Stadt unter anderem die Burg besucht, das Goldene Gässchen und die berühmte Astronomische Uhr, dazu natürlich die Karlsbrücke.

Gestern Abend gab es eine Feier im Letná-Park, der über dem Fluss thront. Das Ambiente war sehr eindrucksvoll, sie haben riesige Feuerschalen angezündet und danach gab es einen Fackelzug über die ganze Anhöhe. Man genießt von dort eine tolle Aussicht über die Stadt.

Morgen geht es weiter nach Slapy, das ist ein Stausee und Naherholungsgebiet in der Nähe Prags. Dann ist Schwimmen und Wandern angesagt. Zum Schluss werden wir noch die Burg Karlstejn besuchen, bevor es wieder nach Hause geht. Dort sollen sogar echte Kronjuwelen zu sehen sein.

Trotz all dieser eindrucksvollen Erlebnisse fühle ich mich ein bisschen einsam. Du weißt ja, ich kann mit größeren Menschenansammlungen wenig anfangen. Meine Klaustrophobie hat mittlerweile auch schon ein paarmal zugeschlagen. Zu viel Enge erdrückt mich einfach. Liebend gerne würde ich die Gegend mit Dir oder Winnie erkunden, anstatt mich mit Fremden ins Getümmel zu stürzen. Bislang konnte ich mich noch mit niemandem näher anfreunden, die meisten sind mir einfach zu oberflächlich. Außerdem ist es schwierig, sich mit den Tschechen zu unterhalten.

Ich vermisse euch, und so hoffe ich, dass die restliche Ferienwoche schnell vorüber geht. Eins noch. Du hast mich neulich gefragt, ob ich mit Winnie inzwischen schon was gehabt hätte und ich bin der Frage ausgewichen. Das tut mir nachträglich leid, denn du vertraust mir ja auch alles an, was Dich bewegt. Aber ich wusste halt nicht so recht, was ich Dir darauf antworten soll. Weil ich mir selber nicht klar über meine Gefühle bin.

Um ehrlich zu sein, finde ich Winnie ein bisschen merkwürdig, oft sogar gruselig. Man kann seine Reaktionen sehr schlecht einschätzen, er ist unberechenbar und manchmal auch unbegründet zornig. Oh nein, nicht etwa mir gegenüber, aber er scheint grundsätzlich die ganze Welt zu hassen.

Es hat ein halbes Jahr gedauert, bis er mich zum ersten Mal unbeholfen geküsst hat. Ich aber wollte, Wochen später, ein bisschen mehr, habe ihn da unten angefasst. Er ist urplötzlich erschrocken zurückgesprungen, hat einen tierischen Schrei ausgestoßen. Dabei hatte ich ganz genau gemerkt, dass ich ihn errege. Und jetzt zu Deiner Frage: nein, ich habe noch nicht mit ihm geschlafen, mehr als Streicheln ist bis heute nicht drin. Ich habe schon öfters überlegt, ob ich weiterhin bei ihm bleiben soll. Aber er ist halt andererseits ein lieber Kerl, zurückhaltend und zuvorkommend, sowas wie ein beschüt-

zender Schatten. Mama behauptet immer, Jungs wollen nur das Eine – aber in seinem Fall stimmt das anscheinend gar nicht.

Was glaubst du, wie oft ich ihm Treue schwören musste, bevor ich nach Prag gefahren bin! Winnie hat eindeutig eine eifersüchtige, besitzergreifende Seite, die mich manchmal ziemlich nervt. Außerdem ist er nicht der Intelligenteste, auch das stört mich zunehmend. Vieles muss man ihm erst wortreich erklären, bevor man mit ihm halbwegs drüber diskutieren kann. Das ist anstrengend.

Wir müssen uns immer heimlich bei mir in Elbingerode treffen, weil sein Vater die Freundschaft zu jemandem, der in irgendeiner Form Westkontakte pflegt, sonst auf der Stelle unterbinden würde. Und wir haben nun mal Verwandtschaft in Westberlin, die uns gelegentlich das eine oder andere Paket schickt. Aber was kann ich bitteschön dafür?

Du kennst ja mein uraltes, ausgewaschenes Rolling Stones-Shirt, das mit der herausgestreckten Zunge. Das gute Stück habe ich einmal getragen, als wir uns trafen. Was hat Winnie sich aufgeregt!

Ginge es nur nach ihm, würden wir ständig am Blauen See hocken und Händchen halten. Dafür fährt er alle paar Tage mit dem Fahrrad zu mir rüber. Aber auf Dauer ist mir das zu öde, ich möchte zwischendurch auch mal ins Kino oder auf ein Musikkonzert von Karat gehen. Oder halt wenigstens mit ihm über den Marktplatz spazieren. Wir werden sehen, vielleicht taut er ja noch auf. Immerhin putzt er sich jetzt regelmäßig die Zähne und badet, was früher auch nicht der Fall war.

So, nun habe ich Dir mein Herz ausgeschüttet. Es gibt noch mehr darüber zu sagen, aber das erzähle ich lieber persönlich, wenn wir uns treffen.
Mach's gut und bis bald
Deine Allie

Christiane ließ den Brief sinken, seufzte tief. Das Leben war echt ungerecht. Sie wäre für ihr Leben gern auf diese Freizeit gefahren, hätte dort vielleicht sogar die Chance erhalten, einen netten tschechischen Jungen kennen zu lernen.

Und Allie? Die hatte mitgedurft und konnte nun nichts mit der Situation anfangen. Stattdessen saß sie in einer der aufregendsten Städte der sozialistischen Welt und dachte über einen grässlichen Kerl nach, der ein solches Maß an Verständnis und Aufmerksamkeit gar nicht verdiente.

Sie, Christiane, hatte diesen Typen einmal kurz gesehen. Das hatte ihr dicke gereicht. Seine stechenden, kalten Augen hatten ihr Angst gemacht. Offensichtlich war er auf jeden Menschen eifersüchtig, der sich Allie auch nur näherte. Bei dem war definitiv eine Schraube locker und potthässlich war er obendrein.

*

Donnerstag, 12. Mai 2016

Über ihr Smartphone navigierte sich Marit Schmidbauer durch Bad Harzburg, das auf der niedersächsischen Seite des Brockens lag. Endlich hatte sie die Nordmannstraße 18 gefunden. Interessanterweise befand sich die Adresse ganz in der Nähe des dortigen Polizeikommissariats, wie sie bei der Parkplatzsuche amüsiert feststellte.

Und noch etwas fiel ihr auf, wie schon bei den letzten Fahrten hierher, als sie jeweils Król vernommen hatte. Die Stadt konnte optisch mit Wernigerode keineswegs mithalten, obwohl sie im goldenen Westen gelegen war. Der Aufbau Ost nach der Wende hatte insofern wahre Wunder bewirkt.

Sie wollte in dieser tristen Ansammlung von Häusern heute jedoch keine Sehenswürdigkeiten betrachten oder gar Berufskollegen besuchen, sondern war auf Maders Geheiß angerückt, um am Arbeitsplatz des Mordopfers zu recherchieren. Buchhändlerin war Alina Martens bis zu ihrem Tod gewesen. Gerade eilte Marit zu einem Termin mit deren einstiger Chefin.

Die Buchhandlung Hartenberg unterschied sich auf den ersten Blick kaum von den üblichen Ladengeschäften der namhaften Ketten, obwohl es sich laut Homepage um ein alteingesessenes Einzelunternehmen handelte. Deckenhohe Holzregale, Werbeplakate, Halogenbeleuchtung. Beim Eintreten fiel die Aufmerksamkeit eines jeden Kunden sogleich auf die farblich abgesetzte Wand mit den aktuellen Bestsellern, die in schier erschlagender

Anzahl vorgehalten wurden. Dazu gab es runde, mehrstöckige Distributionsflächen für Neuheiten, ein langes Zeitschriftenregal und, mittendrin, mit rotem Leder bezogene Sitzinseln, die Kunden zum Verweilen und Schmökern einladen sollten.

Eine Besonderheit entdeckte Marit aber doch. Eine Ecke des Ladens war einem kleinen Antiquariat vorbehalten, in dem sich angestaubte Bände aller möglichen Themenbereiche stapelten. Der ältere Herr, der mit Argusaugen über diese papiernen Relikte aus einer anderen Zeit wachte, schien das Rentenalter bereits weit überschritten zu haben.

»Verzeihung … könnte ich Ihnen irgendwie weiterhelfen?«, fragte eine freundliche Stimme. Marit hatte die junge Mitarbeiterin gar nicht kommen sehen.

»Ja, vielen Dank. Schmidbauer, von der Kripo Wernigerode. Ich suche Frau Luise Hartenberg. Wo kann ich sie finden?«

Das Mädel guckte ein wenig irritiert drein und bat Marit, ihr zu folgen. Aber erst, nachdem sie die Dienstmarke in Augenschein genommen hatte. Im hintersten Eck der Buchhandlung öffnete die Angestellte eine tapezierte Metalltür, die auf Anhieb kaum als solche zu erkennen gewesen war. Sie lotste die Polizistin durch einen schmalen, finsteren Flur, der mit Kisten, Plakaten und allerlei Bürokrimskrams so heillos vollgestellt war, dass sie hintereinander gehen mussten.

Wenn es brennen würde, käme hier niemand mehr lebend heraus. So viel Papier, so enge Fluchtwege. Ob das Konstrukt überhaupt den feuerrechtlichen Bestimmungen entspricht? Das kann ich mir eigentlich kaum vorstellen, überlegte Marit. Ein unangenehm beklemmendes Gefühl überkam sie. Wie konnte man sich hier hinten bloß länger als für ein paar Minuten aufhalten?

Schließlich landeten sie in einem winzigen, muffigen Büroraum. Hier drinnen fand gerade mal ein überfüllter Schreibtisch nebst Drehstuhl und Computer Platz, Fenster gab es keines. Wahrscheinlich hatte man einen Abstellraum zweckentfremdet.

Eine nahezu ungeschminkte Frau mittleren Alters schrak von ihrer Arbeit auf, schob die goldfarbene Lesebrille auf die Nasenspitze und blickte streng über die dicken Gläser hinweg. Straff zurückgebundenes, glanzloses Haar, schlichte Schlabberklamotten und ein hageres Gesicht – diese Frau war keine Schönheit.

Vielleicht müssen Bibliothekarinnen und Buchhändlerinnen so aussehen. Genauso wie die alte Weininger in der Stadtbibliothek bei uns. Wenn sie auch noch genauso ekelhaft sein sollte, dann gute Nacht …

»Frau Schmidbauer, nehme ich an?«

Die Damen begrüßten sich und Marit stellte schnell fest, dass der erste Eindruck manchmal eben nicht der Beste ist. Luise Hartenberg entpuppte sich als belesene, ruhige und sehr freundliche Frau, verhielt sich jedoch in keiner Weise elitär oder überheblich. Sobald die Rede auf ihre ermordete Angestellte Alina Martens kam, glitzerten Tränen in ihren Augen.

»Alina war nicht nur meine beste Mitarbeiterin, sondern auch seit vielen Jahren meine Freundin. Sie hinterlässt eine Lücke in meinem Leben, die sich lange nicht mehr schließen wird – wenn überhaupt jemals. Ich mache mir solche Vorwürfe, dass ich sie in der Walpurgisnacht nicht auf den Berg begleitet habe … sie würde bestimmt noch leben, wenn ich mitgegangen wäre.«

»Dann waren *Sie* die Freundin, die ihr in letzter Sekunde abgesagt hat?«

»Ja«, schluchzte die Hartenberg. »Ich wollte ihr die Feierlaune nicht verderben. Mir ging es nicht gut, ich hatte mir eine schwere Erkältung mit Fieber eingefangen. Die hätte sich in der zugigen Kälte dort droben womöglich zur Lungenentzündung verschlimmert, jedenfalls befürchtete ich das in jener Nacht. Ich hätte nicht so wehleidig sein, mir einfach einen Wollschal um den Kopf wickeln sollen … !«

»Nun gehen Sie mal nicht so hart mit sich ins Gericht. Was geschehen ist, geht nicht zu Ihren Lasten. Wie hätten Sie ahnen sollen, dass Ihre Freundin auf dem Brocken ihrem Mörder begegnen wird?«, beschwichtigte Marit.

Nun konnte die Buchhändlerin ihre Tränen nicht mehr zurückhalten, sie schniefte und rang um Fassung.

»Das ist genau der Punkt! Ich hätte es zumindest ahnen können. Alina wurde seit Jahren von einem Stalker belästigt, erzählte immer wieder davon, wie sehr sie die Situation belaste. Oft habe ich sie nach Ladenschluss aus Sicherheitsgründen zu ihrem Auto begleitet. Dort steckten hin und wieder rote Rosen hinter dem Scheibenwischer. Der Typ hat einfach nicht von ihr abgelassen. Dem schien selbst die Tatsache egal zu sein, dass seine Angebetete in festen Händen war.«

»Hat sie den Stalker denn nicht bei der Polizei angezeigt? Und wie reagierte ihr Freund auf die ständige Belästigung?«

»Nein, die Sache war ihr peinlich. Außerdem kannte sie ihren Stalker anscheinend aus Kindertagen, wollte ihm aus unerfindlichen Gründen nicht schaden. Alina war einfach zu gut für diese Welt. Sie hat ihre eigenen Bedürfnisse immer hinter denen anderer eingereiht, war eine introvertierte Einzelgängerin. Deswegen haben wir beide uns bestens verstanden, denn ich bin vom selben Schlag. Bücher sind uns stets die besten und verlässlichsten Freunde gewesen. Nun habe ich nur noch meinen Vater«, erklärte Luisa Hartenberg stockend.

»Den betagten Herrn im Antiquariat?«

Ihr Gegenüber nickte, schnäuzte sich.

»Genau. Er hat diese Buchhandlung in den Siebzigern mit viel Mühe aufgebaut und liebt Bücher so sehr, dass er einfach nicht in Rente gehen wollte. Andererseits wird er mit der modernen Literatur nicht warm, blutrünstige Thriller sind ihm ein Gräuel.

Er übergab mir den Laden vor fünf Jahren, konnte daheim jedoch wenig mit sich anfangen. Meine Mutter ist schon lange tot, wissen Sie. Da habe ich ihm diese Ecke eingerichtet, seither ist er selig. Antiquarisches verkauft sich zwar kaum, doch darum ging es mir hierbei auch nicht. Ich habe meinen Vater um mich, das ist das Wichtigste. Nun sortiert er seine Schätze täglich anders, blättert gelegentlich auch darin. Das scheint ihn voll und ganz auszufüllen.

Früher befand sich dort hinten mein Büro. Bitte entschuldigen Sie die Enge, aber ich habe nach dem Umbau keinen besseren Ort dafür übriggehabt. Alina hielt sich hier auch nur sehr ungern auf, sie litt an Klaustrophobie. Meist hat sie die Bestellungen beim Großhändler lieber nach Feierabend von zu Hause aus aufgegeben.«

»Ich verstehe. Aber nochmals zurück zu meiner Frage von vorhin. Wie hat Wojciech Król auf den Stalker reagiert?«

»Wie vermutlich alle Männer reagiert hätten. Er wollte ihm ein blaues Auge verpassen. Aber Alina hat ihn angefleht, das bleiben zu lassen. Der Typ sei harmlos und werde seine Nachstellungen schon von selber aufgeben, sobald er realisiere, dass sie jetzt wirklich anderweitig vergeben sei.«

»Und Sie? Wie sind Sie damit klargekommen, dass Alina wegen des Lebensgefährten nicht mehr so viel Zeit für Sie übrighatte?«, fragte Marit, einer plötzlichen Eingebung folgend.

Die Miene der Hartenberg verfinsterte sich sofort. Die dünn gezupften, mit einem Schminkstift nachgezogenen Augenbrauen wurden durch eine steile Stirnfalte getrennt, die an einen tiefen Grabenbruch erinnerte. Die Tränen versiegten auf wundersame Weise, hinterließen beim Trocknen weißlich-matte Schlieren auf den hohen Wangenknochen.

»Ich habe ihr die Beziehung gegönnt, das dürfen Sie mir glauben. Aber ich habe nie verstanden, wieso sie sich so einen … so einen dümmlichen Ausländertypen geangelt hat, der kaum bis drei zählen kann. Und dann dieser anrüchige Job in der städtischen Kläranlage … außerdem hat er sie ausgenommen wie eine Weihnachtsgans.«

Die Schmidbauer wurde hellhörig.

»Wie meinen Sie das?«

»Er hatte hohe Schulden, ihm drohte ein privates Insolvenzverfahren. Offenbar hat dieser Depp sorglos jede Null-Prozent-Finanzierung mitgenommen, die er kriegen konnte. Fernseher mit Flatscreen, Neuwagen, Smartphone der neuesten Generation – lauter Luxusartikel, für die er dann eines Tages die Raten nicht mehr bezahlen konnte.«

»Und Ihre Freundin ist dafür aufgekommen?«

»Er hat sie immer wieder angepumpt. Wie weit das gegangen ist, entzieht sich meiner Kenntnis. Das Thema regte mich ziemlich auf, also habe ich nicht weiter nachgehakt. Für mich käme jedenfalls auch dieser Polacke als Täter infrage. Habgier ist doch häufig ein Motiv, oder nicht?«

»Manchmal, ja. Wir werden das genauestens überprüfen, auch wenn der Lebensgefährte ein Alibi zu haben scheint. Noch eine Routinefrage. Wo haben *Sie* sich in der Tatnacht aufgehalten?«

»Ich sagte doch, ich war krank. Also lag ich daheim im Bett, allerdings ohne Zeugen«, entgegnete sie säuerlich.

»Gut, das ist plausibel. Hier ist meine Karte. Falls Ihnen noch etwas Wichtiges einfällt, rufen Sie mich bitte an.«

»Selbstverständlich.«

Draußen auf der Straße atmete die Polizistin erstmal durch. Wie Buchhändlerin Hartenberg es in ihrem Kabuff den lieben langen Tag lang aushalten konnte, war ihr ein Rätsel. Aber dieser Besuch hatte sich für sie mehr als gelohnt, einen tieferen Einblick in Alinas Leben geboten. Es hatte also einen ominösen Stalker aus der Vergangenheit gegeben. Luise Hartenberg war eifersüchtig auf den Polen gewesen und dieser wiederum besaß offenbar ein ›einnehmendes Wesen‹. Nur in anderer Hinsicht als bislang angenommen.

Die neuen Erkenntnisse aus Bad Harzburg machten den Fall *Brockopath* zwar komplizierter, boten aber zumindest Punkte, an denen man für weitere Nachforschungen einhaken konnte. Alles dünkte ihr besser als Stillstand. Jeder Polizist fürchtet schließlich den Moment, an dem Ermittlungen sich festfahren, ohne dass sich vage ein Lösungsansatz herauskristallisiert – und zugleich der Druck durch die Öffentlichkeit immer höher wird.

Marit beschloss spontan, Król einen weiteren Besuch abzustatten. Wenn sie schon mal hier war, konnte sie das auch gleich erledigen. Sie musste nur die drei Stunden bis zu seinem Dienstschluss überbrücken und darauf hoffen, dass er anschließend direkt nach Hause ging.

Von wegen, wahre Liebe. Klar trauerst du hingebungsvoll um die edle Spenderin. Du wirst mir da einiges erklären müssen, Freundchen. Im Büro könnte ich später nochmal den Computer bemühen. Wir werden sehen, ob du drüben in Polen ein unbeschriebenes Blatt warst.

Aber was tun in der Zwischenzeit? Sie informierte kurz Mader über die neuen Erkenntnisse und beschloss, ein Lokal aufzusuchen. Sie wollte eine Kleinigkeit essen gehen und anschließend ein wenig durch die Stadt spazieren. Ihr suchender Blick blieb an einer schicken Pizzeria auf der anderen Straßenseite hängen. Prima, sie hatte heute noch nicht einmal gefrühstückt.

Um halb fünf stellte sie fest, dass Król offenbar Besseres zu tun hatte, als zu Hause vor sich hin zu trauern. So gegen halb sechs gab sie es auf, seine Wohnungstür zu belagern, und kehrte frustriert nach Wernigerode zurück.

2
ERSCHEINUNGEN

Mitte Mai gab die Gerichtsmedizin die Leiche frei. Müller hatte die Obduktion ohne bahnbrechende Erkenntnisse abgeschlossen. Am 13. Mai 2016, dem Tag von Alina Martens' Beisetzung, herrschte stürmisches Regenwetter im Harz. Bernd Mader und Marit Schmidbauer verharrten, aus Pietätsgründen etwas abseits der übrigen Trauergäste, unter einem riesigen, schwarzgrau karierten Schirm im kühlen Westwind.

»Asche zu Asche, Staub zu Staub«, deklamierte der Pfarrer und warf mit einem Schäufelchen Erde auf den Sarg.

»Schon irgendwie erschreckend, wie wenig Menschen um sie trauern. Schauen Sie sich die paar Hanseln an. Ihre Eltern, die Familie ihres Bruders, dazu Wojciech Król und die untröstliche Bücher-Freundin – und die anderen Trauergäste müssen, jedenfalls den unbewegten Mienen nach, Mitarbeiter der Buchhandlung sein. Einzelgänger verschwinden ziemlich einsam von dieser Welt. Dafür warten drüben am Parkplatz umso mehr Reporter«, merkte Marit mit gesenkter Stimme an.

»Wohl wahr! Wir müssen unbedingt sehen, dass wir die Eltern und den Bruder *vor* diesen Geiern zu fassen kriegen«, brummte Mader. Er beobachtete die Mimik und Gestik sämtlicher Anwesenden. Manchmal machten sich Leute auch durch Kleinigkeiten verdächtig. Ein Lächeln im falschen Moment, scheele Blicke hinter dem Rücken … Marits analytischer Verstand hatte sich derweil ausschließlich an Luise Hartenberg festgefressen.

»So inbrünstig wie die heult, könnte man glatt annehmen, sie wäre mehr als nur eine Freundin und die Chefin der Verstorbenen gewesen. Mir kam sie bei der Vernehmung so vor, als sei sie lesbisch, oder zumindest bisexuell ausgerichtet. Die Art, wie sie mich ansah und wie sie von Alina sprach … mehr wie eine Liebende, die ihre Gefährtin an einen Mann verloren hatte. Eifersucht ist schließlich ebenfalls ein gerne genommenes Mordmotiv, genauso wie Geldgier. Das sollten wir im Kalkül behalten.«

»Da haben Sie allerdings Recht. Wir nehmen die Hartenberg in den erlauchten Kreis der Verdächtigen auf. So, der Spuk am Grab ist vorüber. Jetzt knöpfen wir uns erst einmal die Eltern des Opfers vor.«

Mader setzte sich zielstrebig in Bewegung und Marit Schmidbauer folgte ihm auf dem Fuße.

Alinas Eltern entpuppten sich im Gespräch als bodenständige Leute, die ihre Auswanderung damals als einzigen Ausweg aus der drohenden Dauerarbeitslosigkeit gesehen hatten. Ihre Gästepension in der Karibik konnte das Ehepaar zwar leidlich ernähren, warf jedoch keine Reichtümer ab. Als Betreiber waren sie kaum abkömmlich, was auch der Grund dafür war, dass sie ihre beiden Kinder in Deutschland so selten besuchen kamen.

»Alina hat es uns bis zuletzt übelgenommen, dass wir so weit weg gegangen sind. Sie meinte, wir hätten sie im Stich gelassen, nur um in der Sonne zu leben. Deswegen hat sie extra ein Testament zugunsten ihres Bruders geschrieben. Wenn die gewusst hätte, wie hart wir dort für unser Auskommen arbeiten müssen und wie selten wir seit unserer Ankunft 2002 den Strand gesehen haben«, sagte die Mutter traurig.

»Stimmt, sie wollte keine Begründungen hören. War halt recht stur, das Schwesterlein. Aber man soll über Tote nicht schlecht reden. Besagtes Testament befindet sich in einem verschlossenen Umschlag. Ich konnte es noch nicht übers Herz bringen, ihn zu öffnen, habe ihn mitgebracht. Das erledige ich nachher auf der Trauerfeier«, nickte Oliver Martens, der ältere Bruder.

Kommissar Mader erkannte, dass er die Familie jetzt ziehen lassen musste, auch wenn es ihm schwerfiel.

»Ich möchte Sie alle bitten, vor Ihrer Abreise bei uns im Revierkommissariat vorbeizuschauen. Es sind, was Alinas Privatleben angeht, noch viele Fragen offen.«

»Natürlich. Wir haben größtes Interesse daran, dass dieser Fall aufgeklärt wird. Allerdings bin ich mir nicht sicher, ob wir viel zur Aufklärung beitragen können. Ach, unsere Tochter war so ein feiner, selbstloser Mensch, hat nie jemandem etwas zuleide getan. Dass ausgerechnet *sie* auf eine solch grausame Weise sterben musste, ist völlig unvorstellbar … sehen Sie nur, sogar der Himmel weint … «

Mutter Martens versagte die Stimme und gleich darauf gaben auch ihre Knie nach. Ihr Ehemann musste sie stützen.

»Ich denke, dass kein Mensch auf dieser Welt es verdient hätte, sein Leben so beenden zu müssen. Wir vom Revierkommissariat dürfen Ihnen hiermit nochmals unser herzliches Beileid ausdrücken. Nehmen Sie jetzt in aller Ruhe von Alina Abschied und wir tun in der Zwischenzeit unser Möglichstes, den Mörder zu fassen. Ich verspreche Ihnen, dass wir nicht lockerlassen, bis wir ihn hinter Schloss und Riegel gebracht haben.«

Die Kriminalbeamten wandten sich zum Gehen. Auf einmal stutzte Marit, blieb mitten auf dem ordentlich geharkten Kiesweg stehen. Sie zeigte auf eine ausladende, uralte Eiche, die auf einer Wegkreuzung stand und zahlreiche Gräber der Umgebung mit ihren mächtigen Ästen überschirmte, so als wolle sie die Toten vor der unbeständigen Witterung beschützen.

»Hast du auch einen Mann hinter dem Baum dort gesehen? Jetzt ist er wie vom Erdboden verschluckt.«

Sie merkte gar nicht, dass sie in der Aufregung zum Du übergegangen war. Mader beschloss amüsiert, es ihr gleich zu tun.

»Nein, ich habe Richtung Parkplatz geguckt. Bestimmt gibt es noch mehr Leute wie uns, die zwar der Beerdigung beiwohnen, aber nicht auf sich aufmerksam machen wollen. Nachbarn vielleicht oder entfernte Bekannte.«

»Oder es handelte sich um Alinas geheimnisvollen Stalker, der sein fragwürdiges Hobby sogar über den Tod seiner Ikone hinaus fortsetzt«, entgegnete die Schmidbauer.

»Denkbar wäre das. Solche Leute sind krank, ticken nicht ganz richtig. Hast du dir sein Gesicht gemerkt?«

»Nein, die Entfernung war zu groß, außerdem hatte er eine Kapuze übergestülpt. Mir ist bloß aufgefallen, dass er nicht viel größer als ich sein kann, dafür aber recht breit. *Gedrungen* … ja, das ist das Wort, nach dem ich gesucht habe! Schwarzer Parka, dunkle Hose – detaillierter könnte ich ihn nicht beschreiben.«

»Dann fertige dir nachher im Büro am besten gleich eine Notiz. Könnte ja sein, dass wir im Zuge der weiteren Ermittlungen noch auf so einen Kerl mit stattlichem Erscheinungsbild stoßen werden«, schlug Mader pragmatisch vor.

Nun fiel Marit ihr Versprecher doch auf. Sie schlug verlegen den Blick nieder, räusperte sich.

»Oh, Verzeihung … das war keine Absicht, ich wollte Ihnen gegenüber nicht respektlos sein. Aber in der Hitze des Gefechts ist mir das Du versehentlich rausgerutscht … «

»Ich bin der Bernd. Aber das weißt du ja schon, Marit«, grinste ihr Chef, anstatt auf ihre Entschuldigung einzugehen. »Wir duzen uns am besten nur, wenn unsere Kollegen nicht in der Nähe sind. Sonst kommen schnell Gerüchte auf.«

Marit pflichtete ihm erleichtert bei.

»Wir sollten uns jetzt lieber schleunigst durch den Seiteneingang des Friedhofs verdrücken und einen Umweg zum Wagen laufen, sonst fallen die Geier von der Presse womöglich auch noch über *uns* her. Komm, fahren wir zum Revier zurück, ich brauche jetzt dringend einen heißen Kaffee. Danach holen wir die anderen hinzu und gehen alles nochmal durch.«

»Prima Idee, Bernd«, strahlte die Kollegin.

*

Samstag, 14. Mai 2016

Oliver Martens hatte seine Vorsprache im Polizeirevier bereits für Samstagvormittag angekündigt. Er musste mit seiner Familie zurück nach Berlin, weil seine Frau als Krankenschwester arbeitete und am Sonntag frühmorgens Dienst schieben musste.

Für Mader bedeutete dies eine neuerliche Verschiebung seines Umgangswochenendes mit den Kindern. Er wusste nur zu gut, wie Sabine auf die unerwartete Planänderung reagieren würde.

Man konnte dieser Frau viele Attribute bescheinigen, aber Flexibilität oder Nachsicht gehörten nicht dazu.

Oh ja, er hatte sich auf eine hysterische Standpauke eingestellt, aber dass seine Ex beim abendlichen Telefonat dermaßen ausrastete und mit ihren verbalen Attacken bis unter die Gürtellinie ging, überraschte ihn nun doch. Ihr neuer Macker schien keinen stabilisierenden Einfluss auf sie auszuüben. Er hielt diesen, gelinde gesagt, sowieso für ein arrogantes Arschloch – und das bei weitem nicht nur, weil er ihm seine Familie weggenommen hatte. Und so einer wie der durfte jetzt *seine* Kinder täglich um sich haben, während er, der leibliche Vater, das Nachsehen bekam. Dieser Gedanke brachte ihn oft zur Verzweiflung.

»Du bist ein mieser Vater, Bernd. Die Kinder sind enttäuscht von dir und es ist fraglich, ob sie dich beim nächsten Mal überhaupt besuchen wollen. Eines sage ich dir aber gleich. Falls du weiterhin dermaßen unzuverlässig sein solltest, werde ich beim Familiengericht das alleinige Sorgerecht beantragen und dir das Umgangsrecht entziehen lassen. Weil die Kinder unter deinem Verhalten bereits psychisch leiden, das zeigt sich immer häufiger im Alltag. Was dir allerdings ebenfalls egal zu sein scheint.

Weißt du, Sebastian wäre jederzeit bereit, Veronika und Luca zu adoptieren. Das nächste Wochenende kannst du dir sowieso abschminken, da fahren wir nämlich alle zusammen nach Hamburg, wie eine richtige Familie. Sowas ist dir fremd, nicht wahr? Komm übernächsten Freitag, oder lass es eben bleiben«, hatte sie ironisch gegeifert.

Na klar, Sebastian und mein Fleisch und Blut adoptieren … nur über meine Leiche – oder besser noch, über seine. Unter Garantie hat die falsche Schlange den Kindern eingeredet, dass ich ein krummer Hund bin und kein Interesse an einem Wochenende mit ihnen hätte. Typisch für sie, Verständnis für meinen Beruf war schon seit Jahren Fehlanzeige.

Polizisten sollten eigentlich von vornherein nie heiraten. Ich habe zwar keine Ahnung, wieviel Prozent dieser Ehen geschieden werden, aber alleine in meinem Dresdner Kollegenkreis waren es schon gut zwei Drittel. Sollte ich jemals wieder über eine feste Beziehung nachdenken, dann müsste es zwingend eine liebe, unkomplizierte Frau sein, die selber mit Schichtdienst, unregelmäßigen Arbeitszeiten und massenweise Überstunden konfrontiert ist. Nur so jemand würde auf Dauer Verständnis aufbringen. Zusätzlich müsste sie es ertragen können, wenn ich mit dem Kopf woanders bin, solange ich an einem komplizierten Fall arbeite.

Unwillkürlich kam ihm Julia Kröger vom Baumarkt wieder in den Sinn. Mindestens einmal am Tag ertappte er sich dabei, wie er an sie dachte, und das sogar ohne konkreten Anlass.

Blödsinn. Ich finde ja nicht einmal Zeit, mein Haus zu renovieren. Eine Beziehung wäre momentan das letzte, was ich gebrauchen könnte. Und die Frau Filialleiterin würde sich echt bedanken, wenn sie das Chaos hier sähe. Sicher denkt sie, ich wäre so eine Art Heimwerkergott – doch in Wirklichkeit lagere ich das Material bis dato bloß auf dem Grundstück und habe von handwerklichen Tätigkeiten nicht viel Ahnung.

Er schüttelte diese unerfreulichen Gedanken ab und schaltete die Glotze ein, ließ sich von einer Dokumentation über Superfrachter und ihre tonnenschwere Beladung berieseln, auch wenn die ihn im Grunde kein bisschen interessierte. Hauptsache, nicht mehr denken müssen. Kaum hatte er sich hingesetzt, machte es sich Kater Felix überfallartig auf seinem Schoß bequem.

»Du bist mein einziger wahrer Freund«, brummte Mader und kraulte den kleinen Racker unterm bepelzten Kinn, so wie er es liebte. Der Stubentiger war selig, er schmolz förmlich unter den zärtlichen Händen des Kommissars und schnurrte wie ein Rasenmäher. In solchen Augenblicken der Zweisamkeit kam selbst ein gestresster Polizist ein bisschen zur Ruhe.

Katzen sind einfach die besseren Menschen. Weder zickig noch arrogant oder berechnend. Liebe und füttere sie – und sie geben dir ein Höchstmaß an Zuneigung zurück, philosophierte Mader.

Wie meistens, schlief er nach wenigen Minuten auf dem Sessel ein und erwachte in den frühen Morgenstunden wie gerädert. Sich jetzt noch ins Bett zu legen, brachte es auch nicht mehr. So beschloss er, noch den Abwasch zu erledigen, seine Wäsche in die Maschine zu stopfen und sich danach auf den Weg ins Büro zu machen. Er wollte die Akte *Brockopath* nochmals durchsehen, um dem Bruder des Mordopfers gezielt Fragen stellen zu können. Sabines verbale Gemeinheiten spukten ihm derweil immer wieder durchs Gehirn. Was, wenn die wirklich plante, ihm das Sorgerecht entziehen zu lassen?

Zwei Stunden später saß er Oliver Martens gegenüber. Er ähnelte seiner Schwester sehr, hatte von der Mutter dieselbe Augen- und Haarfarbe geerbt. Die Gene des dunkelhaarigen, grünäugigen Vaters hatten sich auch bei der Gesichtsform und der Statur schlechter durchsetzen können.

»Und, hat das Testament Überraschungen beinhaltet?«, wollte Mader wissen.

»Nein, Alina hat mir ihren gesamten persönlichen Besitz hinterlassen, einschließlich der finanziellen Mittel. Allerdings bringt mich das in eine blöde Situation. Schließlich weiß ich, dass sie es zum Schluss gerne anders gemacht hätte.«

Mader horchte auf.

»Inwiefern?«

»Ach, seit sie diesen Wojciech an Land gezogen hatte, zählte nur noch der. Ein paar Tage vor ihrem Tod rief sie mich an und druckste herum. Es sei ihr wirklich sehr unangenehm, aber sie werde demnächst ein neues Testament bei einem Notar in Bad Harzburg hinterlegen. Wojciech sei in finanziellen Schwierigkeiten, während ich doch ganz gut abgesichert sei. Sie habe deshalb schweren Herzens beschlossen, ihm ihre Geldmittel zu hinterlassen, werde aber auch mich weiterhin mit Wertgegenständen und einigen Erinnerungsstücken bedenken. Ob ich damit einverstanden sei? Natürlich war ich das eigentlich *nicht,* aber was hätte ich denn dazu sagen sollen … «

»Ich verstehe, also haben Sie die mündliche Zusage gegeben, dass Alina ihr Testament zugunsten von Król ändert. Aber dazu kam es dann höchstwahrscheinlich nicht mehr.«

»Genau. Und deswegen bin ich im Zwiespalt, ob ich diesem Król etwas vom Erbe abgeben sollte, um ihrem letzten Willen Genüge zu tun«, seufzte Martens.

»Dieser Zweifel ehrt Sie, keine Frage, aber bitte lassen Sie das vorläufig bleiben. Unsere bisherigen Ermittlungen haben ergeben, dass Ihre Schwester den Herrn Lebensgefährten schon zu

Lebzeiten ständig gesponsert haben soll. Es wäre sinnvoll, zuerst einen Blick in Alinas Kontoauszüge zu werfen. Das würde auch unsere Arbeit voranbringen«, schlug Mader vor.

Alinas Bruder wirkte erst überrascht, dann angesäuert.

»Sie hat ihm tatsächlich Geld gegeben? Oh … dann scheint sich mein Verdacht zu bestätigen. Ich sage schon die ganze Zeit zu meiner Frau, dass dieser Król sich bestimmt nur aus monetären Gründen dermaßen zielstrebig an meine Schwester geheftet hat. Wenn Sie wollen, können wir jetzt gleich zu ihrer Wohnung fahren und die Unterlagen heraussuchen. Ich besitze noch einen Schlüssel. Der Mietvertrag lautete ohnehin auf Alina alleine. Der Schmarotzer ist nur bei ihr eingezogen.«

»Das müssten Sie auf eigene Faust erledigen, da ich ja keinen Durchsuchungsbefehl habe. Klingeln Sie zuerst, bevor Sie die Wohnung betreten und bitten Sie höflich um Einlass. Sonst ist der Typ womöglich sauer und kriegt Sie wegen Hausfriedensbruchs oder Eingriffs in die Privatsphäre dran. Sie sind schließlich nicht der Mieter der Wohnung, auch wenn Sie einen Schlüssel besitzen.«

»Okay, geht klar. Ich werde zusehen, was ich zur Aufklärung beitragen kann. Sobald ich die Kontoauszüge und andere Unterlagen semilegal aus der Wohnung geholt habe, komme ich wieder her«, versprach Oliver Martens augenzwinkernd.

»Warten Sie, ich fertige eine Fotokopie des Testaments. Dann müssen Sie nicht das Original mitnehmen, um es ihm im Zweifelsfall unter die Nase zu halten. Man weiß nie und Sie benötigen den Wisch schließlich noch für das Erbschaftsgericht. Ich fahre Sie mit dem Dienstwagen hin, warte unten im Auto. Nur für den Fall, dass es Ärger geben sollte. Der Mann hat die Statur eines Kleiderschranks.«

»Danke, da fühle ich mich gleich viel sicherer. Mal sehen, wie weit ich komme. Notfalls müssten Sie sich ansonsten eben doch den Durchsuchungsbefehl organisieren. Ich werde sowieso ein zweites Mal nach Bad Harzburg kommen müssen, um einiges abzutransportieren, auch wenn es mir schwerfällt.«

»Nicht nötig. An die Kontodaten kommt die Kripo auch anderweitig, nur eben nicht sofort heute – samstags arbeiten die Banken bedauerlicherweise nicht«, lachte Mader.

»Ja, dann … «

Der Kommissar nutzte die Fahrt nach Bad Harzburg, um dem Bruder des Mordopfers weitere Fragen zu stellen. Vornehmlich über die gemeinsame Kindheit, Alinas Stalker und das Verhältnis zu seiner Schwester, seit er nach Berlin gezogen war.

»Als Kinder waren wir noch ziemlich eng miteinander, haben zusammengehalten wie Pech und Schwefel. Aber Sie wissen ja bestimmt, wie es so geht. In der Pubertät dividiert sich das auseinander. Unterschiedliche Freundeskreise, die Interessen modifizieren sich, und zumindest *ich* habe früh geheiratet, war danach hauptsächlich für meine eigene Familie da.

Jetzt im Nachhinein bedaure ich natürlich sehr, dass meine Schwester und ich in den letzten Jahren derart wenig Kontakt hatten. Von einem Stalker hat sie mir im Übrigen nie ein Wort erzählt, vielleicht war ihr die Angelegenheit zu peinlich. Seit sie mit diesem Król zusammen war, wurden selbst unsere kurzen Telefonate seltener.«

»Und was ist mit Ihrer Ehefrau? Vielleicht hat Alina ihr einiges anvertraut«, hakte der Kommissar nach.

Martens schüttelte den Kopf, wirkte ein bisschen traurig.

»Garantiert nicht. Die beiden haben nie einen Draht zueinander gefunden, was ich sehr schade fand. Sie sind … waren … einfach viel zu gegensätzlich. Meine Frau ist ein lebenslustiger, überaus optimistischer Mensch, der gerne mal einen Plausch hält und ausgeht, während Alina als nachdenklich, introvertiert und skeptisch gelten konnte. Sie war die klassische menschenscheue Stubenhockerin, auch als Erwachsene noch.«

»Erstaunlich, bei ihrem guten Aussehen.«

»Da haben Sie Recht. Aber Alina legte keinerlei Wert auf Äußerlichkeiten, nicht einmal bei sich selbst. Manchmal dachte ich gar, dass es sie störte, wenn sich jeder Mann nach ihr umdrehte. Wie gesagt, ein wenig merkwürdig war sie schon.«

»Und woher rührte diese selbst gewählte Zurückgezogenheit, gab es einen konkreten Anlass? Ich hörte, es soll eine Jugendliebe gegeben haben, die von den Eltern des Jungen aus unerfindlichen Gründen vereitelt worden ist.«

»Ach Gott, der Winnie! Eine Jugendliebe würde ich das eher nicht nennen. Es war eine merkwürdige, zum Schluss auch recht einseitige Beziehung unter zwei Einzelgänger-Freunden. Dieser hässliche Junge hatte sich an meiner Schwester wie eine Zecke festgesaugt, war eifersüchtig wie der Teufel. Ich denke, sie hat sich eher aus Mitleid um ihn gekümmert und war deshalb ganz froh, dass seine Eltern die heimlichen Treffen eines Tages strikt unterbunden haben. Das war ohne weiteres möglich, da beide damals noch minderjährig gewesen sind.

Danach schickte ihr der liebeskranke Molch allwöchentlich ellenlange Briefe, von denen sie noch ein paar halbherzig beantwortete. Doch irgendwann landete das lästige Geschreibsel ungelesen im Mülleimer. Was soll man auch mit Liebesschwüren anfangen, wenn man selbst nicht das Gleiche fühlt und einem das schwülstige Theater allmählich auf die Nerven geht.«

»Hat er es danach aufgegeben?«

»Ja, wenn auch erst nach einer geraumen Weile. Alina hörte ein paar Jahre später von einer Bekannten, dass er inzwischen geheiratet und Kinder in die Welt gesetzt haben soll. Es muss ihm wohl gelungen sein, passenden Ersatz aufzutreiben«, grinste Oliver Martens sarkastisch.

»Dann ist *er* wohl eher nicht unser Stalker«, bemerkte Mader enttäuscht. »Dennoch, wir müssen jede Spur verfolgen. Kennen Sie den Nachnamen dieses Winnie?«

»Nein, tut mir leid. Ich kann mich nicht erinnern, ob Alina ihn mir gegenüber jemals erwähnte. Er stammte aus Wernigerode und hieß mit vollständigem Vornamen Winfried. Mehr weiß ich darüber leider nicht, kenne auch keine Adresse. Was ihn betraf, war sie, mir gegenüber, nie sehr auskunftsfreudig und unseren Eltern hat sie meines Wissens gar nichts erzählt. Auf der einen Seite mochte sie Winnie gern, auf der anderen war er ihr wohl eher peinlich. Was die schräge Beziehung zu ihm anging, erntete sie in ihrer Umgebung ausschließlich negative Kommentare.«

Wie von Mader befürchtet, ließ Wojciech Król Oliver Martens nicht in die Wohnung. Er bezeichnete ihn gar als gierigen Leichenfledderer, der gefälligst abwarten solle, bis das Nachlassgericht die Erbangelegenheit geregelt habe. Das veraltete Testament, das er in Händen halte, sei nicht einmal mehr das Papier wert, auf dem Alina es einst niedergeschrieben habe. Es existiere eine neue, vollkommen anders lautende Verfügung. Diese liege sicher verwahrt beim Notar Werner Sinners.

»Wenn man sich jahrelang nicht um seine Schwester kümmert, bekommt man irgendwann die Quittung«, rief er ihm in süffisantem Tonfall durchs Treppenhaus hinterher.

Aufgebracht kehrte der Bruder des Mordopfers zum Dienstfahrzeug zurück.

»Kein Beinbruch«, winkte Mader ab. »Wir besorgen uns die Kontobewegungen der letzten Jahre direkt von der Bank, dann wissen wir mehr. Und Król hat uns soeben einen tieferen Einblick in seine Persönlichkeit gewährt, freilich ohne es zu ahnen. Er gehört von jetzt an zum engeren Kreis der Tatverdächtigen. Seltsam … Alina verfügte nur über ein Mindestmaß an sozialen Kontakten, aber diese scheinen, Sie mal ausgenommen, allesamt nicht ganz koscher zu sein.«

Oliver Martens holte tief Luft, seufzte.

»Ja, sie hatte einen unseligen Hang, sich mit Außenseitern der Gesellschaft zu umgeben – vermutlich, weil sie selber eine von dieser Sorte war«, erklärte er.

Zurück im Polizeirevier versprach er sich sofort zu melden, wenn man seitens des Notars wegen der Testamentseröffnung an ihn herantrete. Damit war er entlassen.

Eine halbe Stunde noch, bis die Eltern hier antanzen. Gerade genügend Zeit, um mir einen Pott Kaffee zu holen. Ein wahrlich schönes, entspannendes Wochenende, dachte Mader schwarzhumorig.

In einem Punkt sollte er sich irren. Als er sein Büro in Richtung der Teeküche verlassen wollte, saßen Gesine und Christof Martens bereits wartend auf den unbequemen Stühlen im Flur. Er bat sie herein und tröstete sich mit dem Gedanken, dass er wegen der Vorverlegung des Termins, mit ein wenig Glück, etwas früher als gedacht nach Hause käme.

Tatsächlich konnten die Eltern des Opfers wenig zur Aufklärung von Alinas genauen Lebensumständen beitragen. Der Vater betonte immer wieder, dass er und seine Frau nicht aus Spaß und Tollerei ins Ausland gegangen seien. Vor fünfzehn Jahren hätten sie wegen ihrer Langzeitarbeitslosigkeit beide tief ins Glas geschaut, so wörtlich, und hätten die Reißleine ziehen, ihre Lebensumstände radikal verändern müssen. Das habe auch funktioniert, sei aber leider zu Lasten der Beziehung zu ihren Kindern gegangen.

»Wir haben erst mehrere Jahre nach unserem Weggang realisiert, dass es keine Rolle spielt, ob Kinder erwachsen sind oder nicht. Wenn man ans andere Ende der Welt zieht, geht einiges kaputt. Ein enges Vertrauensverhältnis lässt sich so nicht aufrechterhalten. Deswegen können wir Ihnen auch kaum Neues über Alina erzählen. Meist gab es über Skype nur Smalltalk über das Wetter. Selbst unsere Enkelkinder und Olivers Ehefrau sind für uns wie Fremde«, erklärte Christof Martens kleinlaut und starrte dabei betreten auf seine Hände. Ihn plagte offensichtlich ein chronisches Schuldgefühl.

»Das habe ich verstanden. Aber Alinas Kindheit haben Sie doch zumindest in voller Länge mitbekommen«, beharrte Mader. »Können Sie mir etwas über ihren Jugendfreund – oder was immer er gewesen sein mag – Winnie alias Winfried erzählen?«

»Den haben wir kein einziges Mal zu Gesicht bekommen, obwohl sich die beiden über mehrere Jahre hinweg getroffen haben. Warten Sie … sie hat ihn im Sommer 1983 kennengelernt, auf der Spartakiade in Leipzig. Unsere Tochter ist dort als Turnerin angetreten. Im Sande verlaufen ist das Ganze dann … ich denke, im Frühjahr 1987. Beim abrupten Abbruch der Beziehungen müsste sie ungefähr siebzehn gewesen sein.«

»Stimmt, das könnte hinkommen. Ich habe Alina öfters angeboten, dass sie Winnie gerne mal zum Abendessen mitbringen kann, damit wir ihn kennenlernen. Aber sie hat nur lachend abgewinkt und behauptet, so wichtig sei das auch wieder nicht. Ihre lockere Beziehung zu Winnie sei ohnehin nur platonischer Natur. Unsere Tochter drückte sich schon als Jugendliche immer so gewählt aus, weil sie viel in den Werken der Alten Meister der Literatur gelesen hat«, ergänzte die Mutter stolz.

Gesine Martens sah erheblich jünger aus als sechsundsechzig und auch Alina hatte man ihre sechsundvierzig Jahre nicht angesehen. Die wäre locker als Enddreißigerin durchgegangen – und hatte dennoch nichts von ihrem guten Aussehen gehabt.

»Dann kennen Sie also weder den vollständigen Namen noch die Adresse von Winfried?«

»So seltsam das auch klingen mag, aber so ist es. Die Familie wohnte in Wernigerode, doch mehr hat sie nie offenbart. Wir haben das akzeptiert, weil uns die Geheimniskrämerei harmlos erschien. Alina hatte sich durch diesen Kontakt nicht verändert, ihre Schulnoten fielen unverändert gut aus. Sie traf Winnie ohnehin nur einmal pro Woche, das aber in schönster Regelmäßigkeit, immer am Freitag nach der Schule.«

»In der jüngeren Vergangenheit soll Ihre Tochter von einem recht hartnäckigen Stalker belästigt worden sein. Wir rätseln, ob es sich um diesen Winnie gehandelt haben könnte. Hat sie sich Ihnen hierüber anvertraut?«

Gesine blickte erstaunt drein, sah ihren Gatten an. Doch der wirkte ratlos, zuckte niedergeschlagen mit den Schultern.

»Sehen Sie? Genau solche Sachen meinte ich. Wir bekamen aus der Ferne überhaupt nichts mit«, sagte er traurig.

Die Eltern verabschiedeten sich, um am nächsten Tag ihren langen Rückflug nach Südamerika anzutreten. Sie taten ihm ein bisschen leid. Es musste schwer sein, Schuldgefühle mit sich herumzutragen, weil man das halbe Leben seiner Kinder verpasst hatte.

Was ihn unweigerlich wieder an seine eigene Problematik mit Sabine erinnerte. Er versuchte, diesen aufwühlenden Gedanken loszuwerden, indem er sich wieder voll und ganz auf das Dienstliche konzentrierte.

Da steh' ich nun, ich armer Tor, und bin so schlau als wie zuvor. Mir geht es wie Goethes gutem Doktor Faust. Aber immerhin können wir die Erbschaftssache und das Drama mit den finanziellen Zuwendungen an Wojciech Król nachverfolgen, dachte Mader auf dem Weg zu seinem Corsa.

*

Wenige Kilometer entfernt schwelgte ein anderer Mann genüsslich in dunklen Erinnerungen. Sie elektrisierten ihn, erregten ihn sexuell; und das in einer Weise, wie es seine Gattin niemals vermocht hätte, weder heute noch zu irgendeiner Zeit früher. Genauer gesagt, überhaupt kein lebendes weibliches Wesen.

Wie sie dagelegen und ihm ihren Körper dargeboten hatte, so frivol und doch so unschuldig wirkend. Ihr noch warmer Leib hatte seinen Schwanz willig aufgenommen und ihm, dem Herrn über Leben und Tod, den Orgasmus seines Lebens beschert. Was für ein gedanklicher Schatz, den er sich auf ewig bewahren wollte. Es gab für ihn keine im Laufe der Zeit schal werdende Liebe, kein Alterungsprozess würde die wunderbare Erinnerung an sie, die unangefochtene Göttin seiner Wunschträume, jemals eintrüben können.

Er verschaffte sich mit der Hand Erleichterung, vor Wollust grunzend, immer ihr Bild im Geiste festhaltend – vor allem die wunderschönen azurblauen Augen. Er hatte es erst nach dem einseitigen Liebesakt fertiggebracht, sie ihr in einer zärtlichen Berührung zu schließen und anschließend sein blutiges Metzgerhandwerk zu beginnen.

Was er in jener nasskalten Nacht auf dem Hexenaltar zerstückelt hatte, das war eigentlich nicht *sie* gewesen, sondern ihre Ignoranz, ihre Gleichgültigkeit und ihr neuer Lebensstil, dem er mit schwärendem Hass begegnet war. Wie hatte sie ihm all das nur antun, ihn immer wieder magnetisch anziehen und dann schnöde abweisen können … nun, sie hatte die Quittung für elf grausame Zurückweisungen gekriegt, würde nie wieder einen anderen Mann anmachen können. Elfmal hatte sie ihm die Seele zerrissen und genauso viele Portionen von ihr lagen jetzt auf dem Wernigeröder Friedhof begraben.

Ach, warum hatte das dumme Ding auch nie kapieren wollen, dass er der Einzige und Richtige für sie gewesen wäre!

Sein Hochgefühl verkehrte sich erst in Frust, bald in Sehnsucht. Ihm blieb nur dieses heimliche Ritual, um sich an sie zu erinnern, war seines zentralen Lebensinhalts beraubt. Eine innere Leere breitete sich wie ein Geschwür in seinem Herzen aus, sie drohte es allmählich aufzufressen.

Der Mann mit dem kastenförmigen Oberkörper säuberte das dunkelbraune Ledersofa von seinen schleimig-weißen Hinterlassenschaften, zog seine Hosen hoch und ging zum Tagesgeschäft über. Gleich würde er wieder Gesellschaft bekommen, doch er musste seine Trophäen noch sorgfältig in ihrem Versteck verstauen. Ihm war dabei bewusst, dass er sich so bald wie möglich ein neues, am besten außerhalb der Wohnung, suchen müsste. Die Relikte seiner Tat begannen bereits übel zu riechen.

*

Sonntag, 15. Mai 2016

Endlich ein freier Tag! Bernd Mader war sich zwar darüber bewusst, dass ihm der Fall gedanklich auch heute keine Ruhe lassen würde, aber wenigstens musste er nicht ins Revier fahren.

Nach dem Aufstehen hatte er noch kurz darüber nachgedacht, im Badezimmer die grässlichen, braun geblümten Fliesen von Wänden und Boden zu schlagen, schließlich lagerten im Schuppen bereits die neuen. Sie sollten den Raum dank glänzendem Weiß nicht nur erheblich größer erscheinen lassen, sondern die dahinter liegende Wand auch besser gegen Feuchtigkeit schützen. Oma Friedas stumpf gewordene Kacheln mit ihren brüchigen, teils schimmligen Fugen hatten ausgedient. Er freute sich darüber hinaus auf die neue Wellnessdusche, die er anstelle der

Badewanne einbauen wollte, weil er Sitzbäder verabscheute. Sie erforderten Zeit, die er meistens nicht zur Verfügung hatte, und verbrauchten überdies viel zu viel Wasser.

Beim lustlosen Zusammensuchen des Werkzeugs entschied er sich jedoch spontan gegen die staubige Plackerei, heller Sonnenschein lockte ihn nach draußen.

»Tja, mein Lieber, da werde ich dich wohl auch heute ein paar Stunden alleine lassen. Ich gehe wandern, die Gegend erkunden. Wäre ja wichtig, sich hier auszukennen. Vielleicht bekomme ich sogar neue Impulse für den Mordfall, wenn ich, gewissermaßen, in den Fußspuren des Täters wandle«, erklärte er seinem Kater. Der steckte, wie immer, wenn er im Haus arbeitete, sein neugieriges Schnäuzchen überall hinein, fast so als wäre er ein menschlicher Lehrling.

In der Küche kramte der Kommissar den zerknitterten Zugfahrplan der HSB aus der Schublade und entschied sich, mit der Schmalspurbahn bis zum Bahnhof Drei Annen Hohne zu fahren, dort auszusteigen und die restlichen zwölf Kilometer auf dem sogenannten Glashüttenweg und dem Harzer Hexenstieg zum Brockenplateau hochzuwandern. Erst kürzlich war diese Strecke in der Tageszeitung als *Wanderung mit purem Naturgenuss* beschrieben gewesen.

Den Rückweg gedachte er allerdings nicht, wie vom Wanderverein beschrieben, über den Hohnekamm, sondern komplett per Schiene zurückzulegen. Man musste es ja nicht gleich übertreiben. Hauptsächlich ging es Mader schließlich weder um Naturgenuss noch um körperliche Fitness, er wollte schlicht und einfach seine Gedanken sortieren und nicht ständig damit konfrontiert sein, dass die Bevölkerung in Angst lebte, solange Alinas irrer Killer noch keine gesiebte Luft atmete. Wofür er mitverantwortlich zeichnete.

In weiser Voraussicht packte er sich zwei belegte Brötchen und eine Flasche Mineralwasser in den Rucksack. Der kulinarische Reinfall vom letzten Brockenbesuch war noch zu präsent, als dass er einen neuen Versuch hätte starten wollen.

Schade, dass Sabine so starrsinnig ist. Sonst hätte ich kurzfristig anrufen und die Kinder gestern Abend abholen können. Denen hätte eine Wanderung sicher auch Spaß gemacht, grübelte Bernd Mader auf der Fahrt zum Bahnhof. Rechtlich gesehen war er da machtlos und genau das wurmte ihn. Sabine saß am längeren Ende des Hebels.

Eigentlich fand er es selbst erschreckend, dass er neuerdings hauptsächlich in Problemen dachte, für die es keine befriedigenden Lösungsansätze zu geben schien. Die kurze Auszeit hatte er jedenfalls bitter nötig, auch wenn sie im Grunde an der Gesamtsituation nichts verbesserte.

Des herrlichen Wetters wegen schickten sich an diesem Sonntag viele Leute an, den Brocken heimzusuchen. Der Zug war bis auf den letzten Sitzplatz besetzt; ein Glück, dass er zeitig eingetroffen war. Er bewegte sich zwar ungern in größeren Menschenansammlungen, doch in diesem Fall blieb ihm wohl kaum etwas anderes übrig.

Unter dem blauem Frühlingshimmel entpuppte sich das Örtchen Drei Annen Hohne als ansprechendes Dorf mit Lattenzäunen, bestehend aus wenigen Häusern, Gasthöfen mit Fremdenzimmern und dem kleinen Bahnhof, dessen oberes Stockwerk mit Holz verkleidet war. Alles sah tipptopp aus, schien erst vor kurzem renoviert worden zu sein.

Mühelos fand er den Beginn des ausgeschilderten Wanderpfades *Glashüttenweg*, wo eine asymmetrische Holztafel darauf hinwies, dass man sich hier im Nationalpark Harz befinde. Mader fand bereits jetzt Gefallen an seiner Idee, die Gegend zu Fuß zu erkunden. Nach etwa zweieinhalb Kilometern erreichte er den Trudenstein, eine kantige Felsformation, die sich als Aussichtspunkt entpuppte. Weiter ging es zur sogenannten Spinne, einer Wegkreuzung mit Rastplatz. Mader ließ ihn rechts liegen, denn erstens saßen dort bereits Leute und zweitens verspürte er noch keinen Hunger.

Bald geriet die Ruine der sogenannten Glashütte in sein Blickfeld, die dem Weg seinen Namen verliehen hatte. Sie interessierte ihn nicht sonderlich. Der nächste Aussichtspunkt, Ahrensklint genannt, schon eher. Er fummelte sein Fernglas aus dem Rucksack und sah sich interessiert um. Schon gut die Hälfte der Strecke hatte er hinter sich gebracht, wie er beim Blick auf einen Wegweiser erstaunt feststellte.

Der Pfad führte nun durch Fichtenwald, bot etliche Abzweigungen zu weiteren Sehenswürdigkeiten wie den Zeterklippen, dem Molkenhausstern oder dem Gasthaus Plessenburg. Aber Mader wollte schnurstracks weiter in Richtung Brockenplateau wandern und gelangte alsbald auf die geteerte Brockenstraße.

Hier hätte man ohne weiteres mit einem Einsatzfahrzeug hochfahren können. Weiß der gottverdammte Teufel, warum mir das am Maifeiertag keiner gesagt hat, sinnierte Mader. Er würde bei passender Gelegenheit Marit danach fragen, damit er dieses Rätsel endlich ad acta legen konnte.

Auch die Abzweigung zum Gelben Brink, was immer diese Bezeichnung meinte, konnte ihn nicht verführen, die befestigte Straße wieder zu verlassen. Dafür entdeckte er aber in der Nähe die sogenannten Brockenkinder, eine Ansammlung von kleinen Felsen, sowie ein malerisches Forsthaus. Hier in der Höhe war die Luft bereits merklich kühler als in Wernigerode. Der Baumbestand reduzierte sich und viele der genügsameren Gewächse, die hier überleben konnten, wirkten ein wenig verkrüppelt.

Als ob der Teufel sie mit seinem Dreizack verbogen hätte, dachte Mader amüsiert. Die Landschaft regte tatsächlich die Fantasie an. Kein Wunder, dass Goethe sie als unheimliche Kulisse für seinen *Faust* auserkoren hatte.

Er kam am Brockenplateau an und stellte fest, dass lediglich zwei Wege von hier oben abgingen. Einerseits gab es die geteerte Brockenstraße, über die er hergekommen war, und andererseits den Hirtenstieg, über welchen man zum Heinrich-Heine-Weg und auf den Teufelsstieg gelangte, auf selbigem bis nach Bad Harzburg wandern konnte. Mit dem Zeigefinger vollzog er die gesamte Strecke auf der ausgehängten Wanderkarte nach.

Sehr interessant. Falls Król unser Täter ist, könnte er also zu Fuß nach Bad Harzburg gelaufen sein. Der Weg sieht gar nicht so weit aus, könnte sich aber als steil und steinig herausstellen. Ob ich ihn für meinen Rückweg wählen sollte? Allerdings müsste ich von Bad Harzburg aus dann per Taxi oder Bus nach Elend zurückfahren … ach, sei's drum, ich mache es einfach. Eine halbe Stunde hier oben reicht mir, ich esse was und haue wieder ab. Ist mir eh zu viel los.

Mader schoss sicherheitshalber ein Handyfoto vom maßgeblichen Ausschnitt der Wanderkarte, setzte sich auf einen Felsen und genoss seine Stullen. Dabei beobachtete er, wie der Himmel dunstig wurde, seine Klarheit einbüßte. Die wenigen Wölkchen blieben jedoch weiß, nach einem Regenguss sah es momentan also nicht aus. Er würde höchstwahrscheinlich trockenen Fußes ins Tal kommen, was hier beileibe keine Selbstverständlichkeit darstellte.

Der Beginn des Wanderpfades war schnell gefunden, markierte ihn doch ein weißes Teufelssymbol auf grünem Grund. Angeblich sollte diese Strecke insgesamt dreizehn Kilometer lang sein und es ging steil bergab. Der Kommissar musste gleich auf der ersten Etappe, dem Kolonnenweg, sehr darauf achten wohin er trat, um möglichst nicht auszugleiten oder über Wurzelwerk zu stolpern. So richtete er den Blick direkt vor seinen Füßen auf den Boden und bemerkte dadurch erst spät, was sich indessen am Himmel tat. Da braute sich was zusammen.

Die Sonne verschwand unversehens hinter einer dunkelgrauen Wolkenbank. Erste dünne Nebelschleier sammelten sich in den Senken. Auf einmal wirkte die grüne Umgebung düsterer. Für einen Augenblick dachte Mader ans Umkehren, weil er bis hierhin erst vier Kilometer zurückgelegt hatte und das Wetter, wie man sah, sehr schnell umschlagen konnte.

Der Anblick der Rangerstation Scharfenstein brachte ihn von diesem Einfall wieder ab, er wanderte weiter talwärts. Schließlich gelangte er bald wieder in besiedeltes Gebiet, die steilste Wegstrecke lag hinter ihm. Was sollte schon groß passieren?

Erstaunt registrierte er wenig später, dass die Eckertalsperre bereits vollständig im Nebel lag. Es war windstill. Die Wasserfläche konnte man in den weißen Schwaden kaum mehr ausmachen. Dunkle Baumwipfel ragten bizarr aus der dichten Suppe, verliehen der den See verschluckenden Szenerie einen geradezu verwunschenen Anstrich. Der Harz zeigte plötzlich sein dunkles, unfreundliches Gesicht, wobei dieser Eindruck durch einige abgestorbene Fichten am Wegesrand noch verstärkt wurde.

Feuchtklamme Kälte drang in den Kragen von Maders Jacke, der Nebel legte sich wie eine eiskalte Hand um seinen Hals. Er fluchte, zog den Reißverschluss in die höchstmögliche Position und beschleunigte seinen Schritt.

Noch ungefähr zwei Kilometer bis zum Molkenhaus. Meines Wissens ist das heutzutage eine Gaststätte. Wenn es mir zu blöd wird, fahre ich den restlichen Weg nach Bad Harzburg mit dem Taxi, nahm sich Mader vor. Inzwischen hatte sich die Sichtweite noch weiter reduziert und er konnte kaum mehr die kleinen Teufelsmarkierungen am Wegesrand erkennen.

Beunruhigt blickte er sich um, suchte nach Landmarken, einer Orientierung – und erschrak fürchterlich.

Inmitten der Nebelwand stand eine dunkelgraue, schemenhafte Gestalt, umgeben von einer Glorie aus irisierendem Licht. Sie bewegte sich wie ein menschliches Wesen, schien jedoch über dem Boden zu schweben. Der Anblick erinnerte ihn am ehesten an die Fotos von Außerirdischen, die man, Verschwörungstheoretikern zufolge, seit den Fünfzigern in Roswell/Nevada beherbergte. Und das geheimnisvolle Leuchten hätte mit ein bisschen Fantasie von einem UFO herrühren können.

Du spinnst, Mader. Garantiert gibt es eine logische Erklärung für die Erscheinung. Vielleicht verzerrt der Nebel einfach die Umrisse eines Wanderers, der gleich hier vorbeikommen wird.

Aber es kam eben kein Wanderer vorbei. Es blieb totenstill, nichts regte sich – außer dieser dunklen Gestalt, die ihn aus ein paar hundert Metern Entfernung zu beobachten, ihn gar zu verfolgen schien.

Ihm liefen kalte Schauer die Wirbelsäule entlang, was er sich selbst nicht erklären konnte. Er war zwar erklärter Realist, doch dieser Anblick zauberte ihm Schweißperlen auf die Stirn. Ihm war so als wäre er gezwungen, mutterseelenalleine eine fremde Dimension zu erkunden und hätte sich darin hoffnungslos verlaufen. Was natürlich totaler Nonsens war. Obwohl er das wusste, konnte er ein starkes, bislang ungekanntes Gefühl der Beklemmung nicht abschütteln.

Endlich – er entdeckte eine der Wegmarkierungen und beschloss, unbeirrt weiterzugehen, der Erscheinung keine Beachtung mehr zu schenken. So fokussierte er seine Aufmerksamkeit wieder auf die fünfzig Zentimeter vor seinen Füßen, um nicht vom Wanderweg abzukommen. Mulmig war ihm trotzdem zumute, allen geistigen Analysen zu Trotz. Ein paarmal drehte er sich doch um.

Die Erscheinung war noch vorhanden.

Das Molkenhaus geriet in Sichtweite. Mader atmete auf. Die Wirtschaft mit ihrem herabgezogenen Spitzdach erschien ihm wie ein rettender Hafen. Doch kaum hatte er die beheizte Gaststube und damit die Brücke zur nüchternen Realität betreten, kam er sich albern vor, schüttelte innerlich den Kopf über seine idiotische Furcht.

Eine füllige Bedienung erschien, brachte die Karte und fragte freundlich nach seinen Getränkewünschen. Er bestellte sich ein dunkles Bier und eine Kartoffelsuppe nach Hausmacherart. Die Frau notierte den Wunsch, betrachtete Mader aufmerksam und fragte dann neugierig:

»Haben Sie das Brockengespenst auch gesehen? Sie sind genauso blass wie die Wanderer, die vor Ihnen eingetroffen sind.«

»Das Brockengespenst? So ein hanebüchener Humbug. Ich bin nicht abergläubisch. Aber es ist wirklich kein Wunder, wenn manche Leute meinen, in dieser Gegend etwas Übernatürliches wahrzunehmen. Es ist neblig und man wird auf Mephisto, Hexen und allerlei anderen Sagenkram förmlich hingestoßen.«

Die Dicke grinste schelmisch. Sie glaubte ihm kein Wort, was ihr anzumerken war. Augenzwinkernd entgegnete sie:

»Dann sind Sie offenbar vernünftiger als andere. Nachdem ich hier zu arbeiten angefangen und den erleuchteten Schatten zum ersten Mal gesehen hatte, glaubte auch ich an etwas Unerklärliches. Ich habe mich kaum mehr vor die Tür getraut, der Weg zum Auto war der blanke Horror. Bis ich im Internet die physikalische Erklärung für das Phänomen gefunden habe.

Da stellte ich fest, dass ich mich vor meinem eigenen Schatten gefürchtet hatte, der von der Sonne in meinem Rücken auf die vor mir liegende Nebelwand projiziert worden war. Genauso lässt sich übrigens der farbige Lichtkranz in Form eines runden Regenbogens erklären, der den Schatten meistens umgibt. Selbst wenn man stillsteht – die leisesten Luftbewegungen sorgen für die Illusion, der Schatten würde sich bewegen. Dazu kommt die Stille, man sieht die Berge nicht, die Welt scheint sich in Nichts aufgelöst zu haben … richtig beängstigend.

Schon krass, wie einen die Wahrnehmung narren kann, oder? Goethe soll dem Spuk bei einem seiner Spaziergänge übrigens ebenfalls aufgesessen sein.«

»Na ja, ein Schriftsteller halt. Die haben ein riesengroßes Vorstellungsvermögen«, knurrte Mader. Insgeheim schalt er sich einen einfältigen Narren. Auf die Erklärung mit der Projektion auf die weiße Nebelwand und dem sich brechenden Licht hätte er wirklich auch selber kommen können!

Nachdem er sich gestärkt hatte, legte er den restlichen Weg nach Bad Harzburg doch noch zu Fuß zurück. Er musste sich selbst beweisen, dass er kein Angsthase war. Allerdings sah er die Erscheinung zu seinem Bedauern jetzt nicht mehr, ansonsten hätte er sie fotografiert.

Vielleicht hätte ich doch in Dresden bleiben sollen. Hier ist es schwierig, sich ausschließlich auf die Arbeit zu konzentrieren. Es lenkt einen viel zu viel davon ab. Will man sich zwischendurch erholen und neue Kraft tanken, entpuppt sich auch das als unmöglich, haderte er mit sich. Einsetzender Landregen sorgte dafür, dass er den Busbahnhof in Bad Harzburg im Laufschritt erreichte.

*

Mittwoch, 18. Mai 2016

Die Soko *Brockopath* tagte inzwischen seltener. Jeden Morgen gab es ein kurzes Briefing, aber danach verschwand jeder wieder am eigenen Schreibtisch. Allzu spärlich waren die Ermittlungsfortschritte bislang ausgefallen. Doch an diesem Tag kam wieder Leben in den Besprechungsraum.

»Werte Kollegen, entweder sind wir ein schönes Stück weiter gekommen oder wir sind drauf und dran, einer falschen Spur zu folgen. Aber wir können das, was aus diesen Kontoauszügen zu extrahieren ist, keinesfalls unter den Tisch fallen lassen«, referierte Kommissar Mader.

»Ich habe mir eine richterliche Anordnung besorgt und gestern einen Mitarbeiter der hiesigen Sparkasse so lange genervt, bis er mir die Kontoauszüge von Alina Martens über die letzten zwei Jahre ausgedruckt hat. Bis zum Herbst 2015 fand sich da nichts Auffälliges. Unser Mordopfer lebte äußerst sparsam – ja, man könnte fast sagen, die Martens habe sich in Konsumverzicht geübt.

Ob Sie es glauben oder nicht, für die Lebenshaltung reichten ihr bis zum genannten Zeitpunkt zweihundertfünfzig Euro im Monat. Soweit sie sich – über Wohnung, Strom, Heizung, ein Festnetztelefon und Essen hinaus – etwas Weiteres gegönnt hat, handelte es sich fast immer um Bücher und die kaufte sie praktischerweise am Arbeitsplatz. Da erhielt sie vermutlich Rabatte.

Sie besaß weder ein Smartphone noch ein Auto. Schier unglaublich … sie hatte auf diese Weise über hundertfünfundachtzigtausend Euro angespart, und das trotz Steuerklasse eins.«

Staunende Gesichter.

»Und dann trat der liebe Wojciech Król in ihr Leben. Mit der eisernen Sparsamkeit war es jetzt schlagartig vorbei«, warf Marit Schmidbauer ihre Vermutung in die Runde.

»Exakt. Nicht nur, dass Alina offenbar auch für dessen Lebenshaltung mit aufkam, die beiden fuhren auf ihre Kosten zu einigen Wochenendtrips in die Alpen und an die Nordsee, gingen oft essen und sie überwies mehrmals hohe Geldbeträge an ihren Liebsten. Aktuell befinden sich bloß noch 2.458,17 Euro auf ihrem Konto, mehr ist vom sauer Ersparten nicht übrig.«

Beckert pfiff durch die Zähne.

»Mann, hat die Martens eine Schwester? Solch eine Alte hätte ich auch gerne an Land gezogen!«

Jablonski lachte, doch die restlichen Kollegen fanden seine Bemerkung weniger witzig. Missbilligende Blicke streiften ihn.

»Was denn?«, verteidigte sich Beckert. »Sonst läuft es meistens umgekehrt. Die Damen wollen, wie selbstverständlich, von uns Männern versorgt und eingeladen werden. Was ist so schlimm daran, wenn es hier mal anders herum gewesen ist?«

Mader ignorierte das Geplänkel und fuhr fort:

»Frau Schmidbauer, Sie fahren mit mir noch mal zu Król, wir werden ihm auf den Zahn fühlen. Ein echtes Alibi fehlt, denn auf den Bildern der Überwachungskameras vom Bahnhof kann man ihn schließlich nicht eindeutig identifizieren.

Vielleicht ist er ja doch auf das Brockenplateau gefahren, womöglich mit einem späteren Zug, und hat seine Lebensgefährtin aus Habgier ermordet. Könnte sein, dass sie ihm den Geldhahn abgedreht hat und er an den kläglichen Rest ihres Vermögens auch noch heranwollte. Alina soll laut ihres Bruders auch einige Wertsachen besessen haben. Welche das sind, müssten wir direkt über das Nachlassgericht herausfinden.

Schröck, Sie veranlassen das bitte noch heute. Ein ortsansässiger Notar namens Sinners soll Alinas letzten Willen in Verwahrung haben. Król behauptete zwar, dieses Testament sei zu seinen Gunsten verfasst, aber das muss schließlich nicht zwingend der Wahrheit entsprechen. Er könnte geblufft haben.

Jablonski, Sie stochern, notfalls mithilfe von Europol, etwas tiefer in die Vergangenheit unseres parasitären Polen. Wo hat er dort drüben gewohnt, was hat er gearbeitet, wie sieht sein Strafregister aus … alles, was Sie an Infos kriegen können.«

»Und ich?«, fragte Beckert irritiert.

»Sie tun das, was Ihnen ohnehin am liebsten ist. Sie fahren mit Króls Foto erneut auf den Brocken und fragen dort herum, ob jemand ihn in der fraglichen Nacht gesehen hat. Spätestens bis Dienstschluss erwarte ich Ihren Bericht.«

Die schnoddrige Reaktion des beleidigten Schönlings interessierte ihn nicht, daher bedeutete er seiner Kollegin, ihm zu folgen, und verließ eiligen Schrittes den Besprechungsraum. *Er* war hier immer noch der Chef, und das durfte dieser Narzisst ruhig spüren. Falls andere vor dessen überzogenem Selbstbewusstsein kapitulierten, Remmler eingeschlossen, bitteschön – er gedachte die selbstsüchtige Scharade jedenfalls nicht mitzuspielen.

In Bad Harzburg erwartete das zweiköpfige Ermittlerteam eine böse Überraschung. Die Namen Martens und Król waren vom Klingelschild verschwunden, genauso wie die Fußmatte vor der Wohnungstür.

»Wow, der scheint ja keine Zeit verlieren zu wollen. Sieht aus, als sei er auf die Schnelle ausgezogen«, meinte Marit.

»Hals über Kopf geflüchtet, würde es wohl noch besser treffen«, brummte Mader.

Eine Hausfrau mit Einkaufstüten leerte ihren Briefkasten im Eingangsbereich, mühte sich dann mit ihrer schweren Last die Treppen hinauf. Die schickte der Himmel.

»Verzeihung … mein Name ist Mader, von der Kripo Wernigerode, und das ist meine Kollegin Schmidbauer. Können Sie mir sagen, ob diese Wohnung neuerdings leer steht?«

Die junge Frau stellte Einkaufstüten und Windelpackung ab, lehnte sich erschöpft gegen das Treppengeländer.

»Ja, gestern war ein Umzugswagen da. Scheinbar eine polnische Spedition … aber an die Aufschrift des Lasters erinnere ich mich leider nicht mehr. Mein Mann und ich sind froh, dass dieser Kerl endlich wieder ausgezogen ist. Er war sehr unfreundlich zu uns Nachbarn. Während seine Freundin gegen Abend und samstags noch auf der Arbeit war, ist es in der Wohnung rund gegangen. Sie liegt direkt unter der unseren, müssen Sie wissen. Manchmal konnte mein Baby nicht schlafen, weil der Pole den Ton des Fernsehers viel zu laut gedreht hatte. Ich glaube, er hat viel auf so einer Spielekonsole gezockt, das Geballere hörte sich jedenfalls schwer danach an. In keinem Krimi dieser Welt wird dermaßen viel geschossen.

Mein Mann ist öfters hinunter gegangen, um ihn um Rücksicht zu bitten, aber er hat ihn jedes Mal abblitzen lassen. ›Holen Sie ruhig die Polizei‹, hat er gegrinst. ›Sobald die vorfahren, stelle ich kurz leiser, dann rücken sie gleich wieder ab – und ich mache weiterhin Krach, solange ich will.‹ Was sollte man gegen so einen rücksichtslosen Menschen unternehmen können?

Seine Freundin verhielt sich da ganz anders, die war ruhig und in der Hausgemeinschaft sehr beliebt. Furchtbar, was ihr passiert ist. Wir fragen uns schon, ob dieser Pole etwas mit ihrem Tod zu tun gehabt haben könnte.«

»Gibt es dafür Anhaltspunkte?«, hakte Mader ein.

»Nein, eigentlich nicht … nur so ein Gefühl. Die beiden haben doch gar nicht zusammengepasst. Weiß der Himmel, was sie an dem fand, wieso sie sich keinen netteren Freund gesucht hat. Die hätte doch jeden haben können. Na ja, in ihrer Gegenwart spielte er den zuvorkommenden Charmeur, darauf wird sie halt hereingefallen sein.«

Der Kommissar reichte ihr seine Visitenkarte.

»Falls Ihnen oder anderen Nachbarn noch etwas einfällt, rufen Sie mich bitte an.«

Sie versprach es, steckte die Karte ein und schickte sich an, die prall gefüllten Tüten weiter zu transportieren.

»Warten Sie, wir helfen Ihnen kurz.«

Die junge Mutter blickte zunächst verwundert drein, dann strahlte sie.

»Die Polizei, dein Freund und Helfer. Soso, in manchen Fällen scheint sich das zu bewahrheiten. Vielen Dank, das ist sehr nett von Ihnen. Ich dürfte eigentlich ohnehin nicht so schwer heben, hatte erst vor vier Wochen einen Kaiserschnitt. Aber was soll ich tun, wenn ich dieses Babyzeugs dringend brauche und mein Mann auf der Arbeit ist? Eine Nachbarin passt mir gelegentlich auf den Kleinen auf, aber zum Einkaufen kann ich sie schlecht auch noch schicken.«

Fünf Minuten später standen die Kripobeamten vor dem Mietshaus auf der Straße.

»So, nun wissen wir, dass der Typ ein mieser Blender war und uns das Trauerbrimborium nur vorgespielt hat. Das lässt ihn in meiner persönlichen Liste der Verdächtigen weiter nach oben rutschen, zumal er sich eilig in seine Heimat abgesetzt zu haben scheint. Womöglich hat er sogar bei der Wohnungsauflösung heimlich, still und leise Beweise vernichtet. Wir fahren am besten gleich zur städtischen Kläranlage weiter und hören uns dort ein bisschen um«, verfügte Mader.

»Und ich blöde Kuh bin auf sein rührseliges Theater hereingefallen«, ging Marit mit sich ins Gericht.

»Nun sei mal nicht so streng mit dir. Du hattest bis dato keinen triftigen Grund, ihm zu misstrauen. Inzwischen sieht die Sache allerdings ganz anders aus. Ich bin schon gespannt, was Jablonski über Króls Vorleben in Polen herausfindet. Irgendwas ist faul mit dem Mann. Mittlerweile glaube ich nicht mehr daran, dass er dort eine blütenweiße Weste gehabt hat.«

»Dito«, grummelte die Polizistin.

*

Freitag, 20. Mai 2016

Kurz vor dem Wochenende stand fest, dass Oliver Mader die Wahrheit sagte. Seine Schwester hatte ihrem polnischen Liebhaber tatsächlich alle seine Schulden bezahlt, ihm sogar ein Auto gekauft. Allein bei einem Elektrogroßmarkt hatte er vorher mit zehntausend Euro in der Kreide gestanden.

Die brandheißen Informationen stammten von einem Landsmann, der mit ihm in der Kläranlage gearbeitet und der ihm vor zwei Monaten auch den Job auf Empfehlung verschafft hatte. Entsprechend erstaunt und verärgert zeigte dieser Jaroslav sich jetzt über Króls plötzlichen Abgang. Er habe es nicht einmal für nötig befunden, formell zu kündigen, sondern einfach den Bettel hingeschmissen, berichtete er kopfschüttelnd.

»Und für solch einen undankbaren Blödmann habe ich mich intensiv beim Chef eingesetzt! Hoffentlich erwachsen mir aus diesem Fehler jetzt keine Nachteile. Ich meinte es halt gut, wollte Wojciech gerne unter die Arme greifen, weil ich mir vor acht Jahren selber schwergetan habe, als ich nach Deutschland gekommen bin und die Sprache noch nicht richtig beherrschte.

Ich fand es außerdem falsch, dass Wojciech auf Kosten seiner Freundin lebte. Damit hat er bei uns Kollegen auch noch angegeben. Er mimte den launigen Kumpel, aber damit war es wohl nicht weit her. Er räumte vorgestern in allerbester Laune seinen Spind aus – und weg war er, ohne sich von mir zu verabschieden«, erzählte der ungefähr Sechzigjährige angewidert.

Damit nicht genug, hatte Alina tatsächlich drei Tage vor ihrem gewaltsamen Tod ein Testament unterzeichnet, das Król zum Haupterben machte. Neben den restlichen Kontoeinlagen stand ihm der Inhalt eines Bankschließfaches zu, in welchem sie geerbten Schmuck aus Weißgold, Aktienpapiere und einige kleine Goldbarren gebunkert hatte. Alles in allem betrug der Reibach stolze neunzigtausend Euro. Ihr Bruder hingegen sollte hauptsächlich Erinnerungsstücke an die Großeltern väterlicherseits erben, die überwiegend ideellen Wert besaßen.

»Eines verstehe ich nicht«, sinnierte Timo Schröck. »Wenn er doch sowieso alles erbt, wieso musste er sie dann noch umbringen und sich so der Gefahr aussetzen, dass er gefasst wird und hernach gar nichts mehr von dem Geldsegen hat?«

»Alina war doch erst Ende vierzig und ihr Bankkonto hatte er bereits geschröpft. Wahrscheinlich wäre es ihm mit ihrem Ableben nicht schnell genug gegangen«, entgegnete Marit. Sie konnte ihre Fehleinschätzung von Króls Charakter immer noch nicht richtig verschmerzen, fühlte sich persönlich involviert. Sie *wollte*, dass sich seine Schuld herausstellte.

»Für mich hat er die Tat begangen, und zwar aus dem gängigsten Mordmotiv dieser Welt: Geldgier.«

»Nur mal langsam mit den jungen Pferden«, bremste Mader. »Damit ist noch nichts bewiesen. Wir dürfen uns nicht in Vermutungen verstricken, auch wenn der Verdacht nahe liegt.«

Es war echt zum Auswachsen. Beckerts neuerliche Befragungen auf dem Brockenplateau hatten nichts Interessantes zutage gefördert. Kein Mensch dort oben hatte bewusst irgendjemanden von Króls eindrucksvoller Statur gesehen.

Dafür war Jablonski umso erfolgreicher gewesen. Dank seines polnischen Großvaters sprach er leidlich Polnisch, und so hatte er auf dem kleinen Dienstweg bei den Kollegen in Danzig direkt nach Wojciech Król fragen können.

»Leider gelang es nie, ihm eine direkte Beteiligung an Straftaten nachweisen, aber unser Verdächtiger scheint aus einer Familie von Autoschiebern zu stammen. Sein Bruder sitzt deswegen seit Jahren im Knast und der Vater besitzt eine Werkstatt, in der die gestohlenen Wagen aus Deutschland umlackiert und von den Seriennummern auf den Motorblöcken befreit wurden. Er ist auf freiem Fuß, weil er nichts von den illegalen Vorgängen in seiner Firma geahnt haben will.

Diese Króls sind offenbar eine schmierige Familienbande von Verbrechern, die immer wieder durch die Maschen des Gesetzes schlüpfen. Der polnische Kollege klang sehr erfreut, als ich ihm sagte, dass gegen Wojciech in einem Mordfall ermittelt wird«, meinte Jablonski. »Übrigens ist er seit gestern wieder ordentlich in Danzig mit Hauptwohnsitz gemeldet. Untertauchen wollte er in Polen also offenbar nicht.«

»Danke, sehr gute Arbeit«, lobte der Kommissar. »Aber leider beweisen auch diese Indizien in keiner Weise, dass Król Alina ermordet hat und ebenso wenig ist seine Unschuld erwiesen. Denken Sie dran, da wäre zum Beispiel auch noch dieser obskure Winnie. Könnte er nicht *doch* Alinas Stalker gewesen sein und sie aus Frust beseitigt haben?«

Marit meldete sich zu Wort.

»Das glaube ich zwar weniger, aber schuldig ist er auf jeden Fall. Er hat zumindest das Umfeld geschaffen, in dem dieser Mord geschehen konnte. Wie wäre es mit dieser Theorie?

Er hat die Ärmste traumatisiert und so lange mit seiner krankhaften Liebe verfolgt, bis sie vollends beziehungsunfähig wurde und sich ängstlich von allen Männern zurückgezogen hat. Nennen wir es doch gleich beim Namen. Sie war eingefleischte Soziopathin, nicht nur eine gewöhnliche Einzelgängerin. Als solche hat Alina sich andere Menschen auf Abstand gehalten, nur wenigen blind vertraut. Sie lebte aus freien Stücken wie im Kloster, genauso bescheiden und enthaltsam.

Dieser Król hat es dann irgendwie geschafft, ihren selbst errichteten Schutzwall niederzureißen, wodurch sie ihm, ihrem Retter aus dem Dornröschenschloss, quasi hörig wurde. Nur so lässt sich für mich erklären, wieso sie bis hin zur Selbstaufgabe alles für ihn getan, ihre Familie und die Freundin dagegen vor den Kopf gestoßen hat. Zum Dank dafür hat er am Ende Gulasch aus ihr gemacht.«

Mader wiegte nachdenklich seinen Kopf hin und her.

»Halte ich durchaus für möglich, aber es ist bis jetzt genau das, was Sie selber ausgedrückt haben: eine Theorie. Also, dann – gehen Sie jetzt bitte alle wieder an die Arbeit und versuchen Sie, Winnies Identität und den aktuellen Aufenthaltsort zu ermitteln. Was wir allmählich dringend brauchen, sind Fakten und Beweise, keine Wahrscheinlichkeiten und lauwarmen Indizien.«

Kaum hatten die vier Mitarbeiter der Soko den Raum verlassen, stand Revierleiter Remmler mit verkniffener Miene in der Tür.

»Bevor Sie etwas anderes anfangen … ich hätte Sie gerne für einen Augenblick in meinem Büro gesprochen!«

In *seinem* Büro … Mader kannte den Unsympathen inzwischen genau genug um zu wissen, dass eine Standpauke drohte. Ansonsten wäre er sein Anliegen an Ort und Stelle losgeworden.

»Bitte machen Sie die Tür hinter sich zu und setzen Sie sich«, raunzte ihn Remmler an, kaum dass er einen Fuß hineingesetzt hatte. Dem war wohl heute eine Laus in der Größe eines Elefanten über die Leber getrampelt und *er* durfte das ausbaden. Mader spürte, wie sich in seinem Inneren Trotz regte.

»Ich hatte vorhin eine kleine Unterredung mit Steffen Beckert. Im Gegensatz zu Ihnen hat er mich auf den neuesten Stand der Ermittlungen gebracht. Mir scheint, als würden Sie im Fall des Brockopathen – übrigens ein waschechtes Unwort – wichtige Erkenntnisse außer Acht lassen.«

Es klang süffisant.

Ah, Beckert ist also der eigentliche Grund für den bevorstehenden Anschiss … diese miese Petze mit Föhnfrisur, was für ein Arsch! Rennt zum Chef und macht mich schlecht … und der hat wiederum nichts Besseres zu tun, als den halben Tag lang Zeitung zu lesen und mich wegen eines missgünstigen Kollegen auch noch bei der Arbeit zu behindern.

»Von welchen Erkenntnissen sprechen Sie – oder vielmehr Beckert, der offenkundig gerne seine Kompetenzen überschreitet? Soviel ich weiß, leite derzeit *ich* die Soko und bin somit die Schaltstelle zwischen dieser und Ihnen.«

»Steffen hat nur seine Pflicht getan. Er hatte jedes Recht, mich darüber zu informieren, wenn nach seiner Ansicht etwas gründlich schiefläuft«, winkte Remmler unwirsch ab.

Steffen? Ich höre wohl nicht richtig! Die zwei sind scheinbar ganz speziell miteinander. Was wird hier eigentlich gespielt?

»Es läuft aber gar nichts schief! Im Gegenteil, wir verfolgen mehrere Hinweise, und das trotz dürftiger Spurenlage.«

»Mag ja sein. Aber eine haben Sie leichtsinnigerweise übersehen. Was ist mit dieser Buchhändlerin Hartenberg? Sie käme als Täterin infrage, und doch wurde in diese Richtung nicht weiter ermittelt. Denken Sie mal genau nach: Hässliche Lesbierin wird von schöner Freundin verschmäht … sie ist eifersüchtig bis aufs Blut, muss aber dennoch täglich mit ihr zusammenarbeiten und kriegt obendrein noch die sentimentalen Geschichten über ihr Liebesglück mit Król serviert … denken Sie nicht, dass eine verliebte Frau da zur mörderischen Hyäne werden könnte?

Und dann die seltsame Art der Inszenierung … Hexen sind doch ohnehin eher ein Frauenthema. Es gibt kein verifizierbares Alibi, das kommt auch noch hinzu. Niemand weiß, ob sie wirklich krank zu Hause gelegen war. Sie könnte genauso gut einen späteren Zug hinauf zum Plateau genommen und später dort ihr blutiges Werk verrichtet haben.«

»So wie Sie es darstellen, könnte man da vielleicht etwas konstruieren. Aber ob diese Buchhändlerin tatsächlich Lesbierin ist, wissen wir gar nicht sicher. Die Frau Schmidbauer hatte nur den Eindruck, mehr steckt nicht dahinter. Und was ist mit der Vergewaltigung? Soll das etwa auch die Hartenberg gewesen sein?«

»Besitzen Sie denn gar keine ermittlungstechnische Fantasie, Mader? Müller hat bei näherer Betrachtung nur herausgefunden, *dass* das Opfer vergewaltigt wurde, aber nicht *womit.* Spermaspuren gab es keine. Also könnte Luise Hartenberg ohne weiteres einen Dildo benutzt und so voller Berechnung versucht haben, den Verdacht auf einen Mann zu lenken.«

Die Theorie klang derart abstrus, dass sie schon wieder richtig sein konnte. Der Kommissar hätte sich am liebsten selbst ein Monogramm in den Allerwertesten gebissen, weil er an sowas überhaupt nicht gedacht hatte. Aber Remmler war noch nicht fertig mit ihm, er lief gerade erst zur Höchstform auf.

»Noch etwas muss ich Ihnen mit auf den Weg geben. Hören Sie auf, Steffen Beckert vor versammelter Mannschaft wie einen Schulbuben herunterzuputzen. Er ist mein Neffe. Wohlgemerkt, selbstverständlich sollen Sie ihn nicht deswegen mit Samthandschuhen anfassen oder gar bevorzugen. Aber lassen Sie gefälligst die Vetternwirtschaft bleiben. Behandeln Sie alle gleich, wie es sich für eine loyale Führungskraft gehört.

Steffen hat im Übrigen mitbekommen, dass Sie Frau Schmidbauer duzen, wenn Sie sich unbeobachtet wähnen. Das geht gar nicht, verstanden? Ich müsste sonst ernstlich an Ihren Kompetenzen als Leiter der Soko zweifeln. In Dresden mögen Sie sich einige Freiheiten herausgenommen haben, doch bei uns sind Sie erstmal der Neue, der sich einpassen muss. Also keine Vertraulichkeiten mit Frau Schmidbauer oder sonstigen Kolleginnen, habe ich mich klar ausgedrückt?«

Dafür langst du ihr an den Hintern – und nicht nur ihr! Ich hätte keine Bedenken, dich damit zu konfrontieren, mein lieber Freund. Aber ich habe Marit nun mal versprochen, es bleiben zu lassen, dachte Mader aufgebracht. Es kostete ihn große Mühe, sich zusammenzureißen.

Was für ein selbstgefälliger Pharisäer, die unangebrachte Eitelkeit muss wohl tief in dieser Familie verwurzelt sein. Beckert sein Neffe … na toll! Was immer ich sage oder tue, er wird es ihm brühwarm erzählen. Ist ja fast wie damals zu Stasi-Zeiten.

»Natürlich, Herr Ramm … äh, Remmler«, entgegnete Mader. Den absichtlichen Versprecher hatte er sich beim besten Willen nicht verkneifen können.

*

Wernigerode, Spätsommer 1981

Der elfjährige Junge gelangte, völlig außer Atem, an der Westfassade der Schulturnhalle an, lugte vorsichtig um die Ecke. Das Herz pochte ihm bis zum Hals. Wie sollte er es bloß schaffen, wenigstens heute unbehelligt vom Gelände und bis nach Hause zu kommen? Ab hier musste er mehrere hundert Meter über freies Feld laufen, konnte sich nirgends mehr verstecken.

Niemand zu sehen. Doch das musste nichts bedeuten, seine Peiniger konnten überall lauern. Die waren zu fünft und er ganz alleine. Es war denen offenbar ein Leichtes, einen Augenblick abzupassen, wenn kein Lehrer oder sonstiger Erwachsener in der Nähe war.

Er atmete tief durch, dann rannte er los.

»Wohin denn so eilig, Bürschchen? Was könnte einer wie du Dringendes vorhaben? Was auch immer es ist, es wird ein Weilchen warten müssen.«

Wie aus dem Nichts tauchten fünf Mitschüler auf, jeder kam aus einer anderen Richtung herangeschlendert.

Der Junge blieb mangels anderer Möglichkeiten stehen, seine Knie zitterten wie Espenlaub. Er wusste, was ihm jetzt blühte. Gegen diese Übermacht vermochte er nichts auszurichten.

Riccardo, der Wortführer, trug einen Knüppel in Händen. Mit einem fiesen Grinsen baute er sich vor dem Schwächeren auf.

»Na, Winnie-Würstchen? Haste ein paar Mark für uns?«

»Nein! Ich hatte dir doch schon gestern gesagt, dass ich nicht jeden Tag etwas auftreiben kann. Woher sollte ich es nehmen?«

»Dann tut es mir leid, du mieses Inzuchtbalg! Wer nicht zahlt, kassiert – und zwar Prügel.«

Die Fünf kreisten ihn ein. Wie Geier, die sich auf einen Kadaver stürzen wollten, kamen sie immer näher.

Winnie war dank seiner sportlichen Aktivitäten zwar keineswegs untrainiert, aber gegen fünf Gegner hatte er dennoch keine Chance. Seine Verzweiflung brauchte ein Ventil, gipfelte in einem jähen Wutausbruch. Diese Unholde würden ihn ohnehin jeden Moment windelweich schlagen, deswegen konnte er auch gleich voll in die Offensive gehen. Wie ein zum Sprung bereites Raubtier stand er da, seine Augen funkelten irre.

»Fasst mich nicht an!«, brüllte er mit hochrotem Kopf. »Ich kann nichts dafür, dass mein Vater seine Kusine geheiratet hat. Dafür braucht ihr mich nicht dauernd hänseln. Keinen Pfennig seht ihr miesen Kapitalisten mehr von mir, sucht euch gefälligst ein anderes Opfer! Mein Vater ist ein hohes Tier in der Partei. Wenn ihr mich nicht auf der Stelle in Frieden lasst, erzähle ich ihm alles, was ihr mir angetan habt.«

Riccardo schüttelte missbilligend den Kopf, grinste fies.

»Hört ihr das? Winnie-Würstchen will mir drohen. Ich glaube, da müssen wir heute noch ein bisschen deutlicher werden als sonst, damit er mitkriegt, wen er da vor sich hat. Sonst wird er noch übermütig. Nicht wahr, Jungs?«

Die anderen nickten gehorsam und Winnies blinde Wut verkehrte sich in nackte Angst. Er pisste sich in die Hose, sodass der Urin Socken und Schuhe durchtränkte. Es stank widerlich, jeder konnte seine Schande sehen.

»Igitt, dieser Weichling hat sich voll eingenässt! Na, wenigstens dafür ist sein kümmerlicher Schniepel gut«, lästerte Daniel, Riccardos jüngerer Bruder. Er besaß dasselbe Schweinegesicht und abstehende Ohren wie dieser, nur war sein Haar nicht dunkelbraun, sondern mittelblond. Beide waren kräftig gebaut und dazu noch größer als Winnie. Was kein Wunder war, denn die Paulmann-Brüder waren in der Schule je zweimal sitzen geblieben. Riccardo befand sich sogar schon im Stimmbruch.

Die Jungen lachten, verspotteten ihr Opfer noch weiter. Dann wurden sie plötzlich wieder ernst. Einer schubste Winnie. Er fiel hin, mit dem linken Knie auf einen Stein.

Mehr als zehn Minuten lang prügelten die Jungen mit Knüppel, Schuhen und Fäusten auf ihn ein, rüde angefeuert durch die drei schmächtigeren Mitläufer, die sich zwar selbst nicht aktiv an den Gewalttätigkeiten beteiligten, sich jedoch hämisch an seiner Schmach ergötzten.

Am Ende lag Winnie, blutend und mit geschwollener Nase, am Rande eines riesigen Kornfeldes der ortsansässigen LPG.

Sein neues grünkariertes Hemd war zerrissen und seine Hose wies ein großes Loch am linken Knie auf. Feixend machten sich die Jungs vom Acker, brüsteten sich lautstark mit ihrer Großtat.

Mühselig rappelte er sich hoch, ihm schmerzten alle Knochen. In diesem Zustand konnte er jetzt keinesfalls nach Hause gehen. Also hinkte er zum nahegelegenen Bach, um seine Kleider wenigstens auszuwaschen. Er weinte vor Scham. Natürlich würde Mutter fragen, wieso er pitschnass und verletzt von der Schule nach Hause komme. Er musste ihr eine erfundene Geschichte auftischen, so wie er das immer handhabte.

Und am Abend würde er zum zweiten Mal an diesem schwarzen Tag Prügel kassieren, diesmal jedoch vom eigenen Vater. Der schätzte es überhaupt nicht, wenn er andauernd neue Klamotten bezahlen musste. Ihm die reine Wahrheit anzuvertrauen, hätte Winnie nur noch tiefer in die Bredouille gebracht, und so musste er es erdulden, als schusseliger Trottel hingestellt und bestraft zu werden – und das, obwohl er unschuldig war. Seine innere Anspannung, seine Wut auf all diese Menschen, die ihm seine Pein zufügten oder zumindest tatenlos mitansahen, wuchs ins Unermessliche.

Eines Tages zahle ich es euch heim, ihr werdet schon sehen, brabbelte der gedemütigte Junge vor sich hin, während er, tropfend und von amüsierten Blicken verfolgt, wie bei einem Spießrutenlauf durch die Straßen von Wernigerode heimwärts wankte.

Am liebsten wäre er einfach tot umgefallen, doch diesen Gefallen verweigerte ihm das Schicksal.

*

Samstag, 21. Mai 2016

Desillusioniert fragte sich Bernd Mader, wieso er gestern eigentlich alles drangesetzt hatte, seine Kinder so früh wie möglich bei Sabine abzuholen. Sobald er sich vom Dienst hatte losmachen können, war er auf dem schnellsten Wege – was immerhin über zweihundertfünfzig Kilometer waren – nach Dresden gebrettert, hatte Veronika und Luca gegen Abend freudestrahlend in Empfang genommen.

Zu seiner Verwunderung hatten die beiden nicht gerade begeistert gewirkt, ihn zu sehen, und sich mit geradezu dramatischen Umarmungen von Sebastian verabschiedet. Sabines Einflüsterungen schienen inzwischen einigen Erfolg zu zeitigen.

Heute Vormittag saßen seine Augensterne lustlos bei ihm in der Küche am Frühstückstisch und zogen beide Gesichter wie drei Tage Regenwetter, was er schleunigst zu verändern gedachte. Er sah seine Kinder seit der Trennung nur noch sehr selten. Die gemeinsame Zeit war nach seiner Ansicht viel zu kostbar, um auch nur eine Minute mit schlechter Laune zu vergeuden.

»Na, ihr zwei … was wollen wir heute unternehmen? Schon Ideen? Ich bin jedenfalls zu fast allen Schandtaten bereit«, sagte der Papa auf Zeit, scheinbar heiter. »Wir könnten ins Erlebnisbad gehen, in einen der drei Wildparks, zur Schladener Schlangenfarm oder meinetwegen auch in den Freizeitpark Krodoland. Ach ja, und dann gäbe es noch Pullman City, die Westernstadt. Also, was darf es sein?«

Die Kinder rührten sich nicht, vermieden sogar den Blickkontakt. Bernd fragte sich beunruhigt, was das werden sollte. Er war doch kein Fremder, verdammt noch mal. Die neunjährige Vroni und der siebenjährige Luca benahmen sich hölzern, als wäre er ein entfernter Verwandter, den man höchstens einmal im Jahr besuchte und an den man sich jedes Mal erst von neuem gewöhnen musste. Nachdenklich räumte er Cornflakes-Packung, Kakaopulver und Milch vom Küchentisch.

»Ich hab nicht gut geschlafen«, maulte Vroni.

»Ich auch nicht. Das Zimmer sieht nicht schön aus, es ist mir irgendwie unheimlich. Außerdem muffelt die Bettdecke«, kam auch von Luca Kritik, vorgetragen im weinerlichen Jammerton.

Bernd war immer noch bemüht, Frohsinn zu verbreiten.

»Ja, die Uroma hatte schon einen merkwürdigen Geschmack, nicht wahr? Aber ich werde viel ändern, ihr werdet sehen. Wenn ihr das übernächste Mal kommt, ist die grässliche Tapete weg – und ihr dürft die Farbe aussuchen, in der die Wände gestrichen werden. Neue Kissen und Decken kaufe ich auch. Ich bin nur noch nicht dazu gekommen, weil ich momentan einen schlimmen Verbrecher fangen muss.«

Kein Kommentar. Die Kinder zogen immer noch lange Gesichter und ihr frustrierter Vater war allmählich ratlos. Er erledigte den Abwasch, aus dem Augenwinkel seinen Nachwuchs studierend. Was war heute nur mit den beiden los? Sie hatten sich doch früher nicht so seltsam benommen! Er hatte ihr Lieblingsessen eingekauft, das Gästezimmer so wohnlich wie möglich hergerichtet, das Bett frisch bezogen … was hätte er denn noch machen sollen?

Mein Gott, ich habe doch früher als Kind auch hier gepennt und mich nicht an Kleinigkeiten gestört! Im Gegenteil, damals war es noch viel unkomfortabler, aber genau das weckte meine Abenteuerlust. Es war anders als zu Hause, was mir prima gefallen hat. Und da hat keiner gefragt, ob ich vielleicht in einen Freizeitpark fahren möchte. Ich glaube, die zwei sind einfach furchtbar verwöhnt, dachte Mader traurig.

Er holte seine Boots, zog sie an.

»Na los, raus mit euch Stubenhockern! Jetzt fahren wir erst einmal ein Stück mit dem Auto Richtung Stadt. Uns wird schon noch einfallen, wo wir den Rest dieses Tages verbringen wollen. Vielleicht könnten wir erstmal irgendwo ein Eis essen und ein bisschen quatschen«, versuchte Bernd seine Kinder zu animieren. Murrend holten sie ihre Schuhe, sich gegenseitig vielsagende, genervte Blicke zuwerfend.

Ruhig bleiben, Bernd. Die Schuld für dieses unangebrachte Verhalten liegt nicht bei Vroni und Luca, also bestrafe sie nicht dafür, betete der enttäuschte Papa sich insgeheim vor. Aber es fiel ihm schwer, kein kritisches Wort über schlechtes Benehmen zu verlieren.

In der Eisdiele setzte sich das merkwürdige Verhalten bereits bei der Bestellung fort. Zuerst herrschte große Ratlosigkeit bei beiden Kindern, welcher Eisbecher der passende wäre, weswegen die Bedienung gleich dreimal anrücken musste. Danach folgte totale Auskunftsverweigerung, als Bernd zu fragen wagte, wie es in der Schule so gehe. Diese beiden Kinder sahen zwar immer noch aus wie seine, verhielten sich jedoch vollkommen anders. Vroni, die Sabine ohnehin sehr ähnlichsah, erinnerte nun auch wegen des sauertöpfischen Gesichtsausdrucks unangenehm an ihre Mutter, mehr denn je.

Am runden Marmortisch herrschte eisiges Schweigen.

Gut, dann bin ich jetzt ebenfalls still, mindestens bis sie ihre Eisbecher verputzt haben. Vielleicht müssen sie langsam auftauen, sich erst wieder an mich gewöhnen. Irgendwann wird ihnen dieses komische Benehmen schon zu blöd werden, nahm Mader sich vor.

Seine Hoffnung auf Besserung erfüllte sich bedauerlicherweise auch in der folgenden Stunde nicht. Im Gegenteil, nun quengelten Vroni und Luca abwechselnd, wie langweilig ihnen sei. Dazu stritten sie ständig, wegen jeder Kleinigkeit. Vroni neidete ihrem Bruder das pinkfarbene Papierschirmchen und Luca beschuldigte seine Schwester, ihm beim Reden aufs Eis gespuckt zu haben.

Bernds Geduld wurde auf eine harte Probe gestellt. Mit einer solchen Situation hatte er nicht gerechnet. Er zahlte, nachdem er sich selbst mit zwei übergroßen Cappuccinos getröstet hatte. Normalerweise genehmigte er sich nur eine Tasse, war aus purer Ratlosigkeit so lange sitzen geblieben – um Zeit zu schinden.

Es nutzte ihm nichts. Die Kinder waren nach wie vor zu keiner Aussage zu bewegen, wie es weitergehen sollte. Er musste die Entscheidung daher notgedrungen selber treffen.

»Na schön, dann fahren wir jetzt in den Zoo nach Halberstadt. Tiere habt ihr doch immer gerne gemocht«, verfügte er.

Luca verschränkte abweisend die Arme. Er trug neuerdings einen David Bowie-Haarschnitt, wobei ihm meist eine Strähne quer über das linke Auge hing.

»Das ist auch langweilig!«

»Luca, entschuldige, aber das verstehe ich nicht. Gefällt euch denn gar nichts mehr? Was treibt ihr eigentlich zu Hause so?«

Beide zuckten mit den Schultern.

»Na, sagt schon!«

»Du hast ja nicht mal eine Spielekonsole. Und unsere Handys haben wir auch nicht mit zu dir nehmen dürfen«, platzte Vroni in rotzigem Ton heraus.

Luca boxte sie in die Seite.

»Du Petze! Papa darf doch gar nicht wissen, dass wir welche von Sebastian zu Weihnachten gekriegt haben!«, rügte er seine Schwester.

Bernd schluckte eine gesalzene Erwiderung im letzten Moment hinunter. Sabine kannte seine Einstellung zu solchen Dingen ganz genau. Früher war sie mit ihm voll einer Meinung gewesen, dass sich Handys vor Vollendung des zwölften Lebensjahres verboten und auch Spielekonsolen nicht gerade förderlich für die kindliche Entwicklung waren, Eltern mit sowas verantwortungsvoll umgehen mussten.

»Ach so ist das. Aber ihr werdet doch mal zwei Tage ohne das Zeug auskommen können?«

Veronika und Luca schüttelten einhellig die Köpfe. Von diesem Moment an versuchten sie, ihren Vater zu nötigen, einen Elektrogroßmarkt aufzusuchen und eine Konsole anzuschaffen – was er schon aus Prinzip nie getan hätte.

Meine kleinen Kinder, technikabhängige Konsumsklaven … super Leistung, Sabine! Aber ich verstehe es. Für einen muskelbepackten, tätowierten und arbeitslosen Idioten kann man seine heiligen Prinzipien schon mal in den Wind schießen, was?, dachte er aufgebracht.

So sehr er sich auch um seinen übellaunigen Nachwuchs bemühte, die Stimmung besserte sich bis zum Abend nicht im Mindesten. Eher im Gegenteil. Luca heulte sogar, dass er bitte nach Hause wolle. So fragte Bernd seine Kinder schweren Herzens, ob es ihnen lieber wäre, wenn er sie jetzt gleich zurückbringen würde. Sofort hellten sich die Mienen auf, beide bejahten spontan.

»Das finde ich sehr, sehr schade. Aber ich muss erst eure Mutter anrufen, ob sie überhaupt daheim ist. Sonst stehen wir vor verschlossenen Türen.«

Er fingerte sein Smartphone aus der Hosentasche und versuchte, sich seine Enttäuschung nicht anmerken zu lassen.

»Ja … hallo Sabine, ich bin's. Du, die Kinder möchten doch heute schon nach Dresden zurück. Wärst du eventuell so gegen 21 Uhr zu Hause?«

Die Reaktion fiel heftig aus. Bernd ließ mit verkniffener Miene einen längeren Redeschwall über sich ergehen, in welchem seine Exfrau ihn als erziehungsunfähig beschimpfte und ihm vorjammerte, dass sie mit Sebastian soeben auf ein Konzert habe gehen wollen. Sie stehe schon fertig angezogen im Hausflur. Aber na schön, wenn er nicht in der Lage sei, seine eigenen Kinder zwei Tage lang zu beschäftigen, solle er halt antanzen und sie vorzeitig wieder loswerden, so wörtlich.

Er beherrschte sich, den Kindern zuliebe, kommentierte die Unverschämtheiten mit keinem Wort. Stattdessen legte er auf. Sicher ärgerte das zänkische Weib sich jetzt, dass er sich nicht hatte absichtsgemäß provozieren lassen.

»Ist okay. Wir können gleich fahren«, verkündete er frustriert. Die Kinder jubelten, tauschten sich sofort angeregt über das Konsolenspiel aus, das Sebastian nun doch nicht in ihrer Abwesenheit weiterzocken würde. Auf der Fahrt bezogen sie auf einmal sogar ihren Vater mit ein, erzählten begeistert, welche Welten sie bei *The Legend Of Zelda* schon freigeschaltet hatten. Es schien kein anderes Thema mehr zu geben.

In Momenten wie diesen verstand er schon fast, wieso manche Scheidungsopfer ihre Expartner vor lauter angestauter Wut um die Ecke brachten.

Sabine tat ein Übriges, als sie die Kinder in Empfang nahm. Sie steckte immer noch im Cocktailkleid, war top geschminkt und frisiert, vermutlich nur, um ihm ein Schuldgefühl wegen des verpassten Konzerts hineinzudrücken. Sie liebte theatralische Auftritte wie diesen. Außerdem wusste sie genau, wie attraktiv sie aussah. Diese Sirene genoss es weidlich, ihm zu signalisieren: *Sieh genau her, was du nicht mehr haben kannst.* Taktieren und miese Spielchen spielen, diese Künste beherrschte sie meisterlich.

Nach einer kurzen Umarmung stürmten Vroni und Luca ins Wohnzimmer, wo Sebastian tatsächlich gerade dem Konsolenspiel frönte. Der verschmähte Vater vernahm fröhliche Kinderstimmen, die ihm tief ins Herz schnitten.

»Wir werden gemeinsam mit unseren Anwälten und dem Jugendamt überlegen müssen, ob solche Experimente wie heute weiterhin Sinn machen«, sagte Sabine kühl, bevor sie ihm die Tür vor der Nase zuschlug.

Den Sonntag nutzte Bernd Mader, um sich bei Renovierungsarbeiten abzureagieren. Jeder Treffer mit dem Vorschlaghammer, mit dem er die alten Fliesen zertrümmerte, ging in seiner Fantasie auf Sabines Schädel nieder. So kam er gut voran.

Wir Menschen werden allesamt zu Berserkern, sobald wir geliebte Angehörige in irgendeiner Weise bedroht sehen. Da muss man sich nichts vormachen. Das Einzige, was in Wahrheit Psychopathen von Kriminalkommissaren unterscheidet, ist die Hemmschwelle zwischen Wunschgedanken und tatsächlich ausgeführter Tat, sinnierte Mader und versetzte der Badewannenumrandung den finalen Schlag. Die Trümmer warf er aus dem geöffneten Fenster auf den Hof, wo sich bereits ein respektabler Haufen angesammelt hatte.

*

Dienstag, 24. Mai 2016

Die Spur zu Luise Hartenberg erwies sich als kalt wie sibirischer Schnee. Von Mader mit der Frage nach ihrer sexuellen Ausrichtung konfrontiert, lächelte sie verhalten.

»Sie meinen, weil ich viel mit Alina unternommen habe – das heißt, soweit wir unsere jeweiligen Wohnungen überhaupt verließen? Ich bin keineswegs lesbisch, stehe durchaus auf Männer. Aber sehen Sie mich doch an. Ich bin nicht gerade der Inbegriff eines Schönheitsideals, zudem fühlen sich die meisten Kerle von intellektuellen Frauen bedroht. Dennoch gab es in meinen jüngeren Jahren die eine oder andere Liebschaft, aber treu geblieben sind mir stets nur meine Bücher. So habe ich sie zu meinem wichtigsten Lebensinhalt gemacht.

Um auf Ihre Frage einzugehen: Das Lesen, mein Vater und die Freundschaft zu Alina reichten mir vollkommen aus, um ein zufriedenes, ausgeglichenes Leben zu führen. Jetzt fehlt sie mir natürlich sehr, als Freundin genauso wie als fleißige Mitarbeiterin, obgleich meine Beziehung zu ihr niemals sexueller Natur gewesen ist. Übrigens sind auch andere Leute vor Ihnen schon auf die glorreiche Idee gekommen, dass ich lesbisch sein könnte, allen voran mein eigener Vater. Als ob es im Leben immer nur um Sex, Sex und nochmal Sex ginge … !«

»Häufig ist das tatsächlich so. Also, ich für mein Teil schätze intelligente Frauen sehr, die ihr Glück nicht nur von Schuhen und Urlauben abhängig machen«, entgegnete Mader wahrheitsgemäß. »Aber waren Sie denn nicht eifersüchtig, als dieser Król in Alinas Leben trat und es dermaßen dominierte?«

»Nein. Wenn man mit jemandem wirklich befreundet ist, kann man sich ehrlich für ihn freuen. Alina wirkte glücklich und das gönnte ich ihr von ganzem Herzen. Es nährte in mir die tröstliche Hoffnung, dass vielleicht auch für mich eines Tages noch der Richtige auftauchen könnte. Schließlich war sie vorher genauso lange einsam gewesen wie ich und es hatte schlussendlich doch noch geklappt, einen Seelengefährten zu finden. Zumindest anfangs glaubte ich das.

Leider stellte ich bald fest, dass der Pole Alina ziemlich ausnutzte, was mir missfiel. Ein paarmal versuchte ich, gut gemeinte Kritik anzubringen, aber Allie wollte nichts davon hören. Ihr Liebster stecke momentan in ernsten finanziellen Schwierigkeiten, welche schließlich jemand überbrücken helfen müsse, meinte sie. Daran seien im Grunde die Konzerne schuld, die es gutgläubigen Menschen viel zu einfach machen, bei Lockangeboten zuzugreifen und auf Pump zu leben.

Ihr Wojciech habe der allgegenwärtigen Konsum-Versuchung nach seiner Einreise in Deutschland anfangs nicht widerstehen können und sich hoffnungslos verschuldet, doch inzwischen habe er das Prinzip verstanden, könne besser mit seinem Geld haushalten. Er sei kein schlechter Mensch und wolle auch nicht auf ihre Kosten leben, das sei ihm eher unangenehm.

Ich bezweifelte das. Ich bin kein Mensch, der vorschnell über andere urteilt, doch Alina war offenbar taub und blind für sein wahres Wesen. So habe ich lieber nichts mehr dazu gesagt – bis zu jener Nacht, in der ich sie endgültig verlor. Falls sich schlussendlich herausstellen sollte, dass Król ihr Mörder gewesen ist, werde ich wohl lebenslang mit Selbstvorwürfen leben müssen«, schniefte die untröstliche Brillenschlange.

Zurück im Wernigeröder Revier befriedigte Mader ein dringendes Bedürfnis. Er teilte seinem Chef mit, dass dessen Verdacht falsch gewesen war. Luise Hartenberg schied als Täterin aus. Sie besaß nämlich, entgegen ihrer eigenen Annahme, doch ein Alibi. Marit Schmidbauer war mehr durch Zufall darauf gestoßen.

Eine neugierige Nachbarin hatte gesehen, wie die Buchhändlerin am Vorabend des Mordes in ihrer Wohnung verschwunden und nicht wieder herausgekommen war. Ihre lauten Hustenanfälle waren anschließend über die ganze Nacht durch die dünne Wand der Neubauwohnung gedrungen und hatten die alte Frau Schneider um den Schlaf gebracht.

Zum Glück für die Polizei gab es in beinahe jedem Mietshaus Senioren, die offenkundig nichts Besseres zu tun hatten, als den lieben langen Tag träge aus dem Fenster zu starren und sich für das Leben anderer Hausbewohner zu interessieren.

*

Sonntag, 29. Mai 2016

Im Holzfällerhemd und löchrigen Jeanshosen machte sich Mader daran, den Trümmerhaufen aus dem Badezimmer, der den Hof verunzierte, in eine Bauschuttmulde zu schaufeln. Endlich war der Behälter angeliefert worden, mit fast zwei Wochen Verspätung. Schon nach einigen Minuten hatte er die Schnauze voll.

Das grenzt ja an Zwangsarbeit. Worauf habe ich mich mit dieser Bude bloß eingelassen? Es wird quasi zur Lebensaufgabe, das Wohnhaus einigermaßen wieder bewohnbar zu machen, von den exorbitanten Kosten ganz zu schweigen. Wahrscheinlich könnte man für das viele Geld gleich neu bauen, haderte der Kommissar aufs Neue mit seiner vorschnellen Entscheidung, die Erbschaft ohne Wenn und Aber anzunehmen. Es wäre erheblich besser gewesen, wenn er vorher mit einem Architekten angerückt wäre und ein Wertgutachten erstellen hätte lassen. Die Erkenntnis kam zu spät.

So ist das eben mit Herzensentscheidungen, die sind meistens irrational. Hoffentlich treibt mich die meine nicht eines Tages in den Ruin.

Ein silberfarbenes Fahrzeug hielt am Straßenrand. Kies spritzte hoch. Das Auto, ein Škoda, kam ihm irgendwie bekannt vor.

Noch während er intensiv in seinem Hirnkasten kramte, zu wem es gehören könnte, stieg eine wohlbekannte Frau aus. Julia Kröger! Verflixt, ausgerechnet heute … er roch penetrant nach Schweiß und sah wahrscheinlich wie ein Obdachloser aus.

Sie schlenderte auf ihn zu. Erstaunt bemerkte er, dass auch sie in verwaschenen, alten Kleidern steckte. Er zog seine Arbeitshandschuhe aus, eilte ihr ein Stück entgegen und streckte seine Rechte hin.

»Hallo, Julia! Was verschafft mir die unverhoffte Ehre? Hätte ich auch nur geahnt, dass Sie mich heute besuchen wollen, würde ich bestimmt nicht in diesem verlotterten Aufzug vor Ihnen stehen. Jetzt müssen Sie damit vorliebnehmen.«

Sie grinste breit.

»Na ja, ich sehe auch nicht gerade aus, als wäre ich frisch einem Modekatalog entstiegen. Nein, im Ernst – ich bin vorhin zufällig hier vorbeigefahren und habe Sie wie ein Tier schuften sehen. Da dachte ich mir, Sie könnten womöglich eine helfende Hand gebrauchen. Ich kann so richtig zupacken, habe, in einem früheren Leben, meinem damaligen Mann tatkräftig beim Hausbau geholfen. Ich verkaufe nicht nur Baumaterial und Werkzeuge, sondern weiß das meiste von diesen Sachen sogar zu benutzen. Und da ich heute sowieso nichts besseres vorhatte … «

» … fuhren Sie hierher, um sich die Fingernägel zu ruinieren. Ein feiner Zug von Ihnen«, lachte Mader gerührt.

»Natürlich nicht ausschließlich deswegen. Ich wollte überdies Ihren pelzigen Vierbeiner kennen lernen«, entgegnete sie schlagfertig.

»Na dann! Ich plante sowieso gerade, eine Pause einzulegen. Wie wäre es also mit einem Kaffee einschließlich Katzenbesichtigung?«

»Liebend gerne.«

Julia folgte ihm ins Haus und quittierte seine entschuldigenden Kommentare, wie fürchterlich es hier momentan aussehe, mit einem charmanten Kopfschütteln.

»Denken Sie etwa, ich hätte noch nie eine Baustelle gesehen? Falls ich nach dem Kaffee mal für kleine Mädchen muss, suche ich mir draußen einfach ein schönes Gebüsch oder nutze das malerische Plumpsklo auf dem Hof«, lachte sie.

Felix tapste heran und beschnüffelte die fremde Besucherin von allen Seiten. Sie ließ ihm Zeit. Nach fünf Minuten beschloss er, sie zu mögen und rollte sich auf ihrem Schoß zusammen. Sie durfte ihm beim Streicheln sogar die Ohren flachlegen.

»Wahnsinn … das erlaubt er normalerweise nur mir! Meine scheue Kater-strophe trollt sich sonst immer gleich, wenn ihm jemand zu nahekommt«, bemerkte Mader fasziniert.

»Ich bin halt ein totaler Katzentyp, das spürt er. Und so kater-strophal finde ich diesen putzigen Kerl gar nicht«, meinte sie, gleich unkompliziert auf sein Wortspielchen eingehend. Er war sich gewiss, dass die meisten Leute dieses erst gar nicht bemerkt hätten. Sie schenkte ihm offenbar ihre volle Aufmerksamkeit.

Julia trank aus, setzte Felix behutsam auf den Fußboden, spülte ihre Tasse und klatschte in die Hände.

»So, aber jetzt würde ich vorschlagen, dass wir uns gleich wieder an die Arbeit machen. Bis heute Abend sollten wenigstens Duschwanne und Brause fertig eingebaut sein, sonst müssten Sie dreckig zu Bett gehen.«

»Woher wussten Sie, dass dies meine Zielsetzung war?«

»Na, ich habe vorhin im Vorbeigehen einen Blick ins Badezimmer geworfen und gesehen, dass an den Wänden bislang nur *eine* Ecke neu gefliest wurde. Dort befinden sich auch die Anschlüsse. Außerdem hatten Sie das Zeug bei mir im Markt eingekauft. Da habe ich eben eins und eins zusammengezählt, diese Analyse war ja nicht weiter schwierig.«

Mader war baff. Die Frau besaß echt einen Blick fürs Wesentliche. Sabine hätte sich in derselben Situation nur nörgelig beklagt und sich im Gegensatz zu ihr strikt geweigert, die Baustelle zu betreten. Geschweige denn, dass sie sich für einzelne Tätigkeiten interessiert hätte. Diese Zufallsbekanntschaft hingegen war völlig anders strukturiert, verblüffte ihn alle paar Minuten aufs Neue.

Felix folgte Julia auf Schritt und Tritt, strich ihr mit vor Zuneigung zitterndem, hoch erhobenem Schwänzchen ständig um die Beine. Er hätte schwören können, dass sein Kater schwer verliebt drein guckte.

Vier Stunden lang arbeiteten Mader und sein fleißiger Besuch, bis zur Erschöpfung. Immer wieder betrachtete der Kommissar Julia insgeheim und staunte über ihre Kraft. Sie war muskulös, ohne jedoch wie ein Mannweib zu wirken. Ganz alleine wuchtete sie schwere Gegenstände ins Haus, ließ sich nicht davon abbringen, obwohl er protestierte. Die leicht gerötete Gesichtshaut stand ihr gut. Auch sie schien ihn hin und wieder zu taxieren.

Die Dusche war gegen halb sieben tatsächlich fix und fertig eingebaut, und zwar einschließlich Glaskabine und Wellnesspaneel. Julia wischte sich mit einem staubigen Frotteehandtuch den Schweiß von Gesicht und Hals, strahlte über beide Ohren.

»Puh, geschafft! Jetzt probieren wir das Ding am besten gleich aus. Dann sehen wir, ob alles dicht ist.«

»Wir?«, grinste Mader schelmisch.

»Klar, oder bist du prüde? Ich bin vorhin nicht zufällig hier vorbeigefahren, falls du das tatsächlich geglaubt haben solltest. Ich habe dich vermisst und es keinen Tag länger ohne dich ausgehalten«, gestand sie mit einem Augenaufschlag. »Und jetzt bin ich genauso schmutzig wie du.«

*

Montag, 30. Mai 2016

»Alles gut festhalten, Leute! Wir haben sage und schreibe drei Treffer bei den Auswertungen des am Tatort gefundenen Gen-Materials. Einer davon könnte, sogar mit hoher Wahrscheinlichkeit, zu unserem Täter gehören«, jubilierte Fred Jablonski und wedelte aufgeregt mit einer Heftung Ausdrucke. Er kam geradewegs aus der Gerichtsmedizin, nachdem Müller angerufen und von einer Sensation gesprochen hatte.

»Nun rücken Sie schon heraus mit der Sprache! Was hat der Abgleich mit der Datenbank ergeben?«, drängelte Mader.

»Es gab, wie gesagt, drei Übereinstimmungen. Einmal den Fingerabdruck eines fünfundzwanzigjährigen Türken, der wiederholt wegen Ladendiebstahls in der polizeilichen Mangel gewesen ist. Dann noch den abgebrochenen Fingernagel eines notorischen Trickbetrügers aus Berlin-Wedding und schließlich … tataaaa … mehrere Haare jenes Mannes, welchen ich gleich vorstellen werde. Allerdings ist das Konterfei schon etwas älter, ihr müsst euch also ein paar Jährchen hinzudenken.«

Jablonski blätterte mit fliegenden Fingern den Hefter durch und entnahm diesem schließlich ein Foto, pinnte es an die Magnettafel. Es handelte sich um ein typisches Verbrecherfoto, wie es die Haftanstalten am Tage des Einfahrens für ihre Insassen anfertigten; es zeigte ein nichtssagendes, düster dreinblickendes Allerweltsgesicht. Dunkles, nackenlanges Lockenhaar, buschige Augenbrauen – mehr augenfällige Merkmale gab es nicht.

»Darf ich vorstellen? Das ist Winfried Ziegler, mit Spitzname auch Winnie genannt, geboren am 13. Juni 1968 in Wernigerode – und bis vor kurzem Insasse der hiesigen Justizvollzugsanstalt. Und jetzt kommt's: vorbestraft wegen Mordes an seiner Ehefrau, die er vor annähernd zwanzig Jahren nach einer Streiterei erstochen und anschließend in mehrere Teile zerlegt hat.

Am achtzehnten April dieses Jahres ist er aus der Haft entlassen worden. Scheinbar hatte der kranke Scheißkerl im Knast sehnsüchtig auf diesen Termin gewartet, um gleich die Nächste umbringen zu können.

Na, was sagt ihr jetzt? Wir müssen unseren Killer nur noch einfangen. Er ist seit der Haftentlassung in einer dieser ehrenamtlich geführten Einrichtungen für ehemalige Strafgefangene gemeldet … *Vogelfrei* heißt sie, glaube ich. Die betreiben in der Ilsenburger Straße einige Kleinwohnungen für ihre schwarzen

Schäfchen, helfen ihnen da bei der Wiedereingliederung in die Gesellschaft. In diesem Fall wohl ohne Erfolg.«

»Das Alter könnte passen. Der Verdächtige ist nur zwei Jahre älter als Alina Martens, die beiden könnten sich tatsächlich aus der Schule gekannt haben. Letzteres müssen wir noch überprüfen, aber das hat erst einmal Nachrang.

Na, dann los – Beckert, Jablonski, Sie fahren mit dem Zivilfahrzeug hin, um diesen Ziegler möglichst nicht vorzuwarnen. Nehmen Sie ihn wegen dringenden Tatverdachts fest, wir werden ihn uns in den nächsten Stunden intensiv vorknöpfen. Planen Sie für heute also besser nichts Privates mehr ein. Wir anderen befassen uns, nach meinem Rapport beim Chef selbstverständlich, genauestens mit der Strafakte dieses Winfried Ziegler«, verfügte Mader kurz und bündig.

Beckert wirkte begeistert, solche Aufgaben lagen ihm offenbar; kein Wunder, bei Festnahmen konnte er schließlich ungehindert den Macho heraushängen lassen.

Die beiden Beamten machten sich unverzüglich auf den Weg. Beckert gab im Gehen – wie üblich – markige Kommentare von sich. Er musste sich anscheinend ständig selber bestätigen, dass er der Beste, Härteste und Coolste im Revier war.

Der Kommissar verließ den Besprechungsraum ebenfalls, um Remmler sogleich vom aktuellen Geschehen zu informieren.

Ausgerechnet heute! Ich kann immer noch nicht so recht fassen, was da gestern abgegangen ist. Es kommt mir unwirklich vor. Haben wir tatsächlich zusammen geduscht und sie hat hinterher trotzdem alleine auf meiner Couch gepennt? Mist … heute werde ich darauf verzichten müssen, Julia im Baumarkt zu besuchen und mir Klarheit über unseren Beziehungsstatus zu holen!

Voller Verärgerung bemerkte Mader in Remmlers Vorzimmer, dass ihm Beckert beim Alten aufs Neue zuvorgekommen war. Jablonski wartete derweil ungeduldig auf dem Flur, manipulierte an seiner Dienstwaffe herum.

»Sieht fast so aus, als ob wir unseren Brockopathen endlich identifiziert hätten! Jablonski und ich krallen uns den Scheißkerl jetzt gleich anschließend. Den Rest kann dir nachher der Mader erzählen«, bemerkte Beckert gerade prahlerisch. Seine penetrante Stimme drang problemlos durch die geschlossene Tür.

Der Kommissar riss sie stinksauer auf, doch Remmlers heiliger Neffe war sich offenbar keiner Schuld bewusst. Er stürmte an ihm vorbei nach draußen, pures Jagdfieber im Blick.

Während Sie auf die Anlieferung des Winfried Ziegler warteten, sichteten Marit Schmidbauer, Mader und Schröck dessen Akte.

»Mir ist das Ganze ein Rätsel. Der Mann hat fast zwei Jahrzehnte in der JVA verbracht und war davor verheiratet gewesen. Und da soll er trotzdem Alina als Stalker auf die Nerven gefallen sein?«, sinnierte Marit.

»Das Eine müsste das Andere ja nicht zwangsläufig ausschließen. Man kann auch aus dem Knast Liebesbriefe verschicken, notfalls zur Irreführung über einen Mittelsmann oder eine Mittelsfrau, um bei der Postkontrolle der JVA nicht aufzufallen. Da drin besaß er Zeit im Überfluss, einige Winkelzüge auszufeilen«, gab Timo Schröck zu bedenken.

»Außerdem könnte Ziegler seine Holde damals abgestochen haben, weil sie Alina – nach seiner Ansicht – nicht das Wasser reichen konnte und er ihr das Anderssein übelgenommen hat. Vielleicht wollte er die ungeliebte Ehegattin vorsorglich aus dem Weg räumen, um mit der Martens eine neue Beziehung beginnen zu können, sobald sie seinem Werben nachgegeben hätte.«

»Auch wieder wahr«, räumte die Schmidbauer nachdenklich ein. »Hoffentlich können ihn Beckert und Jablonski jetzt in der Ilsenburger Straße festnehmen. Auf *diese* Verhöre wäre ich wirklich gespannt! Ich kann mir schlecht vorstellen, was im Schädel eines solchen Menschen vorgehen mag.«

»Das geht nicht nur Ihnen so. Kein normaler Mensch kann das, auch nach vielen Dienstjahren nicht«, bestätigte Mader, den die Wartezeit hypernervös machte. Vor ungefähr fünf Minuten war der Funkspruch eingegangen, dass seine Beamten im Begriff standen, das in einem Hinterhof befindliche Gebäude mit der Hausnummer 14 B zu betreten. Nun hieß es abwarten und Kaffee trinken. Wobei letzterer längst kalt geworden war.

Vielleicht hätte ich zur Verhaftung besser mitfahren sollen. Aber wären wir mit einem auffälligen Großaufgebot dort angerückt, wäre der Verdächtige womöglich rechtzeitig getürmt. Als Führungskraft muss man delegieren können, darf nicht alles an sich reißen, auch wenn der Ehrgeiz das gebieten würde.

Eine halbe Stunde später kam der ersehnte Funkspruch, doch er brachte bedauerlicherweise keinerlei Erlösung für die Sonderkommission. Auch Wernigerodes Bevölkerung musste weiterhin in Angst leben, was die Presse zu neuerlicher Kritik an den Polizeibehörden anspornen dürfte, das wurde Mader bewusst.

»Der Vogel ist ausgeflogen, und das anscheinend schon länger. Er hat sich nur die ersten beiden Tage nach der Haftentlassung in dieser Einrichtung aufgehalten, seither ist er untergetaucht. Niemand hat ihn mehr gesehen, weder Zimmernachbarn noch Sozialarbeiter. Engere Kontakte hat er dort gar nicht erst aufgebaut. Wir waren mit dem Hausverwalter kurz in seinem Apartment. Seine paar persönlichen Sachen sind allesamt verschwunden. Sieht also aus, als wären wir auf der richtigen Spur. Flucht ist schließlich auch eine Art von Schuldeingeständnis«, referierte Jablonski aufgekratzt.

»Langsam, keine Vorverurteilung bitte«, mahnte Mader. »Wir haben auch Wojciech Król noch auf dem Kieker. Erstmal abwarten, was die Befragung unserer polnischen Kollegen zu den Gründen seines überstürzten Umzugs in seine alte Heimat erbringt. Winfried Ziegler schreiben wir ungeachtet dessen selbstverständlich sofort zur Fahndung aus. Einer von beiden dürfte, jedenfalls nach dem momentanen Stand der Ermittlungen, der Mörder von Alina Martens sein.«

Im Hintergrund war deutlich eine Polizeisirene zu hören, was Mader verblüfft registrierte. Nachdem Fred Jablonski den kurzen Bericht über Funk abgegeben hatte, musste Beckert wohl zwangsläufig am Steuer des Wagens sitzen. Er fuhr unter Blaulicht durch Wernigerode, noch dazu mit einem Zivilfahrzeug, wofür es keinen nachvollziehbaren Anlass geben konnte.

Wieso hatte er die kompakte, mit einem Magnetfuß versehene, Anlage überhaupt aufs Fahrzeugdach gestellt? Bei der Hinfahrt durfte das Auto schließlich nicht als Einsatzwagen erkennbar sein und jetzt kehrten die werten Herren Kollegen mit leeren Handschellen zum Revierkommissariat zurück. Dabei bestand erst recht keine Eile mehr, also auch kein vernünftiger Grund, die Sirene einzusetzen oder gar Verkehrsregeln zu übertreten.

Dies war ein Missbrauch der polizeilichen Sonderrechte, nicht mehr und nicht weniger. Aber dieser unmögliche Beckert besaß eben Narrenfreiheit, wegen der umfassenden Protektion durch den Chef.

Noch auf dem Flur fing er den Delinquenten ab und stellte ihn zur Rede. Fred Jablonski trollte sich unverzüglich in sein Zimmer, ohne seinen angesäuerten Chef auch nur anzublicken. Mader wertete dies als Zeichen für schlechtes Gewissen.

»Ich, mit Sirene gefahren? Quatsch! Da müssen Sie ein zweites Einsatzfahrzeug gehört haben, das uns vielleicht gerade entgegengekommen ist. Sie können gerne Jablonski fragen«, verteidigte sich Beckert selbstbewusst.

Mader wusste, dass die befreundeten Beamten zusammenhielten wie Pech und Schwefel, also konnte er es sich von vornherein sparen. Deshalb brachte er nur die lahme Ermahnung an, sowas künftig bleiben zu lassen. Innerlich jedoch kochte er.

Ja, klar. Denkst du vielleicht, ich wäre aus Dummersdorf? Ein passierender Einsatzwagen hätte sich ganz anders angehört, schon weil sich das Sirenengeheul entfernt hätte und von der Tonlage her niemals gleichgeblieben wäre. Leider kann ich dir aber nichts beweisen, du eitler Affe. Scheiße!

Frustriert spürte er ziehende Magenschmerzen herannahen. Es gab Tage, da zweifelte er ernsthaft an seiner Berufswahl.

Mader beschloss, trotz der Jagd auf Winfried Ziegler, pünktlich in den Feierabend zu gehen. Der Chef hatte seinem Antrag auf Einleitung einer Ringfahndung nicht zugestimmt, weil zwischen dem Untertauchen des dringend Tatverdächtigen, beziehungsweise der Mordnacht, und dem heutigen Tage zu viel Zeit verstrichen war, um die kostenintensive Maßnahme zu rechtfertigen. Der Steuerzahler habe zwar ein Recht darauf, in Sicherheit leben zu dürfen, aber man könne öffentliche Gelder auch nicht sinnlos zum Fenster hinauswerfen, hatte Remmler mit hochgezogenen Augenbrauen angemerkt.

»Der ist längst über alle Berge, womöglich sogar im Ausland. Also veranlassen Sie mit Ihrer Soko sofort das Übliche: die Passagierlisten von Flughäfen für den fraglichen Zeitraum checken, bei Zieglers Verwandtschaft nachfragen, ob ihn wer gesehen hat – und so weiter, Sie wissen ja Bescheid«, hatte er verfügt.

Dazu sollte Zieglers Foto gleich morgen in diversen Zeitungen der Harzregion abgedruckt werden. Vielleicht würde man auf die Schnelle noch ein Aktuelleres auftreiben, sonst musste es eben das veraltete tun. Um all das kümmerten sich zur Stunde Timo Schröck und Marit Schmidbauer, die heute gemeinsam die B-Schicht innehatten.

Innerlich noch immer – oder wegen des bevorstehenden Gesprächs *schon wieder* – aufgewühlt, erreichte Mader kurz vor Ladenschluss den Parkplatz des Baumarktes, in dem Julia Kröger arbeitete. Sie war der Hauptgrund, weshalb er seit dem Morgen höchstens mit halbem Gehirn als Polizist präsent gewesen war. Julia hatte sich noch vor dem Frühstück verdrückt.

Hatte sie sich bloß einen Scherz mit ihm erlaubt, ihn verarschen wollen? Stellte sie ihn aus irgendeinem verrückten Grund auf die Probe? War sie womöglich gar frigide? Oder könnte der abrupte Rückzug ihre Art gewesen sein, herauszufinden, ob es ihm in einer Beziehung nur um Körperliches ging?

Seine Magenschmerzen verstärkten sich um ein paar Grade, während er auf die feuerrote Metalltür zumarschierte, hinter der sich unter anderem das Büro der Filialleitung verbarg.

Gleich wird sich herausstellen, ob ich weiterhin Single bleibe oder nicht.

Eine junge Mitarbeiterin im ebenso roten Outfit näherte sich.

»Sie möchten bestimmt zu Frau Kröger.«

»Ja … sieht man mir das irgendwie an?«, fragte Mader verwundert. Das zierliche Mädel mit dem blonden Pferdeschwanz hatte sich förmlich auf ihn gestürzt. Jetzt erinnerte er sich auch, dass sie es gewesen war, die auf Julias Geheiß vor einigen Wochen ihre Kasse länger geöffnet gelassen hatte, damit er noch bezahlen hatte können.

»Klar! Die Chefin hatte schon mit Ihrem Besuch gerechnet. Nur ist sie heute leider krank. Sie hat mich gebeten, Ihnen das hier zu geben. Falls Sie sie daheim besuchen möchten, sollen Sie vorher bitte an einer Apotheke vorbeifahren und etwas Starkes zum Einreiben besorgen. Na, Sie wissen schon … so wärmendes Zeug zur Schmerzlinderung, was hilft, wenn man sich verhoben hat, ein Nerv eingeklemmt ist und man sich kaum mehr bewegen kann«, grinste die Angestellte augenzwinkernd.

Mader nahm die zartblaue Visitenkarte entgegen. Tatsächlich, darauf war alles vermerkt. Julia Krögers Privatadresse, die Telefonnummer und E-Mail-Kontaktdaten.

Eine Viertelstunde später empfing ihn seine Patientin gebeugt, aber lächelnd an der Wohnungstür. Er nahm sie in die Arme, küsste zärtlich ihre Stirn. Julia lotste ihn in ihr Wohnzimmer, wo sie sich stöhnend auf die blaue Ledercouch fallen ließ. Er wedelte vielsagend mit der kleinen Apothekentüte.

»Meine Güte … warum hast du mir denn gestern nicht gesagt, dass dir das Kreuz weh tut?«

»Ich hatte gehofft, dass der Hexenschuss bald von selber wieder verschwindet und wir in dieser Nacht doch noch zum Zuge kommen könnten. Aber es brachte leider überhaupt nichts, eine Weile bewegungslos dazuliegen. Eigentlich hatte ich mich nämlich nach der erhofften Besserung zu dir ins Bett schleichen und dich anfallen wollen, ich war nämlich ganz wild auf Sex.

Nur damit kein Missverständnis aufkommt … ich bin sonst überhaupt nicht so. In deiner Gegenwart habe ich mich einfach von der ersten Sekunde an total wohlgefühlt. Bei deinem zweiten Besuch im Baumarkt war es bereits um mich geschehen, ich hatte mich voll verknallt. Jeden Tag hoffte ich vergeblich darauf, dass du wiederkommst, rannte ständig kreuz und quer durch die Halle, bis die Kollegen schon dachten, ich hätte nicht mehr alle Tassen im Schrank. Aber du kamst nicht wieder, und so bin ich gestern eben zu *dir* gefahren.

Sorry, mein Lieber … auf dich muss meine plötzliche Verweigerungshaltung äußerst seltsam gewirkt haben. Erst baggere ich dich unter der Dusche an und dann ziehe ich mich ohne Angabe von Gründen urplötzlich zurück … zugegeben, mein Stolz hat wohl verhindert, dass ich die Rückenschmerzen eingestehen konnte. Ich wollte halt, dir gegenüber, die starke Frau markieren, was ich mittlerweile sehr bereue.«

»So ist das also! Gut, dann spiele *ich* heute den starken Mann und befehle, dass du dein T-Shirt ausziehst und dich auf den Bauch legst. Ich habe Salbe mitgebracht und die werde ich dir zur Strafe gnadenlos einmassieren«, grinste Mader kopfschüttelnd. Diese Julia! Langweilig würde ihm mit diesem Weib sicher nie werden. Er wollte sie jetzt mehr denn je.

Sie kam der Aufforderung mit steifen Bewegungen nach, verzog vor Schmerzen das Gesicht, als sie das Shirt über den Kopf zog. Er konnte den Blick währenddessen nicht von ihrer wohlproportionierten Sanduhrfigur lassen.

Hoffentlich wirkt die Salbe so schnell wie die Werbung verspricht. Was für ein scharfer Anblick … lange halte ich die erzwungene Enthaltsamkeit nicht mehr durch, dachte Mader erregt.

»Dein Felix muss gespürt haben, dass ich Schmerzen hatte. Er kuschelte sich an genau die richtige Stelle und blieb dort schnurrend liegen. Wer weiß, vielleicht ginge es meinem Rücken ohne die Wärme des Katzenfells heute noch schlechter«, erzählte sie.

»Dieser kleine Verräter! Ist er doch glatt schon zu dir übergelaufen. Na, ich verstehe ihn ja«, lachte der Kommissar und rieb behutsam die Salbe auf Julias unteren Rücken. Vorsichtig fuhr er mit beiden Daumen rechts und links die Wirbelsäule entlang, drückte mal schwächer, mal fester zu, dabei genau auf ihre Reaktionen achtend. Schließlich hatte er die Stelle an den Lendenwirbeln lokalisiert, massierte sie vorsichtig.

»Das tut trotz der rasenden Schmerzen gut. Warte nur, wenn ich wieder fit bin«, gurrte Julia kehlig.

3
SPURENSUCHE

Wernigerode, 1997

Als Erwachsener hasste Winfried seinen übermäßig dominanten Vater und verachtete seine duldsame Mutter für ihre Schwäche. Jedenfalls waren dies seine subjektiven Erfindungen, die er beim oberflächlichen Stöbern in seiner beschädigten Psyche vorfand. Etwas tiefer zu graben und die Situation zu analysieren, wagte er indes nicht, denn er wusste inzwischen um seine Dämonen.

Im hintersten Winkel seiner Seele hockte etwas Dunkles, Unberechenbares; es lauerte dort, wartete ungeduldig auf den Tag seines Entkommens. Er konnte dieses ›Es‹ nur durch Ignorieren und Ablenkung einigermaßen im Zaum halten.

In Wahrheit waren seine Gefühle sehr zwiespältig, denn während er gegen die intolerante, brutal geradlinige Wesensart seines Erzeugers rebellierte, bewunderte er dessen Stellung in der Gesellschaft. Zwar hatte der nach der Wende seinen geliebten Arbeitsplatz auf dem Brocken eingebüßt und wurde, als ewig Gestriger und einstiger Stasi-Mann, jetzt von einigen Leuten scheel angeschaut, doch im Großen und Ganzen galt er auch als Rentner immer noch als geachtete Respektsperson. Und dies war ein beneidenswerter Status, den sein unterprivilegierter Sprössling wohl lebenslang nicht erreichen würde.

Für Vater und ein paar andere Hardliner war der Sozialismus immer noch quicklebendig und der Anschluss der DDR an den westlichen Kapitalismus nur eine Modeerscheinung. Die starrsinnigen Anhänger dieser Theorie, die er wie Jünger um sich scharte, warteten sehnsüchtig auf den Tag seines Wiedererstarkens. Sie führten im Hinterzimmer der Gaststätte *Zur grünen Linde* jeden Freitag ausschweifende Reden. Für sie war es nur eine Frage der Zeit, bis die alten Strukturen sich in der Politik

Ostdeutschlands wieder durchsetzen und sie die Männer der Stunde sein würden.

Winnie ahnte, dass hier blankes Wunschdenken der Vater des ideologischen Gedankens war. Die Kapitalisten hatten das Werben um die Gunst der Menschen gewonnen, hüben wie drüben. Das war nun einmal traurige Tatsache und damit konnte auch Winfried, noch acht Jahre danach, ausgesprochen schlecht umgehen. Im Falle von Entscheidungen mehr als zwei Optionen zur Verfügung zu haben, verwirrte und überforderte jemanden von seiner Struktur.

Seine Mutter wurde zwar jetzt seltener als früher geschlagen, aber das kam wohl daher, dass sie sich den Wünschen und Neigungen ihres Ehegatten im Laufe vieler Jahre vollständig angepasst hatte. Sie war zu seinem willenlosen Schatten geworden. Inzwischen bekam sie nur noch dann ihr Fett weg, wenn der Herr Patriarch gerade mal schlechte Laune verbreitete und seine Frustration ein Ventil brauchte.

Gleichwohl war Winfried bewusst, dass es allein ihrer Fürsorge und Mutterliebe zu verdanken war, dass er seine Kindheit irgendwie überstanden hatte, ohne vollends verrückt zu werden oder sich etwas anzutun. Worüber er allerdings sehr oft nachgedacht hatte. Trotzdem … wie konnte man nur dermaßen feige sein, sich alles wehrlos gefallen lassen!

Winfried Spindler wohnte trotz all dieser Widrigkeiten noch immer zu Hause in seinem alten Kinderzimmer, hatte sich nie um ein eigenständiges Leben gekümmert. Größere Veränderungen, das Unbekannte, machte ihm grundsätzlich Angst. Sicherheit fand er hingegen in festen Gewohnheiten, in hingebungsvoll praktizierten Alltagsritualen, die seine Tage und Nächte zu einem uniformen Einheitsbrei geraten ließen. Inzwischen arbeitete er in Vollzeit als ungelernter Hilfsarbeiter im Gleisbau, verfügte zumindest über eigenes Einkommen.

Genau diese frohe Botschaft hatte er vor einigen Tagen voller Stolz an seine Angebetete geschrieben. Vielleicht würde sie diese Nachricht dazu veranlassen, ihm endlich wieder mal zu antworten. Das hatte sie, obwohl er wöchentlich Briefe an sie schickte, seit einem halben Jahr schon nicht mehr getan. Er konnte jetzt theoretisch eine Familie ernähren und Alina war die Frau, die er zu heiraten gedachte. Sie und keine sonst. Oh, er würde bald ein guter Vater und Ehemann sein – hart aber gerecht.

Einer, der nicht prügelt, für seine Familie sorgt und sie zusammenhält, aber auch Respekt einfordert. So wie es sich gehört. Da muss eine Frau sich doch geborgen fühlen. Beständigkeit ist das Wichtigste. Und meine Liebe ist beständig, sie währt nun schon so lange, sinnierte er zum x-ten Mal auf dem Weg zum Briefkasten.

Seine schweißfeuchten Finger zitterten, als er tatsächlich den ersehnten Antwortbrief aus dem Kasten fischte, ihn fest an sein Herz drückte und zum Haus zurückhastete. Er konnte es kaum erwarten, sein Zimmer im ersten Stockwerk zu erreichen, die Tür von innen abzusperren und den schmucklosen weißen Umschlag mithilfe des Schlüsselbarts behutsam zu öffnen.

Dennoch hielt er kurz inne, um den bedeutenden Moment zu genießen. Sein Blick fiel zu der Pinnwand mit den vielen Fotos, die neben dem Kopfende seines Bettes hing. Die meisten waren aus großer Entfernung aufgenommen worden, unbemerkt vom immer gleichen Hauptmotiv. Bald würden er und seine Kamera sich nicht mehr hinter Büschen und Hausecken verstecken müssen, die entwürdigenden Nachstellungen ein Ende finden.

Genauso wie die einsamen Sexorgien in seinem Bett, die er nachher jedes Mal mit sich selbst veranstaltete. Das Foto, das er als Wichsvorlage verwendete, war schon ganz abgegriffen. Vor drei Jahren hatte er Alina im Schwimmbad fotografiert, als ihr Bikinioberteil verrutscht war und den Blick auf eine Brustwarze freigegeben hatte. Ein unverhoffter Zufallstreffer, er hatte im richtigen Augenblick auf den Auslöser gedrückt.

Na endlich! Sein Leben stand soeben im Begriff, sich grundlegend zu verändern. Mit Alina an seiner Seite würde sogar das Unbekannte seine Schrecken verlieren, dessen war er sich gewiss. Gemeinsam könnten sie in Zukunft alles erreichen, viele vergeudete Jahre nachholen.

Drei Minuten später starrte er mit weit aufgerissenen Augen auf den entfalteten Brief. In seinem verwundeten Herzen steckte der spitze Holzpfahl der Enttäuschung. Das Blatt enthielt nur einen einzigen, in Großbuchstaben geschriebenen Satz:

LASS MICH ENDLICH IN FRIEDEN, SONST GEHE ICH ZUR POLIZEI UND ZEIGE DICH AN; STALKING IST IMMER NOCH STRAFBAR!

Der Dämon in Winfrieds Innerem rotierte, wollte ihn zu grauenhaften Taten verleiten. Er widerstand seinen Einflüsterungen.

Sie kann nichts dafür, meine Allie ist ein unschuldiger Engel. Schuld sind ihre Familie und ihre Freunde, die mich nie haben ausstehen können, allen voran ihre Eltern. Der Teufel soll sie holen! Ich muss weiterhin Geduld aufbringen, meine verwirrte Geliebte wird schon noch zur Vernunft kommen. Sie würde mich niemals anzeigen, das weiß ich sicher.

Ihm kam ein abenteuerlicher, für seine Verhältnisse geradezu verwegener Gedanke. In seiner Verzweiflung griff er gierig nach dem geistigen Strohhalm, er erschien ihm als letzte Rettung aus der anhaltenden Liebesmisere.

Was, wenn ich sie eifersüchtig machen würde? Wenn sie glauben müsste, dass sie mich an eine andere Frau verlieren wird? Dann sollte es ihr doch gelingen, die unseligen Einflüsse abzuschütteln und mich zu erhören. Und wenn ich dafür erst eine beliebige andere Frau heiraten und mich anschließend wieder scheiden lassen müsste!

Winfried Spindler verbiss sich wie ein wütender Bullterrier in diesen ambitionierten Plan, schoss einstweilen weiter heimlich Fotos von seiner unerreichbaren Geliebten. Und in einem Punkt behielt er Recht: Sie zeigte ihn aus Scham tatsächlich niemals an, was er in seiner verschrobenen Fantasiewelt allerdings als unverkennbaren Liebesbeweis nahm.

Es sollte für den schwer gestörten Hilfsarbeiter auf Freiersfüßen noch so einige Jahre dauern, bis er schlussendlich ein farbloses Mauerblümchen namens Elisabeth klargemacht hatte. Sie war mit ihren zweiunddreißig Jahren noch Jungfrau, genau wie er. Die altbackene Pfarrerstochter frömmelte ein wenig. Die Hübscheste war das dürre, blasse Gestell mit den fusselig wirkenden Haaren wahrlich auch nicht.

Kein Vergleich zu seiner wunderschönen Alina! Aber sie war wenigstens ein weibliches Wesen. Er konnte sie heiraten, einige wertvolle Erfahrungen in dieser Ehe sammeln. Bis Allie schließlich einknicken, auf ihre hochmütige Familie pfeifen und ihm ihre Liebe gestehen würde. Dann wäre er bereit, sie mit offenen Armen aufzunehmen und dafür Elisabeth von der Bettkante zu schubsen. Seine Göttin war trotz ihrer Schönheit noch immer nicht verheiratet, und das sagte doch im Grunde schon alles. Sie wartete auf *ihn*, es brauchte nur noch eine Initialzündung, um sie im Sturm zu erobern.

Die Zweckehe mit Elisabeth bot ihm eine weitere Möglichkeit, mit seiner unglücklichen Vergangenheit voller Demütigungen abzuschließen. Er wollte nicht mehr länger im Schlagschatten seines Vaters stehen, deshalb nahm er kurzerhand den Familiennamen seiner frischgebackenen Frau an. Seine neue Rolle als Familienpatriarch gefiel ihm, sie verlieh ihm ein nie gekanntes Selbstbewusstsein. Das Paar bezog erst nach der Eheschließung eine kostengünstige Dreizimmer-Sozialwohnung in einem der Plattenbauten im Wohngebiet *Burgbreite*.

Vom Wesen her kam die weibliche Notlösung seinen Vorstellungen durchaus entgegen. Elisabeth stellte keinerlei Ansprüche, ließ sich im Bett klaglos von ihm benutzen, ohne selbst Initiative zu zeigen oder Wünsche zu äußern, und gebar ihm in kurzem Abstand zwei gesunde, aber ebenso hässliche Töchter. Aus der Wohnung ging sie höchst selten alleine, Freundinnen gab es keine. Sie hing seelisch und finanziell vollkommen an der kurzen Leine ihres Ehemannes, was der sie häufig spüren ließ.

Winfried zeigte sich gerne mit ihr in der Öffentlichkeit, ging oft absichtlich mit seiner kleinen Familie in der Innenstadt spazieren. Stets in der vagen Hoffnung, Allie möge vorbeikommen und sein vermeintliches Familienglück mitansehen müssen.

In diesen Jahren veränderte sich der Arbeiter weiter zum Negativen, testete genüsslich seine Grenzen aus. Er bemerkte dabei nicht einmal, wie ähnlich er seinem verhassten Vater inzwischen geworden war.

Auf Alinas eifersüchtige Reaktion wartete er jedoch weiterhin vergeblich. Mit jedem Monat, der verging, machte ihm die bittere Erkenntnis, dass sie ihn missachtete, mehr zu schaffen. Und Ehefrau Elisabeth war diejenige, welche seine Launen jedes Mal ausbaden musste.

*

Freitag, 3. Juni 2016

Mader war spät dran. Zuerst hatte er den Wecker seines Smartphones überhört, dann war der Corsa erst nach gutem Zureden angesprungen. Entsprechend genervt erschien er zum Dienst.

»Ein Herr wartet in meinem Zimmer, er möchte zu Ihnen. Er hat angeblich wichtige Informationen, die er ausschließlich dem Leiter der Soko Brockopath anvertrauen möchte«, empfing ihn Marit schon auf dem Flur. Sie klang aufgeregt.

»Geben Sie mir bitte zwei Minuten, ich möchte wenigstens noch den Rechner anwerfen und meine Jacke ausziehen. Dann können Sie ihn gerne herbringen«, brummte der Kommissar. Sie waren übereingekommen, sich im Dienstgebäude grundsätzlich zu siezen, um Remmler keine Angriffsfläche mehr zu bieten.

Seine Kollegin nickte nur und entschwand. Diese Unkompliziertheit schätzte er sehr an ihr – unter anderem. Kein lästiges Hinterfragen von Anordnungen, kein taktisches Getue, keine unterschwelligen Vorwürfe, keine zickigen Allüren, keine Wichtigtuerei. Sie hörte einfach gut zu und tat anschließend, was von ihr verlangt wurde, genauso wie es die Hierarchie gebot.

Kurz darauf saß dem Kommissar ein vierschrötiger Mann mit Brille und Stirnglatze gegenüber. Er stellte sich als Harald Bensberger vor, war laut Ausweis knapp achtundvierzig Jahre alt und wohnte in Wernigerodes Osten. Mader fragte ihn nach der Feststellung der Personalien routinemäßig, ob er das Gespräch aufnehmen dürfe. Anschließend drückte er die Starttaste und begann mit der Befragung des Zeugen.

»Na, dann erzählen Sie mal. Sie haben sachdienliche Hinweise zum Brockenmörder?«

»Sagen wir mal so – zu dem Verdächtigen, nach dem Sie suchen. Ich habe sein Foto in der Zeitung gesehen. Winfried Ziegler kenne ich schon seit der Ausbildung, wir haben damals in derselben Firma zusammen als Gas-Wasser-Installateure gelernt. Allerdings kann ich mir beim allerbesten Willen nicht vorstellen, dass er der Mörder sein soll.«

»Wieso nicht? Sie wissen doch bestimmt, weswegen Ziegler fast zwanzig Jahre gesessen hat, oder?«, wunderte sich Mader.

»Klar, ich habe ihn immer wieder mal im Knast besucht. Alle anderen Verwandten und Bekannten hatten sich nach der Tat schockiert von ihm abgewandt, er hätte sonst gar keine Verbindung zur Außenwelt gehabt. Seine Eltern sind in der Zwischenzeit beide verstorben, aber die hatten seit der Inhaftierung ebenfalls für immer mit ihm gebrochen, wollten nichts mehr von ihrem gestrauchelten Sohn wissen. Ich war es, der ihn nach der Haftentlassung abholte und in die Ilsenburger Straße fuhr.«

»Und wieso trauen Sie ihm diesen zweiten Mord in der Walpurgisnacht nicht zu?«

»Weil der Winnie eigentlich kein schlechter Kerl ist. Sie hätten seine Frau sehen und hören müssen, um die Tat nachvollziehen zu können. Ein ekelhaftes Weibsstück, die zog ihm jeden Pfennig aus der Tasche und betrog ihn nach Strich und Faden. Eine undankbare Nutte, das war sie! Er hat sie und ihre Affären jahrelang mit einer Engelsgeduld ertragen, doch irgendwann konnte er einfach nicht mehr. Anfangs hat sie noch die Bescheidene geheuchelt – bis sie so ein, zwei Jahre verheiratet waren. Aber danach … puh, dieses eiskalte Biest hätte jedes noch so friedfertige Schäfchen in einen Blutrausch getrieben.«

»Das ist noch lange kein Grund, seine Gattin zu erstechen und zu zerstückeln. Normalerweise lässt man sich bei unüberbrückbaren Differenzen scheiden. Wenn jedermann seine Eheprobleme auf diese kriminelle Weise lösen würde, wäre wahrscheinlich längst die ganze Stadt voller Leichen.«

Und in Dresden läge auch mindestens eine, fügte Mader in Gedanken hinzu.

»Das mag schon sein. Im Affekt sind ihm damals aber halt die Pferde durchgegangen. Winnie hatte schon von jeher ein hitziges Temperament, war leicht reizbar. Sie wusste das sehr genau, hat ihn ständig mit voller Absicht provoziert, um sich hinterher überall als armes Opfer bedauern zu lassen – bis sie tatsächlich zu einem geworden war«, meinte Bensberger achselzuckend.

»Okay, das lassen wir jetzt einfach mal so im Raum stehen. Sie hatten ihren alten Kumpel Winfried Ziegler im April also zur Wohngruppe *Vogelfrei* gefahren. Und dann?«

»Dann stand er nach drei Tagen auf einmal vor meiner Wohnungstür. Er halte es in dieser Einrichtung nicht länger aus, die Gängelei sei dort schlimmer als im Knast, jammerte er. Andauernd kämen Sozialarbeiter und wollten ihm irgendwas einreden. Er hätte es sich vollkommen anders vorgestellt, wieder selbstbestimmt und in Freiheit zu leben. Die ganze Welt habe sich in der Zwischenzeit dermaßen zum Negativen verändert, er erkenne sie gar nicht wieder.

Winnie lebte gedanklich noch in den Neunzigern, so kam es mir zumindest vor. Und auf einmal fragte er, ob er für eine Weile bei mir wohnen könne, nur bis er sich akklimatisiert und einen Job gefunden habe.«

»Und Sie stimmten zu?«

»Ja, ich freute mich sogar über die Gesellschaft. Meine Frau ist vor einem Jahr an Lungenkrebs verstorben und seither bin ich sehr einsam gewesen. Meine Kinder sind auch beide schon aus dem Haus, lassen sich nur selten blicken. So genoss ich es zunächst, mit einem Kumpel abends einen trinken gehen zu können und Ansprache zu haben.«

»Zunächst …? Dann wohnt er also inzwischen nicht mehr bei Ihnen?«

Der Mann knibbelte an seinen schmutzigen Fingernägeln.

»Nein. Es war erstens ziemlich anstrengend, ihm ständig alles erklären zu müssen. Winfried ist stur und ungeduldig. Da macht es keinen Spaß, ihm beispielsweise die Benutzung eines Handys zu zeigen. Zweitens bekam ich Probleme mit seiner Schlampigkeit. Winnie ließ in meiner Wohnung grundsätzlich alles stehen und liegen und erwartete wie selbstverständlich von mir, dass ich seine Wäsche mit erledige und ihm einige Behördengänge abnehme. Und das, obwohl ich im Gegensatz zu ihm täglich zur Arbeit musste. Das wurde mir zu viel. Einen Schmarotzer und Faulpelz, der mich nur ausnutzt, wollte ich nicht länger in meiner Bude beherbergen.«

»Also haben Sie ihn hinausgeworfen. Wann genau war das?«, hakte Mader nach.

»Am Tag vor dem Mord. Doch er kam wieder, das war letzte Woche. Er entschuldigte sich für die Umstände, die er beim letzten Mal verursacht hatte, und gelobte Besserung. Er wisse nicht, wo er sonst unterkommen solle, behauptete er niedergeschlagen. An welchem Ort er sich in der Zwischenzeit aufgehalten hatte, erwähnte er mir gegenüber mit keinem Wort.

Ich ließ mich in meiner Gutmütigkeit also auf einen neuen Versuch ein, aber Winnie fiel vom ersten Tag an ins alte Fahrwasser zurück. So wollte ich ihn schnell wieder loswerden.

»Wann haben Sie ihn zum zweiten Mal hinausgeworfen?«

»Gestern. Aber ich musste ihn diesmal gar nicht hinauswerfen. Er ist einfach mitsamt seinen Siebensachen verschwunden, während ich noch auf der Arbeit gewesen bin. Er hinterlegte keine Nachricht, bedankte sich bei mir auch nicht fürs wochenlange Durchfüttern.

Ich nehme an, er hat sein eigenes Foto in der Zeitung gesehen und es mit der Panik zu tun bekommen. Die *Volksstimme* lag ja noch aufgeschlagen auf dem Couchtisch, als ich gegen fünf nach Hause kam«, mutmaßte Bensberger achselzuckend.

»Das ist erst wenige Stunden her … dann könnte er sich glatt noch in der Umgebung der Stadt aufhalten. Haben Sie irgendeine Ahnung, wohin er sich in der Zwischenzeit geflüchtet haben könnte?«

»Nein, und das ist die reine Wahrheit. Aber ich habe etwas für Sie mitgebracht, das Ihnen die Fahndung erleichtern dürfte.«

Bensberger kramte umständlich in einer der Taschen seiner olivgrünen Cargo-Weste, zog den zerknitterten Ausdruck eines Fotos heraus. Es zeigte ihn und einen aufgedunsenen Kerl, wie sie sich bierselig an der Theke einer Kneipe zuprosteten.

»Das Bild ist von vergangener Woche, also ganz neu. Wenn Sie wollen, schicke ich es Ihnen nachher noch digital per Mail zu. So sieht Winnie heutzutage aus. Mit dem steinalten Foto aus der Zeitung würden ihn sicherlich die wenigsten Leute wiedererkennen, wenn sie ihm auf der Straße begegnen.«

»Stimmt, danke! Sie haben uns sehr weitergeholfen. Hier ist meine Karte mit der Mailadresse für das Foto. Sollte sich Ziegler wider Erwarten doch wieder bei Ihnen melden, geben Sie uns bitte auf der Stelle Bescheid. Aber konfrontieren Sie ihn keinesfalls mit dem Mordverdacht, spielen Sie nicht den starken Mann. Dermaßen skrupellose Menschen sind brandgefährlich.«

»Schon klar«, nickte Bensberger. »Ich persönlich glaube zwar immer noch nicht daran, dass Winnie der Mörder ist, aber ich habe gestern Nacht trotzdem meine Wohnungstür von innen abgesperrt, was ich sonst niemals tue. Man kann in Menschen letzten Endes nicht hineinschauen.«

»Sehr vernünftig. Nächste Frage. Sagt Ihnen der Name Alina Martens etwas, hat Ziegler sie Ihnen gegenüber erwähnt? Oder haben Sie mitbekommen, dass er als junger Mann fanatisch in ein hübsches Mädchen verliebt war, das ihn aber nicht wollte?«

»Alina Martens … so hieß doch die Tote vom Brocken, oder? Diesen Namen kenne ich nur aus der Zeitung. Ach, verliebt war Winnie früher andauernd gewesen. Wäre es nach seinem Gusto gegangen, hätte er so ziemlich alles flachgelegt, was zwei Beine hat und bei ›drei‹ nicht auf einem Baum gesessen wäre. Da er aber schon damals nun mal nicht der Schönste und auch nicht der Charmanteste war, handelte er sich in der Damenwelt meistens Körbe ein.«

»Und er hat keinem dieser Mädchen für längere Zeit nachgestellt?«

»Meines Wissens nicht, nö … diejenigen, die ihn abwiesen, hat er hinterher stets als blöde Puten bezeichnet. Aber sicher weiß ich es natürlich nicht. Womöglich gab es Geheimnisse, die er für sich behielt. Er redete auf der Arbeit zwar ständig von Sex, lauter schlüpfriges Zeug, aber nie über seine Gefühle.

Nachdem er geheiratet hatte, schimpfte er bloß noch auf seine Alte. Andere Themen kannte er kaum mehr. Bei meinen vierteljährlichen Besuchen in der JVA kamen nur oberflächliche Gespräche zustande. Sie wissen schon … die bedrückende Atmosphäre, man hatte sich in der Zwischenzeit mangels fehlender Gemeinsamkeiten auch nur noch wenig zu sagen … «

»Wissen Sie, ob er aus dem Knast Briefe schrieb?«

Bensberger schüttelte den Kopf.

Mader straffte seinen Rücken, murmelte die Uhrzeit des Vernehmungsendes ins Mikro und schaltete das Aufnahmegerät ab.

»Vielen Dank, dass Sie gekommen sind, aber jetzt müssen Sie mich bitte entschuldigen. Ziegler könnte sich noch in der Region aufhalten, da zählt bei der Fahndung jede Minute.«

Der Handwerker erhob sich, ging zur Tür. Dort drehte er sich noch einmal zum Kommissar um. Er wirkte stark verunsichert.

»Sie erzählen ihm bei der Festnahme doch hoffentlich nicht, dass *ich* ihn quasi verraten habe – und setzen ihn nachher gleich wieder auf freien Fuß, wo er Rache an mir üben könnte?«

»Nein, wir hängen selbstverständlich keine Zeugen hin. Aber wenn Ihr obskurer Jugendfreund eins und eins zusammenzählen kann, wird er von selbst auf diesen Gedanken kommen, allein schon wegen dieses Fotos. Wir retuschieren Ihr Gesicht heraus, doch er könnte es leider dennoch wiedererkennen, sofern er die Veröffentlichung in seinem Versteck überhaupt mitkriegt. Das Bild ist schließlich erst vor kurzem aufgenommen worden.

Ob Ziegler nach Festnahme und Verhör tatsächlich in Untersuchungshaft kommt, hängt nicht zuletzt von seinen Aussagen ab, von der Auswertung der Spuren am Tatort – und natürlich davon, ob er für die Tatnacht ein verlässliches Alibi vorweisen kann.«

Was höchst unwahrscheinlich ist, denn seine DNA fand sich schließlich am Hexenaltar. Aber dieses wichtige Indiz darf ich aus ermittlungstechnischen Gründen nicht preisgeben, mein Lieber.

»Also passen Sie nächster Zeit unbedingt gut auf sich auf, ja? Vorsicht und gesundes Misstrauen können ohnehin nie schaden«, riet Mader dem beunruhigten Zeugen. Deutlicher durfte er zu dessen Beruhigung nicht mehr werden.

»Und was ist mit meiner Aufnahme in ein Zeugenschutzprogramm?«, insistierte Bensberger mit gerunzelter Stirn.

Mader musste sich sehr zusammenreißen, um nicht laut loszulachen. Der gute Mann guckte wohl zu viele Krimis im Fernsehen und hatte keinen blassen Schimmer, welche horrenden Kosten solche Maßnahmen verursachten.

»Für eine akute Gefährdung gibt es derzeit keinerlei Anhaltspunkte, es tut mir leid. Rufen Sie die Notfallnummer an, falls Sie sich bedroht fühlen sollten. Die Zentrale schickt umgehend eine Streife vorbei.«

Harald Bensberger verabschiedete sich mit hängenden Schultern. Vermutlich bereute er seinen Besuch bei der Kriminalpolizei bereits und fürchtete um sein Leben.

»Ach, noch etwas!«, rief ihm Mader hinterher. »Hatte Ihr temporärer Mitbewohner sich nach Ihrer Technikdemonstration ein eigenes Handy zugelegt?«

»Nein. Er meinte, der moderne Kram sei ihm zu aufwändig. Er brauche keine lästigen Zeitfresser, die ihm das verbleibende Leben noch weiter vermiesen und überdies einen Haufen Geld kosten würden.«

Kaum war Harald Bensberger gegangen, setzte Mader alle Hebel in Bewegung. Nun bekam er seine Ringfahndung doch noch genehmigt. Marit kümmerte sich darum, dass das neue Fahndungsfoto bearbeitet und gleich am nächsten Tag in sämtlichen Zeitungen der erweiterten Harzregion abgedruckt wurde. Darüber hinaus sollte der angepasste Steckbrief des Tatverdächtigen noch am selben Abend in allen Nachrichtensendungen der Öffentlich-Rechtlichen ausgestrahlt werden. Es galt, die Überwachungskameras von Bahnhöfen zu checken und herauszufinden, ob Ziegler womöglich per Zug entwischt war.

Das angenehme Gefühl, im anhängigen Mordfall endlich einen großen Schritt weitergekommen zu sein, beflügelte die fünf Mitglieder der Soko, spornte sie zu Höchstleistungen an. Dazu gehörte selbstverständlich auch, den Feierabend zu opfern.

Wo immer diese Ratte sich versteckt, wir werden sie bald aufstöbern, motivierte sich Mader auf der Fahrt nach Hause. Er wollte sich nur kurz frischmachen und eine Kleinigkeit essen, um sich auf eine lange Nacht im Revier vorzubereiten, während die Fahndung nach Ziegler anlief. Er musste ihnen einfach ins Netz gehen!

An einer roten Ampel rief er Julia an, um ihr für den Abend abzusagen. Mader bemerkte vor lauter Stress gar nicht, dass auf der Rechtsabbiegespur neben ihm ein Einsatzwagen stand und fuhr erschrocken herum, als jemand an die Fensterscheibe der Fahrertür klopfte.

Er verabschiedete sich kurz von seiner neuen Liebschaft und kurbelte die Scheibe herunter. Sein puristisches Fahrzeug besaß noch nicht einmal elektrische Fensterheber. Inzwischen hatte die Ampel auf Grün umgeschaltet und die nachfolgenden Fahrzeuge quittierten die verlängerte Wartezeit mit einem Hupkonzert.

»Fahren Sie bitte sofort an die Seite, dort vorne in die Bushaltebucht. Wir folgen Ihnen dorthin. Ich muss Sie wegen Telefonierens am Steuer nach Paragraph 23 der Straßenverkehrsordnung verwarnen«, verkündete ein blutjunger Kollege und eilte mit einer beneidenswerten Leichtfüßigkeit zu seinem Einsatzwagen zurück.

Mader verdrehte genervt die Augen und leistete der Aufforderung Folge. Wieder kam der Grünschnabel mit todernstem Gesicht auf ihn zu. Der Kommissar hielt ihm seine Dienstmarke unter die Nase, zusammen mit dem Führerschein, seinem Ausweis und den Fahrzeugpapieren. Er setzte sein verbindlichstes Lächeln auf, obwohl ihm danach gar nicht zumute war.

»Hallo, Kollege! Es tut mir leid … ich stecke mitten in einem Fall, wir haben im Revierkommissariat wegen der Ringfahndung nach dem Brockenmörder momentan eine Wahnsinnshektik.

Klar, ich habe einen Fehler gemacht, ich kenne die Vorschriften. Könnten wir eventuell dennoch Gnade vor Recht ergehen lassen? Ich befinde mich ja sozusagen im Einsatz, habe es ziemlich eilig, zum Dienst zurückzukommen …«

Der Jüngling in Uniform wirkte für einen Augenblick verunsichert, doch dann setzte er seine undurchdringliche Dienstmiene auf. Er schickte sich mit stoischer Ruhe an, den Schriftkram zu erledigen.

Mist, elendiger! Dass diese Frischlinge aber auch immer so dienstgeil sein müssen, bis sie sich das erste zusätzliche Sternchen auf der Schulter verdient haben. War ich damals genauso? Kann ich mir kaum vorstellen …

»Das hier ist eindeutig Ihr Privatfahrzeug und somit kann ich keine Ausnahme machen. Mir tut es ebenfalls leid, Herr Kollege, aber da werden sechzig Euro und ein Punkt in Flensburg fällig.«

*

Noch immer genervt, stieg der Kommissar auf seinem Hof aus dem Auto und rannte im Laufschritt auf das Wohnhaus zu. Sein Blick fiel auf die offene Luke des überquellenden Briefkastens, den er erst gestern Abend auf Aluminiumpfosten neben der Tür montiert hatte. Fluchend machte er dort Halt und zerrte den sperrigen Inhalt unter Gewaltanwendung heraus.

Neben Werbung, der Telefonrechnung und einer kitschigen Postkarte, die ihm seine Schwester vom Urlaub auf den Malediven geschickt hatte, hielt er einen großen Umschlag in Händen. Das Einwurfeinschreiben kam von einem Dresdner Rechtsanwalt. Er ahnte, dass es keinesfalls etwas Angenehmes enthalten konnte, deshalb riss er den Umschlag noch im Gehen auf.

Was er in einem düsteren Winkel seines Herzens schon seit längerer Zeit befürchtet hatte, wurde nun zur Gewissheit. Sabine wollte das alleinige Sorgerecht, hatte einen entsprechenden Antrag gestellt. Ihr Anwalt riet in großspurigen Worten zu einer gütlichen Einigung, weil alles andere ohnehin nur zu Lasten der Kinder gehe. Für den Fall, dass er sich weigere, das Sorgerecht komplett seiner geschiedenen Gattin zu übertragen, werde man ein Gutachten zur Erziehungsfähigkeit in Auftrag geben. Schon aufgrund seines Berufs und der damit verbundenen Umstände sei damit zu rechnen, dass seine Exfrau die besseren Karten in der Hand halte. Sie könne geordnete Verhältnisse, ein adäquates Umfeld für die Kinder vorweisen.

»Das werden wir ja noch sehen!«, knurrte Mader und knallte das papierne Machwerk auf den Küchentisch, zusammen mit dem Verwarnungsbeleg. So wichtig ihm seine Kinder auch waren, er musste sich momentan vorrangig um seinen Job kümmern, damit ein perverser Triebtäter nicht länger sein Unwesen treiben konnte. Er stand unter massiver Anspannung.

Schon meldeten sich wieder ziehende Magenschmerzen, die sich in den folgenden Stunden zu regelrechten Koliken ausweiteten. In weiser Voraussicht hatte der geplagte Kommissar noch eine Packung Kamillenteebeutel in seine Tasche gesteckt, bevor er wieder Richtung Revier gefahren war.

*

Montag, 6. Juni 2016

Bei der morgendlichen Dienstbesprechung konnte zumindest Jablonski mit Neuigkeiten aufwarten. Die Fahndung nach Ziegler war bislang ergebnislos geblieben. Der Soko-Leiter hatte sich somit die Nacht vergeblich im Revier um die Ohren geschlagen, auf eine Festnahme gehofft. Entsprechend müde, unrasiert und blass saß er am Konferenztisch.

»Die Danziger Kollegen haben gestern Abend Wojciech Krol vernommen. Er behauptet, nur wegen der höheren Löhne und dem vermeintlich besseren Lebensstandard nach Deutschland gegangen zu sein. Das mit Alina habe sich zufällig so ergeben, als er in der Buchhandlung Hartenberg ein deutsch-polnisches Wörterbuch kaufen wollte. Einige von Alinas Vorfahren seien selbst aus Polen eingewandert und somit hätten sie sich halbwegs unterhalten können. Die schöne Buchhändlerin habe sich sofort in ihn verguckt; warum, das wisse er auch nicht.

Zuerst sei es klasse mit ihr gewesen. Mit der Zeit habe ihn die Beziehung aber belastet, weil seine Freundin sich angeblich wie eine Zecke an ihn klammerte und ständig von einer Symbiose sprach. Sobald er alleine irgendwohin gehen wollte, habe sie vor lauter Eifersucht Diskussionen losgetreten. Andererseits schätzte er natürlich ihre hilfsbereite Art, vor allem, dass sie so bereitwillig seine Schulden ablöste.

Während Alina also innerhalb kürzester Zeit eine emotionale Abhängigkeit entwickelte, sah *er* diese Beziehung mehr als angenehmes Intermezzo, später dann als lohnende Zweckgemeinschaft an – was sie für ihn wohl auch gewesen war. Er konnte kostenfrei bei seiner Freundin wohnen und sie bezahlte scheinbar auch noch den Löwenanteil der Lebensmittel.

Nach ihrem Tod hielt ihn nach eigener Aussage nichts mehr in Deutschland. Er sei enttäuscht gewesen, hätte sich von seiner neuen Heimat mehr erwartet. Seine Vorstellungen erfüllten sich nicht, manches hatte sich anscheinend als noch schlechter als in Polen herausgestellt. Zudem konnte er mit der deutschen Mentalität wenig anfangen, die meisten Menschen erschienen ihm verschlossen und herzlos. Daher sei er nach Annahme der Erbschaft sofort nach Polen zurückgegangen, mit einer Flucht oder versuchtem Heiratsschwindel habe das Ganze überhaupt nichts zu tun«, referierte Jablonski.

»Heiratsschwindel?«, echote Mader interessiert.

»Ja, dafür existieren drüben in Danzig auch schon zwei Akten. Man hat ihm die kriminelle Absicht aber nie nachweisen können. Angeblich mag er ältere Frauen«, lachte der Kollege.

»Also mussten sie ihn wieder laufen lassen, damals wie heute.«

»Niestety prawidłowo«, antwortete Fred Jablonski seufzend auf Polnisch. »Leider richtig. Egozentrik und Arschlochverhalten sind bislang noch nicht strafbar, nicht mal in Polen.«

»Schade eigentlich. Den Król hätte ich gern persönlich eingelocht«, murmelte die Schmidbauer.

*

Der entscheidende Anruf ging gegen 10.45 Uhr bei der Einsatzzentrale ein. Eine aufgelöste Wernigeröder Bürgerin beschwerte sich, dass in ihrer Gartenlaube ein fremder Mann hause, auf den eventuell die Beschreibung des gesuchten Mörders passe. Sie habe ihn durchs geöffnete Fenster gesehen, als sie das Gartentürchen passiert hatte, und sich lieber sofort wieder verdrückt, sei eilig zurück nach Hause geradelt. Sie glaube kaum, dass er sie bemerkt habe, denn er sei mit irgendetwas beschäftigt gewesen. Daheim angekommen, habe sie sogleich zum Telefon gegriffen und angerufen. Insgesamt liege die unfreiwillige Begegnung etwa zehn bis fünfzehn Minuten zurück.

Vier Einsatzfahrzeuge rasten augenblicklich in Richtung der Kleingartenkolonie *Harzblick*, und zwar ganz ohne Blaulicht und Sirenengeheul, um den Flüchtigen möglichst nicht unnötig aufzuschrecken. Eine Streife holte derweil die Besitzerin der Gartenparzelle ab, auf welcher der Gesuchte sich mutmaßlich noch versteckt hielt. Es hätte sonst zu lange gedauert, sich auf dem Gelände zurechtzufinden. Jede Sekunde zählte.

Wenig später wies die aufgeregte alte Dame den Beamten den Weg. Diese umringten und stürmten das Gartengrundstück – und kühler Stahl klickte an den Handgelenken des völlig überrumpelten Winfried Ziegler. Zur Gegenwehr hätte er nicht den Hauch einer Chance gehabt.

Beckert klärte ihn mit den üblichen Worten über seine Rechte auf, doch er hörte gar nicht zu, zappelte wie ein Fisch im Netz, dem allmählich die Atemluft knapp wird.

»Ich bin hier nicht eingebrochen, kenne diese Frau doch gar nicht! Die Gartenlaube gehörte meinem älteren Bruder Conrad. Deswegen wusste ich, wo der Ersatzschlüssel liegt. Ich habe ihn einfach aus der leeren Farbbüchse im Geräteschuppen geholt, die zuoberst auf dem Regal steht … genauso wie früher! Woher hätte ich denn wissen sollen, dass Connie den Garten samt Laube inzwischen weitergegeben hat? Ich konnte doch sonst nirgends unterkommen«, jammerte Ziegler monoton vor sich hin.

Die neue Besitzerin schien wegen seines rührseligen Theaters Mitleid zu bekommen. Sie wirkte verlegen.

»Den Garten habe ich jetzt schon seit zwölf Jahren gepachtet. Aber keine Sorge, deswegen zeige ich Sie bestimmt nicht an. Es scheint nichts zu fehlen und kaputt gemacht haben Sie mir auch nichts«, versicherte sie ihm. Dem gutmütigen Mütterchen schien es mittlerweile ein bisschen leid zu tun, dass es vorhin die Polizei benachrichtigt hatte.

»Eine Anzeige wegen Einbruchs wäre ohnehin nicht ins Gewicht gefallen, angesichts dessen, was wir diesem blutrünstigen Monster vorzuwerfen haben«, grinste Beckert abfällig.

»Ist das wirklich der Brockenmörder?«, fragte sie ungläubig.

»Das wissen wir noch nicht! Beckert, halten Sie sich gefälligst mit vorschnellen Äußerungen zurück. Das hier ist keine Pressekonferenz, verdammt noch eins. Jeder Verdächtige gilt solange als unschuldig, bis seine Schuld zweifelsfrei bewiesen ist. Das wissen Sie doch ganz genau. Und jetzt raus hier, zurück ins Revier«, schaltete sich Mader in das Gespräch ein. Er verabschiedete sich bei der alten Dame und eilte hinaus.

Draußen auf dem Schotterweg wurde der Verdächtige unter lautstarkem Gezeter in eines der Polizeifahrzeuge verbracht und abtransportiert. Horden von schaulustigen Kleingärtnern standen an den Zäunen, sie diskutierten angeregt.

Mader hasste Gaffer, doch die gehörten leider als fester Bestandteil zu jedem Unfall und jeder Festnahme. Nun, diese neugierigen Exemplare in Gummistiefeln und Gartenhandschuhen würden am feuchtfröhlichen Abend im Vereinsheim sicher einiges zu erzählen haben. *Die neue Gurkenernte ist heute bestimmt kein Thema,* dachte er ironisch.

Mit der Verhaftung fängt die Arbeit erst richtig an, davon kann wohl jeder Polizeibeamte ein Liedlein singen. Es galt im Revierkommissariat Wernigerode an diesem Nachmittag, einen möglichst detaillierten Einsatzbericht zu verfassen, Walter Remmler umfassend über den Sachstand zu informieren, die unvermeidliche Pressekonferenz vorzubereiten und gegen Abend durchzuziehen, damit die Medienhaie endlich ihr Futter bekamen. Zudem hatte die Aufregung bei der alten Gartenlaubenbesitzerin offenbar doch Spuren hinterlassen. Für sie musste psychologische Betreuung organisiert werden.

Natürlich, er konnte diese Arbeiten teilweise an seine Kollegen delegieren – aber *er* trug die Verantwortung für den Mordfall, musste den Gesamtüberblick behalten. Winfried Ziegler hatte es da erheblich leichter. Der brauchte einstweilen nur untätig in seiner Zelle herumzusitzen, auch wenn ihm seine Festnahme verständlicherweise nicht schmecken mochte.

Mader stürzte einen Kaffee nach dem anderen hinunter, um den Verwaltungskram konzentriert durchzustehen. Marit hatte zum Glück bereits ein Gespür entwickelt, wann er jeweils den nächsten brauchte. Sie servierte inzwischen ungefragt und stets mit einem Lächeln oder einem aufmunternden Nicken.

Ab und an schauten Kollegen von der Streife herein, um ihm zur Festnahme zu gratulieren. Die waren heilfroh, dass die Ringfahndung beendet war und sie keine Überstunden mehr schieben mussten. Nur Revierleiter Remmler geizte mit Lob.

»Prima, mit dieser Verhaftung sind wir bei den Medien erstmal aus dem Schneider. Mal sehen, ob Sie den Richtigen geschnappt haben«, hatte sein kühler Kommentar gelautet. Zu mehr hatte er sich wohl nicht durchringen können.

Gegen halb elf war es soweit, Mader konnte sich endlich abseilen. Am liebsten wäre er direkt nach Hause gefahren, hätte sich seinen streichelwütigen Kater geschnappt und mit ihm auf dem Sessel gepennt. Aber er hatte seiner Freundin nun mal fest versprochen, dass er heute nach dem Dienst noch vorbeischauen würde. Feste Beziehungen brachten gelegentlich auch Nachteile mit sich.

Während der Fahrt kam doch ein wenig Vorfreude auf, auch wenn er, seinem Kater gegenüber, ein schlechtes Gewissen hegte. Der pelzige Bursche hatte ihn in den letzten beiden Tagen kaum zu Gesicht bekommen. Gut, dass er neulich den automatischen Trockenfutterspender besorgt hatte. Nun konnte sich das Tierchen bei Bedarf wenigstens selbst versorgen. Da der Hahn in der Küche immer noch tropfte, schlabberte Felix Wasser, wann immer er es wollte.

Julias silberner Škoda bog fast zeitgleich mit seinem Corsa auf den Parkplatz der frisch renovierten Apartmentanlage ein, in der sie im zweiten Stock eine helle Eckwohnung bewohnte. Erst um diese Uhrzeit … also hatte die Ärmste einen ähnlich stressigen Tag hinter sich, das war Mader gleich klar.

Sie eilte auf ihn zu, umarmte ihn stürmisch. Dann hing sie wie ein nasser Lappen in seinen Armen.

»Ich bin sowas von platt! Als Filialleiterin ist man morgens die Erste und abends die Letzte in der Firma, und das jeden Tag. Heute sind viel zu viele Lieferungen angekommen und einiges ist im Computersystem bei Kommissionieren schief gegangen. Ein Scheißtag, echt. Übrigens, Gratulation zur Festnahme. Das Radio kennt schon kein anderes Thema mehr.«

»Danke. Aber es muss sich erst bei weiteren Ermittlungen herausstellen, ob wir heute tatsächlich den Brockenmörder aus dem Verkehr gezogen haben«, winkte der Kommissar müde ab.

»Du hast dein Bestes getan, da bin ich sicher. Weißt du was? Wir bestellen uns bei irgendeinem Lieferdienst was Gutes, dann hauen wir uns faul auf die Couch oder gleich ins Bett, mal sehen. Aber nicht hier, sonst ist der Tiger so lange allein. Komm, wir fahren ins Elend!«, schlug sie vor.

Mader musste trotz seiner bleiernen Müdigkeit lachen. Das Wortspiel mit dem Ortsnamen brachte sie oft und gerne, er fand es jedoch nach wie vor gelungen. Nicht zuletzt, weil seine Bude trotz einiger Renovierungsarbeiten tatsächlich noch elend aussah. Genau wie er selbst gerade, was nach mehr als achtundvierzig Stunden ohne Schlaf kein Wunder war.

Und trotzdem wollte sie mit ihm dorthin, die Unannehmlichkeiten ihm und seinem Kater zuliebe in Kauf nehmen. Er küsste sie überschwänglich auf die vollen Lippen.

»Kannst du Gedanken lesen? Wir fahren mit dem Corsa und ich bringe dich morgen früh zur Arbeit.«

Sie gähnten synchron.

Vielleicht gibt es ja doch eine Frau auf dieser Welt, die zu mir passt und die mich nicht unter Druck setzt, dachte Mader verliebt. Ihr Blick zeigte, dass ihr Ähnliches durch den Kopf ging.

*

Mittwoch, 8. Juni 2016

Am nächsten Morgen fühlte sich Mader um Welten besser. Das lag einerseits an den neun Stunden Schlaf, die er in der vergangenen Nacht ergattern hatte können, und andererseits an Julias lieber, verständnisvoller Gesellschaft. Kater Felix hatte sich in der Nacht wie ein anhängliches Kleinkind zwischen die beiden gedrängelt, den Körperkontakt genossen.

Erst jetzt konnte Mader sich darüber freuen, dass der dienstliche Druck, jedenfalls für den Moment, von seinen Schultern genommen war. Sicher, sie würden im Fall Brockopath weiter mit Hochdruck ermitteln und Ziegler seine Schuld letzten Endes beweisen müssen, denn Indizien reichten für eine Anklage vor Gericht selten aus. Aber er war in der Zwischenzeit aus dem Verkehr gezogen und darauf kam es in der Hauptsache an.

Sein Instinkt sagte dem Kommissar gleichwohl, dass dieser fette Mann den Mord an Alina Martens nie und nimmer gestehen würde. In einer ersten Vernehmung hatte er gebetsmühlenartig wiederholt, dass er an die fragliche Nacht nicht mehr viel Erinnerung habe, weil er total betrunken gewesen sei. Allerdings hatte er ohne Umschweife eingeräumt, sich auf dem Brockenplateau herumgetrieben zu haben.

»Beckert, bevor Sie mit etwas anderem anfangen … Sie müssten bitte nochmal hoch auf das Plateau. Ich weiß, wie lästig das ist, aber auch Zieglers Foto müsste dort herumgezeigt werden. Vielleicht gelingt es Ihnen in diesem Fall, ein paar Augenzeugen aufzutreiben, die ihn in der Tatnacht beobachtet haben. Wenn er wirklich so betrunken war wie er behauptet, sollte er eigentlich aufgefallen sein.«

»Wieso schon wieder ich? Haben Sie mich neuerdings auf dem Kieker, oder was? Die Leute lachen sich einen Ast, wenn ich mit dem nächsten Bild anrücke und dumme Fragen stelle«, mokierte sich der Blonde beleidigt.

»Das hat nichts mit Ihnen persönlich zu tun. Das Brockenpersonal kennt Sie bereits und Sie wissen, wo Sie hingehen müssen, um alle zu finden. Polizeiarbeit ist selten spaßig, basiert viel auf Geduld und Hartnäckigkeit. Wir sind, sozusagen, Hausierer im Namen der Gerechtigkeit. Also tun Sie mir bitte den Gefallen und fahren Sie gleich rauf, und zwar, ohne meine Entscheidung weiter zu hinterfragen.«

Steffen Beckert brachte am Nachmittag tatsächlich eine Aussage mit zurück. Seine miese Laune schien sich gebessert zu haben.

Eine Mitarbeiterin der Wetterwarte namens Ilona Wertheim hatte Winfried Ziegler durch die mit niederen Zäunen abgeteilte Pflanzenschutzzone trampeln sehen und ihn sofort verärgert zur Rede gestellt, wieso er für seltene Pflanzen wie Brockenanemone, Silberwurz und Habichtskraut keinerlei Respekt zeige. Der eindeutig betrunkene Mistkerl habe sie daraufhin laut als zänkische, chronisch untervögelte Emanze beschimpft, sei aber murrend auf den regulären Weg zurückgegangen.

»Die Wertheim hat ihn nach dem kurzen Wortgeplänkel noch ein paar Minuten misstrauisch beobachtet, weil er ja keine Einsicht gezeigt hatte, aber ist dann nach Hause gefahren. Ansonsten Fehlanzeige beim Brockenpersonal – der Typ ist niemandem weiter ins Auge gestochen. Kein Wunder, so ein Loser wie der läuft an jeder Straßenecke herum. Den übersieht man einfach«, meinte Beckert achselzuckend.

Und den Rest des Tages hast du dich da oben faul in die Sonne geknallt. Denk' bloß nicht, dass ich den kapitalen Sonnenbrand übersehen habe, dachte Mader, innerlich kopfschüttelnd.

*

Noch während er sich fragte, wie er mit Beckert adäquat umgehen sollte, ging überraschend eine Mail auf Maders Rechner ein. Sie kam aus Südamerika, stammte von Alina Martens' Mutter.

Sehr geehrter Herr Mader,
Sie hatten mir Ihre Visitenkarte überreicht und darum gebeten, dass ich mich melden soll, falls mir noch Details zu Alinas Jugendfreund Winnie einfallen sollten. Ich kann mich zwar immer noch nicht an dessen Familiennamen erinnern, aber ich habe einen Stapel Fotos von früher durchgesehen und bin dabei auf eines von Alina gestoßen, auf dem sie mit ihrer besten Freundin abgebildet ist. Auf die Rückseite hatte ich damals deren vollständigen Namen geschrieben.

Sie heißt – oder hieß zumindest zu jener Zeit – Christiane Weißholz und wohnte in Wernigerode, am Ende der Schäferstraße. Die Hausnummer ist mir leider entfallen, es ist alles einfach viel zu lange her.

Ich habe gehört, dass sie gleich nach der Wende in den Westen gezogen sein soll, aber was danach aus ihr geworden ist, weiß ich nicht. Meine eigene Vergangenheit ist, genau wie die meisten Freunde von damals, seit meiner Auswanderung in einer Versenkung verschwunden, nur noch eine flüchtige Erinnerung an eine zwar liebenswerte, aber für mich nicht immer einfache Zeit. Als ich neulich zur Beerdigung in Wernigerode weilte, erkannte ich meine alte Heimatstadt kaum wieder. Sie ist mir fremd geworden, genau wie die Menschen dort.

Christiane müsste eigentlich wissen, wie Winnie mit vollem Namen hieß und was damals genau vorgefallen ist, sie und Alina haben all ihre Mädchengeheimnisse miteinander geteilt. Ich weiß trotz des jahrelangen Umgangs meiner Tochter mit ihm nur, dass dieser Winnie der klassische Verlierertyp war und anscheinend unter der sehr strengen Aufsicht seiner Eltern stand.

Ich hoffe, Ihnen mit dieser Information weitergeholfen zu haben.

Sonnige Grüße, Gesine Martens

Mader bedankte sich bei Mutter Martens herzlich für die Kooperation und leitete die Mail umgehend an Marit Schmidbauer weiter. Sie sollte versuchen, den aktuellen Aufenthaltsort dieser Christiane Weißholz zu ermitteln und deren Befragung kurzfristig in die Wege leiten.

Wie sich schnell herausstellte, war die junge Frau im Jahr 1990 tatsächlich nach Hof an der Saale verzogen, hatte dort schon kurz darauf einen Italiener namens Giovanni Tramontin geheiratet und war im Frühjahr 1995 mit diesem in seine Heimatregion Südtirol ausgewandert. Sie wohnte mit ihrer Familie heute in Cortina d‘ Ampezzo.

»Scheiße … das erschwert die Sache«, fluchte der Kommissar, als Marit ihm das Ergebnis ihrer Recherche vorlegte.

»Nicht unbedingt. Ihre Eltern leben noch an der alten Adresse. Christianes Vater kommt übermorgen früh bei mir vorbei«, meinte Marit augenzwinkernd.

*

Donnerstag, 9. Juni 2016

Im Vernehmungsraum herrschte Totenstille. Es war so still, dass man das leise Sirren der Neonröhren an der Decke hören konnte, die den quadratischen Raum und seine spartanische Einrichtung in helles, bläulich-kaltes Licht tauchten. Dadurch entstand eine beklemmende, unwirtliche Atmosphäre, doch dieser Effekt war durchaus so beabsichtigt.

Winfried Ziegler fühlte sich äußerst unbehaglich, sein Magen knurrte und er fragte sich, wann endlich irgendjemand zur Vernehmung anrücken würde. Seit einer halben Stunde saß er bereits auf dem unbequemen Holzstuhl. Seine Handgelenke steckten in Handschellen. Diese wiederum waren an einem im Boden verankerten Metalltisch vor ihm befestigt, und zwar mit extrem kurzen, stabilen Ketten. Man hielt ihn wohl für gefährlich.

Ein unwürdiger Zustand, er würde seinem Anwalt von dieser unangemessen ruppigen Behandlung berichten. Nicht einmal im Knast hatte man ihn dermaßen mies behandelt und da war er schließlich ein verurteilter Mörder gewesen.

»Ich habe meine Strafe lange genug verbüßt, verdammt noch mal! Ich bin ein freier, unbescholtener Bürger! Ich habe, seit ich draußen bin, niemanden ermordet«, schrie Ziegler zum wiederholten Mal.

Mader, Beckert und Jablonski beobachteten den Verdächtigen durch eine Scheibe aus dunkel getöntem Sicherheitsglas, die nur von dieser Seite aus Durchblick gewährte.

»Ich denke, der ist allmählich weichgekocht. Sehen Sie, wie er nervös auf seinem Stuhl herumrutscht?«, meinte Mader.

»Ach was, lassen wir ihn weiterhin im eigenen Saft schmoren. Er muss psychisch erst total am Ende sein. Er soll solange da drinsitzen, bis er für eine Brotzeit, einen Toilettengang und eine bequemere Körperhaltung alles gestehen würde. Das spart uns eine Menge Zeit und Nerven«, ließ sich Beckert vernehmen.

»Wir sind hier nicht in Guantanamo! Ich gehe jetzt rein, denke aber, dass ich fürs Erste kaum etwas ausrichten kann. Der Typ verfügt über Erfahrung. Er wird auf seine Rechte pochen und eisern darauf bestehen, dass wir einen Pflichtverteidiger heranschaffen. Sehen Sie es einfach von dieser Seite, Beckert. Solange der irre Winnie unser unfreiwilliger Gast ist, ob mit oder ohne Geständnis, können Wernigerodes Bürger aufatmen.«

Der Kommissar entfernte sich, betrat gleich darauf den Vernehmungsraum. Jablonski und Beckert blieben voller Spannung hinter der Scheibe zurück, starteten die Kameraaufzeichnung.

Zuerst wurde Ziegler belehrt und ordnungsgemäß gefragt, ob er Wert auf die Anwesenheit eines Verteidigers lege.

»Wozu? Ich muss mich nicht verteidigen, weil ich nichts verbrochen habe. Diese Winkeladvokaten taugen sowieso nichts, sonst wäre ich damals gar nicht erst lebenslänglich eingefahren, sondern hätte mildernde Umstände gekriegt. Gute Anwälte sind teuer, die können sich sowieso nur die Reichen leisten. Na los, stellen Sie mir Ihre Fragen und danach lassen Sie mich gefälligst gehen. Was Sie hier betreiben, ist Freiheitsberaubung. Das wird hinterher noch Folgen haben«, wetterte der Verdächtige.

»Gut, ich komme gleich zur Sache. Wo waren Sie in der Walpurgisnacht, also in der Nacht zum ersten Mai?«

»Oben auf dem Brocken, aber das wissen Sie ja wahrscheinlich schon längst. Ich wollte unter Leute, mich besaufen. Genau das habe ich auch gemacht, und wie. Mich hat zu dieser Zeit einfach alles angekotzt, vor allem das Kameradenschwein Bensberger.

Können Sie sich vorstellen, wie es ist, wenn man nach einem halben Leben hinter Gittern frisch aus dem Knast kommt? Man hat nichts mehr, keine Wohnung, keinen Job, kein Leben. Alles ist anders als zuvor. Wenn einem dann auch noch jemand auf die Deichsel scheißt, ist die Kacke so richtig am Dampfen.«

»Wie ich hörte, gab es für Sie durchaus Integrationsangebote, die Sie jedoch nicht wahrnehmen wollten«, intervenierte Mader.

»Das Gelaber von diesen Wollsocken-Heinis? Ach, hören Sie mir doch damit auf! Die erinnern einen jeden Tag aufs Neue daran, wo man gewesen ist, und, dass man sich neu in die Gesellschaft integrieren muss. Ich wollte meine Vergangenheit aber hinter mir lassen, habe für mein Verbrechen lang genug gebüßt. Einfach mal ein stinknormales neues Leben beginnen, und zwar ohne, dass mir ständig irgendein Besserwisser reinredet. Ist das denn so schwer zu verstehen?«

Der Kommissar ignorierte die Frage.

»Wie auch immer. Und Ihr Freund Bensberger hat Sie dann aus seiner Wohnung geworfen?«

»Das ist nicht mein Freund. Er hat mir das scheinbar nur vorgeheuchelt, wenn er mich im Knast besuchte. Er räumte vom ersten Tag an ständig hinter mir her, wienerte quasi jeden Fingerabdruck weg, den ich in seiner heiligen Wohnung hinterließ. Mehr noch, er erwartete gar, dass die Bude picobello ist, wenn er von der Arbeit kommt. Als ob ich seine Putze gewesen wäre!

Dabei wusste er haargenau, dass ich in der JVA ständig solche Tätigkeiten ausüben musste. Ich arbeitete in der Gefängniswäscherei, oft genug musste ich dazu noch Küchendienst schieben. Ist es da ein Wunder, wenn ich keinen Bock mehr auf Waschmaschine und Kartoffelschäler hatte? Er mäkelte an mir herum wie früher meine Alte.«

»Fassen wir mal kurz zusammen. Ihnen fehlte nach der Entlassung eine geregelte Tagesstruktur. Sie waren völlig orientierungslos und angepisst, sind dann noch bei Bensberger hinausgeflogen. In diesem frustrierten Gemütszustand fuhren Sie auf den Brocken, um sich massiv die Kante zu geben.

Spinnen wir den Gedanken einfach mal weiter. Sie sehen zufällig ausgerechnet jene hübsche blonde Frau, auf die Sie schon seit der Kindheit stehen … sind sexuell ausgehungert, baggern sie an … bekommen wie früher eine Abfuhr, werden wütend … fangen Ihr wohlbekanntes Opfer ab, bevor es den letzten Zug ins Tal besteigen kann, und schlachten es nach dem Ende der Walpurgis-Feierlichkeiten auf dem Hexenaltar, ganz ähnlich wie Ihre Ehefrau vor einer halben Ewigkeit. Nur dass Sie sich an der noch warmen Leiche von Alina Martens vergingen, bevor Sie sie in handliche Stücke zerteilten.

Oder sind Sie vielleicht sogar gleich mit einem solchen Vorsatz hinaufgefahren, hatten voller Ungeduld auf Ihre Entlassung gewartet, um den rauschhaften Kick von damals mit Alina Martens zu wiederholen? Ist das womöglich der eigentliche Grund, weshalb Sie die Resozialisierungsmaßnahme abbrachen?«

Ziegler rastete total aus, zerrte wie ein Tier an seinen Ketten, was Jablonski und Beckert hinter ihrer Scheibe mit wohlwollendem Brummen kommentierten.

»Uiuiui! Da fühlt sich aber einer ziemlich auf den Schlips getreten, was? Unser Großstadtbulle hat ihn voll aus der Reserve gelockt. Hätte gar nicht gedacht, dass ein Weichei wie er sowas hinkriegt«, spottete Beckert.

Drinnen im Vernehmungsraum zeigte sich Mader von Zieglers jähem Wutausbruch unbeeindruckt. Er hatte diesen schließlich absichtlich provoziert. Nun hatte er anschaulich demonstriert bekommen, dass die Aggressionsschwelle beim Verdächtigen recht niedrig lag.

Einer wie er könnte durchaus spontan ausrasten, wenn er von dem Subjekt seiner Begierde abgewiesen wird, besonders wenn Alkohol im Spiel ist. Aber der Brockenmord war sorgfältig vorbereitet worden, der Täter hatte Plastikschüsseln, Axt und Astsäge zur Verfügung, ein Konzept im Kopf. Es ist eher unwahrscheinlich, dass er sich all dieses Zeug erst nach der Tat auf dem Plateau zusammengesucht und die Inszenierung ersonnen hat.

Andererseits könnte er im Vorfeld erfahren haben, dass die Martens auf diese Feier gehen wollte, sie soll ja jedes Jahr dorthin gefahren sein. Daran könnte er sich erinnert haben, denn Stalker studieren ihre Opfer ja regelrecht. Bliebe dennoch die Frage offen: Wie hat er das ganze Tatwerkzeug auf den Berg mitgenommen, ohne aufzufallen?, sinnierte Mader.

»Wie oft soll ich es noch wiederholen! Ich habe niemanden umgebracht, sondern mich vollgesoffen! Die tote Tussi kannte ich gar nicht! Ihr könnt da oben gerne nachsehen gehen, vielleicht findet ihr noch Spuren meiner Kotze im Gras. Ich war in dieser verdammten Nacht garantiert zu nichts mehr fähig. Nach Weibern war mir erst recht nicht, die gehen einem eh nur auf den Geist«, schäumte Ziegler ironisch.

»Außerdem … was heißt hier, sexuell ausgehungert. Waren Sie schon mal im Knast? Da bleibt niemand lange ungeküsst«, fügte er mit einem sarkastischen Grinsen hinzu.

Es war an der Zeit für die totale Konfrontation.

»Wenn Sie in der fraglichen Nacht also nur ein volltrunkenes Unschuldslamm gewesen sein und die Martens nicht gekannt haben wollen, wieso fanden sich dann gleich mehrere Haare von Ihnen am Tatort? Direkt am Hexenaltar, wo das Opfer in seine Einzelteile zersägt wurde, auf eine ähnliche Weise wie Ihre Gattin damals?«

Ziegler wurde bleich, schnappte nach Luft.

»Das … das … weiß ich nicht, wirklich. Ich war derart knülle, dass ich mich nicht erinnern kann, wo ich überall herumgestolpert bin. Wahrscheinlich habe ich auf dem ganzen Plateau meine Haare hinterlassen, sie gehen mir seit ein paar Monaten aus. Ich kriege eine Glatze, genau wie mein Vater. Da schauen Sie!«

Ziegler fuhr sich mit einer Hand über den Oberkopf, hielt sie ihm anschließend unter die Nase. Tatsächlich hatten sich etliche Haare zwischen seinen Wurstfingern verfangen.

»Hören Sie … womöglich habe ich mich an dem Steinhaufen nur festgehalten, weil der Boden unter meinen Füßen schwankte. Das muss vor dem Mord gewesen sein. Keine Ahnung, was Sie von mir denken. Ja, ich bin ein verurteilter Mörder und ja, ich habe meine Alte damals in einige Stücke zerlegt. Aber nicht aus Spaß an der Freud', das dürfen Sie ruhig glauben. Das Miststück hat mich wahnsinnig gemacht, sodass ich ausrastete und einfach nur noch wollte, dass sie den Mund hält. Ich griff nach dem erstbesten Messer und stach in blinder Wut auf sie ein. Das war im Affekt, oder sowas wie Notwehr. Leider hat es mein saublöder Anwalt nicht geschafft, das Gericht hiervon zu überzeugen. Meine schwere Kindheit zählte auch nicht.

Ich war nach der Tat wie von Sinnen, realisierte erst nachdem das Adrenalin nachließ, was ich da gerade angerichtet hatte. In Panik überlegte ich nach dem ersten Schock, wo ich die Leiche verschwinden lassen könnte. Da fiel mir die Tiefkühltruhe im Keller ein. Ich wollte ihren Körper fürs Erste wegfrieren, um in Ruhe nach einem passenden Platz für das Begräbnis suchen zu können. Aber um ihren fetten Hintern in die Truhe zu kriegen, musste ich sie leider zerteilen. Eine rein praktische Überlegung war das gewesen.

Spaß hat mir die Sauerei keinen gemacht, die ekelhaften Bilder verfolgen mich manchmal bis heute noch in meinen Albträumen. Niemals im Leben hätte ich Bock auf eine Wiederholung«, sprudelte es aus Ziegler hervor. Er schüttelte sich, die dunklen Härchen auf seinen Armen stellten sich auf.

Echter Ekel oder Erregungsschauer, fragte sich der Kommissar, der die körperliche Reaktion bemerkt hatte. Als erfahrener Kriminalist wusste er, dass nonverbale Kommunikation manchmal die aussagekräftigere, ehrlichere Variante war.

»Wie sind Sie in der Walpurgisnacht eigentlich vom Berg heruntergekommen? Sie sind auf keiner der Überwachungskameras am Brockenbahnhof zu sehen«, wollte Mader wissen.

»Gar nicht. Ich habe in einem Geräteschuppen gepennt. Da drin fand ich einen Haufen alter Decken vor, die streng nach Öl rochen. Wegen dem Suff bemerkte ich anscheinend die Kälte nicht mehr, erst nach dem Aufwachen am nächsten Tag. Da bin ich dann mit steifen Gliedern hinunter nach Wernigerode gelaufen. Kohle hatte ich eh keine, alles versoffen.«

»Noch eine Frage. Nachdem Bensberger Sie rausgeworfen hat, waren Sie nach eigener Aussage stinksauer auf ihn. Wieso sind

Sie dann trotzdem wieder hingegangen und sogar ein zweites Mal dort eingezogen? Für mich erscheint das unlogisch. Und vor allen Dingen: Wieso glaubten Sie, nach dem Fahndungsaufruf stiften gehen zu müssen, wenn Sie doch angeblich unschuldig sind?«

»In der Gartenlaube war es beschissen kalt und feucht! Kein Klo, kein fließend Wasser, keinerlei Kochgelegenheit und keine Waschmaschine … wie hätte ich von dort aus mit anständigen Klamotten zu eventuellen Bewerbungsgesprächen gehen sollen, hä? Deswegen bin ich beim Bensberger also reumütig zu Kreuze gekrochen und habe ihm versprochen, dass ich ihm nachträglich ein paar hundert Euro für Kost und Logis bezahle, sobald ich einen Job gefunden habe. Erst nach dieser Ansage hat er mich gnädig wieder aufgenommen, die geldgeile Drecksau.

Und dann habe ich mein altes Foto in der Zeitung entdeckt, das war vielleicht ein Schock! Überlegen Sie doch mal logisch … ich wusste natürlich, wie ihr Polizisten tickt. Einmal der Täter, immer der Täter, nicht wahr? Ist man erstmal eingelocht, kann es ewig dauern, bis sich die Unschuld herausstellt, und ich wollte keinesfalls wieder in den Knast. Meine Sorge war berechtigt, wie sich jetzt zeigt!«

»Das alles kann ich Ihnen glauben – oder auch nicht. Für uns zählen in erster Linie Indizien, nicht irgendwelche Behauptungen. Sie waren nachweislich am Tatort, sind einschlägig vorbestraft und besitzen kein Alibi. Ein Motiv könnte man ebenfalls konstruieren, schließlich wurde Frau Martens jahrelang per Post von einem äußerst hartnäckigen Stalker namens Winnie belästigt. Ich weiß selbstverständlich, dass es für Insassen Mittel und Wege gibt, Post über Mittelsmänner aus dem Knast zu schmuggeln, um die Nachkontrollen zu umgehen.

Damit sind Sie dringend tatverdächtig, wir müssen Sie in U-Haft nehmen«, schloss Mader seine Vernehmung.

Ziegler stand der Mund offen, ihm zitterte die Unterlippe. In seinen Augen spiegelte sich nackte Angst. Er klappte psychisch zusammen, war offenbar nicht einmal mehr zu einem Wutausbruch fähig. Er schien im Grunde nur ein labiler, gebrochener

Mann zu sein, der inzwischen kaum mehr Belastungen ertrug. Für eine Weile gelang es ihm, den starken Mann zu markieren, doch damit war es nun offenbar vorbei.

»Ich habe niemanden belästigt oder ermordet. So glauben Sie mir doch«, protestierte Winnie schwach, als er abgeführt wurde.

Mader kamen erste Zweifel, ob gerade tatsächlich der gesuchte Täter in Handschellen aus dem Raum schlurfte. Der hässliche Fettsack machte eher den Eindruck einer armen Sau, mit der es das Leben nicht gut gemeint hatte.

*

Wernigerode, Frühsommer 2015

Zwei kräftige Männer bugsierten eine Naturholzkommode die Treppe des Wohnblocks hinunter, verluden sie zusammen mit weiteren Möbelstücken in ihren Kleintransporter. Winfried saß angespannt hinter einem hüfthohen Mäuerchen, das den Müllcontainerbereich vom Gehweg der Wohnanlage trennte, und beobachtete beunruhigt, wie der Haushalt seiner Angebeteten Stück für Stück aufgelöst wurde. Er besaß nach wie vor keinen Führerschein, also würde er nachher versuchen müssen, dem Umzugswagen mit seinem Fahrrad zu folgen.

Nun kam Alina selbst mit einem Karton die Treppe herunter, schwitzend, im hautengen Tanktop und Jeans. Das lange Haar trug sie mit einer Klammer hochgesteckt.

Da ist sie ja! Sie sieht mal wieder zum Anbeißen aus. Wo gehst du hin, Alina? Das kannst du mir nicht antun, darfst nicht einfach so aus meinem Leben entschwinden! Ich kann ohne dich nicht weiterleben.

Die bittersüße Erregung sorgte dafür, dass er einen beinharten Ständer bekam. Keine andere Frau dieser Welt wäre je in der Lage, sein Gefühlsleben derart zu beherrschen, schon gar nicht Elisabeth. Er durfte sie nicht verlieren, musste alles drangeben, ihre neue Adresse herauszufinden. Schon spielte er ernsthaft mit dem Gedanken, sich ein Taxi hierher zu rufen, um den Transporter auch wirklich bis zum Ziel verfolgen zu können. Doch dazu hätte er die genaue Abfahrtszeit kennen müssen … es war zum Auswachsen! Er durfte keinesfalls Aufsehen erregen, musste im Verborgenen bleiben. Zum Teufel damit!

Alina verschwand wieder im Haus, vermutlich, um den nächsten Karton aus ihrer Wohnung zu schleppen.

Mensch, das Zeug ist doch viel zu schwer für dich …

Dieser Gedanke bescherte Winfried spontan eine Idee. Er richtete sich kurzentschlossen zu voller Körpergröße auf und schlenderte gemächlich auf den Transporter zu, die vor Aufregung zitternden Hände in den Hosentaschen vergraben. So fiel wenigstens auch seine Latte niemandem auf.

Vor den geöffneten Ladetüren des Mercedes *Sprinter* blieb er stehen, markierte den Überraschten.

»Ach, *heute* war das? Mist … Frau Martens hatte mich gebeten, beim Umzug zu helfen und jetzt komme ich zu spät. Wissen Sie was? Geben Sie mir einfach die neue Adresse, dann helfe ich ihr nachher wenigstens beim Auspacken«, suggerierte Winfried.

Der Möbelpacker guckte skeptisch drein.

»*Wer* sind Sie nochmal?«

»Ein alter Freund, Alina kennt mich seit der Schule.«

»Ja, wenn das so ist … da kommt sie übrigens. Am besten soll sie Ihnen die Adresse gleich selber aufschreiben.«

Als Alina Winnie erkannte, verdüsterte sich ihre Miene sichtlich. Sie stutzte, blieb abrupt stehen.

»Irgendwas nicht in Ordnung?«, fragte der Möbelpacker.

»Doch, alles bestens. Machen Sie bitte einfach so weiter, dann schaffen wir nachher das Ausladen in … äh, am *neuen Wohnort* vielleicht noch bei Tageslicht.«

Gerade rechtzeitig hatte sie sich auf die Zunge gebissen.

Der Mann verschwand achselzuckend im Eingangsbereich des Mietshauses und Alina näherte sich Winfried um ein paar Meter, wahrte jedoch einen veritablen Sicherheitsabstand.

»Allie, ich … «, setzte er linkisch zu einer Erklärung an.

»Halt gefälligst den Mund, du Landplage! Denkst du, ich hätte nicht bemerkt, dass du mir ständig überall nachstellst? Ich habe die Nase jetzt endgültig voll. Sogar dieser Umzug geht letzten Endes auf deine Kappe.

Eines sage ich dir aber gleich. Falls du mich an meinem neuen Wohnort weiterhin verfolgen solltest, werde ich bei Gericht ein Näherungsverbot erwirken. Bislang habe ich das Ganze als nervige Marotte von dir abgetan, doch du hast wohl wirklich eine Vollmeise, bist ein bedauernswerter Fall für den Psychiater.

Ich sage es dir hier und heute zum letzten Mal im Guten: Lass mich gefälligst in Ruhe!«

Winfried fühlte sich mit der Situation total überfordert, stand sprachlos auf dem Gehweg. Ihr angewiderter Blick blieb hart. Er trollte sich wie ein geprügelter Hund, verließ den Schauplatz aufgewühlt, mit Tränen in den Augen.

Nach ein paar hundert Metern blieb er jedoch stehen, Trotz regte sich in seinem Inneren. Hatte sie das ernst gemeint? Aber nein, das konnte, durfte nicht möglich sein. Sicher flüchtete sie nur vor ihren starken Gefühlen für ihn, weil sie so übermächtig waren und ihr Angst einflößten. Genau, das musste des Rätsels Lösung sein!

Außerdem … er hatte heute mit der leibhaftigen Alina sprechen können, was schon seit Jahren nicht mehr der Fall gewesen war. Es war ihm immerhin gelungen, sie aus der Reserve zu locken, ihr heftige Emotionen abzunötigen – wenn auch die falschen. Aber egal. Liebe und Hass lagen bekanntlich sehr eng beieinander, das eine konnte sich leicht ins andere verkehren.

Die Selbstsuggestion wirkte wahre Wunder. Er kehrte auf dem Absatz um, nahm wieder seinen vorherigen Beobachtungsposten hinter dem Mäuerchen ein. So schnell wollte er nicht aufgeben. Er *würde* an ihre neue Anschrift kommen, koste es, was es wolle. Und zwar schon bald.

Ohne sie war er Nichts; sein gesamtes Universum drehte sich um Alina Martens, den Rest sah er nur als lästiges Beiwerk an – selbst seinen neuen Job, der ihm nach der jahrelangen Ausbildung erheblich mehr Lohn einbrachte.

*

Freitag, 10. Juni 2016

Der Vater von Christiane Weißholz entpuppte sich als belesener, ruhiger Mann. Auf die Minute genau erschien er bei Marit Schmidbauer, um seine Aussage zu machen.

Wehmütig stellte sie fest, wie sehr er sie an ihren eigenen Vater erinnerte, der bis zum Schlaganfall vor zwei Jahren ähnlich eloquent und pflichtbewusst gewesen war. Nun vegetierte er mit seinen dreiundsechzig Lebensjahren in einem Pflegeheim dahin, weil ihrer Mutter die Pflege des Schwerstbehinderten über den Kopf gewachsen war. Armer Papa. Sie konnte ihm nur wünschen, dass er von seiner unwürdigen Situation in geistiger Hinsicht nicht mehr viel mitbekam.

Marit schüttelte diese finsteren Gedanken ab, sonst wäre sie wieder melancholisch geworden.

»Danke, dass Sie gleich gekommen sind, Herr Weißholz. Ich hatte Ihnen ja am Telefon schon kurz gesagt, worum es geht. Vor allem bräuchten wir bitte die Kontaktdaten Ihrer Tochter.«

Wolfgang Karl Weißholz blickte freundlich über seine schmale Lesebrille hinweg, reichte der Polizistin einen Zettel mit den gewünschten Angaben. Er hatte alles fein säuberlich aufgelistet, sogar Christianes Geburtsdatum. Marit nahm kurz seine Personalien auf, reichte ihm den Reisepass über den Tisch.

»Sehr schön, dann können wir Ihre Tochter fürs Erste über das Internet befragen, so muss sie nicht extra herkommen. Nun aber erst einmal zu Ihnen. Kannten Sie die beste Freundin Ihrer Tochter und hatten Sie jemals Kontakt zu deren Freund Winnie?«

»Klar kannte ich die Allie. Sie hat oft genug bei uns zu Abend gegessen, war einmal sogar mit meiner Familie in Urlaub am Plattensee. Ein nettes Mädchen war das … na, etwas verschlossen vielleicht. Unsere Christiane war da ganz anders, aber man sagt ja, dass Gegensätze sich anziehen. Die beiden haben sich gegenseitig gutgetan. Meine Tochter hat diese scheue Allie ein wenig aus ihrem Schneckenhaus geholt und die sorgte wiederum dafür, dass Christiane nicht dauernd nur am Ausgehen und an Jungs interessiert war.«

»Eine dicke Mädchenfreundschaft also. Und wie passte da dieser Winnie ins Bild?«

Der silberhaarige Rentner schüttelte den Kopf.

»Überhaupt nicht, wenn Sie meine subjektive Meinung hören wollen. Um Ihre Frage von vorhin zu beantworten: Ich kannte ihn nicht persönlich und auch Christiane hat ihn nicht oft gesehen. Die wenigen Begegnungen hatten aber gereicht, eine starke Abneigung gegen die Missgeburt, wie sie ihn nannte, zu entwickeln. Oft hat sie angemerkt, dass sie nicht verstehen könne, wieso Allie mit diesem Kerl Zeit verschwende, anstatt sie mit ihr zu verbringen. Sie war bestimmt ein wenig eifersüchtig.«

»Und wieso hat sie ihn als Missgeburt bezeichnet?«

»Sie hielt ihn für zurückgeblieben, wenn nicht gar geistig behindert. Natürlich habe ich ihr gesagt, dass sie nicht so abfällig reden soll, aber dieser Ausdruck ist dennoch immer wieder gefallen. Kinder … stets ein wenig rebellisch, besonders in der Pubertät«, sagte Wolfgang Weißholz, versonnen lächelnd. Man fühlte, wie sehr er seine erwachsene Tochter liebte.

»Klar, mit mir war damals auch nicht gut Kirschen essen«, lachte Marit. Aber hat denn Allie nie über diesen Winnie erzählt, zum Beispiel während Ihres Familienurlaubs am Plattensee?«

»Nein, und das war mir stets ein großes Rätsel. Sie hütete ihn wie ein dunkles Geheimnis, wechselte sofort das Thema, wenn die Rede auf ihn kam. Mehr kann ich Ihnen leider nicht darüber erzählen, so seltsam das auch klingen mag.«

»Vielen Dank, Sie haben mir auch so sehr geholfen. Vielleicht kann mir Ihre Tochter noch ein paar zusätzliche Geschichten erzählen. Immerhin währte diese merkwürdige Form einer Jugendliebe mehrere Jahre«, verabschiedete sie den Zeugen und begleitete ihn hinaus.

Wenn alle Bürger so nett und hilfreich wären, würde die knifflige Polizeiarbeit erst richtig Freude machen, sinnierte Marit auf dem Weg zu Maders Büro.

Christiane Tramontin beantwortete die E-Mail der Kripo Wernigerode noch am selben Abend, und das sehr ausführlich. Sie fügte sogar eine Reihe von Anhängen bei. Es handelte sich um zwei Fotografien und sieben eingescannte handschriftliche Briefe, die sie als junges Mädchen von ihrer Freundin Alina Martens erhalten hatte. Ihr Vater musste sie wohl vorinformiert haben.

Marit druckte alles ungelesen aus, steckte jedes Blatt einzeln in Klarsichthüllen und legte diese, zusammen mit der Akte *Brockopath,* zuoberst auf den Schreibtisch ihres Chefs. Der war heute ausnahmsweise einmal pünktlich gegangen, weil seine Freundin Geburtstag feierte.

Schade, dass Bernd offenbar wieder in einer Beziehung lebt. Das wusste ich bislang gar nicht. Einer wie er würde mir auch gefallen. Na, morgen können wir zusammen den brisanten Posteingang sichten und Kaffee dazu schlürfen. Ich weiß, dass auch er morgen herkommen wird, obwohl er offiziell keinen Dienst hat. Das ist doch auch schon was … Ich sehe ihn vermutlich sowieso häufiger und länger als seine neue Flamme, tröstete sich die Polizistin. Aber ein wenig enttäuscht war sie trotzdem.

*

Samstag, 11. Juni 2016

Marits These hatte sich bestätigt. Gegen acht stand Bernd im Revierkommissariat auf der Matte. Unter Marit Schmidbauers Zimmertür leuchtete ein Streifen Helligkeit hervor, welcher von der Deckenbeleuchtung herrührte. Also war auch sie anwesend.

Mehr noch, auf seinem eigenen Schreibtisch wartete bereits eine dampfende Kaffeetasse und drunter klemmte ein Zettel, beschriftet mit Marits ordentlicher Handschrift:

Falls Du von der gestrigen Feier Kopfweh haben solltest – in meinem Zimmer gäbe es eine Wagenladung Aspirin.

Ein Goldstück von einer Kollegin. Dabei hatte er zuerst gar nicht herkommen wollen. Aber einerseits hatten seine Kinder momentan angeblich keinerlei Bock auf Besuchswochenenden und andererseits musste auch Julia heute im Baumarkt ranklotzen. Deswegen war das Essengehen mit anschließendem Besuch einer Cocktailbar am Vorabend nicht allzu sehr ausgeartet.

Maders Blick fiel als nächstes auf die Mailausdrucke. Er überflog den ersten und war sich gewiss, dass ihn der bislang ausgebliebene Kopfschmerz heute sicher doch noch ereilen würde. Er griff zum Telefon, tippte Marits Durchwahlnummer ein.

»Guten Morgen! Danke für den fürsorglichen Empfang. Falls du dann mal ein Stündchen Zeit hättest … ich glaube, diese Christiane Tramontin hat uns einen tiefen Einblick in Winnies skurrile Wesensart gewährt. Das Material ist unbezahlbar; gut, dass sie die Korrespondenz über so viele Jahre aufbewahrt hat. Du wirst Augen machen. Oder hast du die Briefe gestern noch durchgelesen?«

Marit verneinte wahrheitsgemäß und stand zwei Minuten später im Zimmer ihres Chefs. Sie schloss die Tür hinter sich.

»Weißt du, unter diesen Umständen kann Remmler die Soko doch nicht so bald auflösen, was mir ganz gelegen kommt. Wir brauchen mindestens eine Woche, um das alles hier zu sichten, Resümees daraus zu ziehen und eventuell weitere Zeitzeugen zu befragen. Ich glaube nämlich nach wie vor, dass der Schlüssel zur lückenlosen Aufklärung dieser Tat weit zurück in der Vergangenheit liegen muss«, empfing sie Mader.

»Gut möglich«, bestätigte die Kollegin und nahm erwartungsvoll auf der anderen Seite des Schreibtisches Platz.

Zuerst griff der Kommissar nach den beiden Fotografien. Sie zeigten zwei bildhübsche, etwa vierzehnjährige Mädchen, wie sie auf einer orangefarbenen Luftmatratze an einem Seeufer posierten. Die eine lächelte strahlend, das musste wohl Christiane sein. Die andere wirkte ein wenig schüchterner, hatte ihr langes hellblondes Haar zu einem dicken Zopf geflochten, der über ihre linke Schulter fiel und dessen unteres Ende ins Wasser hing.

»Das Bild ist am Südostufer des Plattensees aufgenommen, ich erkenne den kleinen Betonkiosk da hinten wieder. Dort gab es damals staubtrockene Wurstbemmen, Club-Cola und Sonnenöl der Marke *Alberna* zu kaufen, letzteres aber längst nicht immer. Tja, so war sie eben, die sozialistische Sommeridylle. Die hast du ja nicht mehr mitbekommen. Wenn ich mir die Bilder intensiv genug ansehe, kann ich das Zeug glatt noch heute riechen, obwohl *Alberna* natürlich schon seit einer Ewigkeit aus den Regalen verschwunden ist.

Zu jener Zeit war ein jeder DDR-Bürger in der Sommerfrische damit eingeschmiert, da gab es kein edles Delial oder Biz Buin wie im dekadenten Westen zu kaufen. Aber häufig ist in der sozialistischen Planwirtschaft der Nachschub ausgegangen, und dann musste man mit Sonnenbränden leben oder auf die ungarische Marke mit dem unaussprechlichen Namen zurückgreifen, die *noch* chemischer roch und Pickel verursachte. Frag mich aber bitte nicht, wie das Zeug geheißen hat«, lachte Mader träumerisch. Er wirkte glatt ein wenig sentimental.

Das zweite Bild zeigte die Mädchen, wie sie an einem Klapptisch Karten spielten, umringt von rot- und blaugestreiften Sonnenschirmen unter wolkenlosem Himmel. Im Hintergrund war eine bräunliche Wasserfläche zu erkennen. Diese Fotografie war wohl im selben Urlaub aufgenommen worden.

Bestimmt stammten die Dinger aus dem VEB Altenburger Spielkartenfabrik, sinnierte Mader, der seine Kollegin nicht mehr mit Erinnerungen an seine eigene Jugend samt FDJ-Ferien am Balaton langweilen wollte. Ansonsten hätte er womöglich auch noch von täglichen Raufereien mit ungarischen Jungs erzählt, die für ihn nicht immer siegreich ausgegangen waren. Besonders die Zigeuner waren recht brutal gewesen.

»Schade, dass der ominöse Winnie da nirgends mit abgebildet ist. Sonst hätte man sein Jugendbild mit dem von Ziegler vergleichen und sich Gewissheit holen können, dass es sich um ein und dieselbe Person handelt. Der Typ war vermutlich schon damals ein Phantom, was ja auch Christianes Vater bestätigt hat. Nur für eine einzige Person war er scheinbar ständig präsent, bis hin zur Schmerzgrenze, und das war Alina Martens«, bemerkte Mader stattdessen.

Er war bereits dabei, einen der Briefe zu lesen. Denjenigen aus Prag, den Alina im Sommer 1986 an ihre zu Hause gebliebene Freundin geschickt hatte.

»Ach, du Schande … was für ein besitzergreifender Psychopath! Da, lies selber«, bemerkte Mader, als er das Blatt an Marit weiter reichte. Er schnappte sich sogleich den nächsten Brief, einen zweiseitigen diesmal. Eine Passage daraus las er vor.

»Heute ist Winnie regelrecht ausgerastet, hat mich mit seinem Körper in eine Ecke gedrängt. So wütend habe ich ihn noch nie erlebt. Und das alles bloß, weil er gesehen hat, wie ich mich mit einem Jungen aus meiner Klasse unterhalten habe. Er will mich unter Kontrolle halten, so als wäre ich sein Eigentum.

Weißt du, Christie, irgendwo mag ich ihn immer noch gerne und bringe Verständnis für seine komische Art auf, weil er es zu Hause alles andere als leicht hat. Er spricht zwar niemals darüber, aber irgendwo müssen seine körperlichen und seelischen Verletzungen ja herrühren.

Heute habe ich zum ersten Mal richtig Angst vor seinem Zorn, seiner flammenden Eifersucht gekriegt. Ich muss diese einseitige Freundschaft beenden, hätte es wahrscheinlich schon längst tun müssen. Aber ich weiß nicht, wie ich das anstellen soll. Ich befürchte wirklich, er könnte sich etwas antun.«

Marit ließ hörbar die Luft aus ihrer Lunge entweichen.

»Das Mädel muss also schon als Jugendliche ziemlich unter Druck gestanden haben, und das alles wegen diesem Winnie. Sie spricht auch kurz an, dass er daheim Prügel bezogen hat. Unser Winfried Ziegler erwähnte bei der Vernehmung neulich doch seine angeblich schwere Kindheit, nicht wahr? Für mich ist das ein weiterer Hinweis, dass er genau dieser Winnie sein könnte.«

»Sehe ich auch so. Mit jeder neuen Information zieht sich die Schlinge um seinen Hals ein Stück enger zusammen«, brummte Mader zustimmend. »Das Ganze hat nur einen großen Haken: Wir müssen das beweisen können und die Christiane Tramontin schreibt da in ihrer Mail, dass sie den Nachnamen von Winfried nicht kennt. Alina hat ihn angeblich nie erwähnt, genauso wenig wie seine Wohnadresse oder sonstige Details. Sie weiß nicht einmal, ob die beiden damals Klassenkameraden waren oder sich vom Schulhof kannten. Winfried Ziegler jedenfalls ging in dieselbe Schule wie Alina, das hat Schröck schon eruiert.«

»Kein Wunder, dass Alina sich da bedeckt hielt. Winnie war ihr dunkles Geheimnis, ihr Schatten, den sie nicht mehr abschütteln konnte. Die Bekanntschaft zu so einem Kerl ist zweifellos peinlich, doch von Winnie lassen konnte oder wollte sie eben auch nicht. Eine echte Zwickmühle, eine kranke Hassliebe, ein gegenseitiges Abhängigkeitsverhältnis – irgendetwas in der Art muss es gewesen sein. Vielleicht hat sie sich früher zwischendurch mit ihm abgegeben, um ihn eine Zeit lang ruhig zu stellen, bis ihr eben der Geduldsfaden riss. Alina Martens ist in der Walpurgisnacht anscheinend ihre soziale Ader zum Verhängnis geworden«, schlussfolgerte Marit.

»Es ist genau wie bei Goethes Zauberlehrling: Die ich rief, die Geister, werd' ich nun nicht los.«

Gebildet ist sie also auch noch. Wo ist der Haken bei dieser Frau, wieso hat sie keinen Freund?

»Sehr schön rezitiert. Mit Goethe schließt sich auch der Kreis, der soll ja andauernd am Brocken rumgehangen sein. Und genau dort hat das leidige Drama rund um Winnie und Alina seinen letzten Akt erhalten. Eine krasse, wenn auch mutmaßlich zufällige Parallele.«

Sie sichteten weiter die Briefe. Einen davon hatte das Mordopfer erst vor rund einem Jahr an Christiane geschickt. Darin war die Rede von Stalking, Beratungen beim Rechtsanwalt und einem vergeblichen Umzug nach Bad Harzburg. Winnie hatte die neue Anschrift innerhalb kürzester Zeit herausgefunden und sie auch dort wieder mit Briefen bombardiert, wenn auch etwas sporadischer.

»Ich habe jetzt einen festen Freund und möchte nicht, dass sich Winnie in diese Beziehung drängt. Wenn er nicht allmählich aufhört, mir nachzustellen, muss ich wohl oder übel doch zur Polizei gehen und ihn anzeigen. Ich halte ihn mittlerweile für einen gefährlichen, unberechenbaren Mann, auch wenn ich ihn schon seit einer Ewigkeit kenne. Man weiß schließlich nie, wozu beschädigte Menschen wie er fähig sind«, las Mader mit hochgezogenen Augenbrauen vor und ließ das Blatt sinken.

»Also hat sie sogar schon damit gerechnet, dass er ihr was antun könnte!«

Er kratzte sich nachdenklich am Kopf.

»Aber *ein* Mosaiksteinchen könnte nicht recht ins Bild passen. Ziegler saß doch seit vielen Jahren im Gefängnis, wie will er von dort aus ihre Adresse herausgefunden oder ihr gar persönlich nachgestellt haben?«

Marit rieb sich die Augen, streckte sich dekorativ. Mader bemerkte, wie sich ihre festen Brüste gegen den dünnen Stoff der Bluse drückten.

»Da steht kein Wort darüber, ob er sie *persönlich* verfolgt hat, also mit körperlicher Anwesenheit. Was, wenn Ziegler draußen einen befreundeten Helfer beschäftigte oder jemanden aus seiner Knastbruderschaft dazu benutzte, die Adresse zu ermitteln und seiner desinteressierten Jugendliebe die Hölle heiß zu machen? Alte Zellenkumpels, die früher auf freien Fuß gekommen sind, tun sowas manchmal aus Loyalitätsgründen, ist ja nichts Neues. Zumindest die vage *Möglichkeit,* dass es so gewesen sein könnte, sollten wir nicht außer Betracht lassen und deswegen unbedingt in diese Richtung weiterermitteln«, kombinierte Marit achselzuckend.

»Hast Recht. Diese Briefe konnten nicht gerade dazu beitragen, Winfried Ziegler zu entlasten. Wir haben ohnehin keinen weiteren Verdächtigen mehr, nachdem Król als Täter mit hoher Wahrscheinlichkeit ausgeschieden ist«, nickte Mader seufzend.

Der Verdacht gegen ›Winnie‹ schien sich mit jedem verblichenen Buchstaben aus Alinas Feder zu erhärten und genau das schrieb der Kommissar am Ende dieses Tages in den Bericht an seinen Vorgesetzten Walter Remmler. Etwas anderes hätte der alte Sturkopf ohnehin höchstens sehr widerwillig akzeptiert. *Sein* Revier hatte den Brockenmörder in U-Haft genommen, einen Fahndungserfolg erzielt – und damit basta.

*

Winnie war außer sich. Die Liebe seines Lebens hatte die Stadt verlassen; schlimmer noch, sie war in den Westen der Republik verzogen. Nicht nur, dass sie es ihm damit erschwerte, sie so häufig wie bisher zu sehen … wie konnte man nur seine Wurzeln verleugnen und sorglos einen auf Wessie machen? Ausgerechnet nach Bad Harzburg war sie gegangen, dorthin, wo sich früher die Republikflüchtigen versammelten. Wie oft hatte sein Vater beim Abendessen in der Familie darüber gewettert, dass man dieses verdammte Nest eigentlich ausräuchern sollte.

Immerhin, es war ihm durch einen Zufall gelungen, ihre Adresse herauszufinden. Das Schicksal hatte offenbar ein Einsehen mit seinen Seelennöten gehabt und es so eingerichtet, dass er sie nicht aus den Augen verlor. Obwohl er sie seit Wochen nicht zu Gesicht bekommen hatte, war seine Sehnsucht nach ihr ungebrochen. Er nahm diese Tatsache als weiteren Hinweis darauf, dass diese Frau für ihn und niemanden sonst bestimmt war.

Alina hatte in der *Volksstimme* ein Inserat geschaltet, weil sie ihre alte Waschmaschine loswerden wollte. Ausgerechnet Winnies Arbeitskollege hatte sie für einen Apfel und ein Ei gekauft und anschließend an ihrer neuen Anschrift abgeholt. Nach dem morgendlichen Rapport beim Fahrdienstleiter hatte er ausgiebig von der schönen blonden Verkäuferin geschwärmt. Winnie war hellhörig geworden, hatte ihm ein paar gezielte Fragen gestellt – und schon hatte er überprüfen können, ob es sich bei der attraktiven Frau wirklich um Alina handelte.

Am folgenden Tag hatte er sich auf der Arbeit krankgemeldet, war nach Bad Harzburg gefahren und hatte sich Gewissheit verschafft. Ihr Anblick und die freudige Erregung darüber, dass seine Angebetete doch nicht aus seinem Leben verschwunden war, hatten ihm in einem Gebüsch der nahen Grünanlage einen unvergesslichen Orgasmus sowie eine besudelte Unterhose beschert.

Das Telefon klingelte, riss ihn unsanft aus seinen Gedanken.

»Schaaatz, dein Chef ist dran! Er will wissen, ob es dir besser geht und du morgen wieder zur Arbeit kommst«, vernahm er Elisabeths piepsige Stimme. Sie schnitt tief in seinen Tagtraum und ließ die kunterbunte Seifenblase der Sehnsucht unbarmherzig platzen. Anstatt der süßen, schlanken Alina stand ihm seine unförmige Alte vor dem geistigen Auge, angetan mit ihrer unvermeidlichen Küchenschürze, die er so sehr an ihr hasste.

»Sag' ihm, ab übermorgen kann er wieder mit mir rechnen«, brüllte er unwillig in Richtung Küche.

Seine Frau gehorchte, kam nach dem Telefonat angewatschelt.

»Ich wusste ja gar nicht, dass du krank bist, dachte du hättest Urlaub. Warst du beim Arzt? Was fehlt dir denn?«

»Nichts, was dich interessieren müsste. Und jetzt lass mich gefälligst in Frieden, geh' mir nicht auf die Nerven. Kümmere dich lieber um die Mädchen, die kommen bald aus der Schule. Ich gehe heute Nachmittag am Berg wandern und kehre frühestens abends zurück, vielleicht aber auch erst morgen«, entgegnete er unwirsch.

»Wandern, dort oben? Bei diesem Sauwetter? Da holst du dir doch erst recht den Tod«, hakte Elisabeth skeptisch nach.

Winfried fühlte, wie sein Adrenalinspiegel exorbitant anstieg. Was stellte dieses dämliche Weibsbild neuerdings ständig unbequeme Fragen? Wohin gehst du, was machst du, warum kümmerst du dich nie um die Kinder … er würde ihr bald mal wieder einbläuen müssen, wer hier der Mann im Hause war und die Brötchen verdiente.

Elisabeth spürte, dass es besser für sie war, jetzt den Mund zu halten. Die Erinnerung an die letzte Abreibung haftete noch zu frisch in ihrem Gedächtnis. So verschwand sie wortlos in der Küche und beobachtete lediglich aus den Augenwinkeln, wie ihr Gatte in wetterfesten Stiefeln, gekleidet mit schwarzer Wollmütze und seinem Regenparka, auf dessen linkem Ärmel ein provokantes Emblem aus der ehemaligen DDR aufgenäht war, grußlos aus der Wohnungstür entschwand. Ihre Tränen waren schon lange versiegt, und so fühlte sie lediglich eine schmerzhafte innere Leere, die tonnenschwer auf ihrer Seele lastete.

Winfried Hornschuch atmete tief durch, als er endlich die letzten Häuser Wernigerodes hinter sich gelassen hatte. Er liebte es, der bedrückenden Enge von Menschenansammlungen für einige Zeit entfliehen zu können, sog den aromatischen Geruch nasser Kräuter genüsslich in seine Lungen. Das satte Grün der Pflanzen wirkte bei Regen intensiver, entfaltete seine volle Pracht.

Wenn es stürmte, regnete, schneite oder Nebel die Landschaft verschluckte, dann fühlte er sich in seinem Element. Wann immer andere Leute lieber zu Hause in ihren vier Wänden blieben, zog es ihn mit aller Macht nach draußen. Er stellte sich bei seinen Alleingängen am Brocken gerne vor, dass er und Alina alleine auf der Welt wären und, dass sie zu Hause voller Ungeduld auf ihn, den Hartgesottenen, wartete. Solche seltenen Tage, die er im Kampf gegen die Elemente verbrachte, bauten Spannungen in seinem Inneren ab, er konnte seine Dämonen hinterher besser in Schach halten. Und das war momentan verdammt nötig, weil seine Liebste ihn bitter enttäuscht hatte.

Etwas Unberechenbares drohte die hauchdünne Membran zu durchstoßen, die das grauenvolle Etwas in seinem Inneren verborgen hielt.

Ausgerechnet nach Bad Harzburg … mein unbefleckter Engel ist gefallen, hat ein Tabu gebrochen, dachte er wütend, während er mit festem Schritt über die unwegsamen Pfade stapfte. Er kannte die Harzregion wie seine Westentasche, daher fiel es ihm leicht, die Bahntrasse weiträumig zu umgehen. Es hätte sonst bei den Kollegen womöglich Fragen aufgeworfen, wieso er zwar krankgemeldet, aber trotz Sturm und Platzregen hier zu Fuß unterwegs war. Auf Kalamitäten dieser Art verspürte er keine Lust.

Er erreichte das verwaiste Plateau nach einer mehrstündigen Wanderung von der Rückseite her, wo ihn vom Bahnhofspersonal garantiert niemand sehen konnte. Er blieb im stürmischen Wind stehen und überlegte, dann steuerte er auf kürzestem Wege das Brockenhotel an, das im einstigen Fernsehturm untergebracht war. Auch wenn es ihm im Grunde um das Geld für die Übernachtung leidtat, er brauchte dringend eine Auszeit. Musste überlegen, wie es mit ihm und Alina weitergehen sollte. Hier oben, ganz in der Nähe, hatte Vater mehr als sein halbes Leben verbracht, und hier wollte *er* neue Kraft tanken.

An der Rezeption ignorierte er die verwunderte Frage, ob er denn ohne jegliches Gepäck angekommen sei, und bezog wenig später ein Doppelzimmer im sechsten Stockwerk.

Noch bevor er sich seiner pitschnassen Kleidung entledigte und sie zum Trocknen über den Heizkörper hängte, fingerte er sein Lieblingsfoto von Alina aus der Innentasche seines Parkas, legte es behutsam, geradezu zärtlich, auf die Bettseite am Fenster. Diese Nacht würde ihm und ihr gehören, wenn auch nur in seiner ausschweifenden Fantasie.

*

Mittwoch, 22. Juni 2016

Maders Soko *Brockopath* existierte immer noch. Es war ihm gelungen, seinen Vorgesetzten von der fortbestehenden Notwendigkeit in diesem kniffligen Fall zu überzeugen. Die fünf Beamten hatten nach wie vor alle Hände voll damit zu tun, möglichst viele Indizien zusammenzutragen. Diese sollten Zieglers Täterschaft für den Staatsanwalt hinreichend wahrscheinlich machen, damit er den Prozess eröffnen konnte. Der Druck der Öffentlichkeit hatte nach Zieglers Inhaftierung merklich nachgelassen, aber relative Gewissheit, dass der Richtige in Haft saß, würde es eben erst nach der Urteilsverkündung geben. Und dieser Tag lag noch in weiter Ferne.

Mader hegte insgeheim zwar immer noch latente Zweifel an Zieglers Täterschaft, einige Details erschienen ihm ungereimt – aber mangels anderer Verdächtiger hatte auch er sich notgedrungen auf ihn einschießen müssen.

Die Interviews der vergangenen Tage schienen den Verdacht noch weiter zu erhärten. Sowohl Zieglers älterer Bruder Conrad als auch seine jüngere Schwester Gerda hatten kein gutes Haar an ihm gelassen, und das beileibe nicht nur wegen des Mordes an seiner Ehefrau.

Es war die Rede darauf gekommen, dass er als Zehnjähriger Haustiere gequält hatte und auch sonst ein deutlicher Hang zum Sadismus zutage getreten war, der den ratlosen Eltern damals große Sorgen bereitet hatte. Conrad Ziegler hatte Jablonski sogar eine große Narbe an seiner Schläfe gezeigt und erzählt, dass Winfried ihm als Zwölfjähriger ohne besonderen Anlass einen kantigen Stein an den Schädel geworfen habe. Die Platzwunde habe stark geblutet und er sei bewusstlos geworden, aber Winnie sei einfach lachend davongelaufen und habe ihn auf der Wiese hinter dem Haus seinem Schicksal überlassen.

»Wenn meine Mutter mich nicht rechtzeitig gefunden hätte, würde ich heute nicht vor Ihnen sitzen. Ja ja, der Winnie … der war immer schon das schwarze Schaf der Familie. Leider hat ihn niemand zum Psychiater geschickt. Wir machen uns heute noch Vorwürfe, dass wir nicht bemerkt hatten, wie es um seine Ehe stand. Aber wie hätten wir ahnen sollen, dass er meine Schwägerin in einem abartigen Blutrausch killen wird? Glauben Sie mir, unsere Eltern sind vor Gram über ihren missratenen Sohn krank geworden und viel zu früh gestorben«, hatte Conrad voller Verbitterung Jablonski berichtet.

Beckert hatte in der JVA einige Ermittlungen angestellt. Zieglers Zellengenosse beschrieb ihn als verschlossenen, leicht reizbaren und total unberechenbaren Unsympathen, dem alles zuzutrauen sei. Knastschlägereien, blutige Aufnahmerituale, Demütigung von Neuzugängen … überall hatte Winnie sich mit besonderer Brutalität und Machtgeilheit hervorgetan. Von seiner Wenigkeit habe der beknackte Wichser die Finger gelassen, aber vermutlich nur vorsichtshalber, weil er einen Kopf größer sei.

»Als ich in der Glotze vom Brockenmord gehört habe, musste ich gleich an Winnie Ziegler denken. Und so ging es nicht nur mir, der Verdacht war tagelang Thema bei uns. Sogar die Schließer unterhielten sich darüber«, sagte der muskulöse Hüne aus.

Allerdings, und das bereitete Mader massives Kopfzerbrechen, wusste auch der Zellengenosse angeblich nichts von irgendwelchen Briefen und nie war der Name Alina gefallen. Die Aussage hatte laut Beckert glaubhaft gewirkt.

Vielleicht war Winnie zu blöd, die schmalzigen Texte selber zu formulieren, und hat das komplett einem Mittelsmann seines Vertrauens außerhalb der JVA überlassen. Man denke an Cyrano de Bergerac, überlegte der Kommissar.

Wieder so ein Puzzleteil, das man nur mit Gewalt an Ort und Stelle hämmern konnte. Passte es überhaupt ins Bild? Die Theorie lag zumindest im Bereich des Machbaren, und daher akzeptierte er sie am Ende doch. Die genauen Umstände würden sich im Prozess sicher noch herauskristallisieren. Polizisten konnten nur nach bestem Wissen und Gewissen ermitteln und der Justiz einen mutmaßlichen Täter liefern; dessen Schuld *beweisen* musste hinterher das Gericht.

Und dennoch … vage Zweifel blieben hartnäckig an Maders erprobtem Kriminalisten-Verstand haften.

*

Wernigerode, Herbst 2015

Fahrdienstleiter Zimmermann beschloss notgedrungen, noch einmal Gnade vor Recht ergehen zu lassen. Es war für private Eisenbahnunternehmen wie dieses schließlich alles andere als einfach, zuverlässige Lokomotivführer zu finden. Und der Delinquent, der gerade vor ihm saß, *war* zuverlässig, funktionierte wie ein Schweizer Uhrwerk – nur dass er eben eine unfreundliche Art an sich hatte, mit der er zuweilen Touristen verärgerte.

»Aber man muss doch was sagen dürfen, wenn manche Leute sich nicht benehmen können! Das ist ein Naturschutzgebiet, in dem andere Menschen sich erholen wollen, und diese asozialen Typen haben am helllichten Tage herumgegrölt und Wodka aus der Flasche gesoffen«, echauffierte sich Winnie.

»Es ist nicht Ihre Aufgabe, wildfremde Leute zu besserem Verhalten zu erziehen. Achten Sie lieber auf Ihr eigenes und tun Sie das, wofür wir Sie eingestellt und ausgebildet haben. Bringen Sie unsere Fahrgäste sicher und pünktlich hinauf und hinunter, das reicht vollkommen. Falls einer zur echten Gefährdung wird, machen Sie Meldung und wir kümmern uns drum. Sie wissen doch ganz genau, wie das zu laufen hat. Man bezeichnet keinen Fahrgast als zurückgebliebenen Suffkopp, unter gar keinen Umständen!«, konterte der Fahrdienstleiter.

»Ganz wie Sie meinen«, sagte der Lokführer mit verkniffener Miene. »Erst hat der Kommerz diesen ehrwürdigen Berg erobert, jetzt wird mieses Benehmen salonfähig … mal sehen, was da oben als Nächstes kommt.«

»Sie jedenfalls nicht mehr lange, wenn Sie nicht bald umdenken und einfach das tun, was von Ihnen verlangt wird«, entgegnete Hofer süffisant. »Und jetzt gehen Sie mir besser sofort aus den Augen, bevor ich es mir anders überlege und im Personalbüro doch noch anrege, dass Sie gefeuert werden.«

Aufgeladen wie ein Umspannwerk traf Winnie nach dem Dienst zu Hause bei seiner Familie ein. Elisabeth erschrak, als sie seiner ansichtig wurde. Sie kannte diesen starren, leicht irren Blick zur Genüge. Wenn ihr Gemahl den aufsetzte, reichte ein falsches Wort, die kleinste Unregelmäßigkeit, und sein angestauter Zorn würde sich entladen. Daher schickte sie ihre Töchter gleich nach dem Abendessen zum Lernen auf ihr gemeinsames Zimmer, damit zumindest *sie* ungeschoren davonkamen. Sie selbst versuchte, innerlich bibbernd, ihm aus dem Weg zu gehen – doch genau das wollte er keinesfalls dulden. Sein Frust brauchte dringend ein Ventil. Er kam ihr im Stechschritt hinterher, packte sie an den Schultern. Sie zuckte zusammen.

»Weshalb verlässt du das Zimmer, sobald ich hereinkomme? Verhält sich so eine anständige Ehefrau? Du solltest kooperativer sein, wenn ich nach einem schweren Arbeitstag nach Hause zurückkehre. Andere Frauen würden mir die Füße küssen, wenn sie, wie du faules Stück, zu Hause auf der Couch hocken bleiben könnten«, zog er in abwertendem Ton vom Leder.

»Ich … «, wollte Elisabeth kleinlaut einen Satz beginnen.

»Siehst du? Ich, ich und nochmal ich. Ja, das kannst du, immer nur auf *deine* Bedürfnisse sehen, anstatt den Pflichten im Haushalt und bei der Kindererziehung nachzukommen. In der Wohnung sieht es aus wie bei Hempels unterm Sofa, sogar die Tassen vom Frühstück stehen noch in der Spüle!«, schrie er sie an.

Er griff nach einer davon, zerschmetterte sie am Küchenhängeschrank. Als sie sich weinend bückte, um die Scherben aufzuheben, trat er ihr ins Kreuz. Sie stürzte vornüber, verletzte sich am Handgelenk. Sie rappelte sich hoch. Schniefend wickelte sie ein Küchentuch aus Papier um die blutende Schnittwunde.

»Und was hast du da wieder für teures Zeug eingekauft? Ich habe dir schon tausendmal gesagt, dass Tücher aus Papier nichts taugen! Meine Mutter hat noch Taschentücher und Wischtücher aus Stoff benutzt. Die kann man nass in der Sonne bleichen, um Blutflecken herauszubekommen. Wozu haben wir einen Balkon auf der Südseite? Aber selbst dazu bist du noch zu blöd«, wütete er, hämisch grinsend.

Elisabeth hockte sich wimmernd in eine Ecke und versuchte, ihren Kopf mit den Armen zu schützen. Sie wusste nur zu gut, was nun nachfolgen würde. In all seiner Unberechenbarkeit war ihr Ehemann in dieser Hinsicht leider berechenbar. Die sieben und acht Jahre alten Töchter verkrochen sich schluchzend unter der Bettdecke. Barbara, die Ältere, betete darum, dass ihr Vater Mama wenigstens nicht totschlagen möge.

Zwei Tage nach der Abreibung war die Familie bei Elisabeths Eltern eingeladen. Ihre Mutter feierte einen runden Geburtstag. Winnie ließ sich entschuldigen; er war an diesem Nachmittag zum Dienst eingeteilt, was ihm allerdings durchaus gelegen kam. Familienfesten ging er grundsätzlich lieber aus dem Weg.

Nach dem Kaffeetrinken übernahm Elisabeth den Abwasch, krempelte die Ärmel ihrer weißen Festtagsbluse hoch. Ihr Vater erschien, um das Geschirr abzutrocknen, damit seine Frau sich an ihrem Ehrentag den Gästen widmen konnte. Dabei fiel sein Blick zufällig auf die flächigen Hämatome an Elisabeths Unterarmen und das große Pflaster am Handgelenk.

»Um Himmels willen, Kind! Was ist dir denn Schlimmes passiert, hast du einen Unfall gehabt?«, fragte er besorgt.

Sie wich seinen forschenden Augen aus und ihm fiel plötzlich auf, wie verhärmt und blass das Gesicht seiner Tochter aus der Nähe wirkte. Natürlich hatte er seit längerer Zeit mitbekommen, dass ihre mädchenhafte Fröhlichkeit verschwunden war, aber er hatte diese Wesensänderung dem Mutterstress zugeschrieben. Lisa war jetzt eben *kein* Mädchen mehr, sondern eine verheiratete Frau mit einer Vielzahl an täglichen Pflichten.

»Ach wo, mach dir wegen der paar Schrammen keine Sorgen. Ich trug am Donnerstag einen Wasserkasten die Treppe hinauf und fiel auf den Stufen hin. Es gab einen Haufen Scherben und ich Dussel habe beim Aufstehen voll hineingelangt«, schwindelte Elisabeth. Als gläubige Christin verabscheute sie zwar jegliche Form der Lüge, aber was hätte sie anderes tun sollen? Die reine Wahrheit hätte sie höchstens in neuerliche Schwierigkeiten mit Winfried gebracht.

Klaus Hornschuch wurde jetzt gleichwohl erst recht stutzig, weil seine Tochter noch immer jeglichen Blickkontakt vermied und stattdessen krampfhaft vor sich auf das Wasserbecken starrte. Mit fahrigen Bewegungen und viel zu viel Druck bearbeitete sie das filigrane Geschirr mit der Spülbürste. Da stimmte etwas nicht, kein Zweifel.

Er taxierte mit Adleraugen ihren Nacken, ihre Unterschenkel. Kein Zweifel, auch dort befanden sich blaue Flecke, die sie mit einem Seidentuch und Feinstrümpfen zu verbergen suchte.

»Elisabeth, du sollst nicht lügen. Ich bin dein Vater, du schuldest mir schon deswegen die Wahrheit. Du kannst mir selbstverständlich vertrauen. Hat Winfried dich geschlagen?«

Sie schüttelte trotzig den Kopf, wirkte aber äußerst unglücklich. Das bestätigte seinen Verdacht. Er wusste noch aus der Kinderzeit, wie schlechtes Gewissen bei ihr aussah.

»Entschuldige bitte, aber das nehme ich dir nicht ab. Du hast Angst vor ihm, nicht wahr? Dann müssen wir das bei der Polizei anzeigen, damit man dich vor den Brutalitäten deines Ehemannes schützt. Gewiss, die Ehe ist heilig – aber zu Brei schlagen lassen musst du dich deswegen nicht. Körperverletzung ist nach dem Gesetz strafbar. Du kannst gerne mit den Kindern zu uns ziehen, bis die Sache geklärt ist.«

Elisabeth riss den Kopf herum. Ihre Augen waren weit aufgerissen, blanke Angst stand darin.

»Vater, bitte … das darfst du nicht tun. Ich … ich wollte doch nicht … nein, Winnie würde total ausrasten … !«

Sie brach in Tränen aus und der evangelische Pfarrer nahm seine Tochter in den Arm, damit sie sich an seiner Schulter ausheulen konnte. Elisabeth klammerte sich an ihn wie eine Ertrinkende, schluchzte den Hemdkragen pitschnass. Die Dämme der Selbstbeherrschung barsten nun vollends, ihre aufgestaute Verzweiflung brach sich mit aller Macht Bahn.

Als seine Frau Dorothea in die Küche geschlendert kam, um die beiden Abtrünnigen wieder an den Geburtstagstisch zu holen, schickte er sie mit vielsagenden Gesten und Blicken weg. Sie verstand, entfernte sich jedoch höchst widerwillig und in großer Sorge. Ihre Geburtstagslaune war jedenfalls unwiederbringlich dahin und die Schuld hierfür rechnete Pfarrer Hornschuch nun ebenfalls seinem obskuren Schwiegersohn an, der sich offenbar zu einem Frauenschläger gemausert hatte.

Er mochte ihn von Beginn an nicht besonders leiden, doch nun musste er aufpassen, dass er die Nächstenliebe halbwegs aufrechterhalten konnte, wie es sich für einen Christen gehörte. Es fiel manchmal recht schwer, auch die andere Backe hinzuhalten – vor allem wenn es um sein geliebtes Kind ging.

»Gut, dann lassen wir die Polizei aus dem Spiel, ich respektiere deine Bedenken. Aber eines musst du mich für dich tun lassen. Ich werde mit Winfried sprechen, während du und die Kinder aus der Schusslinie seid. Ihr bleibt einfach ein paar Tage bei uns, bis er sich abgeregt hat, okay? Ihr könnt in deinem ehemaligen Kinderzimmer schlafen, wir haben aufblasbare Gästebetten auf dem Dachboden. Die tun es für ein paar Tage.«

»Ach, Papa … du kennst ihn nicht … «, versuchte Elisabeth zu intervenieren.

»Keine Widerrede. Ich rufe ihn nachher an, wenn die anderen Gäste gegangen sind. Da sage ich ihm, dass wir dich und unsere

Enkelkinder noch ein Weilchen bei uns behalten möchten, weil wir uns in letzter Zeit so selten sehen. Morgen fahre ich hin und rede mit ihm. Es muss doch eine vernünftige Lösung für eure Eheprobleme geben.«

Elisabeths Proteste verhallten ungehört, ihr Vater war längst in Gedanken bei diesem wichtigen Gespräch. So blieb ihr nichts anderes übrig, als mit den beiden Töchtern bis auf weiteres ihr altes Zimmer im Elternhaus zu beziehen.

Am übernächsten Tag kam das Treffen mit Winfried zustande. Der gab sich lammfromm und heuchelte Verständnis, dass seine Familie ein paar Tage im Haushalt der Großeltern verbringen wollte. In Wirklichkeit konnte er sehr genau abschätzen, was der Grund für den Besuch seines Schwiegervaters sein mochte.

Die beiden Männer tauschten zunächst ein wenig Smalltalk aus und Winfried erzählte von seinem Job als Lokomotivführer, aber danach kam Klaus Hornschuch ohne weitere Höflichkeiten zur Sache. Es fiel ihm schwer, seine Anschuldigung in diplomatische Worte zu kleiden.

»Winfried ... du hast in meine Familie eingeheiratet und ich habe dir den gebotenen Respekt entgegengebracht. Du scheinst gut für Elisabeth und die Mädchen zu sorgen, jedenfalls finanziell. Aber abgesehen davon habe ich vorgestern eine Entdeckung gemacht, die mich sehr beunruhigt. Dafür hätte ich gerne eine Erklärung. Wohlgemerkt, Elisabeth hat kein Sterbenswörtchen gesagt, vielmehr habe ich ihre Verletzungen durch Zufall gesehen und mir selbst einen Reim darauf gemacht.«

»Ach ja? Welche Geschichte hat sie dir denn dazu erzählt?«, fragte er, scheinbar seelenruhig.

»Dass sie mit einem Wasserkasten in Händen auf der Treppe gestürzt ist. Aber das konnte ich nicht glauben, woher hätten dann die Verletzungen im Nacken stammen sollen? Außerdem ist es doch sicher deine Aufgabe, schwere Getränkekästen in die Wohnung zu tragen, oder?

Wie dem auch sei ... ich habe solange nachgebohrt, bis sie mir gestand, dass ihr Eheprobleme habt. Winfried, bitte glaube mir

– keine Schwierigkeit dieser Welt kann zur Rechtfertigung dienen, eine wehrlose Frau zu schlagen.«

Nun war es heraus und Elisabeths Vater machte sich auf einen Wutanfall gefasst. Doch Winfried ließ sich nicht aus der Ruhe bringen, lächelte sogar verlegen.

»Weißt du, Karl, ich hätte dich ja niemals darauf angesprochen. Sie ist deine geliebte Tochter, du sollst nicht schlecht von ihr denken. Aber nun muss ich doch einiges zu meiner Verteidigung anbringen.

Elisabeth hat sich in den vergangenen Jahren sehr zu ihrem Nachteil verändert. Sie ist launisch und labil geworden, mäkelt ständig an mir herum, obwohl ich alles Menschenmögliche für die Familie tue. Ich habe immer wieder im Guten versucht, sie an ihre Pflichten für Haushalt und Familie zu erinnern, aber sie lässt alles schleifen. Eine psychologische Beratung lehnt sie ab. Es tut mir sehr leid, dass mir die Hand ausgerutscht ist. Aber an diesem Tag hat sie mir sogar mit Trennung gedroht, ist wie eine Furie auf mich losgegangen. Es war ein Reflex von mir, den ich im Nachhinein sehr bedaure.

Karl, ich will keinesfalls riskieren, dass sie mich verlässt. Du erinnerst dich doch an unseren Trauungsspruch, den ich sehr ernst nehme. Wo du hingehst, da will auch ich hingehen, so hieß es doch … bitte sprich mit ihr, bringe du sie zur Räson. Dann wird sich meine unbeherrschte Reaktion unter Garantie nie im Leben wiederholen«, sagte Winfried leise, geradezu devot.

Sein Schwiegervater konnte kaum glauben, was er da zu hören bekam. Andererseits war auch ihm aufgefallen, dass seine Lisa nicht mehr dieselbe wie früher zu sein schien. Konnte es wahr sein, dass sie ihr heiliges Eheversprechen zu brechen gedachte und ihre Pflichten vernachlässigte? War sie psychisch krank?

Denkbar wäre es … ich muss die väterlichen Scheuklappen ablegen und Winfried eine faire Chance geben … entweder ist er der reuige Sünder, den er vorgibt zu sein, oder er führt mich frech an der Nase herum. Falls letzteres zuträfe, würde sich das sicher bald herausstellen. Ich muss es auf mich zukommen lassen, darf nicht überreagieren.

Er beschloss, Lisa unumwunden mit den Vorwürfen ihres Mannes zu konfrontieren. Man musste im Falle von Konflikten stets beide Seiten anhören, um nicht vorschnell zu urteilen.

»Okay, Winfried. Ich werde ihr ins Gewissen reden. Aber du musst mir versprechen, ihr nichts mehr anzutun. Unter dieser Bedingung vergebe ich dir und hoffe, dass auch meine Tochter eines Tages dazu bereit ist.«

»Ich verspreche es. Wie gesagt – es tut mir sehr leid«, salbaderte der vorgeblich reumütige Schwiegersohn.

Von diesem Tag an schlug Winfried seine Ehefrau tatsächlich nicht mehr, kein einziges Mal – wenn auch aus anderen Gründen als Pfarrer Karl Hornschuch es sich hätte träumen lassen.

Elisabeth wiederum war heilfroh, als sie erfuhr, dass die Kuh fürs Erste vom Eis war. Sie bestätigte sogar Winfrieds Version der Begebenheiten, entschuldigte sich noch dafür, obwohl die Behauptungen erstunken und erlogen waren. Er hatte den Spieß einfach umgedreht und ihr Vater war willig darauf eingegangen.

Das tat ziemlich weh. Doch alles dünkte ihr mittlerweile besser, als Winfrieds unkontrollierten Zorn aufs Neue zu erregen, auch wenn sie sich wegen ihrer Schwäche selbst verachtete. Sie hätte keine Kraft mehr aufgebracht, dagegen anzukämpfen und das Lügengebäude zum Einsturz zu bringen. Die zu erwartenden Folgen erschienen ihr einfach zu schwerwiegend.

Nach vier Tagen bei ihren Eltern kehrten sie und ihre Töchter nach Hause zurück. Als Winnie sie zur Begrüßung stürmisch umarmte, wusste sie mit Gewissheit, dass etwas faul sein musste.

*

Dienstag, 4. Oktober 2016

Julia Kröger trat nervös von einem Fuß auf den anderen. Sie war zum Abwarten verdammt, stand seit zwei Stunden vor dem Gebäude des Amtsgerichts Dresden, das auch die Familiengerichtsbarkeit beherbergte. Sie hatte spontan zugestimmt, Bernd an einem der schwärzesten Tage seines bisherigen Lebens zur Seite zu stehen und ihn hierher zu begleiten. Mehr konnte sie bedauerlicherweise nicht für ihn tun.

Zu seinem Ärger waren sie zeitgleich mit seiner Ex-Frau Sabine in der Roßbachstraße vor dem altehrwürdigen Justizgebäude mit seinen markanten Säulen eingetroffen. Die einstigen Eheleute hatten sich eisige Blicke zugeworfen, kein einziges Wort miteinander gewechselt, bevor sie nacheinander im Eingang verschwunden waren, ein jeder in Begleitung seines Rechtsanwalts. Dafür hatte diese Sabine Mader *sie* unverhohlen von oben bis unten betrachtet, ein abschätziges Lächeln in den Mundwinkeln. Wie hatte ein intelligenter Mensch wie Bernd damals ein solches Miststück heiraten können? Dieser arroganten Frau sah man schon von weitem an, wie sie drauf war. Der negative Eindruck von vorhin ließ Julia immer noch nicht los.

Eine weitere Viertelstunde ging ins Land, leichter Regen setzte ein. Sie spannte ihren Schirm auf und beobachtete gelangweilt, wie immer wieder Grüppchen von Leuten aus dem Justizgebäude kamen, die Jackenkrägen hochstellten und, meist auf Sächsisch, über das miese Wetter fluchten. Nur einer kam nicht heraus: Bernd. Wie lange konnte es dauern, sich über das Sorgerecht für gemeinsame Kinder einig zu werden?

Während sich Julia das zu Recht fragte, kämpfte Bernd drinnen erbittert gegen die Windmühlen der Justiz. Er durfte sich von der gegnerischen Anwältin gallige Vorwürfe über verschobene oder ausgefallene Besuchstermine gefallen lassen, obwohl sein Amt als Kriminalkommissar es nun mal erforderte, dass er häufig Überstunden schieben und Schichtdienst leisten musste. Unter anderem wurden ihm die unregelmäßigen Besuche unzutreffender Weise als Desinteresse an Veronika und Luca ausgelegt. Am schlimmsten fand er jedoch Sabines lächerliche Darstellung, wie sorglos er angeblich mit deren Kinderseelen in der Vergangenheit umgesprungen war.

»Herr Mader, ist es zutreffend, dass Sie den Kindern des Öfteren Horrorgeschichten aus Ihrem Dienstalltag erzählt haben, so dass diese nachts nicht einschlafen konnten? Überlegen Sie sich

Ihre Antwort gut, denn mit beiden Kindern sind bereits im Vorfeld aufschlussreiche Gespräche in Gegenwart eines Kinderpsychologen geführt worden«, sagte die schneidende Stimme von Sabines Anwältin.

»Was heißt hier, ich hätte Horrorgeschichten aus dem Dienstalltag zum Besten gegeben? Selbstverständlich nicht! Erstens bin ich zum Schweigen verpflichtet, zweitens werde ich doch kaum meine eigenen Kinder beunruhigen wollen. Aber speziell Luca war immer stolz darauf, dass sein Vater ein Polizist ist und Verbrecher fängt. Nachdem er vor zwei Jahren zum Geburtstag die Polizeistation von Lego bekommen hatte, spielten wir gelegentlich Verbrecherjagden durch, aber alles ganz harmlos. Falls die Kinder etwas anderes behauptet haben, ist ihnen das von gewissen Angehörigen zu taktischen Zwecken eingetrichtert worden«, verteidigte sich Mader angefressen.

Sabine ignorierte seinen bitterbösen Seitenblick.

»Also ging es bei diesen Spielen nie um Mord und Totschlag, wollen Sie das allen Ernstes behaupten?«, hakte die spindeldürre Winkeladvokatin siegesgewiss nach.

Mader seufzte. Er ahnte, in welche Richtung das zielte.

»Klar haben wir mit der Legostreife gelegentlich auch Mörder gejagt und gefangen, aber blutige Details wurden dabei natürlich nicht thematisiert. Menschenskinder, es ging hier spielerisch um Polizeiarbeit! Hätte ich stattdessen behaupten sollen, unser Verbrecher habe mit Wattebäuschchen um sich geworfen und müsse deswegen mit Tatütata ins Gefängnis?«

»Nun werden Sie hier nicht albern. Nachdem unser Verdacht sich zu erhärten scheint, beantragt meine Mandantin hiermit ein Gutachten zur Erziehungsfähigkeit über den Kindsvater. Des Weiteren sollte das Umgangswochenende bis auf weiteres ausgesetzt bleiben, zumal sich beide Kinder hierfür ausgesprochen haben. Falls der Kindsvater trotzdem künftig auf die Wahrnehmung seiner Besuchsrechte bestehen sollte, regen wir an, dass dieses in geschützter Atmosphäre, also unter Anwesenheit einer dritten, vom Gericht noch zu bestimmenden Person stattfinden muss.«

Zu Maders Entsetzen stimmte die Familienrichterin dem gegnerischen Antrag nach ein paar zusätzlichen Fragen zu.

Auf der Heimfahrt nach Wernigerode und in den Tagen nach der Gerichtsverhandlung bekam Julia einen Vorgeschmack davon, was es bedeuten konnte, einen nahezu entrechteten Vater von zwei Kindern zum Freund zu haben. Er war zwar körperlich bei ihr, bemühte sich nach Kräften um sie, doch seine Gedanken und sein Herz weilten meistens in Dresden. Sie selbst hatte keine Kinder in die Welt gesetzt und konnte seine Situation daher zwar mit dem Verstand, nicht aber emotional nachvollziehen.

Blut ist wirklich dicker als Wasser, dachte Julia betrübt.

*

Am folgenden Wochenende erhielt Bernd Mader allen Grund, an allgemeingültigen Aussagen wie dieser schwer zu zweifeln.

In einer bei Familien sehr beliebten Gartenwirtschaft nahe der Dresdner Innenstadt steppte der Bär. Lärmende, fröhliche Kinder löffelten Eisbecher unter Kastanienbäumen und bekleckerten ihre Klamotten auf dem eingezäunten Spielplatz, während ihre Eltern in der Sonne entspannten.

An manchen Tischen saßen befreundete junge Leute und Pärchen, unterhielten sich angeregt bei Cappuccino oder Bier. Es gab auch ein paar einsame ältere Damen, die gelangweilt in ihren Kaffeetassen rührten und von besseren Zeiten träumten. Ein ganz normales Alltagsbild eben, wie es nachmittags in jeder Gaststätte dieser Welt zu beobachten ist.

Doch für Mader gestaltete sich dieser Sonntag weder fröhlich noch langweilig, er empfand die aktuelle Situation einfach nur als schrecklich. Kein liebender Elternteil sollte sowas je erleben müssen. Er registrierte nicht, wie die Sonnenstrahlen durch das grüne Blätterdach lugten und auch nicht, wie gut der Kaffee hier schmeckte.

Seinen Tisch bevölkerte neben Luca und Vroni ein vom Familiengericht bestellter Betreuer, der mit Argusaugen die Interaktionen zwischen ihm und seinen Kindern beobachtete. Wie sollte da eine vertraute, angenehme Stimmung entstehen? Junge und Mädchen saßen nur wie bedröppelt da, starrten vor sich auf die Tischplatte. Luca spielte mit dem Eislöffel.

»Wie war es diese Woche in der Schule?«, fragte er hilflos.

Keine Antwort, nur synchrones Schulterzucken.

»Aha. Dann kann es ja nicht allzu schlimm gewesen sein. Vroni, du hast doch jetzt bald Geburtstag. Was wünschst du dir denn von mir?«

Keine Antwort. Verlegener Blick zur Straße.

»Gefällt es euch hier nicht, wollt ihr woanders hin? Oder hattet ihr überhaupt keine Lust, euch mit mir zu treffen?«, fragte der frustrierte Vater in seiner Not. Zugegeben, er hatte darauf gedrungen, dass dieses Treffen so schnell wie möglich stattfand. Schon um Sabine Paroli zu bieten und Interesse zu signalisieren.

Synchrones Achselzucken. Keines der Kinder sah ihm dabei ins Gesicht.

Der Betreuer räusperte sich.

»Herr Mader … ich weiß, es ist Ihr gutes Recht, auf die volle Länge des Umgangsnachmittag zu bestehen. Aber wollen Sie unter diesen Umständen wirklich darauf pochen? So macht das doch überhaupt keinen Sinn!«

Mader hätte ihm am liebsten eine geschmiert. Aber der Mann konnte nichts dafür, er sprach nur aus, was offensichtlich war.

»Das ist leider allzu wahr.«

Bernd holte tief Luft, trank hastig seine Cappuccinotasse leer. Seine Hand zitterte, als er sie auf den Tisch zurückstellte.

»Ich bin euch nicht böse, ihr beiden. Herr Schindler bringt euch am besten jetzt nach Hause zurück. Ihr könnt mir jederzeit Bescheid sagen, wenn ihr mich wiedersehen wollt, okay? Dann arrangieren wir so bald wie möglich etwas. Von meiner Seite aus werde ich euch ab heute nicht mehr fragen, ob wir uns treffen könnten. Bis ihr das selber so wollt, halten wir über Whatsapp Kontakt. Vroni, ich schicke dir eine Geburtstagskarte mit Geld drin. Dann kannst du dir selber kaufen, was du dir wünschst«, sagte er, so einfühlsam wie möglich, in Richtung seiner Nachkommen.

Einvernehmliches Nicken, aufgehellte Mienen.

Mader zog seine Brieftasche aus der Jeans und nagelte einen Zwanziger auf den Gartentisch. Anschließend umarmte er erst Vroni, dann Luca und machte, dass er davonkam.

Dieses Mal sollte der Betreuer seine Tränen nicht sehen. Womöglich hätte er Sabine anschließend davon berichtet und diesen Triumph gönnte er ihr nicht.

*

Freitag, 16. Dezember 2016

Im Herbst beruhigte sich die Lage zunehmend, in Wernigerode kehrte für die Bürger der Alltag zurück. Viele Eltern wagten es wieder, ihre Töchter nachts unbegleitet aus dem Haus zu lassen, und Winfried ›Winnie‹ Ziegler saß weiterhin in Untersuchungshaft fest. Heute war gegen ihn Anklage erhoben und ein psychiatrisches Gutachten in Auftrag gegeben worden. Ein Fachmann sollte ermitteln, ob er, rein von seiner fragwürdigen Persönlichkeitsstruktur her, als Täter für den abartigen Brockenmord infrage käme.

Man gratulierte Revierleiter Remmler von allen Seiten zu seinem glänzenden Ermittlungserfolg und der spendierte in seiner Dienststelle einen kleinen Umtrunk. Mader blieb dem geselligen Beisammensein als Einziger fern, entschuldigte sein Fehlen mit starker Migräne.

Kollegin Marit ahnte enttäuscht, dass er die nur vorgab.

Julia hingegen erfuhr am Abend die wahren Gründe. Er hatte erstens keinerlei Lust verspürt, Remmlers eitle Selbstbeweihräucherung mitanzuhören und zweitens hegte er immer noch leise Zweifel, ob da nicht der Falsche hinter Gittern saß. Klar, Ziegler war nicht gerade der wertvollste Zeitgenosse und im Knast gut aufgehoben, aber hatte er auch *diese* Tat begangen? Die warnende Stimme in seinem Hinterkopf war zwar in der Zwischenzeit merklich leiser geworden, ließ sich jedoch immer noch nicht überhören.

»Jetzt mach‘ dir deswegen keinen Kopf mehr. Du hast getan was du konntest. Überlasse das Endurteil getrost der Justiz und kümmere dich lieber mehr um dein eigenes Leben. Da hast du schon genug um die Ohren«, mahnte Julia.

Bernd winkte ab, wirkte ein bisschen mürrisch.

»Ich weiß schon, was du damit suggerieren willst. Ich kümmere mich in letzter Zeit zu wenig um dich, und wenn, arbeiten wir nur gemeinsam an der Renovierung, anstatt auszugehen oder am Wochenende Ausflüge zu machen. Ist es das, was dich stört?«

Sie schüttelte betreten den Kopf.

»Ich helfe dir gern, das ist es nicht. Schau doch, was wir gemeinsam schon alles erreicht haben. Das Bad ist fertig, der Hof gepflastert und sogar den gammeligen Werkzeugschuppen haben wir wieder hergerichtet, funktional eingeräumt und gestrichen. Das soll uns erst einmal einer nachmachen.

Ich bin wirklich kein vergnügungssüchtiger Mensch, Bernd. Aber … selbst wenn wir im letzten bisschen Freizeit zusammen sind, sind wir nicht *wirklich* zusammen. Das klingt bescheuert, ich weiß, doch so fühlt es sich leider für mich an. Du bist geistig oft abwesend und versuchst ständig, deine Kinder via Whatsapp bei Laune zu halten, damit sie dich überhaupt noch wahrnehmen. Ich verstehe dein Problem, bitte fasse meine Sätze nicht falsch auf … aber mir bleibt einfach nicht viel von deiner Aufmerksamkeit übrig. Ich liebe dich, daher macht mir das manchmal schwer zu schaffen«, gestand Julia.

»Tut mir sehr leid, aber damit musst du leben, wenn du mit mir zusammen sein willst. Du wusstest von Anfang an, dass ich Vater bin. Es wird bestimmt bald besser werden, wenn der Sorgerechtsstreit in ein paar Monaten vorüber ist und sich alles wieder einrenkt. Das hoffe ich wenigstens sehr.

Ich liebe dich ebenfalls, das solltest du nie vergessen. Es tut mir leid, dass es momentan schlecht läuft. Du kannst nichts dafür«, sagte Bernd versöhnlich und schloss seine Freundin in die Arme.

Sie hat bei der Sache eindeutig die Arschkarte gezogen. Aber wie soll ich vermeiden, dass sie den ganzen Mist mitbekommt, den Sabine da anleiert, fragte er sich – und fand keine Antwort.

Noch jemand vermisste den engen Kontakt zu Mader. Seit die Soko aufgelöst war und jedes der einstigen Mitglieder nur noch Kleinkriminelle jagte, bekam Marit ihren sächsischen Schwarm erheblich seltener zu sehen. Sie brachte ihm nun noch häufiger Kaffee vorbei, nur um sich jeweils für ein paar Minuten in seinem Dunstkreis aufhalten zu können. Bis er sie scherzhaft fragte, ob sie ihn mittels Herzinfarkts ermorden wolle.

»Okay, du hast mich erwischt! Wirst du meinetwegen jetzt die Soko *Kaffopath* gründen?«, lachte Marit.

»Nö, ich besorge dir lieber ein paar Pfund Koffeinfreien, dann kannst du dich weiterhin ungestraft austoben«, grinste er kopfschüttelnd.

4
HEXENBRUNNEN

Donnerstag, 27. April 2017

Elisabeth Hornschuch hielt ein gerahmtes Bild in Händen, betrachtete es nachdenklich. Es zeigte ein etwa fünfjähriges Mädchen im Sommerkleid, wie es eifrig einen Wiesenblumenstrauß pflückte. Ihre Mutter hatte es zufällig beim Entrümpeln auf dem Dachboden gefunden und ihr in der vergangenen Woche zum Geburtstag geschenkt.

Der Strauß war damals für Mama, zum Muttertag. Besonders hübsch war ich auch damals nicht, aber ich war im Gegensatz zu heute wenigstens glücklich. Obwohl Winfried seit Vaters Standpauke im vergangenen Jahr nicht mehr auf mich einprügelt, so macht er mir trotzdem Angst, fast noch mehr als zuvor. Er benimmt sich seltsam, wie einer, der etwas Furchtbares verbirgt. Auch die Mädchen halten Abstand, scheinen ihm nicht zu trauen, dachte die Pfarrerstochter deprimiert.

Sie gab sich einen Ruck, stand vom Küchenstuhl auf und ging in die Abstellkammer, um nach Hammer und Nägeln zu suchen. Das leicht verblichene Foto sollte künftig neben der Schlafzimmertür hängen, sie täglich an bessere Zeiten erinnern. An ihre Kindheit, als ihre kleine Welt noch intakt gewesen war. Sie hatte mittlerweile gelernt, sich an kleinsten Glücksmomenten seelisch hoch zu ziehen.

Das Heimwerkerregal war von jeher Winfrieds Domäne gewesen, daher fand sie sich in der Ansammlung aus Werkzeugen, Glühlampen und allerlei Krimskrams zunächst überhaupt nicht zurecht. Er lagerte die kleineren Werkzeuge und anderen Kram in vier genormten grauen Stapelkisten aus Plastik, in denen alles feinsäuberlich nach Themen geordnet war. Es gab jeweils eine mit Zubehör für Wasserinstallationen, für Elektrik und … na endlich … eine mit drei verschiedenen Hämmern, Zangen, Nägeln, Dübeln und Schrauben. Sie schnappte sich einen kleinen Haushaltshammer und einen der kürzeren Stahlnägel. Der reichte zum Halten des federleichten Holzrahmens vollkommen aus.

Elisabeth wusste, dass sie die Sachen auf den Zentimeter genau wieder so hinterlassen musste, wie sie sie vorgefunden hatte. Sie hängte ihr Bild am gewünschten Platz auf, rückte es gerade und kehrte unverzüglich in die enge Kammer zurück, um alles an seinen ursprünglichen Platz zurückzustellen. Dabei stieg ihr plötzlich ein sehr eigentümlicher Geruch wie nach vermodertem Kunststoff in die Nase, dessen Ursprung sie sich nicht erklären konnte. Sie hielt in der Bewegung inne, schnupperte irritiert.

Was bewahrt er eigentlich in der untersten Kiste auf? Hoffentlich ist da drin nichts Verderbliches schlecht geworden. Ich sehe besser nach, bevor er nach Hause kommt und mir die Schuld dafür gibt. Er braucht ja immer einen Sündenbock, um seine Launen auszulassen, überlegte sie nervös.

Elisabeth gab sich einen Ruck, hob die schwere Kiste herunter und stellte sie auf die anderen, die sie im Flur zwischengelagert hatte. Anschließend zwängte sie sich ins Halbdunkel der nur mit einer Zwanzig-Watt-Glühbirne beleuchteten Kammer und warf einen Blick auf den Inhalt der untersten Box. Der unangenehme Geruch war zwischenzeitlich erheblich intensiver geworden, er kam also tatsächlich von dort.

Nanu … knallbunte Kleidung aus billigem Synthetik? Sowas verabscheut Winfried doch zutiefst! Ob meine Mädchen sich vielleicht sowas von ihrem Taschengeld zu Fasching gekauft und es da drin versteckt haben, um keinen Ärger zu bekommen? Mal sehen, was das für Klamotten sind …

Mit spitzen Fingern zog sie das erste Kleidungsstück aus der Kiste. Es handelte sich um ein einfaches grasgrünes Kleid, dessen untere Kante im Zackendesign geschnitten war. Dazu gab es eine schwarze Bindeschürze mit aufgenähter Katzenapplikation, die reichlich gruselig aussah. Das Tier machte einen Buckel und besaß grellgelbe, schräggestellte Augen.

Da hat sich wohl jemand als Hexe verkleidet. Warum tun Leute nur sowas Dummes, fragte sich die tiefgläubige Christin. Zum Schluss fischte sie einen Slip, ein wollenes Schultertuch, einen schwarzen, spitzen Schlapphut und die unvermeidliche Latexnase mit Warze heraus, die das heidnische Outfit vervollständigten.

Ich kann mir beim besten Willen nicht vorstellen, dass meine Töchter sich so verkleiden würden, schließlich erziehe ich sie anständig. Das Zeug würde ihnen im Übrigen noch gar nicht passen, es ist für Erwachsene zugeschnitten. Da ist auch das Etikett, Größe M. Aber wenn die Verkleidung nicht ihnen gehört – wem dann? Und wieso liegt sie ausgerechnet in Winfrieds Werkzeuglager? Ein paar dunkle Spritzflecken sind auch drauf.

Während sie voller Verwunderung grübelte, bemerkte sie, dass noch etwas anderes in einer Ecke der Kiste lag. Etwas Kleines und genau daher schien der Gestank zu rühren. Sie eilte in die Küche, um einen ihrer Gummihandschuhe anzuziehen, damit sie das … was immer es sein mochte … nicht mit bloßen Fingern berühren musste. Angeekelt holte sie das Ding heraus.

Hm … dem Anschein nach ist das ein kleines Stückchen aus porösem Gummi, der schon bröckelt. Zusammengeklebt mit etwas Stinkendem, total verschrumpelt. Wie kommt sowas denn da hinein, Winfried ist doch sonst immer so ordentlich, ja sogar pedantisch?

Die Erkenntnis kam wie ein Hammerschlag. Es musste sich um ein Präservativ handeln – mit Inhalt! Aber sie und Winfried benutzten sowas niemals und die Mädchen waren noch viel zu jung für Sex. Und wieso sollte man sowas Ekliges nach der Benutzung überhaupt aufbewahren? Es sei denn … oh Gott …

Ihr Herz drohte stehen zu bleiben. Auf einmal fügte sich in ihrem Gehirn ein Baustein an den anderen, bis sie ein Denkkonstrukt ergaben. Sie erinnerte sich an diverse Aussagen der Nachrichtensendungen, die vor einem Jahr ganz Wernigerode in Aufruhr versetzt hatten. Ihr Winfried, der Brockenmörder? Nein, das konnte und durfte nicht sein, außerdem saß doch ein Anderer als Frauenkiller im Gefängnis …

In ihrer Erregung bemerkte sie gar nicht, dass die Wohnungstür aufgesperrt wurde und jemand den Flur entlang schlich. Sie erschrak fast zu Tode, als sie hinter sich Atemgeräusche hörte.

»Was tust du da in meinen Sachen, du blödes Weibsstück?«

»Ich … ich … habe nur einen Hammer gebraucht, weil ich ein Bild aufhängen wollte, und … Winfried, bitte sei nicht böse. Ich stelle alles wieder ordentlich an seinen Platz zurück«, stammelte Elisabeth hilflos.

Ihr Ehemann schien innerliche Kämpfe von epischem Ausmaß mit sich auszutragen. Seine Augen glitzerten gefährlich, die Hände waren fest zu Fäusten geballt. Sie rechnete damit, dass er jeden Moment auf sie einprügeln könnte, wähnte sich in akuter Lebensgefahr. Doch zu ihrem Erstaunen entspannte sich seine Körperhaltung nach wenigen Sekunden, er setzte ein falsches Lächeln auf. Die Augen lachten nicht mit.

»Ach, das ist schon in Ordnung. Es ist gut, wenn du dir selber helfen kannst und nicht wegen jedem Handgriff auf meine Hilfe angewiesen bist. Das nächste Mal fragst du aber vorher, bevor du dich der Selbstbedienung hingibst, okay?«

Er vergrub die Hände in den Hosentaschen und schlenderte pfeifend davon.

Vor der Abstellkammer blieb eine total verstörte Frau zurück, die nicht wusste, was sie jetzt denken oder unternehmen sollte. Ihre Knie gaben nach, der Körper rutschte mit dem Rücken an der Wand hinunter und sackte auf dem Boden kraftlos zusammen. Ihr Atem ging schnell.

Du musst stark sein, Elisabeth. Tu' es für deine Kinder. Morgen, wenn er auf der Arbeit ist, gehst du mit den Beweisstücken direkt zur Polizei und anschließend mit den Kindern ins Frauenhaus, in Sicherheit. Zu Mama und Papa kannst du nicht flüchten, sonst bringst du auch die in Gefahr. Bitte lieber Gott, beschütze uns.

Sie bebte innerlich. Der Gedanke, dass sie seit Monaten neben einem Mörder im Bett gelegen hatte, war ungeheuerlich.

Mühselig rappelte sie sich hoch, atmete bewusst langsam, um nicht zu hyperventilieren. *Ich darf keinesfalls ohnmächtig werden, sonst bin ich ihm hilflos ausgeliefert …* Sie stellte die Kisten mit zitternden Händen in die Kammer zurück, genauso wie sie diese vorgefunden hatte. Es kostete eine Menge Überwindung, den Fluchtreflex zu unterdrücken.

Lisa, du musst nur noch diese Nacht und den frühen Morgen überstehen, dann hat das Ehemartyrium ein Ende. Nicht einmal Jesus Christus könnte verlangen, dass du bei solch einem Mann noch länger bleibst. Du hast die

Pflicht, dich und deine Kinder vor diesem Mensch gewordenen Albtraum in Sicherheit zu bringen, betete sie sich vor.

»Was gibt es denn heute zum Abendessen?«, tönte Winfrieds verhasste Stimme aus der Küche. Sie ahnte nicht, dass er unmittelbar zuvor das Telefonkabel aus der Wand gerissen hatte.

*

Freitag, 28. April 2017

Mit der morgendlichen Kaffeeration brachte Marit einen noch verschlossenen Brief. Der weiße Umschlag war an den Leiter der Soko Brockopath adressiert und mit dem Vermerk *persönlich* versehen worden. Ein Absender fehlte.

»Na, kriegst du jetzt schon Liebesbriefe ins Büro oder hast du dir eine klammheimliche Stalkerin zugelegt?«, fragte die Kollegin neugierig. Anstatt in ihr eigenes Zimmer zu verschwinden, setzte sie sich dem Kommissar gegenüber und guckte erwartungsvoll zuerst ihn, dann den Brief an.

Mader zuckte grinsend mit den Schultern.

»Keine Ahnung, von wem der stammen könnte. Aber wer es auch sein mag, er oder sie scheint nicht im Bilde zu sein, dass die Soko längst Geschichte ist. Was ist das denn für eine seltsame Schrift? Sieht aus, als wäre eine Schablone benutzt worden.«

»Genau und ich weiß auch, was für eine. Meine Mutter hat die altmodischen Dinger immer benutzt, um meine Turnsachen für Kindergarten und Schule zu beschriften, damit sie nicht geklaut oder verwechselt werden. Man nimmt einen wasserfesten Spezialkuli, der zum Set gehört, und schreibt den Namen mithilfe der Schablone auf ein schmales Baumwollband. Danach wird es in die Klamotten gebügelt«, wusste Marit.

»Stimmt, an diese Dinger kann ich mich auch noch erinnern. Dass jemand sowas heute noch verwendet … na gut, ich öffne den Brief. Dann wissen wir, wer mit solchen Hausfrauenartefakten herumspielt, weil er vermutlich eine unleserliche Sauklaue hat«, brummte Mader ironisch und griff zum Brieföffner.

Der Umschlag enthielt nur ein einziges, fein säuberlich gefaltetes Blatt. Darauf stand ein vierzeiliger Reim – sonst nichts. Kein Betreff, keine Unterschrift und auch keine Erklärung hatte der Verfasser verewigt. Die Buchstaben waren mit derselben Wäscheschablone gemalt worden.

ES STEHEN DER TANNEN GAR VIELE
IN IHRES BADES NÄH
ES HAT SIE ALLE VERZAUBERT
DIE KEUSCHE WASSERFEE

»Das muss ein blöder Scherz sein! Wer erlaubt sich denn solch einen Unfug und was soll das Sprüchlein bedeuten? Wir haben hier besseres zu tun, als die Ergüsse eines Hilfspoeten zu lesen«, schimpfte Mader.

Marit wirkte abwesend.

»Na, hat dieser gereimte Schwachsinn dich etwa auch schon verzaubert?«, fragte ihr Chef scherzhaft.

»Quatsch, ich stehe überhaupt nicht auf Dichtkunst. Aber der Text kommt mir irgendwie bekannt vor, er könnte glatt aus der Ilsensage stammen.

»Aus der *was?* Jetzt sag‘ bloß nicht, es geht schon wieder um eine dieser finsteren Sagen hier aus der Gegend. Mir reicht es noch vom letzten Mal«, stöhnte Mader und schlug die Hände über dem Kopf zusammen.

»Ich fürchte doch. In meinem Bücherregal zu Hause steht ein altes, in Leinen gebundenes Buch, aus dem mir meine Mutter als Kind vor dem Einschlafen oft vorgelesen hat. Damals stand ich tierisch auf Sagen und Märchen, musst du wissen. Ich schlage heute Abend nach, dann wissen wir morgen mehr.«

»Angenommen, es handelt sich tatsächlich um einen Sagentext. Was will uns der Absender dieses Briefes damit sagen? Der gibt uns doch einen Hinweis, einen Wink mit dem Zaunpfahl … aber worauf? Mir schwant Übles«, unkte Mader augenrollend.

»Dazu müssten wir den Kontext kennen, in dem dieser Reim steht. Ich hätte da einen Vorschlag für dich, damit wir nicht so lange auf die Folter gespannt sind. Ich fahre in meiner Mittagspause nach Hause, habe eh nichts anderes vor. Dann können wir gleich heute Nachmittag einen Blick ins Buch werfen.«

»Geht leider nicht, da habe ich mit den Zeugen des Sparkassenüberfalls von letzter Woche Termine ausgemacht. Die Banker werden sich nachher die Klinke in die Hand geben.«

»Okay, dann neuer Vorschlag von mir. Wir setzen uns nach Dienstschluss mit dem dicken Wälzer in ein Restaurant, essen zusammen einen Happen und schauen uns die Ilsensage in aller Ruhe an. Ich würde dafür das Brauhaus empfehlen, dort speist man lecker und preiswert«, schlug Marit hoffnungsfroh vor.

Mader runzelte die Stirn, überlegte kurz.

»Eigentlich müsste ich ja … ah, was soll's, das Private kann warten. Vielleicht ist der nebulöse Text ja zeitkritisch und des Rätsels Lösung eilt. Falls noch möglich, sollten wir unbedingt präventiv tätig werden. Ich rieche förmlich, dass sich da wieder eine riesengroße Sauerei anbahnt. Remmler weihen wir besser erst ein, wenn wir eine Ahnung davon haben, welche Bedeutung das Schreiben haben könnte. Ich stehe ungern mit leeren Händen vor ihm. Also um sieben im Brauhaus?«

»Gebongt«, lächelte die Kollegin, nicht ohne Hintergedanken.

*

Marit Schmidbauer saß bereits an einem Zweiertisch und blätterte in ihrem Sagenbuch, als der Kommissar im Brauhaus eintraf. Das Traditionsrestaurant wirkte mit seinen dunklen Holzbalken, den überall angebrachten Brauereiutensilien und Ziegelsteinwänden urgemütlich, wenn auch ein bisschen schummrig.

Täuschte er sich, oder hatte sie sich extra in Schale geschmissen? Am Vormittag war sie noch leger in Jeans und ein modisches Shirt gekleidet gewesen, doch jetzt … kurzer Rock, figurbetonte rote Bluse, Pumps – und sie trug das lange Haar offen, was er noch nie zuvor an ihr gesehen hatte. Normalerweise war es zu einem Pferdeschwanz gebunden oder hochgesteckt.

Marit sieht das hier doch hoffentlich nicht als Date – oder etwa doch?, fragte sich Mader, als er auf sie zusteuerte.

»Hallo Bernd! Wie schön, dass du kommen konntest. Ich bin schon etwas früher abgehauen und habe mich im Buch vorinformiert. Mit der Getränkebestellung wollte ich trotzdem noch warten. Was ist, ertränken wir die dienstlichen Sorgen in einem schönen kühlen Bier?«, begrüßte sie ihn freudig.

»Lieber nicht. Ich wohne im Gegensatz zu dir außerhalb, muss noch fahren.«

»Eines ginge trotzdem. Das Pilsner ist sehr zu empfehlen«, grinste Marit mit neckisch schief gelegtem Kopf.

»Sorry, ich bleibe bei Mineralwasser. Sonst setze ich wieder eine Wampe an. Außerdem habe ich momentan zu viele Probleme, als dass ich sie mir allesamt wegsaufen könnte.«

»Wie du willst. *Ich* genehmige mir jedenfalls eines oder zwei«, meinte Marit und winkte dem Kellner.

»Sag mal, wieso duzt du mich neuerdings im Dienst eigentlich wieder? Wohlgemerkt, das macht mir nichts aus, im Gegenteil. Aber hast du keine Angst vor Remmlers Rache mehr?«

»Nein, der kann mich mal. Ich habe mir im Revier die ersten Sporen verdient, wie man es so schön ausdrückt, bin nicht mehr der doofe Neuling, der sich alles gefallen lassen muss. Lässt er seine schmierigen Pfoten mittlerweile von deinem Hintern?«

»Mehr oder weniger. Ich komme klar.«

Nachdem Getränke auf dem Tisch standen und die Kripobeamten die Speisekarte studiert, sich beide für ein Schnitzel mit Kartoffelsalat entschieden hatten, schlug Marit das Sagenbuch auf. Sie hatte einen Bierfilz als Lesezeichen benutzt.

»Ich habe mich nicht getäuscht, der Vers gehört zur Ilsensage. Die lese ich dir mal schnell vor, damit du weißt, worum es darin geht. Der Verfasser des Briefes will uns anscheinend auf einen bestimmten Ort aufmerksam machen. Pass auf:

Mitten im Wald, nicht weit vom Städtchen Ilsenburg entfernt, ragt ein markanter Felsen aus dem Grün und das Flüsschen Ilse springt im Tal munter von Stein zu Stein. So idyllisch der Ort heute scheint, so soll er doch in der Vergangenheit Schauplatz einer tragischen Geschichte gewesen sein.

Dort, wo heute der Ilsestein thront, war ehemals ein größerer Felsen und darauf stand ein Schloss. Hier lebte der König Ilsung mit seiner Tochter Ilse, die alle Ritter weit und breit durch ihre Gestalt und ihr Wesen bezauberte. Diese Schönheit neideten ihr eine reiche, alte Hexe und deren Tochter, die man Trude nannte. Die beiden Frauen wohnten im Tal, ganz nahe beim Schloss, aber nie hielt einer der Bewerber an, um auch nur einen Blick auf Trude zu werfen.

Eines Tages kam ein edler Herr bei ihnen an, um, erschöpft von der langen Anreise, eine Übernachtung zu erbitten. Trude verliebte sich sofort in den schönen, freundlichen Jüngling und beschwor verzweifelt ihre Mutter, einen Zauber anzuwenden.

Die tat ihrer Tochter den Gefallen. Sie tröpfelte dem schlafenden Ritter verhexte Tropfen in die Augen. Trude hatte sich neben ihn auf die Bettkante zu setzen und sollte das erste sein, was er nach dem Aufwachen erblickte.

Der Zauber gelang. Plötzlich erschien dem Jüngling die Hexentochter als das liebste und schönste Wesen, das er je gesehen hatte und er vergaß den eigentlichen Zweck seiner Reise.

Schon bald war alles zur Hochzeit gerüstet. Als der Ritter jedoch alleine im Wald unterwegs war und sich im klaren Gebirgswasser durch Zufall den Zauber aus den Augen wusch, erkannte er mit Schrecken seinen fatalen Irrtum. Ohne noch zu warten, begab er sich auf schnellstem Wege zu Ilsungs Festung hin, um Ilse zu freien.

Das Schicksal nahm seinen Lauf. Ilse und der fremde Jüngling waren füreinander bestimmt, sie sahen sich zum ersten Mal und verliebten sich auf der Stelle ineinander. Auch der König hatte nichts gegen den bescheidenen Edlen und gab dem Paar willig seinen Segen.

Trude war außer sich, sodass ihre Mutter sprach:

›Sollst du ihn nicht haben, soll ihn keine haben!‹

In der Walpurgisnacht ritt die alte Hexe auf ihrem Besen zum Brockengipfel und bat den Höllenfürsten um Hilfe. Mit vereinten Zauberkräften schickten sie ein fürchterliches Unwetter in das Tal hinab, sodass Teile des Ilsefelsens, das Schloss und seine Bewohner mit weggerissen wurden. Die schöne Ilse wurde zwar durch geheime Kräfte gerettet, aber für immer in den Berg verwunschen.

Manchmal noch hört man sie wehklagend den Liebsten suchen, ab und zu zeigt sie sich auch oder geht in dem nach ihr benannten Fluss baden. Nähert man sich ihr ehrlichen Herzens, wird man reich beschenkt; führt man jedoch Böses im Schilde, so wird man in eine der alten, flechtenbehangenen Tannen verwandelt.«

Marit sah vom Schmöker auf, zuckte mit den Schultern.

»Du siehst, es geht darin erneut um die Walpurgisnacht und um eine Frau, der etwas Schlimmes widerfährt. Und, an Zufall glaube ich dabei kaum: Wir haben in zwei Tagen wieder Walpurgisnacht, in der sich zudem der Brockenmord jähren wird. Glaubst du, das ist der Hinweis auf eine neue Leiche?«

»Klingt plausibel, deine Theorie hat aber zwei Haken. Erstens sitzt der Brockenmörder vom letzten Jahr schön brav in seiner Zelle, zweitens wäre es doch saublöd, wenn man seine Tat vorher ankündigen würde. Natürlich muss man an Trittbrettfahrer und Nachahmer denken. Aber wie sollte so jemand zum Zuge kommen, wenn es in der kommenden Walpurgisnacht am Brocken vor Polizisten nur so wimmelt?«, gab Mader zu bedenken.

»Schon richtig, daran hatte ich auch gedacht. Aber es geht hier nicht nur um den Ilsefelsen, der ließe sich einigermaßen lückenlos bewachen. Der Fluss, in dem die Gute der Sage nach immer wieder badet, ist hingegen ziemlich lang. Der potentielle Täter könnte eine Leiche irgendwo flussaufwärts ins Wasser werfen, sodass sie dann an einem beliebigen Ort strandet. Wie willst du das gesamte Flussufer observieren lassen?«

»Gute Frage – nächste Frage. Wir sollten uns den Flussverlauf morgen mal auf der Landkarte ansehen. Wenn deine Schlussfolgerung richtig ist, wollte uns der Mörder in spe mit dem Brief wohl ein bisschen ärgern und die Kripo als hilflose Trottel dastehen lassen, die einen angekündigten Mord nicht verhindern konnten, oder?«

»So sieht es bedauerlicherweise aus. Er will Publicity, vielleicht ist er mediengeil. Ich wünsche dir trotzdem einen guten Appetit, da kommt nämlich gerade unser Essen. Wir können ja nachher weiter überlegen, was zu tun ist.«

»Klar, machen wir. Wir *müssen* diese Tat verhindern, koste es was es wolle. Nur schade, dass wir die Überstunden nicht aufschreiben können«, entgegnete er augenzwinkernd. Er wollte es ihr gegenüber nicht zugeben, aber ihm war der Hunger bereits vergangen. Hexensagen, die für Wernigerodes Bevölkerung zur brutalen Wirklichkeit wurden, schlugen ihm auf den Magen. Er konnte jetzt nur hoffen, dass sich da jemand einen üblen Scherz erlaubt hatte, nichts weiter dahintersteckte.

Kommissar Mader und Kollegin Schmidbauer diskutierten sich nach dem Essen die Köpfe heiß, vergaßen darüber vollkommen die Zeit. Erst weit nach Mitternacht verließen sie gähnend das Brauhaus, um wenigstens noch ein paar Stunden Schlaf zu ergattern. Das Personal des Brauhauses hatte begonnen, die Stühle fürs Putzen hochzustellen. Die beiden Langzeitgäste fühlten sich dadurch hinauskomplimentiert, sonst hätte das Brainstorming wahrscheinlich noch länger angedauert.

Im Weiler bei Elend saß derweil Julia und fühlte sich … elend. Bernd hatte es nicht einmal für notwendig befunden, anzurufen und ihr mitzuteilen, dass er heute später aus dem Dienst kam. Viel später. Die Bandnudeln mit Schinken-Sahne-Soße, die sie vor vier Stunden als Überraschung für ihren Liebsten gekocht hatte, waren längst kalt geworden.

Kater Felix spürte den Kummer seiner neuen Freundin, parkte auf ihrem Schoß ein und ließ sich das pelzige Kinn kraulen.

*

In den frühen Morgenstunden zum Samstag hielt es Winfried nicht länger aus. Es musste *jetzt* geschehen, auf der Stelle. Aber leise, damit die Mädchen in ihrem Zimmer auf der anderen Seite des Flurs nicht aufwachten und keine Nachbarn zu Ohrenzeugen seiner bevorstehenden Gräueltat wurden.

Seit ungefähr zehn Uhr lag er nun hellwach neben seiner Gattin im Bett, die lange nicht einschlafen hatte können – obwohl er ihr beim Abendessen in einem unbeobachteten Moment ein starkes Schlafmittel in die Limonade gemischt hatte. Aber jetzt signalisierten ruhige Atemzüge und ein schlaff über die Bettkante hängender Arm, dass sie im Traumland weilte.

»Du hast Angst vor mir und wärst nachher garantiert zu den Bullen gerannt, du dummes Weibsstück. Das ist jetzt dein Todesurteil«, murmelte er gefühllos, bevor er ihr mit aller Kraft ein Kissen aufs Gesicht drückte. Plötzlich zuckten und strampelten Elisabeths Glieder, sie musste wegen der Atemnot wohl aufgewacht sein. Ihre Finger krallten sich ins Bettzeug.

Er drückte noch fester zu, stemmte sich schließlich mit seinem gesamten Körpergewicht auf ihr Gesicht. Dabei brach ihr Nasenrücken, doch das Knacken ignorierte er, das kehlige Röcheln unter dem Kissen ebenso.

Nach drei endlosen Minuten erschlafften endlich ihre Arme und Beine, der Körper verlor jegliche Spannung. Die zweifache Mutter lag nun vollkommen reglos im Bett. Vorsichtig entfernte er das Kissen, fasste an ihre Halsschlagader, wie er es im Erste-Hilfe-Kurs bei der Bahn gelernt hatte. Keinerlei Herzschlag war mehr zu ertasten.

Das Blut aus ihrer zerquetschten Nase lief als hellrotes Rinnsal über Oberlippe und Kinn, tropfte von dort aufs hochgeschlossene Rüschennachthemd. Es hinterließ dunkle Flecken auf dem Baumwollstoff, die sich konzentrisch ausbreiteten. Nach einer Weile jedoch versiegte der Blutfluss gänzlich. Ihr Herz pumpte keinen Lebenssaft mehr durch die Adern – sie war tot.

Aufatmend schloss er ihr beide Augen, deckte sie wieder bis zum Hals zu, als ob sie nur fest schliefe. Dann legte er sich seelenruhig daneben und kurze Zeit später war sein infernalisches Schnarchen bis in die Nachbarwohnung zu hören.

Am Morgen wunderten sich die Mädchen, weshalb ihre Mutter heute kein Frühstück zubereitet hatte.

»Eure Mama litt heute Nacht unter Nasenbluten und Kreislaufproblemen, sie hat nicht viel geschlafen. Darum wecken wir sie besser nicht auf. Ich stelle euch gleich Cornflakes und Milch hin und danach bringe ich euch zu Oma und Opa. Wisst ihr, Mama und ich wollen übers Wochenende einen langen Ausflug machen, damit sie sich erholen kann. Wir fahren mit der Eisenbahn weg, sobald ich heute von der Arbeit zurückkomme. Mama war in letzter Zeit nicht gut beieinander«, erklärte Winfried mit besorgter Miene.

»Das stimmt, sie hat gestern käsig ausgesehen«, nickte Barbara verständig. »Wo wollt ihr denn hinfahren und warum dürfen wir nicht mitkommen?«

»Weil Eltern auch mal eine Auszeit alleine für sich brauchen. Wir sind spätestens am Sonntagabend wieder da und bis dahin habt ihr viel Spaß mit den Großeltern. Jetzt ist Schluss mit der Fragerei. Esst euer Frühstück ordentlich auf und dann ab ins Pfarrhaus mit euch Rangen!«

Ihr seid jetzt Halbwaisen, meine lieben hässlichen Entlein. Aber daran werdet ihr euch schnell gewöhnen. Kinder sind ja noch anpassungsfähig.

»Hurra, nachher gehe ich mit Opa wieder an den Waldweiher. Wir titschen dort immer flache Steine übers Wasser. Ich gewinne meistens, bei mir hüpfen sie öfter. Opa meint, ich habe einen Vorteil, weil ich kleiner bin«, jubelte die kleine Viviane.

Winfried war der Ansicht, dass er für seine schauspielerische Leistung eigentlich einen Oscar verdient hätte. Nun musste er nur noch den alten Hornschuchs einen Bären aufbinden, dann wäre das Meisterwerk schon halb geschafft.

*

Samstag, 29. April 2017

Jetzt bereute Winfried, dass er Astsäge und Axt nach der Tat vergangenes Jahr am Grund des Eckertal-Stausees entsorgt hatte, eingepackt in eine Plane und beschwert mit einem Betonblock. Eine Mordsplackerei war das gewesen, weil er alles einzeln hatte dorthin schleppen müssen. Wenn man wie er weder einen Führerschein noch ein Auto besaß, war man bei der Beseitigung von Tatwerkzeugen nahezu aufgeschmissen.

Aber er hatte es geschafft, ohne aufzufallen. Und nun plagte er sich schon wieder mit einer schweren Last herum. Elisabeths kalte Leiche musste, noch dazu in einem Stück, vom Bahngelände zum sogenannten Hexenbrunnen getragen werden, um dort eine kleine Szenerie für Polizei und Pressefotografen aufzubauen. Sie einfach nur irgendwo im Wald zu verscharren, kam für ihn nicht infrage.

Zum Glück lag dieser Ort nicht weit vom Brockenbahnhof entfernt und genau deswegen hatte er ihn ausgewählt. Er erinnerte sich noch immer gerne daran, wie seine letzte Inszenierung für Aufregung bei Polizei und Bevölkerung gesorgt hatte. Diesen elektrisierenden Kick wollte er aufs Neue erleben.

Natürlich, er hätte im Grunde neues Werkzeug kaufen und seine Gattin ebenfalls in handliche Teile zerlegen können, doch er musste an seine Mädchen denken. Er besaß zwar keinen besonderen Draht zu den Kindern, aber immerhin handelte es sich um sein eigenes Fleisch und Blut. Sie sollten ihre Mutter so in Erinnerung behalten, wie sie bis dato gewesen war: nicht schön, aber immerhin intakt. Als letzten Akt der Gnade hatte er ihr ein Sommerkleid anstelle des fleckigen Nachthemdes gegönnt. Das schöne Royalblau passte zu ihrer bläulichen Hautfarbe.

Immer wieder blickte sich Winfried prüfend über die eigene Schulter. Niemand weit und breit zu sehen, sehr gut. Das Wetter war zwar wieder mal grottenschlecht, was ihm für diese Tätigkeit sehr zugutekam, aber man konnte ja nie wissen. Es mochte mehr Menschen wie ihn geben, die speziell bei Regen und Nebel am liebsten wandern gingen. Zum Glück war das jetzt, mitten in der Nacht, eher unwahrscheinlich.

Wolken schoben sich vor den Mond und es wurde noch finsterer, besonders zwischen den spärlich auf der Wiese stehenden Bäumen. Das Licht der Kopflampe reichte nicht mehr aus; er musste sich zusätzlich seine leistungsstarke LED-Taschenlampe zwischen die Zähne klemmen, um die relativ kleine Wasserstelle zu finden. Keuchend erreichte er den unscheinbaren Tümpel.

Hoffentlich bemerkt niemand meine Festbeleuchtung! Zwanzig Minuten noch, spätestens dann muss ich aber am Bahnhof sein und den Triebwagen schleunigst zurück nach Wernigerode fahren. Verdammter Mist, das wird elend knapp. Das Ding muss unauffällig auf dem Gleis stehen, wenn der Nachtwächter nachher seine Runden dreht, dachte er nervös, während er Elisabeths schlaffen Körper aus der dunklen Teichfolie wickelte. Er packte die Tote unter den Armen und schleifte sie zur Quelle, die rundherum mit Natursteinen eingefasst war.

Dort quetschte er sie mit ihrem Hinterteil hinein, so als hätte sie in einem Whirlpool baden wollen und dabei übersehen, dass das Ding viel zu klein für ihre Ausmaße geraten war. Er musste lachen, als er bemerkte, dass die Wasserzufuhr für den unterhalb am Hang gelegenen Hexenteich dadurch fast vollständig zum Erliegen kam. Elisabeth fungierte wie ein riesiger Stöpsel, oder vielmehr wie eine Staumauer aus weißem Fleisch.

»Wegen deinem enormen Fettarsch trocknet dort unten glatt noch das Moor aus. Schade, dass ich von Kondomen eine Allergie kriege, ansonsten wärst du noch ein letztes Mal fällig gewesen. Andererseits ließe sich das supergeile Erlebnis mit Alina an deinem ausgeleierten Schwabbelkörper sowieso nicht wiederholen«, murmelte er abfällig.

Abschließend verteilte er die mitgebrachten Lilienblüten rund um den Hexenbrunnen und auf dem Körper seiner toten Ehefrau, legte ihr die mitgebrachte Puppe in den Arm – und dann nahm er seine Beine in die Hand und eilte im Dauerlauf zum Bahnhof zurück. Ein paarmal stolperte er über Steine, die überall auf dem Brockenplateau verstreut waren.

Spätestens morgen wird die Stadt um eine Sensation reicher sein. Heute ist es schon zu spät, da findet sie keiner mehr, dachte er befriedigt, als er den Führerstand des roten Triebwagens bestieg, den Dieselmotor des guten alten Schienenfahrzeugs startete und sein übliches Dienstprogramm abspulte. Nur dass er eben ohne Fahrgäste und ohne Licht unterwegs war, an vielen Streckenabschnitten etwas schneller als sonst fuhr und an keinem der menschenleeren Bahnhöfe, die er unterwegs passierte, anhielt.

Es hatte Vorteile, wenn man jahrein, jahraus immer dieselbe Strecke bediente und sich auf dem Bahnbetriebsgelände bestens auskannte. Man wusste sicher, dass die Weichen um diese Uhrzeit schon für den Dienstbeginn am nächsten Tag vorbereitet und die Stellwerke schon seit einigen Stunden unbesetzt waren. Die Drehscheibe vor dem Lokschuppen stand in der richtigen Position, denn der Triebwagen mit der Nummer 8901 war morgen früh für die erste Fahrt auf den Berg um 07.25 Uhr vorgesehen. Sich die passenden Schlüssel zu besorgen, war für ihn als fest angestellten Lokführer ein Leichtes gewesen.

Und, mal ganz ehrlich … wer rechnete schon allen Ernstes mit nächtlichem Loknapping? Selbstverständlich würden etliche Anwohner der Bahnstrecke den Schienenbus hören, aber für die war das Geräusch so vertraut, dass sie deswegen bestimmt nicht bei der HSB anrufen, sondern eher an eine Wartungsfahrt glauben würden. Das Streckennetz selbst wurde nicht von Kameras überwacht. Die Sichtbereiche waren lediglich auf die Bahnsteige gerichtet. Außerdem, wer guckte schon stundenlang Videomaterial durch, ohne dass es einen konkreten Anlass dafür gab?

Einzig die Bahnübergänge bereiteten Winnie Sorgen, denn die Schranken würden sich mangels Bedienungspersonal natürlich nicht schließen. Er näherte sich ihnen in Schrittgeschwindigkeit, blieb in angespannter Bremsbereitschaft. Doch alles lief bestens. Die Harzer Bevölkerung lag wohl längst in ihren Betten und schlief schon mal für die kommende Walpurgisnacht vor. Prima für solch ein kriminelles Vorhaben, wenn man quasi am Ende der Welt wohnte, wo etliche Straßen im Nichts endeten und nicht die neueste Technik verbaut war.

Alles gut gegangen, was für ein waghalsiges Bubenstück! Die werden sich bloß über den Stand der Tankfüllung wundern und die gute alte 8901 in eine Sonderwartung geben, weil sie neuerdings zu viel Sprit verbraucht, freute sich Winfried Hornschuch, als er sich neben dem Bahnbetriebsgelände auf seinen Drahtesel schwang und, vor innerer Erregung bebend, nach Hause radelte. Seine Umwelt war selber schuld, weil sie ihn und seine Fähigkeiten schon sein Leben lang unterschätzte.

*

Mader hatte auch an diesem Samstag langen Dienst geschoben. Ihm ließ das Rätsel mit dem Vers aus der Ilsensage keine Ruhe. Er hatte Remmler mit Engelszungen überreden müssen, zu den morgigen Walpurgisfeierlichkeiten Polizisten am Brocken abzustellen, respektive sogar eine Hundertschaft der Bereitschaftspolizei anzufordern. Die paar Beamten vom Wernigeröder Revier hätten für eine groß angelegte Aktion wie diese nicht ansatzweise ausgereicht.

Sowohl das Brockenplateau als auch einige Teilabschnitte des Flüsschens *Ilse* sollten die gesamte Nacht über observiert werden, nicht zuletzt, um der Bevölkerung ein beruhigendes Gefühl der Sicherheit zu geben. Die Leute erinnerten sich noch sehr gut daran, was in der letzten Walpurgisnacht Schreckliches am Brocken geschehen war.

Marit und ihr Chef hatten in mühseliger Kleinarbeit jene Stellen herausgesucht, an welchen das Flussufer der Ilse leicht zugänglich und somit geeignet war, einen Körper ins Wasser zu hieven, ob in lebendigem oder totem Zustand. Sie hatten verdammt viele Orte gefunden, an denen das möglich erschien, vor allem im Bereich *Gelber Brink* und, weiter in Richtung Ilsenburg, im Ilsetal, am Rande des Vogelschutzgebiets Hochharz.

Jetzt, im späten Frühjahr, führte die Ilse immer noch Wasserstände zwischen einem Meter dreißig und einem Meter fünfzig. Dieses beschauliche Flüsschen, das im Quellgebiet so malerisch über bemooste Felsen sprang, konnte im weiteren Verlauf also durchaus einen menschlichen Körper kilometerweit mitreißen.

»Ob wir den mutmaßlich geplanten Mord durch unsere Präsenz wirklich vereiteln könnten, sei dahingestellt. Aber wir hätten die Chance, den Killer zumindest beim Ablegen des Leichnams dingfest zu machen«, schloss Mader seine Ausführungen.

Walter Remmler hielt den mit Schablone geschriebenen Vers hartnäckig für das Werk eines Scherzbolds und Winfried Ziegler für den wahren und einzigen Brockenmörder, auch wenn dessen Gerichtsverfahren derzeit noch andauerte. Das, mehrere hundert Seiten starke, fachpsychiatrische Gutachten lag bereits vor. Der Psychiater hatte Zieglers Psyche in zahllosen Sitzungen und Tests durchleuchtet und ihn für fähig erklärt, Morde wie den an Alina Martens begehen zu können.

Es hatte deswegen viel Überzeugungskunst bedurft, den engstirnigen Revierleiter doch noch für die latente Gefährdungslage am Brocken zu sensibilisieren. Letzten Endes hatte sein Chef der empfohlenen Vorsichtsmaßnahme zugestimmt, um gegebenenfalls seinen eigenen Hals aus der Schlinge ziehen zu können. Falls morgen Nacht wider Erwarten nämlich doch etwas in der Region passieren würde, so hatte Bernd Mader ihm in eindringlicher Weise suggeriert, wäre *er* maßgeblich dafür verantwortlich, weil er die schriftliche Ankündigung eines Verbrechens einfach nicht ernst genommen hätte. Ein gefundenes Fressen, und das nicht nur für die Presse.

»Ja, genau! Und wenn ich die teure Maschinerie in Gang bringe und hinter jedem Baum, sozusagen, einen Bullen abstelle und nachher *nichts* passiert, setzt man mir ein Denkmal als größtem Steuerverschwender aller Zeiten. Man kann es niemandem recht machen, gilt für den werten Bürger entweder als hysterisch oder als nachlässig, je nach Darstellung in den Medien«, hatte Remmler in einem Anfall von Selbstmitleid gefrotzelt.

Erschöpft verließ der Kommissar das Revier gegen 23.15 Uhr, wohl wissend, dass Julia längst bei ihm zu Hause saß und wahrscheinlich schon wieder jede Menge Frust aufbaute. Erst gestern hatte sie ihn nach dem Brauhausbesuch mit galligen Vorwürfen konfrontiert. Er hatte sich bei ihr entschuldigen und versprechen müssen, sie beim nächsten Ermittlungsmarathon beizeiten anzurufen. Und genau das hatte er auch heute wieder vergessen.

Es ist bestimmt nicht leicht, die Gefährtin eines Kripo-Beamten zu sein, diese Tatsache verkenne ich ja gar nicht. Aber es ist verdammt anstrengend, sich für seine kräftezehrende Pflichterfüllung ständig auch noch rechtfertigen zu müssen. Man ist voll auf den Fall fokussiert und blendet die Welt um sich herum aus. Das geschieht weder aus Interesselosigkeit noch in böswilliger Absicht, nur kapieren das die Frauen scheinbar nicht, dachte Mader, halb schuldbewusst und halb genervt, als er auf den Hof seines noch immer unansehnlichen Anwesens einbog.

Sie öffnete ihm die Tür, hüllte sich jedoch in eisiges Schweigen. Im Gegensatz zum Vortag schien sie nicht gekocht zu haben. Der Tisch war nicht gedeckt, kein würziger Essensgeruch waberte durch die Küche. Mader registrierte das mit Erleichterung. So konnte sie ihm diesmal wenigstens nicht zum Vorwurf machen, dass sie sich die ganze Arbeit umsonst gemacht habe.

Julia setzte sich auf die Couch und tat so, als würde sie interessiert fernsehen – obwohl gerade Werbesendungen über den Bildschirm flimmerten. Er gesellte sich zu ihr, nahm sie in den Arm, aber sie saß da wie ein Stück Holz und würdigte ihn keines Blickes.

»Na komm, nun sag es schon! Du bist sauer, weil ich wieder Überstunden geschoben habe, ohne vorher anzurufen und Bescheid zu geben. Aber zu meiner Verteidigung muss ich anbringen, dass ich in einer stundenlangen Fallbesprechung mit meinem Chef gesessen bin. Da kann man nicht einfach kurz verschwinden.«

Kalte grüne Augen musterten ihn.

»Ach ja? Eine Besprechung also … wahrscheinlich wieder so eine wie gestern im Brauhaus? Versuche nicht, es abzustreiten, eine meiner Kassiererinnen hat euch beide gesehen«, entgegnete sie schneidend.

Daher weht also der Wind. Sie ist eifersüchtig und gereizt wie ein wilder Stier, dem man ein rotes Tuch vor die Schnauze gehängt hat …

»Stimmt, so ähnlich wie die gestrige Besprechung, jedenfalls zum selben Thema. Nur diesmal in den Diensträumen und nicht mit der Kollegin Schmidbauer, sondern meinem Chef Walter Remmler«, grinste der Kommissar kopfschüttelnd.

»*Das* soll eine Dienstbesprechung gewesen sein? Das glaubst du doch selber nicht! Ihr habt euch geduzt und diese hübsche

Brünette hat dich laut Kerstin die ganze Zeit verliebt angesehen. Ihr habt nett zusammen gegessen, während ich hier mit meinen kalten Nudeln wartete und mir wie eine Idiotin vorkam. Außerdem, was sollte es so lange zu diskutieren geben? Ihr habt momentan doch überhaupt keinen brisanten Fall, der solche Extratouren am Abend rechtfertigen würde«, wetterte Julia beleidigt und rückte demonstrativ ein Stück von ihm ab.

Er spürte, wie sein Adrenalinspiegel sprunghaft anstieg. Sein Lächeln erstarb. Er hatte es schon während seiner Ehe mit Sabine gehasst, sich ständig für dienstliche Notwendigkeiten anmotzen lassen zu müssen.

»Jetzt langt es mir aber. Ich nehme meinen Beruf ernst und da muss man im privaten Bereich Abstriche machen, ob es einem gefällt oder nicht. Die Fälle, die ich bearbeite, unterliegen dem Dienstgeheimnis. Daher wollte ich dir nicht erzählen, dass wir morgen mit einem neuen Mord am Brocken rechnen. So, jetzt ist es raus. Und entschuldige mal – meine Kollegin und ich hatten Hunger bekommen, da wird man doch seinen Dienst für ein paar Stunden in ein Restaurant verlegen dürfen! Ich habe mich deswegen gestern bei dir entschuldigt, aber wenn dir das nicht genügt, kann ich auch nicht helfen.«

»Ein weiterer Brockenmord, das soll ich dir abnehmen? Der Täter sitzt doch im Gefängnis! Außerdem, selbst wenn du keinen Dienst hast, nimmst du dir kaum Zeit für mich. Du chattest Tag und Nacht mit deinen Kindern, hängst beim Rechtsanwalt rum und kennst kaum mehr ein anderes Thema als diese Sorgerechtssache. Bei allem Verständnis, Bernd – dieses Theater wird mir allmählich zu viel.«

»Auch daran kann ich momentan nichts ändern, und das weißt du sehr genau. Ich werde Vroni und Luca keinesfalls Sabine und Sebastian überlassen, damit sie sie mir noch weiter entfremden und verbiegen können. Ich bin heilfroh, dass sie jetzt wenigstens über WhatsApp bereit sind, sich mit ihrem Vater zu befassen«, konterte Bernd aufgebracht. »Entweder stehst du das eine Weile mit mir gemeinsam durch, oder wir werden uns in letzter Konsequenz trennen müssen.«

»Dann ist es wohl besser, wenn ich heute in meiner eigenen Wohnung übernachte«, sagte sie mit Tränen in den Augen.

Er fand ihre Reaktion völlig unangemessen, hielt sie jedoch nicht zurück. Zehn Minuten später hörte er, wie sie die Autotür zuknallte, den Motor aufheulen ließ und vom Hof bretterte.

Das auch noch, Glückwunsch. Supertolle diplomatische Leistung, Alter. Ob die jemals wiederkommt, steht in den Sternen. Meine Güte, bleibt mir denn nichts erspart?

Etwas Warmes rieb sich an seinem linken Unterschenkel.

»Brrr?«

Er hob den streichelbedürftigen Stubentiger hoch, drückte ihn an seine Brust. Das Tierchen besaß äußerst feine Antennen.

»Ja Felix, ich bin auch traurig. Heute Nacht wirst du mit meiner Kniekehle vorliebnehmen müssen.«

*

Sonntag, 30. April 2017

Weit vor Beginn der Walpurgisfeierlichkeiten wurde Elisabeth Hornschuchs Leiche von einer fünfköpfigen Gruppe tschechischer Wanderer gesichtet, die den Brocken von der Ortschaft Ilsenburg her bestiegen und unterwegs einige Stempelstellen der *Harzer Wandernadel* abgeklappert hatten. Aufgelöst rannte einer der Männer übers Plateau bis zur Rezeption des Brockenhotels und hielt dem älteren Herrn hinter dem Tresen sein Smartphone unter die Nase. Er gestikulierte wild, weil er nur bruchstückhaft Deutsch sprach.

Das Display des Telefons zeigte die nicht ganz scharfe Fotografie einer Frau mittleren Alters, die, scheinbar total entspannt, in einer Bodenvertiefung hing und alle Viere von sich streckte. Wasser quoll unter ihrem Körper hervor, durchtränkte den Boden rundherum. Wasserlachen glitzerten. Das Arrangement war von hellen Blüten umgeben und die beleibte Nixe hielt etwas Kleines im Arm.

Ein Baby, in dieser Kälte? Nein, schon eher eine Stoffpuppe. Was soll das, will der Kerl mich veräppeln? Die Frau liegt doch mit ihrem Allerwertesten im Hexenbrunnen – oder nicht?

Zuerst wollte Karl-Heinz Steiner an einen üblen Scherz zum Hexenfest glauben, zumal der Atem des ausländischen Wanderers verräterisch nach Bierfahne roch. Gleich darauf wurde ihm jedoch klar, dass keine Frau dieser Welt sich bei derart niedrigen Temperaturen freiwillig in eine Quelle gesetzt hätte und sei sie noch so betrunken. Schon gar nicht im Sommerkleid.

Er schielte aufs Thermometer, das neben dem Fenster an der Hauswand klemmte. Aktuell betrug die Lufttemperatur draußen fünf Grad Celsius. Schon der Gedanke an eiskaltes Quellwasser ließ ihn frösteln. Die Härchen an seinen Armen stellten sich auf.

Er bedeutete dem Mann bitte einen Moment zu warten, doch der rannte wie von Sinnen wieder nach draußen. Der Rezeptionist sah ihm nach, er schlug schnurstracks den Weg Richtung Bahnhof ein. Also hatte er richtig vermutet, das Bild *war* drüben am sogenannten Hexenbrunnen aufgenommen worden.

Zögernd griff der Hotelangestellte zum Telefonhörer, atmete tief durch. Eine Tote, noch dazu wieder am Walpurgistag, hätte ihm gerade noch gefehlt.

Soll ich – oder blamiere ich mich mit diesem Anruf? Ach, egal. Falls es sich doch um eine alberne Blödelei von dem Tschechen handeln sollte, könnte es trotzdem nicht schaden, wenn die Polizei hier anrückt. Dann würde der Kerl wenigstens seine gerechte Strafe erhalten. Es gibt Dinge, mit denen treibt man einfach keine Späße, dachte der gehbehinderte Rezeptionist, während er die 110 wählte.

Der Wanderer kam zurück, hatte seine Gefährten im Schlepptau. Aufgeregt wartete die Gruppe, bis Steiner sein kurzes Telefonat beendet hatte. Einer von ihnen ging derweil die Toiletten suchen. Er wirkte zerstreut.

»Alle dableiben – Polizei!«, sagte Steiner zu den Verbliebenen und deutete mit dem rechten Zeigefinger vor sich auf den Fußboden. Die ungefähr dreißigjährigen Männer nickten, scheinbar hatten sie die nachdrücklich ausgeführte Geste verstanden. Sie wirkten allesamt ein bisschen mitgenommen. Eine verständliche

Reaktion, wenn man bedachte, dass sie statt regionalen Naturschönheiten eine nasse Leiche zu sehen bekommen hatten.

Steiner führte sie zum Selbstbedienungsrestaurant, wo sie sich mit starkem Kaffee versorgten. Scheinbar hatten auch die restlichen vier Touristen Fotos von der mutmaßlich Toten geschossen. Die Handys wurden um den Tisch gereicht und, auf Tschechisch, offenbar rege kommentiert.

Zwanzig Minuten später traf die Polizei mit Blaulicht ein. Diesmal hatte Mader auf irgendwelche Sondergenehmigungen gepfiffen und seine Kollegen angewiesen, die Brockenstraße zum Plateau zu benutzen. Seltsamerweise hatte keiner protestiert.

Die aufgeregten Tschechen führten die Ermittler, am Bahnhof vorbei, zum Hexenbrunnen. Es war ein Segen, dass Jablonski sich mit den Wanderern aus Prag halbwegs verständigen konnte. Tschechisch ist der polnischen Sprache ziemlich ähnlich. Daher war eine Unterhaltung, wenn auch mit ein paar Einschränkungen, zumindest möglich. Er nahm die Personalien auf und ließ sich schildern, wie sie die Tote gefunden hatten.

Während die Spurensicherung ihre unvermeidlichen Plastik-Flatterbänder anbrachte und den Fundort der Leiche weiträumig absperrte, ließen Kommissar Mader und seine Leute aufmerksam die Augen schweifen. Jedes Detail zählte.

»Wieder eine Inszenierung … scheinbar soll das die verwunschene Ilse darstellen, wie sie ein einsames Bad nimmt. Allerdings leider nicht im Fluss, wie wir es erwartet hatten. Der Tatort ähnelt also dem letzten – und auch wieder nicht. Diesmal ist der Körper dem Anschein nach intakt und bekleidet, auch fehlt das viele Blut. Wie ist dein erster Eindruck? Für mich sieht das eher wie das dilettantische Werk eines geltungssüchtigen Nachahmungstäters aus. Womöglich kann er kein Blut sehen«, überlegte Marit laut.

»Ich denke es wäre zu früh, um Rückschlüsse zu ziehen. Wir müssen Müller und Konsorten erst mal ihre Arbeit tun lassen«, mahnte der Kommissar deprimiert.

Ein Beamter der Spurensicherung drückte Mader einen etikettierten, hermetisch verschlossenen Plastikbeutel in die Hand. Er enthielt eine hässliche Stoffpuppe mit Plastikkopf, die wie eine Hexe angezogen war. Zweifellos handelte es sich um ein Souvenir, wie man sie hier am Kiosk im Dutzend zu kaufen bekam. Auf ihrem Wams stand ein Spruch aufgedruckt:

ES GRÜNE DIE TANNE
ES WACHSE DAS ERZ
GOTT SCHENKE UNS ALLEN
EIN FRÖHLICHES HERZ

»Ja, genau. Eine *sehr* fröhliche Gegend, diese Harzregion. Der fromme Wunsch hat nachweislich nicht gefruchtet«, brummte Mader schwarzhumorig.

Noch am selben Abend erschien ein offenbar heillos verzweifelter Mann im Revierkommissariat, flankiert von zwei weinenden Mädchen. Die kleine Familie vermisste ihre Ehefrau und Mutter. Wenig später war zumindest klar, um wen es sich bei der Toten vom Hexenbrunnen handelte.

*

Montag, 1. Mai 2017

Marit Schmidbauers Laune steckte im tiefsten Kellerbereich fest. Zwar durfte sie aufgrund des neuerlichen Brockenmordes jetzt wieder eng mit Bernd zusammenarbeiten und sehr wahrscheinlich würde die Soko *Brockopath* noch heute wiederauferstehen – aber sie konnte die Niederlage nicht verwinden. Sie fühlte sich am Tod von Elisabeth Hornschuch ein klein wenig mitschuldig.

Der Mörder hatte ihnen absichtlich falsche Hinweise geliefert, die Polizei in die Irre geführt und seine Tat an anderer Stelle in aller Ruhe begehen können. Anstatt den Bereich um Bahnhof und Hexenbrunnen zu beobachten, waren sie wie die Vollidioten am Ufer der Ilse herumgestanden und hatten stundenlang Maulaffen feilgehalten. Eine ganze Hundertschaft Polizisten war ausgerückt, und doch hatte dieser blutige Mord geschehen können, quasi unter den wachsamen Augen der Staatsmacht.

Mader betrat ihr Dienstzimmer, sah sie zusammengesunken am Schreibtisch sitzen und in einer Tasse rühren. So deprimiert hatte er sie noch nie zu Gesicht bekommen.

»Gräme dich nicht länger, Marit. Müller sagt, die Hornschuch sei schon seit etlichen Stunden tot gewesen, als der Täter sie am Hexenbrunnen ablegte. Wir hätten den Mord also nicht verhindern können. Ärgerlich ist insoweit nur, dass wir den Täter nicht festnehmen konnten. Der muss total abgebrüht sein.«

»Mag ja so sein, dass sie vorher gestorben ist«, brummte sie. »Aber wir sind dennoch schuldig, in gewisser Weise schon. Falls sich herausstellen sollte, dass dieser Täter und unser Brockopath vom letzten Jahr ein und dieselbe Person sind, hätten wir mit Ziegler den falschen Gewaltverbrecher eingebuchtet. Was haben wir übersehen, Bernd?«

»Wenn ich das nur wüsste! Wir müssen wieder ganz von vorne beginnen, das Umfeld der neuen Toten genauestens unter die Lupe nehmen. Eventuell gibt es eine Querverbindung zu Alina Martens. Die müssten wir gegebenenfalls finden.

Eines macht mich in diesem Zusammenhang sowieso stutzig. Diese Hornschuch war recht unattraktiv, hätte somit wohl kaum in Winnies Beuteschema gepasst, zudem wurde die arme Frau weder vor noch nach ihrem Tod vergewaltigt. Deswegen denke ich jetzt auch eher, dass wir es mit zwei verschiedenen Brockenkillern zu tun haben«, antwortete der Kommissar nachdenklich.

Marit sah ihn traurig an.

»Weißt du, es ist so wunderschön hier im Harz! Jedenfalls für Denjenigen, der genau hinsehen will und sich von rauem Wetter und langen Wintern nicht gleich abschrecken lässt. In diesem Teil unserer Heimat sind Natur, Tradition und Fantasie zu Hause. Und dann gibt es fiese Leute, die all das missbrauchen, um furchtbare Taten zu begehen. Die können einem glatt die Freude an alten Sagen versauen.«

»Apropos … hast du das alte Buch noch im Schreibtisch? Ich hätte gerne mehr über diesen Hexenbrunnen gewusst. Vielleicht sind in der zugehörigen Überlieferung Hinweise auf Tatmotiv oder Täter enthalten«, sinnierte Mader.

Sie zog den abgegriffenen Band aus einer Schublade. Ein knallig pinkfarbener Notizzettel steckte zwischen den Seiten.

»Das halte ich ebenfalls für möglich. Ich habe den Text schon dreimal durchgeackert, allerdings völlig ergebnislos. Soll ich ihn dir vorlesen?«

»Wenn es dir nichts ausmacht. Ich höre sehr gerne zu.«

Nun entglitt Marit doch ein schwaches Lächeln. Sie schlug das Sagenbuch an der entsprechenden Stelle auf und konzentrierte sich aufs Lesen.

»Vor langer, langer Zeit, so erzählt die Sage, wohnte unterhalb des Brockens, am Renneckeberg, ein armer Köhler mit seiner Frau und seiner wunderschönen Tochter Holda. Sie trug diesen Namen in Anlehnung an jene Göttin, welche als Beschützerin des heimischen Herdes gilt.

Diese Holda war ein fleißiges und stets hilfsbereites Mädchen. Sie half ihrer Mutter im Haushalt wo es nur ging, brachte ihrem Vater das Essen zum Meiler und sammelte auf dem Weg dorthin auch noch Kräuter, Beeren und Pilze. Diese wurden in der eigenen Küche verwertet oder unten im Tal von den Einwohnern der Stadt gegen Lebensmittel eingetauscht.

Seit jeher befand sich rund um den Brocken tückischer Moorboden, der mit Gras und Moos bewachsen und für Ortsunkundige schwer zu erkennen ist. Wehe einem jedem fremden Wanderer, der diese Hochmoore betritt! Er versinkt in der Tiefe und stirbt jammervoll, wenn nicht schnell Hilfe eintrifft.

Für den Köhler war das Moor aber eine ergiebige Quelle von Heizmaterial. Er stach im Sommer den Torf und ließ ihn trocknen, um im Herbst und Winter seinen Ofen damit zu beheizen. Außerdem wuchsen dort die besten Kräuter, was Holda natürlich wusste. Sie betrat das Moor ohne Furcht, kannte sie sich doch dort aus und wusste um jeden Weg und Steg.

An einem Juniabend kam sie bei Vollmond vom Kräutersammeln durch dieses Moor gelaufen, da vernahm sie jämmerliche Hilferufe. Sie eilte den Rufen entgegen und fand einen Jüngling, direkt am Moor liegend. Einen Schritt noch, oder eine unglückliche Bewegung – und er wäre verloren, das wusste sie. Schnell zog sie ihn, unter Aufbringen aller ihrer Kräfte, aus dem unergründlichen schwarzen Moorland weg.

Der Jüngling hatte sich verlaufen, war auf eine Klippe gestiegen, um Ausschau zu halten, und war anschließend von dieser abgestürzt. Ein Fuß war verstaucht und er hatte zahlreiche weitere Wunden abbekommen.

Schnell lief Holda nach Hause, holte ihre Mutter und eine Trage, auf die sie ihn banden. Durch aufopferungsvolle Pflege und heilsame Kräuterumschläge waren alle Wunden des Jünglings schon nach acht Tagen geheilt. Arnim, wie er hieß, konnte unter Obhut des Köhlers nach Ilsenburg heimkehren, wo sein Zuhause war. Sein Vater war der Reichste und Vornehmste in der ganzen Stadt und ihm gehörten viele der umliegenden Berge und Wälder.

Arnims Eltern waren in tiefster Sorge, denn sie glaubten, die bösen Geister des Brockens hätten ihren Sohn verschleppt. Als er nun wieder gesund vor ihrer Tür stand, freuten sie sich gewaltig. Tagelang wurde ein rauschendes Fest gefeiert. Aber Arnim war nicht mehr wie früher, seine Unbekümmertheit und sein Frohsinn waren dahin, immer sah er nur das Bild der schönen Köhlertochter vor sich.

Er hatte sich verliebt! Eines Tages endlich erzählte er seinen Eltern davon und gestand ihnen, dass er Holda zur Gemahlin haben wolle – und sonst keine.

Die Eltern aber waren entsetzt. Sie konnten und wollten nicht glauben, dass ein armes Köhlermädchen ihre Schwiegertochter werden sollte. Sie glaubten fest daran, dass deren Kräutertränke ihren Sohn verzaubert hätten und verklagten sie als Hexe.

Die mit dem Hexenprozess beauftragten Richter ließen Holda heimlich festnehmen und zum Brocken schaffen. Dort, im Umkreis des Brockengipfels, gab es kein Wasser. Schon in heidnischen Zeiten, als dort oben noch Wodan geopfert wurde, mussten die Menschen auf dem Berggipfel daher schrecklichen Durst leiden.

Holda wurde gesagt: Wenn sie binnen drei Tagen dort Wasser hervor zaubern könne, sei sie frei, andernfalls werde sie als Hexe verbrannt. Die Knechte, die Holda dort oben bewachten, hatten sich Wasser zum Trinken mitgebracht, sie aber musste großen Durst leiden.

Zwei lange Tage irrte sie verzweifelt auf dem rauen Berggipfel umher, immer verfolgt von ihren Wächtern. Sie betete zu allen Heiligen, aber keiner ließ ihr Hilfe zukommen. Am letzten Tag, der noch verblieb, erwachte sie schon beim ersten Schein der Sonne. Sie nahm ihren Wanderstock, stieß ihn in eine enge Felsspalte, fiel auf die Knie und rief im höchsten Schmerz:

›Jesus, Gottes Sohn, so hilf mir doch!‹

Kaum hatte sie ihren Ausruf beendet, da spritzte kristallklares Wasser aus der Felsspalte, sammelte sich in einem Rinnsal und lief über Klippen und bemooste Felsen den Berg hinab. Holda stand sprachlos neben der Wunderquelle, ebenso ihre Wächter. Dann kniete sie erneut nieder, stillte ihren Durst in der blitzsauberen Quelle und dankte Gott für die Gnade.

Holda war gerettet und Arnim durfte nun seine Geliebte heiraten und in seine Heimstatt führen. Man ummauerte die Quelle, damit sich das Wasser sammeln konnte, und nannte sie fortan *Holdabrunnen.*

Später wurde daraus dann der *Hexenbrunnen.* Man sagt, er fülle sich wie von Geisterhand immer wieder mit Wasser, auch wenn die ganze Umgebung trockenfällt. Er ist seit jenem Tag angeblich niemals versiegt.«

»Oh Mann … an was die Leute früher nicht alles geglaubt haben«, lachte Mader. »Aber du hast Recht, aus der Geschichte lässt sich nichts Brauchbares ableiten. Wir werden also traditionelle Polizeiarbeit leisten müssen und die hat mit Fantasie wenig zu tun. Ich darf dich bitten, den Witwer Hornschuch aufzusuchen und ihn auszuquetschen. Die vollständige Adresse findest du in der Akte.«

»Geht klar«, nickte Marit. Ihr war alles lieber als tatenlos im Revier zu sitzen und Trübsal zu blasen.

*

Schon beim Betreten der engen Wohnung im Plattenbauviertel *Burgbreite* fühlte die junge Polizistin sich unbehaglich. Altbackene, dunkle Eichenholzmöbel verbreiteten eine düstere Atmosphäre, frische Farben und persönliche Accessoires fehlten völlig. Braun gemusterte Fransenteppiche, braun karierte Vorhänge, braune und dunkelgrüne Sofakissen aus abgenutztem Samt auf einer ebenfalls dunkelbraunen Couch aus speckig gewordenem Rindsleder … einzig eine schneeweiße Damast-Tischdecke auf dem Esstisch hellte die finstere Tristesse ein wenig auf. Es gab nicht einmal einen Fernseher. Ein altmodisches Radiogerät stand auf einem Tischchen, das war alles in punkto Medien.

Wie kann man in so einem muffigen Loch nur mit Kindern leben? Ich bekäme spätestens nach drei Tagen eine Depression, dachte Marit angewidert. Sie schielte neugierig in Richtung Flur, aber die Türen zu zwei weiteren Räumen waren geschlossen.

Winfried Hornschuch fragte die Beamtin gar nicht erst, was er ihr zu trinken anbieten könne, sondern stellte ungefragt ein Glas stilles Mineralwasser vor ihr auf den braun gekachelten Couchtisch. Seine Bewegungen wirkten ein wenig linkisch, wahrscheinlich hatte sich sonst seine Ehefrau um sowas gekümmert. Falls man in diesem ungemütlichen Ambiente überhaupt jemals Besucher empfangen hatte.

»Also, Herr Hornschuch … wann haben Sie Ihre Frau zum letzten Mal lebend gesehen?«

»Das war vorgestern, bevor ich zur Arbeit musste. Also am Samstag, den neunundzwanzigsten April, gegen elf Uhr vormittags. Da lag sie aber noch im Bett und schlief.«

»Sie war also Langschläferin?«

»Nein, im Gegenteil. Wir pflegen alle früh aufzustehen, meist zwischen fünf und halb sechs, auch am Wochenende. Aber ihr war es über Nacht nicht gut gegangen, Nasenbluten und Kreislaufprobleme hatten sie stundenlang wachgehalten. Also brachte ich die beiden Mädchen zu ihren Großeltern, damit sie sich tagsüber schonen konnte, und fuhr zum Bahnhof Wernigerode. Ich arbeite als Lokomotivführer bei den Harzer Schmalspurbahnen und war am Samstag bis acht Uhr abends zum Dienst eingeteilt. Ich musste einen Kollegen vertreten und befuhr die Strecke Wernigerode-Nordhausen, das sind einundsechzig Kilometer auf der sogenannten Harzquerbahn.«

»Das müssen wir bei der HSB routinemäßig überprüfen, dürfte ja kein Problem darstellen. Und nach dem Dienst, als Sie nach Hause kamen, war sie nicht mehr da?«

»Genau, und das fand ich seltsam. Elisabeth war keine Frau, die besonders selbständig gewesen wäre. Sie blieb meistens in der Wohnung und versah den Haushalt, sorgte für die Kinder. In ihrer Freizeit beschäftigte sie sich hauptsächlich mit Näh- und Handarbeiten, oder sie las in einem ihrer vielen Bücher.

Nach Einbruch der Dunkelheit ging sie sonst nie weg, schon gar nicht alleine. Ich konnte mir keinen Reim darauf machen, wo sie abgeblieben war – zumal wir an diesem Abend zu einem Kurztrip aufbrechen wollten. Wir planten, mit dem Nachtzug an die Nordsee zu fahren, weil Elisabeth wenigstens einmal im Leben das Meer sehen wollte. Sie freute sich wie ein Schneekönig darauf, war überglücklich gewesen, dass ich ihr den Wunsch dank meiner Ersparnisse endlich erfüllen konnte.

In Sankt Peter-Ording hatte ich für die Nacht vom dreißigsten April auf den ersten Mai ein günstiges Pensionszimmer gebucht, bei einer Familie Johann Reimert in der Wittendüner Allee. Das können Sie gerne ebenfalls nachprüfen.«

Marit nickte, fertigte sich entsprechende Notizen an.

»Ihr Leben lief normalerweise also sehr geregelt ab. Warum wollten Sie mit der Bahn fahren, besitzen Sie denn kein Auto?«

»Nein, und auch keinen Führerschein. Meine Familie braucht sowas nicht. Man kann die Bahn benutzen, zu Fuß gehen oder mit dem Rad fahren. Bewegung tut sowieso jedem Menschen gut. Die meisten Leute sind zu bequem und wundern sich dann über ihr Übergewicht. Es ist außerdem viel zu teuer, ein Auto zu unterhalten; allein schon wegen der vielen Technik, die heutzutage drinsteckt und kaputt gehen kann«, merkte Hornschuch in schulmeisterlichem Tonfall an.

»Wie sieht es mit einem Handy aus, hatte Elisabeth eines?«

»Nein. Hören Sie, wir haben grundsätzlich nicht jede Modeerscheinung mitgemacht, nur weil die Konzerne dummen Konsumsklaven überflüssiges Zeug aufdrängen wollen.«

Meine Güte, was für übertrieben bescheidene Lebensverhältnisse … ob seine Familie wohl genauso starrsinnig und bieder drauf ist? Oder hat er sie hemmungslos unterdrückt, zum Vergnügungsverzicht gezwungen? Ich werde auch mit den Mädchen und den Großeltern reden, da werde ich das sicher herausfinden. Und dann der Vorname – schon wieder ein Winfried … ist das ein blanker Zufall, oder wie viele davon gibt es in Wernigerode?

Einwohnermelderegister checken, notierte Marit auf ihrem Block.

»Hatte Ihre Ehefrau Feinde, oder könnte sie jemand im Vorfeld ihres Verschwindens bedroht haben?«

Hornschuch lachte schallend.

»Nein, wie auch. Sie pflegte außerhalb der Familie keine sozialen Kontakte und ist seit jeher eine Hausfrau gewesen. Wir waren seit elf Jahren verheiratet und davor lebte sie zurückgezogen im Haushalt ihres Vaters. Inmitten einer gläubigen Pfarrersfamilie, verstehen Sie?«

»Das mag ja möglich sein, aber aus irgendeinem Grund muss sie am neunundzwanzigsten April eben *doch* die Wohnung verlassen haben. Es gibt weder Einbruchspuren an den Türen noch hat ein Kampf stattgefunden, sagt die Spurensicherung. Eine Entführung ist daher sehr unwahrscheinlich«, beharrte die Polizistin. Hornschuchs Wesensart ging ihr allmählich tierisch auf den Wecker.

Der frischgebackene Witwer zuckte nur ratlos mit den Schultern. So kam sie nicht weiter, also wechselte sie das Thema.

»Können Sie sich irgendeinen Reim auf die Hexenpuppe machen, die Elisabeth am Fundort im Arm trug?«

»Die hatte ich ihr damals in unserer Verlobungszeit geschenkt. Aber die Begründung, warum sie das alte Ding mit außer Haus genommen hat, kann ich Ihnen leider auch nicht liefern.«

Das Frage- und Antwortspiel plänkelte noch eine halbe Stunde vor sich hin. Marit wurde der Mann immer unsympathischer, er hatte etwas Hartes, total Unerbittliches an sich. Er vergoss keine Tränen, schien den Tod seiner Frau wie ein alltägliches Ereignis hinzunehmen. Womöglich hätte er betroffener gewirkt, wenn seine favorisierte Fußballmannschaft verloren hätte. Einer spontanen Eingebung folgend, fragte sie unvermittelt:

»Kannten Sie Alina Martens, das Walpurgisopfer vom vergangenen Jahr?«

Die Erwähnung dieses Namens schien etwas in seiner Psyche auszulösen, für einen kurzen Augenblick huschten undefinierbare Emotionen über sein maskenhaft gefasstes Gesicht. Die Augen blitzten auf. Gleich anschließend bekam er sich wieder vollständig in den Griff, wirkte genauso abgeklärt wie zuvor.

»Klar, aus der Zeitung. Und dieses Jahr musste meine arme Elisabeth das schreckliche Schicksal dieser Frau teilen. Hoffentlich endet die blutige Mordserie jetzt mit ihr«, sagte er mit einem tiefen Seufzer. Sein kühler Blick wanderte zum Fenster hinaus.

Marit zwang sich zur gedanklichen Neutralität. Sie hatte schon Wojciech Król falsch eingeschätzt, seine Reaktionen fehlgedeutet. Dieser Typ hier kam ihr verkorkst und unnahbar vor.

Doch das könnte auch seine spezielle Art sein, mit Trauer umzugehen. Nicht jeder Mensch reagiert auf schwere Traumata gleich, nicht jeder lässt sich tief in die Seele blicken. Seine Psyche könnte den schrecklichen Verlust abgespalten haben, damit er nicht durchdreht. In diesem Fall würde ihn der Schock erst ein paar Tage später ereilen und starke Emotionen auslösen, sinnierte die Beamtin.

Sie hatte das Phänomen bei ihrer Mutter selbst erlebt, und zwar nach dem schweren Schlaganfall ihres Vaters. Die erschien zuerst auch dermaßen gefasst, dass ihr manche Verwandte sogar Herzenskälte unterstellten – bis nach einer Woche der Zusammenbruch in Form von schweren Panikattacken nachfolgte.

Ihr fielen keine sachdienlichen Fragen mehr ein, also verabschiedete sie sich. Hornschuch streckte ihr seine feuchte Rechte hin, was sie innerlich vor Ekel erschauern ließ. Im Treppenhaus wischte sie ihre Handflächen an der Jacke ab.

»Wir werden ja sehen, was du für Einer bist«, murmelte sie, als sie wenig später auf der asphaltierten Parkplatzwüste der Plattenbauanlage ankam und in den Dienstwagen stieg.

Oben in der Wohnung stand Winnie am Fenster, verborgen von einer braunkarierten Übergardine. Er sah der jungen Beamtin hinterher, beobachtete onanierend, wie ihr enger Rock beim Einsteigen ein Stückchen nach oben rutschte und die schlanken Oberschenkel freigab. Er stellte sich genüsslich vor, wie es dazwischen, unter ihren schwarzen Feinstrümpfen und dem Slip aussehen mochte. Ob ihr Geschlechtsteil wohl rasiert war?

Die Erinnerung an den Sex mit Alinas totem Körper verblasste allmählich und auf Elisabeth konnte er auch nicht mehr zurückgreifen. Also musste er sich zukünftig anderweitig behelfen. Diese Frau hatte seine Lendengegend in Wallung gebracht.

Er kam, spritzte seinen Samen in die Vorhänge. Finstere Fantasien geisterten durch sein Gehirn. Nun wünschte er sich trotz der damit verbundenen Gefahren, dass sie hier ein weiteres Mal auftauchen und ihn befragen möge.

*

Dienstag, 2. Mai 2017

Die Wiederauferstehung der Soko Brockopath ließ nicht lange auf sich warten. Gegen zehn Uhr fand sich die bewährte Truppe im Besprechungsraum des Reviers ein. Gerichtsmediziner Müller lieferte eingangs einen vorläufigen Obduktionsbericht ab und merkte dazu an, dass diesmal nur die Genspuren einer einzigen Person am Ablageort des Leichnams gefunden worden seien. Er werde sich wieder melden, sobald die Analyse fertig und durch die Datenbank gewandert sei.

Das ließ hoffen.

Dass der Witwer des Mordopfers ausgerechnet Winfried mit Vornamen hieß, war sämtlichen Soko-Beamten sofort aufgefallen. Timo Schröck wurde daher mit der Recherche betraut, wie viele Winfrieds es in Wernigerode seit den 1970-er Jahren gegeben hatte und wie viele heute noch in der Stadt oder der näheren Umgebung lebten.

Die zentrale Frage dieses Vormittags lautete:

Ist Winfried Ziegler wirklich Alina Martens‘ Stalker und Mörder, oder könnte für beide Taten Elisabeth Hornschuchs Ehemann infrage kommen? Falls letzteres den Tatsachen entsprach, hätte man es mit einem Serienkiller zu tun, der jederzeit wieder zuschlagen konnte.

»Aber, liebe Kollegen, versteifen Sie sich bitte nicht bloß auf die beiden Winfrieds, bleiben Sie offen für alles und jeden, verfolgen Sie noch so kleine Hinweise. Womöglich gehen die Brockenmorde nämlich auf das Konto eines ominösen Dritten, den wir bislang noch gar nicht auf der Rechnung haben. Selbst gegen Winfried Ziegler gibt es im Augenblick lediglich eine Indizienkette, man konnte seine Schuld bis dato nicht zweifelsfrei nachweisen«, mahnte Mader.

»Schon klar, wir sind keine Anfänger«, konterte Beckert.

Marit Schmidbauer sollte am Nachmittag die Befragungen bei Elisabeths Eltern und den beiden Töchtern fortsetzen, während Steffen Beckert die Ehre hatte, wieder mal auf den Brocken zu fahren – um hausieren zu gehen, wie er es ironisch nannte.

Jablonski genoss derzeit noch seinen Urlaub auf Lanzarote, blieb daher vorläufig vom Fall *Brockopath #2* verschont. Wahrscheinlich sonnte er sich in seliger Unwissenheit, was ihn nach seiner morgigen Rückkehr erwarten würde.

Die unangenehmste Pflicht oblag Kommissar Mader. Remmler hatte ihn in sein Büro zitiert. Dort musste er sich so einiges zu falschen Schlussfolgerungen und einer verunsicherten Bevölkerung anhören, und das, obwohl Remmler ohne seine Appelle, nach Eingang des anonymen Ankündigungsbriefes, von sich aus überhaupt nichts unternommen hätte.

Wie hätte ich ahnen sollen, dass ›Ilse‹ in einem mickrigen Tümpel baden geht, anstatt in den nach ihr benannten Fluss zu steigen? Undank ist der Welt Lohn. Ich habe es allmählich wirklich satt, immer und überall der Sündenbock zu sein, dachte er frustriert.

Gegen drei Uhr nachmittags konnte er sich endlich abseilen, zum benachbarten Türkenimbiss hasten und sich einen fettigen, extrascharfen Döner holen. Den hatte er sich heute redlich verdient.

*

Während sich Mader an seiner Kalorienbombe labte, stieg Steffen Beckert am Brockenbahnhof aus dem Zug und startete dort seine Befragungsrunde. Natürlich kannte jeder Mitarbeiter der HSB den Lokführer Hornschuch. Einige schätzten ihn als zuverlässigen, wenn auch verschlossenen Kollegen, andere hielten ihn für einen merkwürdigen, ja sogar unheimlichen Charakter. Privat hatte niemand mit ihm zu tun.

Weiter ging es zum Hexenkiosk. Inhaberin Ines Mahler winkte ihm schon von weitem mit vollem Körpereinsatz zu, sie hatte wohl einen Narren an ihm gefressen. Keine neue Erfahrung für ihn. Schon im vergangenen Jahr hatte sie ihm schöne Augen gemacht und ihr durchaus sehenswertes, prall gefülltes Dekolleté zwischen Hexenpuppen und anderen Souvenirs eindrucksvoll in Szene gesetzt.

»Ah, die Kripo Wernigerode gibt sich die Ehre! Ich hatte mich schon gefragt, wann Sie wieder bei mir auftauchen«, strahlte die Rothaarige mit der taillenlangen Lockenpracht.

»Ja, ich könnte mir hier oben langsam ein Zimmer mieten, so oft wie ich bei euch auf diesem Plateau abhänge. Leider ist der Anlass immer derselbe. Wie schaut es denn diesmal aus, haben Sie diesen unattraktiven Herrn zwischen dem neunundzwanzigsten und dem dreißigsten April zu irgendeinem Zeitpunkt gesehen?«

Er hielt ihr ein relativ aktuelles Ausweisfoto von Hornschuch unter die Nase. Das städtische Einwohnermeldeamt hatte es der Polizei auf dem kleinen Dienstweg überlassen.

»Mit Sicherheit … nur wann, kann ich nicht genau einkreisen. Der Typ ist Lokführer, der hängt andauernd hier herum. Zwischen seinen Fahrten hockt er sich oft irgendwo hin und trinkt

Kaffee aus der Thermoskanne. Ist wohl zu geizig, um sich einen frischen zu kaufen. Mir ist er unsympathisch, drum beachte ich ihn nicht weiter«, plauderte die dralle Geschäftsfrau.

Diese Aussage deckte sich mit denen des Bahnhofspersonals.

»Kann ich sonst noch etwas für Sie tun?«

»Klar. *Mir* wäre nach einem frischen Kaffee in netter Gesellschaft zumute. Könnten Sie Ihre Hexenbude eventuell für eine Viertelstunde alleine lassen?«, schäkerte Beckert routiniert.

»Aber liebend gerne, wir können sofort los!«

Sie strahlte wie ein frisch polierter Diamant.

Kurvige Figur, hellblaue Katzenaugen, ein ebenmäßiges Gesicht … da kann ich über ein paar Pfunde zu viel durchaus hinwegsehen. Du darfst dich gerne in meinen Fanclub einreihen, Baby, dachte der selbstverliebte Beamte und sah lächelnd zu, wie die Mahler ihren Kiosk verschloss, obwohl um diese Uhrzeit jede Menge potentielle Kunden das Plateau bevölkerten. Er wusste um seine erotisierende Wirkung, die so manche Frau völlig um den Verstand brachte.

Noch voll unter dem vielversprechenden Eindruck seines unverhofften Tête-á-tête stehend, schlenderte Beckert gegen fünf Uhr zum Hotel hinüber, um weitere Interviews zu führen. Vom Sehen schien jeder Angestellte der Brocken-Gastronomie den obskuren Lokführer zu kennen, persönlich aber kein Mensch. Die Äußerungen glichen sich wie ein Ei dem anderen.

Der Brockenwirt hatte zusätzlich ausgesagt, dass er Winfried Hornschuch zwar im fraglichen Zeitraum nicht bewusst wahrgenommen, aber in der Nacht zum Sonntag, zu einer vollkommen unüblichen Uhrzeit und nach Ende des fahrplanmäßigen Bahnhofsbetriebs, einen Triebwagen gehört habe.

»Wahrscheinlich eine Wartungs- oder Sonderfahrt, die HSB führt manchmal welche durch. Schließlich mussten sie zu den Walpurgisfeiern mit einem erhöhten Fahrgastaufkommen rechnen. Zu solchen Stoßzeiten hat alles reibungslos zu funktionieren«, meinte er achselzuckend.

Steffen Beckert maß dieser beiläufig eingestreuten Bemerkung keinerlei Bedeutung für den Mordfall zu; daher verzichtete er darauf, Details aufzuschreiben. Vor seinem geistigen Auge sah er immer noch Ines‘ kapitale Möpse wogen, die er bei der Fortsetzung des Dates, gleich heute nach Feierabend, mit Sicherheit aus ihrer Verpackung befreien durfte.

5
SCHICHT IM SCHACHT

Timo Schröck zählte zu den sehr organisierten Beamten. Er war nicht der schnellste, weder beim Arbeiten noch in der Informationsverarbeitung, galt aber als zuverlässig. Mader hatte gewusst, warum er genau *ihn* mit der Recherche im Einwohnermelderegister betraute. Für Außeneinsätze war er eher weniger geeignet.

Nun hatte er sich daran gemacht, eine übersichtliche Tabelle anzulegen. Das städtische Register hatte für die siebziger Jahre sage und schreibe sechzehn Winfrieds ausgespuckt, am Ende der Achtziger waren es immerhin noch dreizehn gewesen. Beim Stand *2. Mai 2017* hatte er noch neun einzutragen, die Herren Ziegler und Hornschuch eingeschlossen.

Eindeutig: Die Beliebtheit dieses unmodernen Namens scheint kontinuierlich abzunehmen. Keiner nennt sein Kind heute mehr so, stellte er fest.

Hinter Familien- und Vornamen notierte Schröck die jeweiligen Geburtsdaten, in den nächsten Spalten Zu- und Wegzugsdaten. Winfried Ziegler hatte sein Leben ab Geburt in Wernigerode verbracht, während Winfried Hornschuch erst seit 2006 am Ort gemeldet war. Da war er schon über dreißig Jahre alt gewesen. Als Stalker von Alina kam der Eisenbahner also eher nicht infrage.

Vielleicht lieferte diese Entdeckung sogar den entscheidenden Hinweis, dass Hornschuch zumindest nicht für *deren* Tod verantwortlich war. Er hätte während seiner Jugendzeit schließlich in Wernigerode leben müssen, um dieselbe Schule wie die Martens besuchen und sie dort auf dem Schulhof belästigen zu können.

Winfried Ziegler hingegen hatte damals zu DDR-Zeiten dieselbe Schulbank gedrückt, das war im Strafverfahren festgestellt worden. Der leugnete die Tat zwar nach wie vor, behauptete auch, Alina Martens nicht gekannt zu haben … aber versuchten nicht die meisten Mörder bis zur letzten Minute, straffrei davon zu kommen?

Wahrscheinlich behält der Kommissar Recht. Der Brockenmörder #2 ist ein mediengeiler Trittbrettfahrer und die beiden Gräueltaten hängen nicht unmittelbar zusammen.

Was Timo Schröck bei aller Sorgfalt versäumte, war der Eintrag, woher all die Winfrieds gekommen, beziehungsweise, wohin sie verzogen waren. Er hatte noch kurz überlegt, ob er weitere Spalten hierfür anlegen sollte, diese Idee dann aber wieder verworfen. Die zusätzlichen Spalten hätten nicht mehr auf DIN A4-Blätter im Querformat gepasst. So etwas störte seinen Ordnungssinn empfindlich.

So kam es, dass das Datum 10. Juni 2006 in der Spalte *Hornschuch, Winfried*, unter der missverständlichen Rubrik *Zuzug* vermerkt war. Er konnte nicht ahnen, was für fatale Folgen dieser kleine Fehler nach sich ziehen würde.

*

Marit Schmidbauer stieg bei neun Grad Celsius aus ihrem Seat Ibiza. Gefühlt war es kälter, sie knöpfte ihre gefütterte Jeansjacke bis oben zu. Das evangelische Pfarrhaus lag am Ende einer zugigen Sackgasse, direkt am Waldrand unterhalb des Schlosses. Die Bäume bogen sich im Wind.

Der Gottesdiener empfing die Beamtin herzlich, bot ihr gleich Kaffee und Kuchen an. Marit lehnte das nette Angebot pflichtgemäß ab, auch wenn in diesem Fall sicher nicht zu befürchten war, dass sie damit bestochen werden sollte.

»Meine Frau lässt sich entschuldigen. Sie hat einen dringenden Arzttermin in der Stadt, den sie nicht verschieben konnte. Vielleicht ist es auch besser, wenn sie nicht schon wieder mit dem Tod unserer Tochter konfrontiert wird. Sie verkraftet die Katastrophe noch schlechter als ich«, sagte er leise.

»Das verstehe ich. Kein Problem«, winkte Marit ab. »Erzählen Sie einfach ein wenig über Ihre Tochter, damit ich eine Vorstellung von deren Lebensgewohnheiten bekomme. Mich interessiert natürlich insbesondere, wie das Verhältnis zu ihrem Ehemann Winfried gewesen ist.«

Er hob ruckartig den Kopf, riss die Augen auf.

»Sie verdächtigen meinen Schwiegersohn?«

»Das nicht direkt, keine Sorge. Aber wir müssen in alle Richtungen ermitteln. Beziehungstaten kommen häufig vor, selbst in den besten Familien«, erklärte Marit.

»Ach so … wissen Sie, der Winfried hat einfach eine merkwürdige Art an sich. Da neigt man schnell zu Vorurteilen. Ich mochte ihn zuerst auch nicht leiden, bis er eines Tages in seine Rolle als Ehemann und Vater hineingewachsen war. Elisabeth und er haben in relativ hohem Alter geheiratet und da hat jeder seine Gewohnheiten entwickelt, die er ungern wieder aufgibt.«

»Das stimmt. Aber beginnen wir von vorne, mit Elisabeths Kindheit«, schlug die Beamtin geduldig vor.

»Da gibt es nicht viel zu berichten. Unsere Tochter ist sehr behütet aufgewachsen. Wir haben versucht, unser einziges Kind im Geiste von Jesus Christus zu erziehen, es resistent gegen die Versuchungen der heutigen Gesellschaft zu machen. In unserem Haushalt gibt und gab es kein Fernsehgerät und erst recht keinen Computer. Elisabeth hat uns nur selten Ärger bereitet, nicht einmal in den Jahren der Pubertät war sie besonders aufsässig.

Ein gutes, liebes Kind, hilfsbereit und respektvoll … ich frage Sie: Wer bringt es übers Herz, so einen Menschen zu töten?«

Der Pfarrer griff zu einem Taschentuch, wischte sich die Tränen aus den geröteten Augen.

»Das werden wir bestimmt herausfinden. Wie haben Elisabeth und Winfried sich eigentlich kennengelernt?«

»Er war jeden Sonntag vor dem Portal meiner Kirche gestanden, hat nur treuherzig geguckt. Selbstverständlich haben meine Frau und Tochter regelmäßig meine Messe besucht und mit mir das Abendmahl gefeiert. Schließlich fiel mir auf, dass der Fremde Elisabeth regelrecht anstarrte, also ging ich hin und fragte, welchen Grund dieses merkwürdige Verhalten habe. Er wirkte schüchtern und gestand, er habe sich in sie verliebt. Ob er wohl einmal mit ihr sprechen könnte? Sie zeigte sich einverstanden –

und acht Wochen später waren die beiden verlobt. Mir ging die ganze Entwicklung dieser Beziehung ein wenig zu schnell, aber wo die Liebe hinfällt … «

»Klingt romantisch«, bemerkte Marit.

Oder inszeniert, fügte sie insgeheim in Gedanken hinzu.

»Ja, auch wenn ich zugeben muss, dass das Ganze meiner Frau und mir damals durchaus ein bisschen unheimlich vorkam. Aber Winnie stellte sich bald als treusorgender Gatte heraus. Er bildete sich beruflich weiter, stieg vom Gleisarbeiter zum Lokführer auf. Er wollte seiner Familie ein Leben ohne finanzielle Sorgen bieten können. Elisabeth schien prächtig mit ihm klar zu kommen und sie gebar ihm in kurzer Abfolge unsere zwei Enkelkinder. Alles schien in Ordnung zu sein, bis … «

Er schniefte wieder, dann erzählte er der Ermittlerin über die blauen Flecken, die er an seiner Tochter bemerkt hatte, und von seinem nachfolgenden Besuch beim Schwiegersohn. Danach sei alles wieder gut geworden, Winfried habe Elisabeth nichts mehr zuleide getan.

»Sind Sie sich da wirklich ganz sicher? Elisabeths Nasenbein war gebrochen und das muss vor ihrem Tod passiert sein, sagt unser Gerichtsmediziner. Wer seine Frau einmal schlägt, tut das meist immer wieder«, merkte Marit erstaunt an.

»Ich weiß jedenfalls nichts Gegenteiliges. Ich sah seit meinem Gespräch mit Winfried keinerlei Verletzungen mehr an ihr und Elisabeth bestätigte mehrfach, dass er sie nicht mehr schlage. Sie ist sehr christlich, hätte mich niemals angeschwindelt. Sie wusste auch, dass ihr und den Kindern mein Haus jederzeit offenstand, falls sie es mit ihm nicht mehr ausgehalten hätte.«

»Okay, gehen wir also von einer wundersamen Wandlung aus. Und mit welcher genauen Begründung hat er die Mädchen am neunundzwanzigsten April bei Ihnen vorbeigebracht? Kamen solche Begebenheiten öfters vor?«

»Sehr, sehr selten. Manchmal schaute Elisabeth nachmittags mit Barbara und Viviane kurz vorbei, damit wir sie überhaupt zu sehen bekamen. Bei uns übernachtet haben die Kinder vorher nur … ja, dreimal. Als Elisabeth mit Viviane niederkam, hat er

Barbara hier abgegeben und danach zweimal jeweils beide Kinder, weil Elisabeth an Grippe erkrankt war und den Haushalt nicht versehen konnte.

Wir haben uns an jenem Tag deshalb sehr über sein plötzliches Auftauchen gewundert. Er erzählte ganz aufgeregt, dass es Elisabeth nicht so gut gehe, und, dass sie am Morgen länger im Bett geblieben sei. Und das ausgerechnet jetzt, wo er ihr ihren größten Wunsch erfüllen und mit ihr an die See fahren wolle.«

»Urlaube und Ausflüge waren bei dem Ehepaar also normalerweise nicht an der Tagesordnung?«

»Nein, Winnie hielt sowas für pure Geldverschwendung. Ich kann Ihnen auch nicht sagen, wieso er spontan mit ihr wegfahren wollte. Womöglich ging es ihr in gesundheitlicher Hinsicht schon länger nicht so gut. Elisabeth war ein Mensch, der nicht jammerte, der Schmerzen oder Probleme am liebsten mit sich selbst ausmachte.

Aber zu der Reise kam es dann ja nicht mehr, weil sie … weil sie … ach, ich weiß auch nicht, vielleicht hat sie für den Kurzurlaub noch irgendetwas einkaufen wollen und ist dabei ihrem Mörder begegnet … der könnte ihr doch auch den Nasenbeinbruch beigebracht haben, nicht wahr?«

Mit seiner Fassung war es endgültig vorbei. Der Pfarrer weinte jetzt hemmungslos. Marit ließ ihm viel Zeit, sich wieder halbwegs zu beruhigen; erst dann setzte sie die Befragung fort.

Noch während die Kripo-Beamtin mit Elisabeths Vater sprach und die Aussagen protokollierte, kamen seine Frau und die Enkeltöchter nach Hause. Sie alle bestätigten seine Darstellung der Begebenheiten haargenau. So wie es aussah, sollten Barbara und Viviane von jetzt an dauerhaft bei ihren Großeltern leben, weil ihr Vater sich tagsüber nicht um sie kümmern konnte.

Dieser Winfried Hornschuch war zweifellos ein verschlossener, vergleichsweise gefühlskalter Mensch, der sich ungern in die Karten sehen ließ und die vordergründige Fassade eines strengen, aber gerechten Familienvaters aufrechterhielt.

Nur, was mochte sich dahinter verbergen?

Diese Frage beschäftigte die Polizistin immer noch, als sie auf den mit einer Schranke gesicherten Dienstparkplatz des Revierkommissariats einbog.

Sie stieg aus dem Auto, winkte freundlich zwei jungen Kollegen zu, die soeben eine Streifenfahrt antraten. Ihr Magen knurrte laut vernehmlich. Seit dem Frühstück um sieben Uhr hatte sie nichts mehr gegessen.

Ich gehe am besten noch schnell zum Bäcker rüber, hole mir ein Schokohörnchen. Wer weiß, wie spät es im Dienst heute wieder wird. Ach, ich nehme Bernd am besten auch eines mit, da freut er sich bestimmt.

Anstatt ohne Umwege das Dienstgebäude zu betreten, überquerte Marit den Nicolaiplatz, wollte zu einem Bäckereicafé mit Straßenverkauf in der angrenzenden Breiten Straße. Plötzlich nahm sie eine hastige Bewegung aus dem Augenwinkel wahr, aus Richtung der Laubbäume, die links und rechts den Nicolaiplatz säumten. Sie blickte für ein paar Sekunden in die Richtung, konnte jedoch nichts Außergewöhnliches mehr erkennen.

Kein Wunder, denn Winfried Hornschuch war hinter einem der dickeren Baumstämme blitzartig in Deckung gegangen. Er konnte auf die Routine aus vielen Jahren zurückgreifen.

*

Freitag, 5. Mai 2017

Am Freitagmorgen wartete eine Enttäuschung auf Kommissar Mader und seine Mitstreiter von der Soko. Der Gerichtsmediziner hatte den, am Hexenbrunnen gesicherten, genetischen Fingerabdruck des mutmaßlichen Täters analysiert, doch die DNA-Analysedatei des Bundeskriminalamts hatte keinen Treffer geliefert. Im Gegensatz zu Winfried Ziegler schien sein Nachahmer ein strafrechtlich unbeschriebenes Blatt zu sein.

»Mit diesem Ehemann ist etwas nicht koscher, selbst wenn man außer Acht lässt, dass er Winfried heißt. Nach derzeitigem Stand der Ermittlungen scheint er der Einzige zu sein, der als Mörder von Elisabeth Hornschuch infrage kommt. Wir müssen dieser Spur nachgehen. Ich werde versuchen, den richterlichen Beschluss für ein DNA-Screening zu bekommen«, schloss Mader die Besprechung.

Der hohe Druck von Medien und Öffentlichkeit führte dazu, dass dieser Beschluss außergewöhnlich zeitnah vorlag. Bereits gegen ein Uhr mittags hielt der Kommissar die Papiere in Händen. Er fackelte nicht lange. Telefonisch erfragte er bei der HSB die Dienstzeiten des Verdächtigen.

In Begleitung von Beckert passte er Hornschuch kurz nach 21 Uhr vor dem Bahnhof Wernigerode ab, als der gerade auf sein Fahrrad mit antiquierter Dreigangschaltung steigen wollte.

»Keine Sorge, es handelt sich nur um Routine. Das tut nicht weh, ich muss nur mal kurz ein Wattestäbchen an Ihrer Mundschleimhaut reiben«, erklärte Beckert, streifte sich Latexhandschuhe über und holte das Stäbchen aus dem sterilen Röhrchen, das bereits feinsäuberlich mit Hornschuchs vollständigen Daten beschriftet worden war, um eine spätere Verwechslung im Labor auszuschließen.

»Und wieso sollte ich das zulassen?«, fragte der Lokführer und verschränkte abweisend die Arme vor seinem Körper.

»Sie haben keine andere Wahl. Ich habe Ihnen doch gerade eben den richterlichen Beschluss gezeigt, Herr Hornschuch. Sie sind nun mal die letzte Person, die Ihre Ehefrau lebend gesehen hat. Schon deswegen sollten Sie daran interessiert sein, dass der Test Sie entlastet. Wir müssen hierzu den Abstrich aus Ihrem Mund mit dem Genmaterial abgleichen, das am Hexenbrunnen gefunden wurde.«

»Was denn für Genmaterial?«, fragte Hornschuch skeptisch.

»Jeder Mensch hinterlässt, wo er geht und steht, Spuren. Mikroskopisch kleine Hautschüppchen, Haare, Wimpern … Derjenige, welcher Ihre Frau dort abgelegt hat, bildet da keine Ausnahme«, erklärte Mader, die Mimik des Verdächtigen beobachtend. Der schien angestrengt zu überlegen. Plötzlich hellte seine Miene sich auf.

»Ach so … aber es beweist im Grunde gar nichts. Zwischen meinen An- und Abfahrten am Brocken habe ich häufig Wartezeiten zu überbrücken und die verbringe ich am liebsten in der Natur. Ich suche mir für gewöhnlich ein ruhiges Plätzchen und mache dort Brotzeit oder schließe für ein paar Minuten die Augen. Ich saß des Öfteren auch am Hexenbrunnen, daher wäre es kein Wunder, wenn ich dort ein paar Hinterlassenschaften verloren hätte. Sie werden mir hoffentlich verzeihen, dass ich nicht dokumentiert habe, an welchen Tagen das der Fall gewesen ist«, grinste der unsympathische Witwer süffisant. Anschließend legte er seinen Kopf in den Nacken, öffnete den Mund sperrangelweit und ließ Beckert den Abstrich entnehmen.

Die Beamten ließen sich ihre Enttäuschung nicht anmerken. Beide wussten, dass Richter Ehmig die entlastenden Argumente von Hornschuch ins Kalkül ziehen und somit das Ergebnis der Genanalyse höchstwahrscheinlich nicht als Beweismittel zulassen würde, sehr zum Ärger des Staatsanwalts.

»Wir werden ja sehen, Herr Hornschuch. Bitte halten Sie sich jedenfalls bis auf Weiteres zu unserer Verfügung und verlassen Sie das Stadtgebiet nicht.«

»Das hatte ich ohnehin keineswegs vor, schließlich bin ich hier mit einem verantwortungsvollen Beruf betraut. Wenn Sie mich jetzt bitte entschuldigen würden? Ich möchte endlich nach Hause, war ein langer Arbeitstag im Führerstand.«

Kaum war der Tatverdächtige in stocksteifer Körperhaltung um die Hausecke geradelt, fluchte Beckert aus allen Rohren.

»Dieser verlogene, aalglatte Wichser! Der verscheißert uns, das rieche ich acht Kilometer gegen den Wind.«

»Vorsicht mit derartigen Schlussfolgerungen. Wer sagt überhaupt, dass es sich dabei zwingend um eine Schutzbehauptung handeln muss? Sie haben selbst Zeugenaussagen da oben gesammelt, die bestätigen, dass er sich in seinen Pausen oft mit der Brotzeit in einsame Winkel gehockt hat. Falls also die Genproben also tatsächlich übereinstimmen sollten, wäre das im Endeffekt nichts weiter als ein schwaches Indiz.

Sicher, der Verdacht auf eine Beziehungstat besteht unverändert, aber wenn der Abstrich nicht als Beweis taugt, müssen wir eben etwas anderes finden. Falls Hornschuch seine Frau um die Ecke gebracht hat, werden wir ihn irgendwann drankriegen. Der ist nicht halb so schlau wie er denkt.«

Beckerts Anwesenheit ging ihm auf die Nerven. Kommissar Mader hätte lieber Marit hierher mitgenommen – aber die Kollegen tuschelten schon hinter vorgehaltener Hand und er durfte keinesfalls riskieren, dass er von Remmler wieder der Vetternwirtschaft bezichtigt, oder ihnen gar eine Affäre unterstellt wurde. In beiden Fällen hätte er auf Marits wertvolle Mitarbeit künftig verzichten müssen.

Da war es eindeutig schlauer, Steffen Beckerts Machoallüren für eine Weile zu ertragen.

*

Montag, 8. Mai 2017

Marit setzte ihre Befragungsrunde bei den Nachbarn der Hornschuchs fort. Schnell stellte sich heraus, dass die ruhige Familie zwar nicht direkt unbeliebt, vielen jedoch unheimlich war. Keiner von ihnen pflegte im Haus Kontakte, noch nicht einmal die Kinder spielten draußen mit den anderen. Es blieb beim freundlichen Grüßen im Treppenhaus oder am Müllcontainer, wenn man sich dort zufällig begegnete.

»Keine Ahnung, was die in ihrer Wohnung den ganzen Tag über treiben. Die hocken da drin ständig aufeinander, man hört keinen Ton. Es ist fast so, als würde ich neben einer Gruft leben. Die Mädels tun mir leid. Die müssen mit selbst gestrickten Röcken herumrennen, werden in der Schule bestimmt zu Mobbing-Opfern. Vielleicht gehört die Familie einer Sekte an oder so«, hatte eine junge Fremdenführerin kopfschüttelnd ausgesagt, die direkt daneben wohnte.

Eine andere Nachbarin merkte an, dass ihr die bedauernswerte Frau Hornschuch wegen ihres faden Lebens leidgetan habe.

»Für mich hat es ausgesehen, als ob der Hornschuch sie regelrecht einsperrte. Sie wissen schon, wie bei den Extremisten, wo die verschleierte Frau auch Rechenschaft ablegen muss, wo sie hingeht und möglichst nur in Begleitung raus soll, mit niemandem länger reden darf.«

Die interessanteste Aussage schien jedoch eine ältere Dame namens Diana Witthöfer zu liefern, die Marit jetzt gerade vernahm. Die neugierige Rentnerin wohnte über den Hornschuchs im ersten Stock.

»Die Nacht vom neunundzwanzigsten auf den dreißigsten April … warten Sie … oh ja, daran kann ich mich erinnern. Am neunundzwanzigsten feierte mein Sohn seinen Geburtstag und ich hatte mich so sehr über einige Bemerkungen meiner ekelhaften Schwiegertochter aufgeregt, dass ich kaum schlafen konnte.

So gegen zwei Uhr früh tappte ich im Dunklen in die Küche, um mir eine Baldriantablette zu holen. Ich habe sehr blendungsempfindliche Augen, deswegen stecken bei mir diese schwachen Nachtlichter in den Steckdosen, wie man sie auch für Kleinkinder benutzt. Würde ich das Deckenlicht einschalten, bräuchten meine Augen sehr lange, bis ich wieder deutlich sehen könnte. Eine Adaptionsschwäche, sagt der Augenarzt.

Na, wie auch immer. Ich nahm die Tablette mit einem Glas Wasser ein. Während ich es austrank, sah ich aus dem Fenster. Unten auf dem Gehweg vor dem Hauseingang bewegte sich jemand hektisch, und das um diese Uhrzeit. Ich sah daher genauer hin. Man weiß ja nie, ob sich Einbrecher in der Nachbarschaft herumtreiben. Im Fernsehen haben sie gesagt, die Zahl der Wohnungseinbrüche in Deutschland sei in letzter Zeit sehr gestiegen.

Es war aber bloß Nachbar Hornschuch, der etwas Großes auf seinem Fahrradanhänger verzurrte. Das fand ich reichlich seltsam und fragte mich, was da einer mitten in der Nacht zu transportieren haben könnte. Es muss sich dabei um eine schwere Last gehandelt haben, denn als er mit dem Rad anfuhr, tat er sich richtig schwer, in die Pedale zu treten.«

»Versuchen Sie bitte, sich so detailliert wie möglich zu erinnern. Welche Ausmaße und Form hatte diese Last? Was meinen Sie, worum könnte es sich gehandelt haben?«

»Das konnte ich von hier aus schlecht erkennen. Etwas Längliches, Dunkles … vielleicht so groß wie Sie und ich. Es glänzte, als er auf der Straße unter der Peitschenlampe durchfuhr. Damit will ich jetzt aber nicht sagen, dass es ein Mensch gewesen sein muss, um Himmels willen. An jenem Abend tippte ich am ehesten auf einen eingepackten Teppich oder einen Altkleidersack. Allerdings konnte ich da selbstverständlich noch nicht ahnen, dass die Frau Hornschuch kurz darauf tot aufgefunden wird«, fügte sie schnell hinzu.

Marit notierte alles, überlegte kurz.

»Täuschen Sie sich da nicht? Fahrradanhänger sind doch eigentlich viel zu klein, um Lasten von solchen Ausmaßen transportieren zu können.«

»Seiner nicht«, widersprach die Witthöfer. »Wir haben hier im Haus einen Fahrradkeller. Es gab früher öfters Ärger mit dem Hausmeister, weil er das Riesending gelegentlich dort hineingestellt hat. In letzter Zeit habe ich es nicht mehr gesehen, scheinbar stellt er den Anhänger inzwischen woanders unter. Aber in dieser Nacht benutzte er ihn, das weiß ich sicher.«

»Könnte es sich um einen Lastenanhänger gehandelt haben, wie man ihn normalerweise für Autos verwendet?«

»Ja, genau! Das Ding misst mindestens einen Meter im Quadrat«, nickte die Zeugin. »Ich hatte mich immer gefragt, wie er es überhaupt an seinem Rad befestigt, es hatte eine richtig stabile Deichsel für die Anhängerkupplung. Erlaubt ist sowas im Straßenverkehr bestimmt nicht. Aber die Familie besaß kein Auto, wahrscheinlich hat er damit normalerweise seine Großeinkäufe befördert.«

Marit ließ sich noch zeigen, von wo aus die Witthöfer ihren Nachbarn beobachtet hatte und ging kurz mit ihr in den Fahrradkeller. Hornschuchs Fahrrad stand nicht darin, wahrscheinlich war er am Morgen damit zur Arbeit gefahren. Die doppelflügelige Feuerschutztür führte in die Tiefgarage und von da aus konnte ein sperriger Anhänger leicht über die Rampe rein und raus rangiert werden.

Sie verabschiedete sich und sah sich vor dem Haus um. Doch da fand sich nichts Auffälliges. Anschließend ging sie um den Wohnblock herum und zählte die Balkone ab.

Der gelbe hier, der muss zu Hornschuchs Wohnung gehören. Hätte ich eine Leiche zu entsorgen und würde wie er im Parterre wohnen, würde ich sie sicher übers Geländer hieven, hinablassen und in der Grünanlage auf den Anhänger laden, bevor ich diesen vor dem Haus am Fahrrad anbrächte. Die dichten Gebüsche liefern guten Sichtschutz und die Rückseite des Gebäudes ist nicht beleuchtet. Hier kann man in den frühen Morgenstunden, wenn die Hausbewohner pennen, unbemerkt seine finsteren Machenschaften durchziehen. Die Witthöfer hat nach eigener Aussage kein Licht angeschaltet, also wähnte er sich wohl unbeobachtet, schlussfolgerte die Polizistin.

Es dauerte nicht lange und sie fand, wonach sie gesucht hatte. Abgebrochene Ästchen und kaum wahrnehmbare Reifenspuren auf dem mit Gänseblümchen übersäten Rasen sagten ihr, dass ihre Mutmaßung wohl so verkehrt nicht sein konnte. Sie griff nach ihrem Smartphone und zitierte die Spurensicherung her.

Gleich anschließend versuchte sie ihren Chef Mader zu erreichen, doch es meldete sich nur die Mobilbox. So sprach sie ihm einen Text auf, warnte ihn vor Hornschuch und berichtete kurz, was sie gerade eben in der *Burgbreite* erfahren hatte. Höchstwahrscheinlich hatte Bernd heute pünktlich Feierabend gemacht und wollte endlich eine kurze Auszeit genießen. Womöglich war er auf seiner Couch eingepennt. Durchaus verständlich, besonders wenn man bedachte, wie viele Überstunden der Ärmste über die vergangenen Tage und Nächte heruntergerissen hatte.

Sie konnte ja nicht ahnen, dass er in Wirklichkeit mit seinem Privatfahrzeug spontan zur Verwaltung der Harzer Schmalspurbahnen gefahren war, um dort noch ein paar Fragen zu stellen. Sein Handy hing derweil zu Hause mit entleertem Akku an der Steckdose.

*

Dank der tief stehenden Sonne leuchteten die roten Geranien in den Blumenkästen vor dem Verwaltungsgebäude der HSB besonders intensiv. Man war hier mächtig stolz auf sein Traditionsunternehmen, was bereits der launige Slogan: *Die Größte unter den Kleinen* vermuten ließ. Eigentlich war das auch kein Wunder. Mit fünfundzwanzig aktiven Dampflokomotiven und mehr als hundertvierzig Kilometern Schmalspur-Streckennetz suchte der Bahnbetreiber heutzutage seinesgleichen.

Die Verwaltungsangestellten schickten sich gerade an, in den Feierabend zu gehen. Einige Damen kamen dem Kommissar im Flur schwatzend entgegen, trugen Jacken und Handtaschen über den Armen. Eine blieb stehen.

»Kann ich etwas für Sie tun? Unser Büro hat um diese Uhrzeit bereits geschlossen«, sagte sie entschuldigend, aber bestimmt.

Mader fischte seine Dienstmarke aus der Jackentasche.

»Kripo Wernigerode, Mader mein Name. Verzeihen Sie bitte, dass ich so spät noch auftauche. Ich hätte gerne irgendjemanden gesprochen, der für die Betriebsanlagen der Schmalspurbahn oder die Überwachung des Geländes zuständig ist und mir ein paar Auskünfte erteilen könnte.«

Die Dame wirkte erleichtert, ihr Feierabend war gerettet.

»Ja, wenn das so ist! Diese Kollegen schieben natürlich länger Dienst, bis abends die letzte Lok zurückgekommen ist. Warten Sie einen Moment, ich hole den Arthur. Der kann Ihnen sicher weiterhelfen, er kennt das Gelände wie seine Westentasche.«

Nach ungefähr zehn Minuten kam sie mit einem freundlich dreinblickenden, etwa sechzigjährigen Wartungsmonteur zurück. Arthur Strobel wischte seine ölverschmierten Hände seitlich an der blauen Latzhose ab und tippte zum Gruß an die Schiebermütze.

»Wie kann ich der Kripo weiterhelfen?«

»Ich hätte gerne die Betriebsanlagen der HSB besichtigt. Also die Schmalspurgleise im Bahnhofsbereich, die Bahnsteige, Lokschuppen … all sowas eben. Die Gründe kann ich leider aus ermittlungstechnischen Gründen nicht preisgeben.«

Arthur grinste über das ganze Gesicht, wodurch seine feisten Wangen fast die schmalen Schlitzaugen verdeckten.

»Aha. Eisenbahnfan, was? Sie dürfen während der Besichtigungstour gerne Fotos von den edlen Dampfrössern machen«, meinte er augenzwinkernd.

»Nein danke, auch wenn die Dinger echt sehenswert sind und im einundzwanzigsten Jahrhundert sicher Seltenheitswert haben. Jetzt ganz im Ernst, mein Besuch hat ausschließlich dienstliche Gründe. Ich bin nämlich kein verkappter *trainspotter*, der unter einem Vorwand hierherkommt«, gab Mader lachend zurück.

»Echt schade. Aber meine stählernen Babys bekommen Sie ja trotzdem zu sehen. Kommen Sie, ich führe Sie überall hin, wo das ohne Gefahr für Leib und Leben möglich ist.«

In der folgenden halben Stunde besichtigte der Kommissar die Bahnbetriebsanlagen, fragte nach dem Sichtbereich der Überwachungskameras und wunderte sich, dass die HSB über einen nur dreiständigen Lokschuppen verfügte, obwohl der Fuhrpark um einiges umfangreicher war. Er erfuhr, dass im Lokschuppen nur die wertvollsten unter den Dampfloks Platz fanden, während die restlichen, insbesondere sämtliche Triebwagen, auf Abstellgleisen mit einem Meter Spurweite standen. Ein Wasserturm verriet jedem aufmerksamen Betrachter, dass in diesem Abschnitt des Bahnhofs noch unter Dampf gefahren wurde.

Manche Loks wurden wegen Platzmangels auf anderen Bahnhöfen an der Selketal- und der Harzquerbahn-Strecke untergestellt. Auf der Selketalstrecke beförderte man die Fahrgäste sogar bis nach Quedlinburg.

Die Überwachungskameras erfassten hauptsächlich die Bahnsteige und den Lokschuppen, aber nicht jedes der Rangier- und Abstellgleise wurde vollständig observiert. Es gab im Bahnhofsbereich durchaus kleine blinde Flecken. Einzig die Kamera oben am roten Backsteinstellwerk bot einen passablen Gesamtüberblick – doch die Aufzeichnungen wurden jeweils nach achtundvierzig Stunden wieder überspielt, soweit sie nicht wegen einem besonderen Anlass abgerufen und gesichert werden sollten.

»Manchmal müssen wir wegen jugendlichen Sprayern Anzeige erstatten, weil die gerne über Nacht anrücken und ihre grässlichen Graffiti an Waggons und Hauswänden anbringen«, erklärte Arthur. »Aber wenn in der fraglichen Nacht nichts dergleichen geschehen ist, dürften alle Kameraaufzeichnungen aus der letzten Aprilwoche schon längst Geschichte sein. Gleiches gilt übrigens für *sämtliche* Kameras, nicht nur für diejenige am Stellwerk«, räumte er achselzuckend ein.

Mist, verdammter. Da kriegt man eine spontane Eingebung, will von der allgegenwärtigen Videoüberwachung profitieren – und dann macht genau diese hochgelobte Technik eine Weiterverfolgung meiner Idee sogleich wieder zunichte, dachte Mader frustriert.

»Und wie ist die Praxis droben am Brockenbahnhof? Bestünde die Möglichkeit, sich auch dort einmal umzusehen?«

»Ganz ähnlich, zumindest glaube ich das. Aber wenn Sie noch ein Stündchen Zeit hätten, könnten wir gemeinsam hinauffahren. Ich müsste bei Gelegenheit sowieso Schmierstoffe und ein paar neue Werkzeuge hinbringen. Wir würden zusammen den Dienstwagen benutzen, der hat eine Sondergenehmigung für die Brockenstraße.«

»Wenn es Ihnen nichts ausmacht, mich mitzunehmen?«

»Ach, ist kein Ding. Warten Sie bitte drüben vor dem Verwaltungsgebäude, ich sammle Sie dort auf. Muss nur noch meinen Saftladen hier zusperren und meinen Vertreter instruieren, was bis spätestens Feierabend in der Werkstatt zu erledigen ist.«

Die Führung am Brockenbahnhof war schnell beendet. Es gab dort nur drei Gleise sowie eine Weiche, zudem handelte sich um einen sogenannten Kopfbahnhof. Ankommende Loks konnten nur rangieren und dieselbe Strecke wieder zurückfahren. Neben dem eigentlichen Bahnhofsgebäude aus Stein gab es einen länglichen Holzschuppen, der, seitlich etwas versetzt, dahinter angesiedelt war. Davor stellte Arthur seine mitgebrachten Sachen ab.

»Früher wurden da drin manchmal Loks gewartet. Aber diese Zeiten sind lange vorbei. Wir erledigen das heutzutage unten in Wernigerode nach Plan und warten nicht erst ab, bis etwas kaputt geht. Das wäre ohnehin kontraproduktiv, schon weil Teile für Dampfloks inzwischen viel schwieriger zu bekommen sind. Oft braucht es sogar Sonderanfertigungen.

Seitdem hier keine Lok mehr repariert wird, ist das Gleis zum Schuppen abgebaut. Kleinigkeiten an den Bremsen kann man schließlich auch direkt vor dem Bahnhof erledigen. Irgendwann ist das Dach eingestürzt und man hat den Holzbau nur noch mit einem Flachdach versehen, um ihn als Lagerraum nutzen zu können. Inzwischen liegen da drin alte Lokachsen und ähnliches Zeug nutzlos herum«, plauderte der Mechaniker aus dem Nähkästchen.

Mader hörte nur mit einem halben Ohr hin. Ihn interessierte eher, wie weit das Blickfeld der Überwachungskameras reichte. Es existierten zwei davon und beide waren am Bahnhofsgebäude installiert. Es handelte sich um ältere, unbewegliche Modelle, die sich nicht bei Bedarf schwenken ließen.

Arthur schien es plötzlich eilig zu haben. Er drängte ungeduldig zum Aufbruch, wahrscheinlich weil der Zeitpunkt für seinen Feierabend herangekommen war. So vereinbarte der Kommissar mit ihm, dass er ruhig schon alleine mit dem Wagen zurückfahren solle. Er werde den letzten Zug ins Tal nehmen, der in einer Dreiviertelstunde abfahre. Sein Corsa stehe ja sowieso noch am Bahnhof Wernigerode.

Ein freundlicher Angestellter des Brockenbahnhofs zeigte ihm nach Arthurs Abgang noch, wie die Aufzeichnungen der Kameras aussahen. Wegen des veralteten Systems waren die Aufnahmen grobkörniger als die in der Stadt. Außerdem erfassten sie lediglich die vordersten beiden Gleise samt Bahnsteigen. Was, beziehungsweise *ob* sich jedoch etwas auf dem dritten, nur zum Rangieren gedachten Streckenabschnitt abspielte, konnte man beim allerbesten Willen nicht erkennen. Angesichts dessen nutzte es leider auch nichts, dass man das Bildmaterial hier oben für zwei volle Wochen aufbewahrte.

Das hat dieses kranke Schwein doch garantiert gewusst!, dachte Mader missmutig. Er sah seinen vagen Verdacht erhärtet, dass Hornschuch seine tote Frau mit einer Lok hierher verfrachtet haben könnte. Es verblieben ihm jetzt noch fast dreißig Minuten bis zur Abfahrt um Punkt acht. Genervt stellte er sich neben den verwaisten roten Triebwagen auf Bahnsteig eins und beobachtete, wie erste Nebelschwaden übers Plateau waberten.

»Ah, die Kripo beim Ermitteln! Suchen Sie etwa mich? Gibt es endlich Neuigkeiten zum Mord an meiner Frau, oder drehen Sie im Revier weiterhin nur Däumchen?«, fragte eine schnarrende Stimme hinter seinem Rücken.

Mader erschrak, wirbelte herum und blickte direkt in Winfried Hornschuchs stechende Augen. Der respektlose Kerl steckte in seiner Dienstuniform, hielt einen Schlüsselbund und eine Flasche Mineralwasser in Händen.

Cool bleiben, Bernd. Du darfst ihm bedauerlicherweise keine in die Fresse hauen. Lass dich keinesfalls provozieren.

»Ich bin für ein paar Recherchen hier heraufgekommen. Etwas Neues gibt es leider nicht, unsere Ermittlungen dauern zur Stunde noch an. Wir tun, was wir können. So wie es aussieht, werden *Sie* mich gleich zurück ins Tal bringen, damit ich dort im Revier weiter Däumchen drehen kann, oder?«

»Genau, so sieht es aus«, nickte Hornschuch. »Wenn Sie mich vorläufig entschuldigen würden? Bis zur Abfahrt ist noch einiges zu tun.«

Er schlenderte Richtung Brockenhotel davon. Wahrscheinlich, so überlegte sich Mader, wollte er sich einfach noch einen Snack im Schnellrestaurant gönnen. Von wegen, *einiges zu tun.*

*

Unschlüssig, was er selbst bis zur Abfahrt des Zuges tun sollte, stand der Kommissar weitere zwei Minuten im kühlen Wind. Die Idee, sich solange ebenfalls ins Restaurant zu setzen, verwarf er gleich nach ihrer Entstehung. Erstens war ihm Hornschuchs Anblick zuwider, zweitens konnte er die Zeit genauso gut nutzen, um noch ein wenig am Bahnhof zu recherchieren. Marit hätte das wohl *schnüffeln* genannt.

So ging er zum Büro des Fahrdienstleiters, um weitere Details zu seinem Verdächtigen zu erfahren. Beckert hatte diesen Martin Hofer zwar schon verhört, aber es konnte ja nicht schaden, sich beispielsweise zu erkundigen, ob den Lokführern ein Spind auf dem Gelände zur Verfügung gestellt wurde.

»Ja, sowas gibt es in der Tat. Die meisten Kollegen haben da drin Ersatzuniformen hängen, falls im Eifer des Gefechts eine schmutzig wird. Es gibt tausend Möglichkeiten, sich an Dampfloks die Kleidung zu versauen. Das Unternehmen legt größten Wert darauf, dass Mensch und Material den Fahrgästen stets im Bestzustand präsentiert werden«, gab Hofer zur Auskunft.

»Könnte ich mich dort mal kurz umsehen?«

»Klar, ich führe Sie hin. Öffnen kann und darf ich die Spinde aber selbstverständlich nicht, da sind Vorhängeschlösser angebracht. Wir sollten aber gleich jetzt losgehen. Ich muss in Kürze zurück in mein Kontrollzentrum, wie ich meinen Arbeitsplatz scherzhaft nenne. Den Rückweg finden Sie ja sicher selber. Ich muss nachher den letzten Zug für heute sicher aus dem Bahnhof geleiten und danach ist Feierabend.«

»Selbstverständlich. Zeigen Sie mir nur, wo die Dinger stehen. Ich verschwinde nachher von selber wieder, fahre mit besagtem Triebwagen nach Wernigerode zurück«, nickte Mader. Im Hinterkopf beschloss er indessen, sich für Winfried Hornschuchs Spind gleich morgen früh einen Durchsuchungsbefehl zu besorgen. Wenn schon die Wohnungsdurchsuchung nichts Verdächtiges zutage gefördert hatte, war womöglich hier etwas zu finden. Dass er nicht früher daran gedacht hatte!

Die Spinde standen in einem Nebengebäude des Bahnhofs, das von der Rückseite her zu betreten war. *Kein Zutritt*, stand auf einem rotweißen Plastikschild an der Tür. Hofer schloss sie auf, ging eiligen Schrittes zur Rückwand des Raumes und zeigte auf eine Reihe von acht Metallspinden.

»Ich muss jetzt aber schleunigst los. Die Tür fällt von selber zu, lässt sich nur von innen öffnen. Sie können nachher also einfach abhauen«, erklärte er hibbelig.

Noch satte achtzehn Minuten bis zur Abfahrt. Mader stand elektrisiert vor dem, feinsäuberlich mit Vor- und Zunamen beschrifteten, Spind von Hornschuch und blickte sich prüfend in dem fensterlosen Raum um. Er war mit allerlei Werkzeug, Metallteilen, Schmierfett- und Farbeimern vollgestopft. Die abgestandene Luft roch muffig und nach Lösungsmitteln.

Es juckte den Kommissar mächtig in den Fingern. Eigentlich … eigentlich war er hier doch alleine und gänzlich unbeobachtet. Das billige Vorhängeschloss wäre keinerlei Problem für ihn, ganz einfach mit seinem Schweizer Taschenmesser zu öffnen … ob er einen schnellen Blick ins Innere des Spinds riskieren sollte? Dann wüsste er wenigstens sicher, dass er sich morgen bei Richter Ehmig nicht blamieren würde. Danach könnte er alles wieder ordnungsgemäß verschließen und seinen Zug erwischen.

Noch ehe er sich offiziell dazu entschlossen hatte, ertappte er sich dabei, wie er bereits Latexhandschuhe aus der Innentasche seiner Jacke zog und sie überstreifte.

Was soll schon passieren? Hornschuch ist inzwischen bestimmt mit den Vorbereitungen zu seiner pünktlichen Abfahrt beschäftigt, der Fahrdienstleiter ebenfalls. Ach, scheiß drauf … ich riskiere es! Wer nicht wagt, der nicht gewinnt. Vielleicht rette ich ja einer weiteren Frau das Leben, indem ich die lähmende Bürokratie ein bisschen umgehe und Hornschuch schneller dingfest mache. Dieser arrogante Depp ist schließlich selber schuld, wenn er so ein lumpiges Schloss hinhängt, rechtfertigte Mader den bevorstehenden Einbruch vor seinem eigenen Gewissen.

Konzentriert machte er sich daran, das Schloss zu knacken. Dabei durften keine verräterischen Beschädigungen entstehen, sonst wäre er mit einem Disziplinarverfahren dabei. Trotz der feuchten Kühle standen ihm Schweißperlen auf der Stirn. Die superschlechte Ausleuchtung des etwa zehn Quadratmeter kleinen Lagerraums machte ihm bei seiner illegalen Arbeit besonders zu schaffen. Dazu kam der Zeitdruck. Ein schneller Blick auf die Armbanduhr verriet ihm, dass er in nur zwölf Minuten in den Triebwagen einsteigen musste.

Ei verbibbsch, das wird saumäßig knapp, dachte er voller Anspannung. Just im Augenblick, in dem er ans Aufgeben dachte, klackte etwas in der Mechanik des Vorhängeschlosses und es ließ sich problemlos öffnen. In fiebriger Eile zog Mader den Bügel aus den Verschlussösen des Schranks und stieß die Metalltür auf. Sie öffnete sich knarzend.

Hofer hatte Recht, da hängt eine Uniform, noch mit dem Plastiküberzug aus der Reinigung … das Fach darüber ist leer … aber holla, was ist das? Ein Karton steht ganz unten drin. Ich möchte wetten, dass der keine frisch geputzten Schuhe enthält!

Vorsichtig zog der Kommissar die Schachtel heraus, öffnete sie mit spitzen Fingern. Ein unangenehmer, aber wohlbekannter Geruch stieg ihm in die Nase.

Angetrocknetes Blut … und noch irgendwas anderes, dachte er aufgeregt. Er zog der Reihe nach ein blutbeflecktes Nachthemd, eine Latex-Hexennase und das zugehörige Kostüm heraus. Zuunterst lag ein zehn Zentimeter hoher Stapel abgegriffener Fotografien, die ausschließlich die ermordete Alina Martens als Hauptmotiv zeigten. Spitzenmäßige Beweisstücke, besser ging es gar nicht.

In einem winzigen Plastiktütchen befand sich etwas auf den ersten Blick völlig Undefinierbares, das Hornschuch gleichwohl so wichtig zu sein schien, dass er es zusammen mit den anderen Trophäen in seinem Fundus aufbewahrte.

»Bingo – hundertprozentiger Volltreffer! Gut, dass ich es gewagt habe, das Gesetz ein bisschen zurechtzubiegen«, murmelte Mader. Er fühlte, wie ein gewaltiger Adrenalinschub durch seine Adern schoss, das Blut in den Ohren wie einen Wildbach rauschen ließ.

Zwei grausige Mordfälle standen dank seiner Entschlossenheit kurz vor ihrer Aufklärung. Morgen würden beim Brockopathen endlich die Handschellen klicken. Er musste nur noch Remmler von der Notwendigkeit einer weiteren Durchsuchung überzeugen und Ehmig dazu kriegen, die zugehörigen Papiere auszustellen, ohne dass er im Vorfeld seinen Fund preisgeben durfte. Ein schönes Stück Arbeit, aber durchaus machbar.

In seinem kriminalistischen Hochgefühl bekam er nicht mit, dass sich ihm jemand auf leisen Sohlen von hinten näherte; wie dieser Jemand nach einer daumendicken Eisenstange griff, ausholte und sie auf seinem Schädel niederkrachen ließ.

Die Lichter gingen aus. Es wurde stockfinster um Kommissar Bernd Mader.

*

Dienstag, 9. Mai 2017

Erst gegen drei Uhr morgens erlangte der Polizist sein Bewusstsein zurück, langsam und schleppend. Zunächst schoss ihm ein nie gekannter, infernalischer Schmerz wie ein Messer durch den Hinterkopf. Ihm war speiübel und dermaßen schwindlig, dass er nicht hätte bestimmen können, wo oben und unten war. Die totale Dunkelheit verstärkte seine Orientierungslosigkeit noch ins Uferlose.

Als nächstes registrierte er eisige Kälte, die über seine Nierengegend bis in die Oberschenkelregion und den Rücken hoch in die Schultern wanderte, sowie einen metallischen Geschmack im staubtrockenen Mund – wobei er letzteren nicht zu schließen vermochte. Er musste komplett durch die Nase atmen, was ihm wegen seiner Polypen ziemlich schwerfiel. *Ein Knebel*, dämmerte vage eine Erkenntnis herauf, auch wenn er sich zu tatsächlichen Denkprozessen weiterhin kaum in der Lage fühlte.

Mader war verwirrt, stand im übertragenen Sinne völlig neben der Kappe. Ihm fehlten Erinnerungen an die Ereignisse jener Zeitspanne, die stattgefunden hatten, bevor er in die sternchenübersäte Dunkelheit im Universum der Schmerzen abgedriftet war. Deswegen lieferte sein demoliertes Gehirn auch keine Anhaltspunkte, was ihm widerfahren sein oder wo er sich gerade befinden könnte.

Er lag in unbequemer Körperhaltung da, auf etwas Hartem, Kaltem, Nassem. Sich zu bewegen, war nahezu unmöglich. Seine Hände und Füße waren an den Gelenken gefesselt; so eng, dass es ihm fast die Blutzufuhr in Fingern und Zehen abschnürte. Immer noch peinigten ihn höllische Schmerzen am Hinterkopf, die in Wellen bis über die Augenhöhlen und das Genick ausstrahlten. Vor allem wenn er ausprobierte, ob er seinen Hals drehen und den Kopf zumindest ein wenig anheben könnte.

Zu seinem Glück verlor er nach einer Viertelstunde bei einem solchen Versuch erneut das Bewusstsein, sodass er sein körperliches Martyrium, die Gefahr für sein Leben und die vollständige Hilflosigkeit, an seiner misslichen Lage aus eigener Kraft wenig verändern zu können, wenigstens nicht mehr live mitbekam. Grelle Lichtblitze bugsierten seinen Geist in eine andere, gnädigere Dimension.

Das nächste Erwachen war wieder kein angenehmes. Sein Schädel dröhnte, ihm war immer noch schwindlig. Der Magen rebellierte. Um seinen Körper herum herrschte zwar nach wie vor relative Dunkelheit, aber inzwischen fielen durch ein paar kreisrunde Löcher, ungefähr einen Meter über seinem Gesicht, diffuse Lichtstrahlen in sein Gefängnis. So schwach diese auch waren, schmerzten sie ihm dennoch in den Augen.

Etwas spukte ihm durch den gequälten Kopf. Er ahnte, dass es etwas Wichtiges sein musste, aber er konnte das Gedankenfragment nicht festhalten, geschweige denn weiterverfolgen.

Er versuchte, sich ein wenig genauer umzusehen. Der Raum, in dem er sich befand, musste von äußerst begrenzten Ausmaßen und länglichem Grundriss sein. Er hätte nicht einmal genügend Höhe geboten, sich aufrecht hinzustellen. Der Fußboden fühlte sich metallisch an und die rundum geschlossenen Seitenwände schienen aus fleckigem Beton zu bestehen. Es roch penetrant nach ranzigem Fett. In einer der Ecken stand ein heller, runder Gegenstand, doch worum es sich handelte, konnte Mader nicht erkennen.

Gelegentlich vernahm er in der Ferne ein rumpelndes, schleifendes Geräusch, das den Boden leicht erzittern ließ. Er bekam die Erschütterungen ab und zu bewusst mit, soweit er während seiner kognitiven Dämmerzustände neben Durst und rasenden Schmerzen überhaupt zu externen Wahrnehmungen fähig war. Die Zeit schien stehengeblieben zu sein.

Unvermittelt bohrte sich ein Speer aus gleißenden Lichtstrahlen über die Augen in sein Gehirn. Zugleich drang das Kreischen schlecht geölter Scharniere an seine Ohren. Mader musste die Augen fest schließen, um die jähe Erhöhung des Schmerzpegels halbwegs ertragen zu können.

»Na, du lebst ja noch! Fein, dann können wir ein wenig plaudern, bevor wir der Öffentlichkeit ein neues Brockenopfer präsentieren. Deine Kollegen von der Kripo werden ganz schön blöd gucken, wenn es diesmal männlich ist. Damit rechnet bestimmt keiner. Oooh … der böse Serienmörder hat sein Tatmuster verändert, wie schrecklich!

Ich weiß auch schon, wo deine kalte Leiche hängen wird. Du kennst doch sicher die Ilsensage? Klar kennst du sie, hast ja jede Menge Bullen an den Fluss geschickt, damit sie mich einfangen sollen. Was euch bekanntlich gründlich misslungen ist, ich war einfach schlauer als ihr. Dabei hatte ich euch so schöne Hinweise geliefert. Ihr Deppen hättet sie bloß nicht ganz so wörtlich nehmen sollen.

Schön, dass die gute alte Ilse jetzt doch noch ihr Opfer kriegen wird. Schließlich hast du dich ihrem verwunschenen Badeort mit bitterbösen Absichten genähert, doch das mag sie gar nicht leiden. Deshalb wirst du an einer der flechtenbehangenen Tannen enden, so wie es die Sage erfordert. Aber erst sollst du noch einen anderen Zweck erfüllen, mir einen Dienst erweisen, wenn auch unfreiwillig. Mal sehen, wie lange ich dich dafür am Leben erhalten muss.«

Hornschuchs unverkennbare Stimme kam von oberhalb. Neben Maders Körper traf gleich darauf etwas Schweres auf die Metallplatte. Vermutlich war er zu ihm heruntergesprungen. Er entfernte mit ungeschickten Fingern den Knebel. Der Kommissar atmete erst einmal tief durch und versuchte vergeblich, seine aufgesprungenen Lippen mit der geschwollenen Zunge zu befeuchten. Seine Mundwinkel taten weh.

»Hast höllischen Durst, was? Mund auf, ich gebe dir zu trinken. Solltest du schreien, kommt der Knebel sofort wieder rein und du kannst allmählich vertrocknen. Mir wäre das scheißegal«, drohte der Brockenmörder ungerührt.

Langsam, ganz behutsam öffnete Mader die Augenlider einen Spalt breit, blinzelte zwischen den Wimpern hindurch. Sie waren miteinander verklebt, sodass ihm dies nicht auf Anhieb gelingen wollte. Konturen schälten sich aus dem Licht. Er erkannte, dass Hornschuch ihm eine Plastikflasche an den Mund hielt. Gierig umschloss er das oberste Ende des Flaschenhalses mit seinen Lippen und trank, wobei die Hälfte des lebensrettenden Wassers außen an seinem Hals hinunter rann. Er verschluckte sich, japste röchelnd nach Luft, hustete und trank hastig weiter.

»Jetzt ist es mal genug, sonst musst du nachher zu viel pissen. Ich habe dir dort vorne einen Eimer hingestellt, den kannst du benutzen. Wird ein bisschen schwierig werden, aber die Kabelbinder kann ich dir verständlicherweise nicht abnehmen.

Übrigens brauchst du gar nicht probieren, aus eigener Kraft abzuhauen. Du befindest dich hier in einer alten Wartungsgrube für Loks, die schon seit Jahrzehnten nicht mehr benutzt wird. Es gibt keine Leiter hinaus, die ist längst weggerostet. Man kann lediglich die Metallplatte, auf der du liegst, anheben oder absenken. Die funktioniert noch, ist scheinbar gute deutsche Wertarbeit. Es versteht sich von selbst, dass das Ding nur von außen zu bedienen ist. Schalteinheit wirst du hier drinnen keine finden, denn die behalte ich selbstverständlich am Mann.«

Er wedelte grinsend mit einem grauen, antiquiert aussehenden Plastikkästchen mit überdimensionierten Knöpfen, das an einem daumendicken Kabel hing.

»Wenn ich nachher gehe, verschließe ich die Metalltüren über der Grube und schiebe ein paar schwere Sachen drauf. Die Hebebühne werde ich ganz hinunterfahren, da kommst du niemals raus. Kein Mensch wird außerdem auf die Idee verfallen, hier nach dir zu suchen. Also ergib dich besser in dein Schicksal und mach‘ mir keinen Ärger, dann behandle ich dich einigermaßen anständig und bringe nächstes Mal Essen mit. Trockenes Brot sollte zum reinen Überleben vollauf genügen«, referierte Hornschuch in überheblichem Tonfall. Er genoss es offenbar weidlich, seine Machtgelüste ausleben zu können, indem er sich als Herr über sein Schicksal aufspielte.

Maders Blick schärfte sich während des eitlen Monologs weiter. Er nahm seine Umgebung mittlerweile in schwindelerregenden Doppelbildern wahr, fühlte sich schwach wie nie zuvor. Es wollte ihm kaum gelingen, seinen Oberkörper aufzurichten.

»Du hast sehr viel Blut verloren. Hätte nie gedacht, dass du das überlebst. Der Sensenmann muss wohl noch ein paar Tage warten, aber aufgeschoben ist ja nicht aufgehoben. Du verstehst doch sicher, dass ich dich nach deinem Fund nicht am Leben lassen kann. Was musstest du auch in meinen Sachen wühlen!

Mir war gestern sofort sonnenklar, dass du keineswegs brav am Bahnsteig auf die Abfahrt meines Triebwagens warten wirst. Deswegen habe ich so getan, als würde ich zum Restaurant hinüber gehen. In Wirklichkeit wurdet ihr die ganze Zeit mit Argusaugen beobachtet, du und der Hofer. Ich konnte sogar eure Gespräche belauschen. *Er* glaubte dir, dass du gleich mit dem Zug abfährst. Also brauchte ich nur noch den passenden Moment abwarten, dir von hinten eins über die Rübe geben und dich hierher schleifen.«

»Könnte ich bitte eine starke Schmerztablette haben?«, stöhnte der Kommissar. Hornschuchs arrogante Ausführungen konnte sein blutarmes Hirn nur schleppend verarbeiten. Sie verwirrten ihn eher.

»Vergiss es, ich bin nicht von der Heilsarmee. Ich bin sowieso ziemlich böse auf dich. Du bist schuld, dass ich zum allerersten Mal den Fahrplan nicht einhalten konnte. Der Triebwagen fuhr mit satten zehneinhalb Minuten Verspätung aus dem Bahnhof und ich musste meine unerlaubte Abwesenheit damit erklären, dass ich wegen Durchfalls lange auf dem Porzellanthron gesessen bin. War ganz schön peinlich, aber auf die Schnelle wollte mir nichts Besseres einfallen«, schimpfte der Brockopath. Seine Augen funkelten bösartig.

»Wie grauenvoll für einen wohlorganisierten Psychopathen«, entglitt Mader eine sarkastische Bemerkung. »Glauben Sie etwa wirklich, dass Sie mit Ihren Morden auf Dauer davonkommen werden? Man wird nach mir suchen. Und selbst wenn ich schon vorher das Zeitliche segnen sollte, wird man *Sie* lebenslänglich einsperren. Alles nur eine Frage der Zeit.«

»Ich weiß«, erwiderte Hornschuch achselzuckend, ohne sich die geringste Gefühlsregung anmerken zu lassen. »Aber das ist mir vollkommen schnuppe. Es könnte sogar passieren, dass ich mich absichtlich von deinen werten Kollegen in einem filmreifen Kugelhagel erschießen lasse, wir werden sehen. Mein Leben ist sowieso vorüber, seit ich meine geliebte Alina höchstpersönlich ins Jenseits befördern musste.

Bis ich für all meine Sünden bezahlen muss, will ich aber verständlicherweise noch ein bisschen Spaß am Leben haben. Ich finde übrigens deine junge Kollegin Schmidbauer ganz schnucklig. Und die wird bestimmt schon bald hier auftauchen, weil ich einen Lockvogel im Loch sitzen habe. Doch jetzt muss ich mich sputen, meine Pause geht zu Ende.«

Hornschuch ließ die Hebebühne nach oben fahren, sprang aus der Grube und senkte die Metallplatte sofort wieder ab, diesmal jedoch bis auf den Grund, in die unterste Position. Die Ränder des tiefen Wartungsschachts waren dadurch für Mader absolut unerreichbar, sie lagen nun etwa zwei Meter fünfzig über seinem blutüberströmten Kopf. Das rostige Metall ächzte und knirschte, Starkstrom summte im Schaltpult. Der Gefangene fragte sich besorgt, wie lange dieses altersschwache Ding überhaupt noch funktionieren würde, bis es per Kurzschluss seinen Geist aufgab oder, schlimmer noch, der elektrische Strom *ihn* grillte.

»Die Wasserflasche habe ich dir dagelassen; sie steht neben dem Eimer. Klopapier gibt es ebenfalls. Ich bin zwar ein Mörder, aber kein Unmensch. Bis morgen dann.«

»Aber Sie können doch nicht … !«

Maders verzweifelter Protest ging im Geräusch der sich über der Grube schließenden, vermutlich zum Schutz vor Abstürzen angebrachten Metalltüren unter. Es rumste dumpf, dann waren sie komplett zu. Die bleierne Dunkelheit kehrte zurück. Kurz darauf vernahm er laute Schleifgeräusche über seinem Gefängnis. Wahrscheinlich zerrte Hornschuch Gegenstände drauf.

Den Krach muss am Bahnhof doch hoffentlich jemand mitkriegen, sinnierte der Kommissar. Die Wasserzufuhr hatte sein Hirn temporär wieder ein bisschen leistungsfähiger gemacht. Die unerträglich hämmernden Schmerzen ließen dennoch kaum nach.

»Mitten im Leben sind wir vom Tod umgeben«, trällerte der mordlustige Lokführer. Seine Schritte entfernten sich, bis kein Geräusch mehr zu vernehmen war. Mader saß wieder alleine in seinem Elend. Bei dieser Erkenntnis klingelte etwas in ihm.

Elend … oh Gott, mein Kater kann sich auf Dauer nicht selber versorgen. Der arme Felix muss für meine bodenlose Dummheit büßen. Wieso bin ich leichtsinniges Rindvieh wider besseres Wissen alleine hierhergekommen, lauteten seine letzten Gedanken, bevor er vor lauter Überanstrengung in die nächste Ohnmacht glitt.

*

Donnerstag, 11. Mai 2017

Walter Remmler sah gegen zehn Uhr vormittags den Poststapel auf seinem Schreibtisch durch. Wieder war kein Briefumschlag dabei, der eine Krankschreibung für Bernd Mader hätte enthalten können. Zur Sicherheit rief er in der reviereigenen Poststelle an. Aber auch dort lag nichts dergleichen. Er berief eine Dienstbesprechung der Soko ein.

»Ich muss Ihnen leider mitteilen, dass es weiterhin kein Lebenszeichen von Ihrem Chef gibt. Weder hat er angerufen und sich krank gemeldet noch geht er an sein Mobiltelefon. Heute ist der dritte Abwesenheitstag und da wäre er spätestens verpflichtet gewesen, ein ärztliches Attest vorzulegen. Ich habe ihm mittlerweile schon vier Nachrichten auf die Mobilbox gesprochen, aber die scheint er nicht einmal abzuhören. Der Piepton nach dem Ansagetext wird immer länger.

Also entweder liegt er irgendwo im Krankenhaus und kann nicht telefonieren – oder ich weiß auch nicht. Sollte sich jedoch herausstellen, dass er nur blau macht, und das mitten in einem dermaßen brisanten Mordfall, dann gnade ihm sonst wer.«

Marit hatte genug gehört. Hier stimmte definitiv etwas nicht. Wiederholt keimten Gedanken auf, dass Bernds Verschwinden mit dem aktuellen Mordfall in Verbindung stehen könnte. Sie hatte ihn am Vorabend seines ersten Fehltages schließlich noch selbst vor Hornschuch warnen wollen, weil sie den obskuren Familienvater für gefährlich hielt. Aber Bernd war nun mal kein blutiger Anfänger, sondern ein erfahrener Kripobeamter.

Könnte er tatsächlich derart leichtsinnig gewesen sein, sich dem Verdächtigen ohne jede Rückendeckung durch einen Kollegen zu nähern?

Sie meldete sich zu Wort.

»Dann fahre ich nachher bei ihm zu Hause vorbei und sehe nach dem Rechten. Leider scheint es hier vor Ort niemanden zu geben, den man nach seinem Verbleib fragen könnte. Es existiert zwar eine Exfrau mit zwei Kindern und er hat wohl auch eine Freundin, aber die eine lebt nicht hier und die andere kenne ich nicht namentlich«, sagte sie bedauernd.

»Er hat sich bislang nie richtig ins Revier eingefügt, ist persönlich immer kühl auf Abstand geblieben und hat den Unnahbaren gegeben. Ich denke, der ist mit dem Kopf noch in Dresden zu Hause. Selber schuld, wenn wir dadurch nicht einmal wissen, wo wir nach ihm suchen sollten«, bemerkte Beckert mit hochgezogenen Augenbrauen. »Oder weiß irgendjemand von euch, wie seine Gewohnheiten und Lebensumstände beschaffen sind? *Du* vielleicht, Marit?«

Betretenes Schweigen. Besonders Marit Schmidbauer machte sich schwerste Vorwürfe, dass sie sich zwar für den attraktiven Mann Bernd Mader interessiert, aber ihn nie nach solchen Details gefragt hatte. Nicht aus Desinteresse, sondern weil sie nicht allzu neugierig hatte erscheinen wollen. Beckerts verbale Spitze an ihre Adresse registrierte sie in ihrer Sorge kaum.

Sie zog hastig ihre Jacke über und stürmte aus der Dienststelle. Aus irgendeinem Grund ahnte sie bereits jetzt, dass sie Bernd zu Hause in Elend nicht antreffen würde.

Ich muss gleich einen Schritt weiterdenken. Falls er tatsächlich nicht da ist, soll Timo am besten sämtliche Krankenhäuser in der Umgebung sowie die Exfrau anrufen, überall nach ihm fragen – und ich werde derweil Winfried Hornschuch auf den Zahn fühlen, überlegte Marit besorgt.

Auf dem Weg nach Elend ertappte sie sich wiederholt dabei, wie sie die zulässige Höchstgeschwindigkeit überschritt, beim Fahren insgesamt unaufmerksam war. Nervosität machte sich breit. Man konnte ja nicht ausschließen, dass sie ihn tot oder schwer verletzt in seinem Haus vorfinden würde. Je näher sie Maders Meldeadresse kam desto stärker beschlich sie das vage Gefühl, dass die Zeit drängte.

Sie bog auf den Hof ein, stieg aus und rannte auf das niedrige Bauernhaus zu. Die Fahrertür des Wagens stand sperrangelweit offen, worauf durch ein dezentes *Ping-Ping-Ping* hingewiesen wurde. Marit drückte auf den Klingelknopf. Die Türglocke war von außen laut vernehmbar, sie funktionierte demnach einwandfrei.

Im Gebäude rührte sich nichts. Heiße Wellen der Panik stiegen in Marits Innereien hoch.

»Bernd, bist du daheim? Ich bin's, Marit! Bitte gib ein Lebenszeichen von dir, falls du da drin bist!«, rief sie und klopfte unablässig an die Haustür.

Jetzt hörte sie doch ein Geräusch. Es hörte sich an wie … ja, genau … wie ein verzweifeltes Maunzen. Bernd besaß also eine Katze. Marit ging ein paar Schritte nach links an der Hauswand entlang, wo sich das Küchenfenster befand. Durch die Scheibe konnte man deutlich Spülbecken und Wasserhahn erkennen. Sie erschrak fürchterlich, als etwas gegen die Scheibe sprang.

»Mauuuuuuu!«

Die Katze! Das Tier wirkte aufgeregt, maunzte laut und tigerte vor dem Fenster hin und her. Ab und zu machte es Männchen, kratzte hektisch am Glas. So verhielt sich kein Stubentiger, dem es gut ging. Marits Besorgnis steigerte sich ins Unermessliche. Entweder lag Bernd hilflos im Haus oder er war seit Tagen nicht mehr hier gewesen, davon war sie jetzt vollends überzeugt.

Wer ein Haustier hat, liebt es meistens und lässt es nicht einfach im Stich. Sofern er nicht hilflos da drin liegt, wurde er entführt. Und ich weiß auch, welcher gestörte Wichser hierfür infrage kommt, dachte sie in ihrer ohnmächtigen Wut.

Marit griff zum Telefon, informierte Remmler und bat um die Erlaubnis, das Haus mithilfe eines Schlüsseldienstes öffnen zu lassen. Die wurde ihr erstaunlicherweise sofort erteilt. Der Chef schickte ihr ein pdf-Dokument mit der entsprechenden dienstlichen Anweisung aufs Smartphone, damit sie ihre Berechtigung nachweisen konnte.

Na klar, sie hätte die Haustür auch selber aufgekriegt, notfalls das Türschloss aufgeschossen. Die Beauftragung eines neutralen Dritten war zum Betreten fremden Eigentums ohne Anwesenheit des Bewohners jedoch leider unter sämtlichen Umständen notwendig, wusste Marit aus Erfahrung. Damit ein Zeuge anwesend war und der Besitzer später nicht behaupten könnte, es wäre etwas beschädigt worden oder abhandengekommen. Auch wenn das in Bernds Fall bestimmt nicht zu befürchten wäre.

Ungeduldig wartete sie auf das Eintreffen des Handwerkers. Sie verfluchte sich längst dafür, dass sie sich von den Kollegen mit Beschwichtigungen hatte einlullen lassen, anstatt gleich am ersten Fehltag nach Bernd zu suchen. Wertvolle Zeit war nutzlos verstrichen.

Die getigerte Katze zeigte sich indes immer noch außer Rand und Band, jedes Maunzen schnitt der Polizistin tief in die Seele. Sie war tierlieb und konnte keine Kreatur leiden sehen. Hoffentlich, hoffentlich betrauerte das verstörte Tierchen nicht den Tod seines Besitzers. Das hätte sie sich sonst garantiert nie verzeihen können.

Wie sich eine lähmende Viertelstunde später herausstellte, befand sich Bernd Mader nicht im Haus, weder lebend noch tot. Der Kater schien großen Hunger zu haben, er rannte ständig zwischen seiner Futterschüssel in der Küche und Marit hin und her; als wolle er ihr zeigen, was sie tun sollte.

Bernd wird mir schon nicht allzu böse sein, wenn ich in seinen Küchenschränken wühle und den Tiger füttere, sinnierte sie und fischte kurz darauf eine Packung Trockenfutter aus dem Schrank, misstrauisch beäugt vom Handwerker. Vorsichtshalber füllte sie gleich den gesamten Inhalt in eine Salatschüssel. Bevor er sich wie ein Geier draufstürzte, rieb Felix sein Hinterteil liebevoll an Marits Unterschenkel, sein Schwänzchen zitterte. Das war wohl seine Art, danke schön zu sagen. Sie streichelte ihn und stellte noch eine Schüssel frisches Wasser daneben.

Gleich anschließend telefonierte sie mit Timo Schröck und bat ihn um die angedachten Recherchen.

»Ich fahre jetzt auf schnellstem Weg zur HSB und versuche, den verdammten Hornschuch dort zu erreichen. Wenn ihr mich fragt, hat er Bernd in seiner Gewalt. Bitte schick‘ mir umgehend einen Kollegen zur Verstärkung dorthin«, verfügte Marit selbstbewusst. Sie besaß zwar keinerlei Weisungsbefugnis, doch das war ihr in diesem Moment scheißegal.

*

Während seine Kollegin alle Hebel in Bewegung setzte, bekam der Vermisste Besuch von seinem Gefängniswärter. Er saß gerade auf dem Farbeimer, der als Toilette dienen sollte. Fast eine halbe Stunde hatte er benötigt, mit gefesselten Händen seinen Hosenstall auf zu bekommen, die Kleidungsstücke herunterzuziehen und sich hinzusetzen. Gut ging es ihm immer noch nicht, sein Kreislauf streikte, aber er konnte heute wenigstens wieder halbwegs klar denken und sehen. Das getrocknete Blut auf den Schulterpartien seines Hemdes und im Haar ließ darauf schließen, dass eine größere Kopfwunde nebst Gehirnerschütterung für seinen Zustand verantwortlich zeichnete. Mindestens.

Die zweite, ebenso bittere Erkenntnis dieses Vormittags hatte ihm nicht gerade Hoffnung gemacht, bald aus seiner misslichen Lage befreit zu werden. Niemand wusste wo er sich befand und er selbst konnte darüber ebenfalls höchstens Vermutungen anstellen. Irgendwo auf dem Bahn-Betriebsgelände, so viel schien ihm wegen der Erschütterungen gewiss. Die rührten wohl von den ein- und ausfahrenden Zügen her. Aber wo genau Hornschuch ihn gefangen hielt und wieso niemand vom Bahnpersonal ihn fand – keine blasse Ahnung.

Er hatte es zudem im blinden Ermittlungseifer versäumt, der Dienststelle über seinen Alleingang Bescheid zu sagen. Ein Griff in die Hosentasche bestätigte ihm, dass sein Telefon noch immer zu Hause am Netz hängen musste und, dass sein Entführer ihm das Taschenmesser weggenommen hatte.

»Oh, du bist am Kacken. Egal, ich habe nicht lange Zeit. Wir müssen ein schönes Foto von dir schießen, und das werfe ich nachher in den Postkasten des Reviers. Wir müssen den Herrschaften doch anonym von deinem Martyrium berichten, damit sie endlich mal nach dir fahnden. Sehr beliebt scheinst du offenbar nicht zu sein, ansonsten wäre längst eine größere Suchaktion im Gange. Davon habe ich in den Nachrichten bislang aber kein Wort gehört.

Keine Sorge, ich verzichte darauf, deinen nackten Hintern mit abzulichten. Lediglich deinen blutüberströmten Schädel und den mitleiderregenden Opferblick möchte ich auf dem Bild festhalten – und schon bin ich wieder verschwunden. Etwas zu Essen bringe ich dir erst nach Dienstschluss vorbei. Dann reden wir zwei Hübschen Tacheles«, grinste Hornschuch. Er schien aus unerfindlichen Gründen voller Vorfreude zu stecken.

Mader wusste, dass jene Entführer, welche mit ihrem eigenen Leben abgeschlossen haben und vor ihrem Tod bloß noch einen fulminanten Schlussakkord setzen wollen, am allergefährlichsten sind. Diese Tatsache erforderte ein kluges, behutsames Vorgehen, um ihn möglichst nicht zusätzlich zu reizen.

Manchmal musste man die Scharade solcher Menschen sogar zum Schein mitspielen, ins selbe Horn stoßen, um sein Leben zu verlängern. Jede Minute Überleben vergrößerte die Chance, doch noch gefunden und gerettet zu werden. Bis dato hatte er allerdings das Patentrezept für den adäquaten Umgang mit einem Gestörten wie Hornschuch noch nicht parat.

Dieser hantierte ungeschickt mit dem Fotoapparat, vermutlich hatte er ihn erst in jüngerer Vergangenheit gekauft. Der Auslöser der modernen, aber idiotensicher zu bedienenden Digitalkamera klickte ein paarmal, was ihn zufrieden brummen ließ.

Noch ehe dem Kommissar eine passende Erwiderung auf die unsäglich abgeklärten Äußerungen seines Peinigers einfiel, hatte der wahnsinnige Doppelmörder die rostzerfressenen Metalltore über seinem Haupt auch schon wieder geschlossen. Die inkomplette Dunkelheit kehrte zurück.

Er selbst saß immer noch auf seinem instabilen Eimer, dessen messerscharfe Ränder ihm schmerzhaft ins Fleisch seines Gesäßes schnitten. Das dreckige Plastikbehältnis hatte vormals weiße Wandfarbe enthalten und war für diese Zweckentfremdung alles andere als geeignet.

Nachdem das Geschäftliche erledigt war, schaffte es Mader trotz aller Bemühungen nicht, sich den Hintern abzuwischen. So mühte er sich eine Stunde lang damit ab, wenigstens die Beinkleider wieder hochzuziehen, um seine Blöße mit Stoff zu bedecken. Es hatte in der Vergangenheit bekanntlich Täter gegeben, die ihren männlichen Opfern aus purer Lust am psychischen und körperlichen Quälen die Penisse abgeschnitten hatten, und Mader hing nun mal an seinem besten Stück. Er wollte da lieber nichts riskieren. Falls er tatsächlich sterben musste, dann bitteschön mit intakten Genitalien.

Er zerrte und fluchte, schob und verrenkte sich, bis die Hose wieder einigermaßen an Ort und Stelle saß. In der Grube hing der Ekel erregende Gestank seiner Fäkalien fest, der durch die kleinen Löcher in den Toren nur schleppend abziehen konnte. Die Dämpfe verursachten Übelkeit, doch mehr als Galle hätte er sowieso nicht erbrechen können. Ein sehr schwacher Trost. Der Gedanke hieran fiel wohl unter Galgenhumor.

Hornschuch kam früher als erwartet zurück. Draußen musste immer noch helles Tageslicht herrschen. Durch die Löcher der Bedachung fielen Lichtstrahlen herein, in denen Milliarden kleiner Staubpartikel zu tanzen schienen.

»Du stinkst zum Himmel«, beklagte sich der Entführer naserümpfend. Er brachte widerwillig den gefüllten Eimer weg und stellte stattdessen einen ähnlichen auf, bevor er sich wieder mit seinem Opfer befasste, ihm zwei Scheiben Brot in die zusammengebundenen Hände drückte.

»Teile dir das gut ein, mehr wird es nicht geben. Ist mir egal, ob du demnächst verreckst, das Foto habe ich ja schon geschossen. Du bist bald entbehrlich, mein Lieber. Nur eines ist noch zu erledigen, danach wirst du endgültig erlöst. Vielleicht tue ich das schon morgen, vielleicht aber auch nicht – wie ich eben Zeit und Muße für mein abschließendes Werk, meine letzte blutige Kunstinstallation finde.«

Er redete fast daher wie ein distinguierter Künstler. Einzig das Glitzern in seinen stechend dreinblickenden Augen verriet, dass es sich in Wahrheit um einen Psychopathen handelte.

Normalerweise sprach der Kriminalkommissar, als wohlerzogener Mitteleuropäer, selbstverständlich nie mit vollem Mund. In diesem Fall jedoch, gefangen in einer Wartungsgrube und in direkter Nachbarschaft eines Toiletteneimers, siegte der Hunger über jeglichen Anstand. Er biss herzhaft in die Brotscheibe und versuchte gleich anschließend, seinem Entführer eindringlich ins Gewissen zu reden.

»Was immer Ihr Problem sein mag, wir können gerne darüber reden. Es gibt für alles eine Lösung, man muss sie nur herausarbeiten. Lassen Sie mich gehen und stellen Sie sich freiwillig der Polizei, dadurch müsste keiner von uns beiden sterben. Wahrscheinlich erklärt Sie ein Gutachter im Strafprozess für schuldunfähig und es läuft auf eine Sicherheitsverwahrung hinaus. Die ist recht erträglich, habe ich mir sagen lassen. Sie brauchen kein weiteres Denkmal, weil die anderen beiden … äh … *Installationen* den Leuten dieser Region ohnehin ewig im Gedächtnis bleiben dürften«, appellierte Mader in freundlichem Tonfall.

Hornschuch ging erst gar nicht auf das Gesprächsangebot ein. Ihm stand der Sinn offenkundig eher nach einem Monolog.

»Lass das lauwarme Psychogefasel bleiben, sowas zieht bei mir nicht. Falls du gehofft hast, dass mich jemand gesehen haben könnte, als ich hierher ging, und du mich nur noch ein Weilchen hinhalten müsstest: Vergiss das – und zwar so schnell wie es dir eingefallen ist. Ich weiß schließlich genau, wo die Reichweite der Videoüberwachung endet, welche Gewohnheiten die restlichen Mitarbeiter der HSB pflegen und auch, wie ihr Bullen tickt. Ich betreibe einen hohen Aufwand, um unter dem Radar zu bleiben, gehe stets einen Riesenumweg und nähere mich diesem Schuppen von der unbebauten Seite des Plateaus her, verberge mich dabei möglichst hinter ankommenden Touristengruppen.

Keine alte Sau ahnt indes, wo ich meine Pausenzeiten verbringe. Heute zum Beispiel feiere ich offiziell Überstunden ab, fahre also nicht mit dem Zug nach Wernigerode zurück. Ich werde zu Fuß gehen, aber nicht nach Hause. Dort lauern wahrscheinlich schon deine Kollegen, um mir blöde Fragen zu stellen. Nein, einen Winfried Spindler erwischt man so schnell nicht! Dazu ist er viel zu intelligent.«

»Winfried Spindler? Ich dachte, Sie heißen Hornschuch!«

»Das ist der Familienname meiner Alten, die jetzt im Himmel Harfe spielt, zumindest wenn es nach ihrem Glauben geht. Ich nahm diesen beschissenen Namen damals bei meiner Heirat an und nutzte ihn zur Tarnung, was auch prompt funktioniert hat. Ihr habt den falschen Winfried eingebuchtet, was ich übrigens sehr amüsant fand. Jetzt, in den letzten Momenten meines Lebens, kann ich endlich wieder voller Stolz den Familiennamen meines Vaters tragen. Hier oben verrichtete er unermüdlich sein Lebenswerk und hier werde ich auch das meine vollenden.«

Du musst dieses Gespräch um jeden Preis aufrechterhalten, um Zeit zu schinden, egal wie schwachsinnig es sich weiterentwickelt, schoss es Mader durch den Kopf.

»Ihr Vater hat hier gearbeitet? War er auch bei der Bahn?«

Spindler kicherte albern.

»Aber nein, nicht doch! Er hat dem Arbeiter- und Bauernstaat bis zur Wende in der Abhöranlage gedient, die manchen Unbedarften unter dem Spitznamen *Stasi-Moschee* bekannt war.«

»Dann ist oder war er sicher ein dominanter Mensch. Funktionäre mussten sich in der DDR durchsetzen können. Versuchen Sie, auf diese inadäquate Weise in seine großen Fußstapfen zu treten?«, versuchte Mader das Gespräch in Gang zu halten.

»Ich sagte doch, du sollst die Psychospielchen bleiben lassen! Glaubst du wirklich, ich möchte hier über meine schwere Kindheit reden? Du kannst mich von meinem Vorhaben nicht abbringen, ganz egal was du unternimmst. Ich bin kein potenzieller Selbstmörder auf dem Dach, den man mit falschen Versprechungen am Springen hindern könnte.«

Ich muss meine Taktik ändern. Der Typ ist eitel, ergo wird er über seine vermeintlichen Leistungen viel lieber erzählen wollen.

»Okay. Reden wir also über Aktuelles. Wie es aussieht, komme ich hier nicht lebend heraus, also brauchen Sie, mir gegenüber, kein Blatt vor den Mund zu nehmen. Was mich brennend interessieren würde … wie haben Sie es geschafft, Elisabeths Leiche zum Bahnhof zu schaffen? Sie haben sie doch mit dem Zug auf den Brocken befördert, oder?«

Spindlers Blick schweifte träumerisch in die Ferne, schien die räumliche Begrenzung der Grube mühelos zu überwinden.

»Das war mein Meisterstück! Quasi unter den Augen der Öffentlichkeit habe ich sie auf einem überdimensionierten Fahrradanhänger zum Bahnhof geschafft, eingewickelt in ein Stück schwarzer Teichfolie. Um ein Haar hätte mich eine Polizeistreife entdeckt, aber ich konnte im letzten Augenblick wenden und in eine Seitenstraße abbiegen.

Wegen des besagten Anhängers bin ich schon öfters angehalten worden, weil er angeblich die Sicherheit des Straßenverkehrs gefährdet. Aber das ist mir vollkommen schnuppe. Hier und da ein Bußgeld zu berappen war für mich immer noch erheblich günstiger, als wenn ich den Führerschein hätte machen und mir ein Auto kaufen müssen«, grinste Spindler bauernschlau.

»Ich näherte mich dem Bahnhof von der Gleisseite her. Sämtliche erforderliche Schlüssel hatte ich bei Dienstschluss gleich mitgehen lassen, wozu bin ich schließlich Lokführer. Ich wusste, wann auf dem Gelände kontrolliert wird und auch, dass niemand nachts den Schlüsselkasten checkt. Das Stellwerk ist nur bis zwei Uhr morgens besetzt, auch das hatte ich in Erfahrung gebracht. Daher war es für mich ein Leichtes, auf Schleichwegen zu jenem Triebwagen zu gelangen, welcher an äußerster Position abgestellt war. War alles bloß Routine.

Im Schweiße meines Angesichts hievte ich Elisabeths fetten Körper hinein und fuhr den Brocken hinauf. Die Weichen werden bei uns abends bereits für die erste Fahrt am Morgen richtiggestellt. Niemand rechnet damit, dass Lokführer ihr Arbeitsgerät entführen könnten, deshalb war diese Aktion relativ leicht zu bewerkstelligen.

Den Rest kannst du dir sicher ausmalen. Soviel ich weiß, hat noch kein Mann vor mir seine Alte auf solch fantasievolle Weise entsorgt. Die Presse wird richtig hyperventilieren, wenn sie das erfährt«, meinte der Brockopath mit stolzgeschwellter Brust.

»Sie wollten mit ihrer Ehefrau gar nicht an die Nordsee fahren, haben das Zimmer in Sankt Peter-Ording lediglich last minute zur Irreführung gemietet, richtig?«

»Richtig.«

»Und was sollte diese merkwürdige Inszenierung mit der bestickten Puppe? Hatte die etwas Bestimmtes zu bedeuten?«

»Oh ja. Die war genauso hässlich wie Elisabeth, drum habe ich sie ihr während unserer Verlobungszeit geschenkt. Natürlich hielt sie das für eine nette Geste, konnte ja nicht ahnen, welche Gedanken ich damit verband. Unsere Ehe war eine Farce gewesen, nicht mehr und nicht weniger. Ihre ebenso unattraktiven Töchter konnte meine Gattin nicht ins Grab mitnehmen, also habe ich ihr wenigstens die Puppe gegönnt. Ich liebte immer nur Alina, und das tue ich bis heute.«

»Wieso haben Sie die Martens dann ins Jenseits befördert?«

»Sie war ein gefallener Engel. Der Rest geht dich nichts an. Ich werde kein Wort mehr über sie verlieren. Ihr Andenken ist mir heilig.«

Mader war schier die Spucke weggeblieben, was jedoch nicht nur an der trockenen Brotscheibe lag. Er griff nach der Wasserflasche, nestelte ungeschickt am Verschluss. Spindler schlug sie ihm jählings aus der Hand.

»Schluss jetzt mit der dekadenten Völlerei. Ich muss allmählich mein Werkzeug herrichten, schließlich haben wir Zwei heute noch etwas sehr Wichtiges vor. Sobald der letzte Zug den Bahnhof verlassen hat, legen wir los«, kündigte er nebulös an.

Er ließ die Wartungsbühne nach oben fahren, brachte den Knebel trotz Maders Gegenwehr wieder an und stieg behände aus der Grube. Anschließend bugsierte er die Metallplatte in ihre ursprüngliche Position zurück. Mader hörte ihn ein Lied pfeifen. Er musste sich wohl in Sicherheit wähnen.

Befinden wir uns hier womöglich in dem langgezogenen Schuppen hinter dem Bahnhof, den Hofer erwähnt hat? In dem früher Loks repariert wurden? Natürlich, das ist des Rätsels Lösung! Er wird angeblich nicht mehr genutzt, deswegen kommt auch kein Mensch hierher. Die Geräuschkulisse von Bahnhof und Touristen überdeckt den Krach, den Horn … äh, Spindler veranstaltet. Um Himmels willen – wie sollen mich die Kollegen hier in der alten Wartungsgrube rechtzeitig finden?

»So, ich mache mich jetzt auf die Socken. An deiner Stelle würde ich in der Zwischenzeit geistig mein Testament machen, der Welt auf Wiedersehen sagen. Ich bin mir noch unschlüssig, ob ich dich nach Vollendung meines Werkes weiterleben lasse oder deiner Geiselhaft gleich ein Ende setze. Das werde ich mir bei einem langen Spaziergang überlegen. Bis später!«

Die Metalltüren schlossen sich unerbittlich und der Kommissar spürte, wie blanke Verzweiflung in ihm hochstieg. Er riss mit aller Kraft an den Kabelbindern, die Hände und Füße gefesselt hielten, wodurch die Plastikbänder sich nur noch weiter in seine Gelenke schnitten. Rinnsale aus hellem Blut perlten über Unterarme und Füße, tropften zu Boden und vermischten sich dort mit Staub und Rost, versickerten schließlich darin.

Er wollte nicht sterben. Wie bei jedem Todgeweihten zogen Bilder aus der Vergangenheit vor seinem geistigen Auge vorbei. Szenen aus seiner Kindheit, seine Hochzeit mit Sabine, die Geburt seiner beiden Wunschkinder … und auch Felix tauchte in diesem Bilderreigen auf, richtete vorwurfsvolle Katzenaugen auf ihn. Kurz blitzte Julias Gesicht daneben auf. Ihre traurige Miene drückte Bedauern aus.

Es war zu spät für Bedauern. Er hatte im Leben vieles falsch gemacht, aus Stolz, Geltungssucht und Egoismus oft verbrannte

Erde hinterlassen, dies wurde ihm so bewusst wie niemals zuvor. Die Klarheit dieser Erkenntnis übermannte ihn förmlich. Wenn er nur eine klitzekleine Chance gesehen hätte, etwas zum Besseren zu wenden! Er würde sich nicht einmal von irgendwem verabschieden können.

Game over.

Mader kauerte auf dem Boden der Grube, lehnte seinen immer noch schmerzenden Kopf an die raue Betonwand hinter seinem Rücken. Das Leben war für ihn höchstwahrscheinlich vorbei. Wenn schon nicht heute, dann spätestens morgen. Ihn schreckte gleichwohl weniger, dass der Wahnsinnige später noch ›etwas‹ mit ihm veranstalten wollte. Es war vielmehr die Aussichtslosigkeit, aktiv etwas an seiner misslichen Lage verändern zu können, die ihn total kirre machte. Es konnte, durfte einfach nicht sein, dass ein kranker Loser wie Spindler mit seinen Verbrechen durchkam und er ihm hilflos ausgeliefert war.

Und doch schien es haargenau so zu sein. Er hatte bei seinen Ermittlungen anscheinend einiges übersehen, den Brockopathen heillos unterschätzt. Das wurde ihm nun zum Verhängnis.

Hoffentlich geht ihm wenigstens Marit nicht in die Falle. Ich kann mir nur zu gut vorstellen, weswegen er sie hierher lockt. Wenn ich sie nur warnen könnte, grämte sich der Kommissar schuldbewusst.

*

Freitag, 12. Mai 2017

Marit hatte in der vergangenen Nacht kein Auge zugetan. Bernd blieb verschollen und sie hatte Hornschuchs nicht habhaft werden können. Am Bahnhof Wernigerode hatte es geheißen, er gehe im Moment seiner Arbeit nach und fahre eine Dampflok auf den Brocken. Natürlich war sie im Anschluss dorthin gefahren – nur um festzustellen, dass er nach dieser Fuhre Dienstschluss gehabt hatte.

Mit ihrem Kollegen Beckert hatte sie sich vor seiner Wohnanlage auf die Lauer gelegt, oder vielmehr hatten sie im Dienstwagen vor lauter Langeweile fettige Burger verputzt, aber der Gesuchte war seiner Wohnung den gesamten Abend ferngeblieben. Offensichtlich rechnete er damit, dass man ihn suchte.

Gegen ein Uhr nachts hatten Jablonski und Schröck sie abgelöst, waren jedoch am Morgen mit einem bedauernden Achselzucken in die Dienststelle zurückgekehrt. Hornschuch hatte sich nicht blicken lassen. Aktuell observierten immer noch vier Kollegen vom Streifendienst die Zugänge zum Gelände. Zwei weitere befanden sich in Zivilkleidung am Bahnhof Wernigerode. Sie warteten in der Fahrdienstleitung darauf, dass der Lokführer sich wie allmorgendlich zum Dienst meldete.

Gähnend schaltete die Beamtin ihren Computer ein, tappte in die Teeküche und zapfte sich einen extra großen Pott Kaffee. Den dritten an diesem Morgen.

Noch ehe sie den ersten Schluck genommen hatte, kam die Hiobsbotschaft. Hornschuch hatte sich bei der Bahn in letzter Minute frei genommen, wollte angeblich weitere Überstunden abfeiern. Verbunden mit dem dezenten Hinweis, dass er sich heute nicht besonders gut fühle und sich krankschreiben lassen müsse, falls er die ihm zustehende Freizeit nicht gewährt bekomme. Aber in diesem Fall würde seine Abwesenheit auf jeden Fall länger als einen Tag währen. So war der Fahrdienstleitung nichts anderes übriggeblieben, als auf die Schnelle einen anderen Lokführer für die Schicht einzuteilen.

Marit blieb keine andere Wahl, sie musste ihre Ermittlungen fürs Erste am Dienstrechner fortsetzen. Sie konnte schon zu Beginn der Arbeitszeit kaum stillsitzen, vertippte sich mehrmals beim Eingeben des Passworts und ertappte sich sogar bei unflätigen Schimpfworten und Selbstgesprächen. Die Ungewissheit, was mit Mader geschehen sein könnte, ging ihr sehr nahe.

Beckert sprach derweil mit Remmler, um eine Fahndung in die Wege zu leiten. Er konnte nun mal am besten mit ihm.

Natürlich hatten sich die Kollegen sofort das private Umfeld des Verdächtigen vorgenommen. Doch Winfried Hornschuch blieb verschwunden, war angeblich auch nicht bei den Schwiegereltern aufgetaucht. Seine beiden Töchter hatten ihn seit gut einer Woche nicht mehr zu Gesicht bekommen.

Zuerst rief Marit noch einmal Schröcks Excel-Tabelle mit sämtlichen Winfrieds aus Wernigerode auf. Sie interessierte, von woher Hornschuch einst zugezogen war. *Der Mann mag ein sonderlicher Einzelgänger sein, doch ein paar verfolgbare Spuren hinterlässt eigentlich jeder Mensch,* grübelte sie.

Der Zuzugsort war allerdings nicht mit vermerkt, und zwar bei keinem der Einträge, was sie erneut fluchen ließ. Wie sollte sie unter diesen Umständen seine Eltern oder eventuelle Geschwister ausfindig machen?

Nach ein paar Minuten fiel es ihr wie Schuppen von den Augen. *Moment mal … dieses Datum stimmt überein! Ein Winfried Spindler hat Wernigerode verlassen, dafür ist ein Winfried Hornschuch am selben Tag zugezogen! Kann das wirklich Zufall sein – oder gab es eine Namensänderung? Das werden wir gleich haben …*

Noch während sie die Kurzwahltaste für die Telefonnummer des Einwohnermeldeamts drückte, huschte ihr plötzlich ein Bild aus dem Gedächtnis ins Bewusstsein. Der eigenwillige Briefkasten aus Messing mit der ausgestanzten Friedenstaube auf der Klappe, den sie neulich bei Elisabeths Eltern vor dem Pfarrhaus bewundert hatte. Die am Korpus erhaben angebrachten Messingbuchstaben hatten den Schriftzug HORNSCHUCH ergeben.

Oh großer Gott, ich Idiotin! Warum ist mir das nicht aufgefallen? Killer-Winnie hat sein ganzes Leben lang in Wernigerode gewohnt, lediglich 2006 den Familiennamen seiner Ehefrau angenommen. Obwohl sowas deutlich seltener vorkommt als anders herum, hätten wir in diese Richtung denken müssen. Die ganze Zeit tanzte der Verdächtige für beide Mordfälle direkt vor unserer Nase herum … und wir haben ihn nicht gesehen! Himmel … hoffentlich ist es noch nicht zu spät für Bernd!

Das Gespräch mit der Dame von der Meldebehörde bestätigte ihren bitteren Verdacht. Ihr wurde schlecht. Nach zwei weiteren Telefonaten war sie zusätzlich im Bilde, dass Alina Martens und Winfried Spindler für gewisse Zeit tatsächlich dieselbe Schule besucht hatten.

Sie sprang entnervt auf, rannte im Dauerlauf den Flur entlang zu Remmlers Büro, ignorierte den Protest seiner Vorzimmerdame und platzte mitten in die Besprechung.

»Winfried Hornschuch, geborener Spindler, ist der Brockenmörder! Er hat nicht bloß seine Ehefrau, sondern auch Alina Martens auf dem Gewissen. Schluss mit dem langen Gerede, wir müssen sofort handeln. Mader muss ihm auf die Spur gekommen sein und befindet sich höchstwahrscheinlich in seiner Gewalt!«, sprudelte sie erregt heraus.

Einen Kommentar wartete sie erst gar nicht ab. Sie pfiff auf den Dienstweg, ihre Karriere und gutes Benehmen, schnappte sich den Schlüssel des Dienstwagens und raste wie eine Besessene zum Bahnhof Wernigerode. Dort erfuhr sie, dass Bernd am Vorabend seines Verschwindens tatsächlich Fragen zur Videoüberwachung gestellt und sich hatte herumführen lassen.

»Er ist mit einem unserer Monteure anschließend rauf zum Brockenbahnhof gefahren. Mehr kann ich Ihnen hierzu leider nicht sagen. Dieser Kollege ist seit gestern in Urlaub«, berichtete der Eisenbahner achselzuckend.

Marit eilte zum Auto zurück. Hier ging es eindeutig um Leben oder Tod, die Vorschriften zum Schutz von Naturschutzgebieten konnten sie mal. So befuhr sie die Brockenstraße mit überhöhter Geschwindigkeit, was ein paar Wanderer erschrocken zur Seite springen ließ. Mit quietschenden Reifen hielt sie vor der Verwaltung.

Ein Herr Hofer erklärte ihr schließlich, dass der Kommissar am fraglichen Abend zwar hier gewesen, aber mit dem letzten Zug zurück ins Tal gefahren sei – und zwar mit einem Triebwagen, in dessen Führerstand Hornschuch gesessen sei. Und ja, der Kollege habe hier in Sachen Brockopath ermittelt. Er zeigte ihr noch bereitwillig, wo auf dem Gelände er mit Kommissar Mader überall gewesen war, dann musste er zurück zum Dienst.

Marits Herz raste, kam hin und wieder aus dem Takt. Sie ging ins Freie, ließ sich kraftlos auf einen Felsbrocken niedersinken. Wo sollte sie unter diesen Umständen nach ihrem Chef suchen? Hornschuch hätte ihm theoretisch auf der Rückfahrt etwas antun können, oder erst am Bahnhof Wernigerode … die Bahnstrecke zum Brocken war viele Kilometer lang, es gab unterwegs mehrere Bahnhöfe und ausgedehnte Waldflächen. Wo sollten sie mit der Suche beginnen?

Einen Schritt nach dem anderen gehen, Marit. Du darfst keinen weiteren Fehler machen, sonst hast du ihn womöglich auf dem Gewissen.

Zuerst musste sie herausfinden, ob er den Zug ins Tal auch wirklich genommen hatte. Sie eilte zurück zur Verwaltung, um die Videoaufzeichnungen der infrage kommenden Zeitspanne zu sichten. Wenn Bernd mit besagtem Triebwagen zurück ins Tal gefahren war, musste er auf dem Film zu erkennen sein.

Und tatsächlich. Klar und deutlich sah sie ihn auf Bahnsteig eins ungeduldig hin und her wandern. Kein Zweifel, er wartete mit einigen anderen Passagieren auf die Abfahrt.

»Das reicht mir schon, er ist nicht hier oben verschwunden! Ich muss in Wernigerode weitersuchen«, rief die junge Polizistin, sprang auf, stürzte aus dem Büro und steuerte den Wagen zurück ins Tal. Diesmal ein klein wenig langsamer, weil sie am Steuer nebenbei telefonierte.

»Hallo Steffen … nein, das erkläre ich euch später. Ich muss nur eines wissen: Was für ein Auto fährt Kollege Mader eigentlich? … Ah so … Nein, ich weiß es auch nicht, sonst würde ich dich wohl kaum fragen. Bitte finde das bei der Verkehrsbehörde heraus und ruf' mich sofort wieder an, ja? … Natürlich, ich bin äußerst vorsichtig und fordere gleich Verstärkung an, falls es brenzlig werden sollte. Momentan fahre ich vom Brocken zum Wernigeröder Bahnhof zurück«, sagte Marit, bevor sie auflegte.

Fünf Minuten später war sie im Bilde, dass Bernd Mader einen alten B-Corsa in Pflaumenblau metallic mit dem Kennzeichen WR – MB 143 fuhr. Nach weiteren zehn Minuten entdeckte sie das Fahrzeug in einer etwas abgelegenen Seitenstraße nahe dem Bahnhof, natürlich ohne den zugehörigen Halter.

Niedergeschlagen kehrte sie in die Dienststelle zurück, nahm ungeduldig ihren dienstlichen Anschiss entgegen und wurde in knappen Sätzen ihren Einsatzbericht los. Wenigstens war Revierleiter Remmler jetzt ohne weitere Diskussionen bereit, eine groß angelegte Fahndung nach Hornschuch, respektive Spindler auszurufen. Denn wo der sich aufhielt, mussten nach Lage der Dinge auch Informationen über Bernd zu finden sein.

*

Es war draußen schon lange dunkel, als Winfried Spindler zu seinem Lockvogel zurückkehrte. Wie wenn er alle Zeit der Welt zur Verfügung hätte, baute er in stoischer Ruhe sein Equipment auf. Eine leistungsstarke Leuchte erfasste jeden Winkel der Wartungsgrube mit ihrem Lichtkegel. Dazu baute der Geiselnehmer ein provisorisches Tischchen aus Holzlatten und zwei Eimern, deponierte darauf ein paar Geschirrtücher und einen Lötkolben samt Zubehör.

»Wollen Sie mich mit dem Ding foltern, oder was?«, fragte der Kommissar beunruhigt.

Spindler grinste ihn an, schüttelte missbilligend den Kopf.

»Du scheinst immer noch zu glauben, es ginge hier um dich. Das ist aber nicht der Fall. Du bist nur meine Leinwand, eine Art lebendiges Arbeitsmittel. Klar, ich könnte dich auch erst um die Ecke bringen und danach loslegen – aber ein bisschen Spaß muss sein, wie man so schön sagt. Wenn du Glück hast, wirst du von den Schmerzen ohnmächtig und kriegst meine kreative Tätigkeit nicht bis zum Schluss mit.«

»Was haben Sie vor, Sie bescheuertes Arschloch? Sie sind ein völlig durchgedrehter Sadist«, schrie Mader in Panik.

»Ah, jetzt offenbarst du dein wahres Gesicht. Du hast mir in Wirklichkeit nie helfen wollen, verachtest mich zutiefst. Was ein kleiner Anreiz doch alles an Wahrheit hervorzaubern kann; dabei habe ich noch nicht mal richtig angefangen, dich zu quälen.

Aber was du persönlich von mir und meinem Charakter hältst, spielt keine Rolle, du bist schlicht und einfach dran. Ich kneble dich am besten wieder, sonst gehst du mir mit deinem Geschrei bei der Arbeit auf den Wecker. Nicht auszudenken, wenn mir ein Rechtschreibfehler unterlaufen würde. Ich will keinesfalls als Legastheniker in den Zeitungen gehandelt werden.«

Er brachte den Knebel an und stellte einen verstaubten Stuhl auf die Wartungsbühne, den er bestimmt irgendwo im Schuppen aufgetrieben hatte. Solche sperrigen Sessel mit Kunstledersitz wurden in Büros schon seit einigen Jahrzehnten nicht mehr benutzt und genauso lange war dieses schäbige Exemplar nach seiner Ausmusterung wohl gelagert und vergessen worden.

Kommissar Mader wurde brutal darauf gezerrt und Spindler band ihm Arme und Beine mit einem stabilen Seil an Stuhlbeinen und Lehnen fest. Der Gefesselte wehrte sich nach Leibeskräften, konnte aber kaum etwas ausrichten. Seinen zusammengebundenen, zu Fäusten geballten Händen gelang zwar ein harter Schlag in Spindlers Magengegend, der bewirkte, dass der sich für einen Augenblick vor Schmerzen krümmte – aber gleich darauf war *er* vollkommen bewegungsunfähig, ohne Hoffnung auf Entkommen zum Zusehen verdammt.

Vollgepumpt mit Adrenalin beobachtete er, wie Spindler die letzten Vorbereitungen traf. Er zelebrierte sie regelrecht. Zum Schluss riss er ihm das mit eingetrocknetem Blut besudelte, nach Schweiß stinkende Hemd vom Körper, schnitt das T-Shirt auf, das er darunter trug, und betrachtete aufmerksam seinen Brustkorb.

»Ich dachte mir, dass du behaart bist wie ein Affe. Da werden wir dich zuerst rasieren müssen«, plauderte er und griff zu einem billigen Einwegrasierer, der in seiner Jackentasche steckte. Aufreizend langsam entfernte er Maders Körperbehaarung, Strich für Strich. Dabei sah er dem Polizisten immer wieder in die weit aufgerissenen Augen, labte sich an der Angst darin.

»Nun bist du kein Mensch mehr, nur noch ein Gegenstand. Dein letzter Triumph im Leben wird sein, mausetot an einem Tannenbaum zu hängen und in einem wahren Blitzlichtgewitter tausendfach fotografiert zu werden. Ist schon kurios, oder? Als lebendiger Kommissar ist dir eine solche Aufmerksamkeit bestimmt nie zuteil geworden«, referierte der Brockopath.

»Uuuh«, drang es leise hinter dem Knebel hervor. Mader drehte die Augäpfel bis zum Anschlag heraus. Er hätte sich in diesem schrecklichen Moment sicher in die Hosen gepisst, jedenfalls sofern seine Harnblase gefüllt gewesen wäre. Aber die war inzwischen ausgetrocknet wie die Sahel-Zone.

»Ich nehme an, du wirst nicht sehr lange durchhalten, bis dir die Sinne schwinden. Daher will ich dich gerne vorher aufklären, was dir blüht. Ich habe beschlossen, deinen Tod noch hinaus zu zögern. Du darfst später Zeuge sein, wie ich deine rattenscharfe Kollegin Schmidbauer zu meiner neuen Geliebten mache. Die wird schon bald hier antanzen, das ist gewiss. Ob mit oder ohne Begleitung ist mir übrigens egal. Sollte sie jemanden mitbringen, kriegt er halt eins über den Schädel gezogen, genauso wie du.

In wenigen Augenblicken brenne ich dir mit dem Lötkolben einen netten Vierzeiler aus der Ilsensage in die Brust. Du weißt ja, jenen Text, den ich euch ins Revier geschickt hatte. Dadurch dürftest du nicht viel Blut verlieren, denn die Wundränder werden durch die Hitze gleich mit kauterisiert. Aber dein versengtes Fleisch wird bestialisch stinken, deshalb habe ich mir in weiser Voraussicht das hier mitgebracht.«

»Uuuhuuhuu!«

Mader wand sich verzweifelt in seinen Fesseln.

Sein Peiniger band sich seelenruhig ein parfümiertes Geschirrtuch vor Mund und Nase, dann griff er nach dem aufgeheizten Lötkolben, als handele es sich um einen Pinsel oder eine Airbrush-Pistole. Mader hielt die Luft an und kniff die Augenlider zusammen. Sein gesamter Körper bebte.

»Wohlan, nun lasst mich das hehre Werk beginnen«, deklamierte Spindler, betont fröhlich. Er setzte die Metallspitze direkt unterhalb des rechten Schlüsselbeins an, um den ersten Buchstaben der initialen Zeile einzubrennen – ein E.

Er sollte Recht behalten. Die jähen Schmerzen seiner Brandwunden beförderten Kommissar Mader schon nach zwei Minuten ins geistige Nirwana. Im Vollbesitz seiner körperlichen Kräfte hätte er vermutlich länger durchgehalten, doch die Strapazen der vergangenen drei Tage zeigten Wirkung. Sie brachten ihm vorübergehend Erlösung.

*

Gegen 21.30 Uhr war die Einsatzbesprechung zu Ende. Marit hatte darauf bestanden, zusammen mit Beckert auf den Brocken zu fahren. Jablonski und Schröck sollten derweil mit einer Horde Polizisten den größeren Bahnhof Wernigerode durchsuchen, jeden Winkel filzen. Darüber hinaus lief die Großfahndung nach Winfried Hornschuch an, auf allen Ausfallstraßen wurden Sperren und Kontrollstellen errichtet.

In der Dunkelheit ließ sich die Brockenstraße mangels weißer Markierungslinien erheblich schlechter befahren als bei Tageslicht. Steffen Beckert musste höllisch aufpassen, nicht von der schmalen Fahrbahn abzukommen. Das Einsatzfahrzeug mühte sich mit ungefähr fünfzig Stundenkilometern den Berg hoch, was Marit viel zu langsam ging. Ständig trieb sie ihren Kollegen zur Eile an und ging ihm damit auf die Nerven.

»Wenn wir an einem Baum zerschellen oder in den Abgrund fliegen, können wir dein wertvolles Schatzi erst recht nicht retten. Falls er überhaupt wirklich hier oben ist, wovon ich keineswegs überzeugt bin«, frotzelte er, während er mit starrem Blick durch die Windschutzscheibe sah.

»Er ist nicht mein Schatzi. Was soll der Scheiß?«

»Ach, komm schon. Denkst du, wir hätten nicht gemerkt, wie du den sächsischen Schnösel ständig anhimmelst? Berndi hier, Berndi da … ich frage mich, ob du auch so eifrig dabei wärst, wenn *ich* verschwunden wäre.«

»Er ist kein Schnösel!«

»Ist er doch, meine Liebe. Und du weichst meiner Frage aus. Jedenfalls kann ich mich beim besten Willen nicht erinnern, dass du *mir* jemals Backwerk aus dem Café mitgebracht hättest. Aber siehst du, du verteidigst ihn sogar gegen mich.«

Sie verschränkte trotzig die Arme.

»Quatsch. Kannst du nicht wenigstens ein bisschen schneller fahren?«

»Sehr wohl, die Dame. Aber beschwere dich bloß nicht, wenn wir morgen früh mit einem leckeren Morphin-Cocktail intus im Krankenhausbett aufwachen sollten.«

Den Rest der Fahrt verbrachten sie schweigend. Beckert konzentrierte sich, bog wenig später aufs Plateau ein und hielt ruckartig vor dem steinernen Bahnhofsgebäude. Noch ehe das Fahrzeug vollständig zum Stillstand gekommen war, löste seine nervöse Beifahrerin schon den Sicherheitsgurt und riss die Wagentür auf.

»Jetzt warte doch! Du kannst hier nicht alleine herumrennen. Du nimmst die Sache zu persönlich, und das ist gefährlich. Wir gehen erstmal da hinein, zur Fahrdienstleitung. Wahrscheinlich haben um diese Uhrzeit sowieso nicht mehr viele Leute Dienst«, rief er ihr hinterher.

»Du vielleicht«, gab sie zurück und fummelte die Dienstwaffe aus dem Holster unter ihrer Jacke. »Besorge irgendeinen Eisenbahner und sämtliche Schlüssel, ich mache mir derweil ein Bild vom Gelände«, gab sie zurück. Und schon war sie im Laufschritt um die Ecke verschwunden.

»Weiber«, grummelte Beckert kopfschüttelnd und stieg aus dem Fahrzeug. Seit wann nahm er eigentlich Befehle von gleichrangigen Kollegen entgegen?

Wenn das hier vorbei ist, muss ich dringend mal mit ihr reden. Die ist wie von Sinnen wegen diesem arroganten Sachsenbeutel. Dabei ist der daran schuld, dass ich diese Stelle nicht bekommen habe. Bloß weil er ein paar Jahre mehr Erfahrung vorzeigen konnte und eine Planstelle in Wernigerode brauchte. Na ja, vielleicht schmeißt er nach dieser traumatischen Erfahrung hin und geht mit eingekniffenem Schwanz zurück nach Dresden, wo er hingehört, sinnierte der Schönling.

Während Beckert mit gezogener Waffe durch das Bahnhofsgebäude eilte, schlich Marit an dessen Rückseite entlang. All ihre Sinne waren bis zum Bersten angespannt. Es begann wie aus Eimern zu regnen, unangenehm kühle Windböen strichen um die Hausecke. Sie schien es nicht zu bemerken, hielt ihr Gesicht unverdrossen in die kalte Nässe. Ihr aufmerksamer Blick fiel auf einen langgezogenen Schuppen, der, von Unkraut umwuchert, ein Stück abseits stand. Er schien mit zum Bahnhofsgelände zu gehören. Konnte es sein, dass sie dort einen schwachen Lichtschimmer bemerkt hatte?

Sie huschte in geduckter Haltung über den asphaltierten Platz. Tagsüber war hier das Auto des Bahnhofsvorstehers abgestellt und im Sommer gab es eine Imbissbude mit Bierbänken. Anders konnte man die vielen hungrigen Touristen wohl nicht satt bekommen. Den Holzschuppen hingegen hatte sie zuvor nie bewusst wahrgenommen. Der wirkte wie eine Kulisse, scheinbar nur dazu bestimmt, das Bahnhofsgelände nach hinten zu begrenzen, und mochte als Vorratslager dienen.

Ist er da drin? Ich glaube es kaum, das wäre doch jemandem aufgefallen! Aber da blitzt es wieder, ich hatte mich nicht getäuscht. Das war doch Licht … oder vielleicht doch nur eine Reflektion der Hofbeleuchtung? Aber Holz reflektiert kein Licht und Fensterscheiben gibt es keine …

Sie stieß auf die Eingangstür. Ein riesiges, angerostetes Vorhängeschloss hing am Riegel. Sie griff danach, überzeugt davon, dass es verschlossen und schon lange nicht mehr geöffnet worden war. Aber zu ihrem Erstaunen war der Bügel nicht eingerastet. Das Schloss ließ sich problemlos abnehmen. Erst jetzt sah sie, dass der Riegel ein Stück zurückgeschoben war.

Marit kämpfte einen Augenblick mit sich. Sie wusste, dass sie eigentlich ins Hauptgebäude hätte gehen sollen, um Beckert zu holen. Aber dann siegten die Neugier und ihre Sorge um Bernd. Die Finger ihrer rechten Hand schlossen sich enger um den Griff ihrer Waffe, mit der linken hielt sie eine Taschenlampe, ließ sie aber noch ausgeschaltet, um gegebenenfalls keine Vorwarnung zu liefern.

Sie atmete tief ein. Was sollte ihr schon passieren? Falls Bernd und sein Entführer da drin waren, hätte sie den Überraschungseffekt auf ihrer Seite. Sie könnte im Zweifelsfall sofort verschwinden und nach Verstärkung rufen, der Kollege war lediglich fünfzig Meter von ihr entfernt.

Kein Ton drang aus dem Schuppen nach draußen. Marit beschlichen Zweifel an ihrer Theorie. Vielleicht wurde Bernd doch in Wernigerode festgehalten und sie vergeudeten hier oben nur ihre Zeit.

Der rostige Riegel verursachte bei der Berührung keinerlei Geräusch. Er musste wohl erst vor kurzem geölt worden sein, auch wenn das nicht recht zu seiner antiquierten Optik passen wollte. Auch hätte Marit aus demselben Grund erwartet, dass die Tür laut in den Angeln quietschen müsste, doch auch das war nicht der Fall. Sie ließ sich nahezu geräuschlos öffnen.

Beherzt betrat sie die staubige Dunkelheit.

*

Beckert war Glück beschieden, Martin Hofer schob an diesem Abend noch Dienst. Er wirkte zwar ein bisschen genervt, weil er mit immer denselben Fragen belästigt wurde, aber er stand ihm trotzdem Rede und Antwort.

»Ich sagte doch, Hornschuch hat heute frei genommen. Ich habe ihn auch noch nicht gesehen. Außerdem, wer Überstunden abfeiert, treibt sich meist nicht ausgerechnet an seinem Arbeitsplatz herum, oder?«, fragte er süffisant.

»Ein normaler Mensch sicher nicht, nein. Aber Hornschuch ist ein Psychopath. Und bei denen ist alles möglich. Besonders dann, wenn sie einen Polizisten entführt haben. Es geht hier um einen Kollegen, Mensch Meier! Könnte es möglich sein, dass er seine Geisel auf diesem Bahnbetriebsgelände gefangen hält und falls ja, wo?«

Hofer blickte sehr skeptisch drein, zuckte mit den Achseln.

»Kann ich mir echt kaum vorstellen. Ich führe Sie gerne herum, muss jedoch erst den letzten Zug abfertigen. In zehn Minuten stehe ich Ihnen gerne wieder zur Verfügung. Hoffentlich werden wir schnell fertig, mein Enkel hat heute eine Schulaufführung, bei der ich möglichst nicht fehlen darf. Hornschuch ist zwar sonderlich, aber dass er dermaßen gestört sein soll, kann ich mir beim besten Willen nicht vorstellen.

Allerdings, jetzt wo wir drüber reden … ich habe gestern die Unterhaltung zwischen zwei Kollegen mit angehört. Die tauschten sich darüber aus, dass Hornschuch seine alten Gewohnheiten verändert habe, seine Brotzeit neuerdings nicht mehr einsam im Freien einnehme. Er verschwinde in seinen Pausen spurlos. Sie machten sich darüber recht lustig und mutmaßten, dass er bestimmt Schiss vor dem rachsüchtigen Geist seiner toten Gattin habe, der ihn heimsuchen könnte. Er ist hier am Bahnhof nicht sehr beliebt, wissen Sie. Einige Kollegen sind sogar davon überzeugt, dass er seine eigene Frau ermordet hat.«

»Das sind wir mittlerweile auch. Tun Sie, was Sie zu tun haben, aber bitte schnell. Wir müssen das Gelände durchsuchen und meine leichtsinnige Kollegin unterstützen. Weiß der Geier, wo die gerade auf eigene Faust herumschnüffelt!«

Hofer entfernte sich eilig in Richtung seines Schaltpults.

Soll ich losgehen und sie suchen? Aber dann weiß Hofer wiederum nicht, wo er mich finden kann, und das verzögert die Sache. Oder sollte ich Marit anfunken? Falls sie aber gerade einer Spur nachgeht, könnte das Funkgerät ihren Standort verraten … Mist, hätte ich sie nur nicht alleine losgehen lassen! Mich befällt auf einmal so ein Gefühl, als ob Hornschuch Mader wirklich hier oben versteckt halten könnte. Ich fordere vorsichtshalber Verstärkung an, dann sehen wir weiter. Das nehme ich auf meine Kappe, ist eh schon egal.

Beckert setzte seinen Funkspruch nach Wernigerode ab und wartete im Türrahmen, bis Hofer sich nach getaner Arbeit von seinem Drehsessel erhob und endlich seinen Schlüsselbund aus dem Metallkasten an der Rückseite des Raumes schnappte.

»Wir fangen am besten an der Vorderfront des Bahnhofs an und arbeiten uns nach hinten zum Trafohäuschen und den Lagerräumen vor, wenn es recht ist. In dieser Reihenfolge sind die Schlüssel am Ring angeordnet. Wenn wir sie einhalten, muss ich nicht jedes Mal ausprobieren, welcher zu welcher Tür passt«, schlug er pragmatisch vor.

»Meinetwegen. Aber jetzt los, hopp hopp, wir haben keine Zeit mehr zu verlieren!«

*

Nach dem Betreten des Schuppens umfing Marit Schmidbauer samtene Schwärze. Keine Spur war hier drin mehr vom schwachen Lichtschimmer zu erkennen, den sie von außerhalb noch wahrzunehmen geglaubt hatte.

Vielleicht ist es doch eine Sinnestäuschung gewesen … na, ich kann ja nachher mit Beckert noch einmal hierherkommen und jeden Winkel durchleuchten. Aber was sollen wir tun, wenn Bernd gar nicht hier am Bahnhof festgehalten wird, wonach es momentan aussieht? Wo sollten wir in diesem riesengroßen Naturschutzgebiet nach ihm suchen? Wahrscheinlich gibt es jede Menge Hütten und sonstige Verstecke in den Wäldern. Die alle zu durchkämmen könnte Wochen oder Monate dauern. Aber noch sind wir ja hier nicht fertig. Hoffentlich hat Steffen indessen mehr Erfolg, grübelte Marit enttäuscht. Sie ließ die Waffe sinken.

Ein fataler Fehler. Schwielige Hände packten sie von hinten, die Pistole wurde ihr blitzartig aus der Hand geschlagen. Sie schlitterte davon, verschwand unter einem sperrigen Metallgebilde. Ein kräftiger Männerarm schlang sich wie eine Schraubzwinge fest um Marits Leib und arretierte ihre Unterarme unter der Brust, während der andere ihren Kopf am Pferdeschwanz brutal nach hinten riss. Seine Hand schnellte anschließend vor, hielt ihr den Mund zu.

»Sei nicht dumm. Solltest du losplärren, versuchen zu beißen oder mich in die Eier zu treten, bist du sofort tot. Ich habe ein schönes scharfes Messer, dessen Bekanntschaft du garantiert nicht machen willst«, zischte eine erregte, raue Stimme in ihrem Nacken. Sein feuchter Atem benetzte ihre Haut.

Hornschuch zerrte Marit in dieser Haltung gleich einer leblosen Puppe Schritt für Schritt vorwärts, wobei sie immer noch nur in die Schwärze über ihrem Kopf zu starren vermochte. Ihr linker Außenknöchel stieß hart gegen etwas Kantiges, was die junge Beamtin vor Schmerz aufstöhnen ließ.

»Reiß dich jetzt gefälligst zusammen, halt's Maul! Ihr kommt ohnehin zur Unzeit, ich bin mit meiner Arbeit noch nicht ganz fertig geworden. Nicht mal mein tolles Foto konnte ich euch ins Revier schicken, der totale Stress ist das heute! Ich nehme euch übel, dass ihr meine Pläne durchkreuzt. Du wirst das zu spüren bekommen, meine Liebe«, raunte die schnarrende Stimme vorwurfsvoll. Marit hatte zu ihrem Schrecken natürlich längst realisiert, zu wem sie gehörte.

Auf einmal klangen ihre Schritte blechern, wie wenn man auf Metallplatten läuft. Marit kannte das Geräusch aus ihrer Jugend, wo sie des Öfteren verschossene Federbälle vom Wellblechdach ihres Nachbarn holen hatte müssen. Es gab eine starke Erschütterung unter den Füßen, dann ruckelte eine Art Fahrstuhl abwärts.

Hornschuch nahm jetzt die Hand von ihrem Mund. Ihre Lippen schmeckten eklig nach Salz und Schweiß.

Mist … wenn es hier einen verborgenen Kellerraum gibt, kann es ewig dauern, bis Beckert mich findet, dachte Marit angespannt. Schreien hielt sie dennoch nicht für ratsam. Der geistesgestörte Unhold hätte ihr in dieser Position leicht die Kehle aufschlitzen können. Sie wollte nicht als blutiger Fleischklumpen enden.

Hornschuch tastete Marits Rückfront ab. Er fand, wonach er gesucht hatte, wand ihre Arme auf den Rücken und ließ die Handschellen klicken. Dann steckte er ihr einen Knebel in den Mund, band ihn mit einem gefalteten Geschirrtuch fest und stieß sie zu Boden. Reflexartig trat sie nach ihm, doch er schien sowas erwartet zu haben und wich dem Tritt, albern kichernd, mit einer tänzerischen Bewegung aus. Grelles Licht flammte auf. Marit blickte auf eine dreckige Betonwand direkt vor ihrer Nase.

»Zapple ruhig herum, aber das wird dir nichts mehr nützen. Ich vollende jetzt noch mein Werk und dann widme ich mich voll und ganz dir. Du wirst es sehr befriedigend finden«, feixte Hornschuch.

Einen ihrer Knöchel band er mit einem langen Kabelbinder irgendwo fest. Nachdem sich ihre Augen wieder an die Helligkeit gewöhnt hatten, erkannte sie, dass es sich um ein Stuhlbein handelte – um gleich anschließend entsetzt zu realisieren, wer schwer verletzt auf diesem Stuhl saß. Bernds Oberkörper war über und über von Brandwunden übersät, er schien das Bewusstsein verloren zu haben. Sein Kopf hing schlaff in Richtung der rechten Schulter.

»Leider kann ich hier nicht deine beiden Beine festzurren, also benimm dich einstweilen bitte anständig. Wir müssen nachher ja noch in der Lage sein, sie weit zu spreizen, nicht wahr?«

Hornschuch glotzte geil, taxierte ihren Körper von oben bis unten. Er schob ihren roten Pullover an der Vorderseite hoch, befummelte gierig die Warzen ihrer kleinen, festen Brüste durch den transparenten Stoff des Büstenhalters. Diese wurden von der klammen Kälte im Schuppen augenblicklich hart, ragten ihm steil wie eine Aufforderung entgegen. Es machte sie fuchsteufelswild, doch sie konnte es nicht verhindern.

Nur äußerst widerwillig wandte er sich von diesem außerordentlich erregenden Anblick ihres schlanken Frauenkörpers ab. Er lachte hämisch, griff schwungvoll nach einem Lötkolben.

Nun erkannte Marit in unbarmherziger Klarheit, was er Bernd da gerade antat, drehte erschrocken die Augen heraus.

»Uuuh!«

»Ja, haargenau dasselbe hat dein Kollege vorhin auch schon gesagt. Euch fantasielosen Staatsdienern fällt offenbar nichts Neues mehr ein«, spottete der Entführer abfällig.

Ein penetranter, leicht süßlicher Gestank nach verbranntem Menschenfleisch ließ sie würgen, verzweifelt nach Luft ringen. Sie konnte der Tortur nicht zusehen, musste ihr Gesicht wegdrehen. Der Anblick des hilflosen, gemarterten Bernd war einfach viel zu grausig, auch wenn sie aus diesem Blickwinkel keine Details erkennen konnte.

Hornschuch registrierte die Bewegung, blickte missbilligend zu ihr auf den Boden.

»Schau wieder hin, los! Wenn du abzuhauen versuchst, schiebe ich dir das siedend heiße Ding nämlich nachher in die Fotze. Du musst schon mit eigenen Augen sehen, worauf du dich da einlassen würdest. Überlege dir lieber zweimal, ob du das riskieren willst«, schimpfte er.

Es zischte ekelhaft, sobald Hornschuch die heiße Spitze des Lötkolbens an Bernds Haut aufsetzte. Kleine Rauchwölkchen stiegen auf. Wahrscheinlich verdampfte die im Gewebe enthaltene Flüssigkeit. Marit kämpfte tapfer gegen den Brechreiz an, bemühte sich, ruhig zu atmen. Sie durfte keinesfalls zu hyperventilieren beginnen, sonst würde auch sie früher oder später ohnmächtig werden und wäre dem Irren erst recht wehrlos ausgeliefert. Zunehmend widerstand sie überdies dem Impuls, wegzusehen und sich damit Ärger einzuhandeln.

Auf einmal hielt er während der Arbeit inne, ließ den Lötkolben sinken. Er drehte sich zu ihr um. Der Ausdruck in seinen Augen gefiel ihr überhaupt nicht.

»Weißt du was, du kleine Polizistenschlampe? Mit dieser Arbeit kann ich auch nachher noch weitermachen. Du hast mich derart wuschig gemacht, dass ich mit meiner Latte kaum mehr sitzen kann. Ich wecke schnell mal unser Publikum, dann kann der wilde Ritt losgehen.«

Hornschuch klatschte dem Kommissar links und rechts eine, bis sich dessen Lippen ein dumpfes Stöhnen entrang.

»Los, aufwachen, du Faulpelz. Du bist im Dienst, schon vergessen? Jetzt ist Schluss mit dem Beamtenschlaf, sonst verpasst du mir auch noch das Beste. Ich werde jetzt deine kleine Kollegin pimpern, dass ihr Hören und Sehen vergeht. Die kann es kaum mehr erwarten, wie du siehst«, sagte er und kniff Marit in eine ihrer erigierten Burstwarzen.

Gleich darauf schickte er sich keuchend an, sich mit geöffnetem Hosenstall zwischen ihre Schenkel zu knien. Marit strampelte, warf ihren Kopf hin und her, konnte aber nicht viel ausrichten. Ob Mader die nachfolgende Prozedur auch tatsächlich bewusst mitbekam, schien den potentiellen Vergewaltiger mittlerweile nicht mehr zu kümmern.

Ein schabendes Geräusch ließ ihn aufschrecken. Er fluchte leise, schob seinen steifen Penis in die Hose zurück, löschte das Licht und stand auf. Mit einer schnellen Handbewegung durchtrennte er den Kabelbinder, der Marits linken Knöchel ans Stuhlbein fesselte, und riss sie mit einem Ruck auf die Füße. Wie einen menschlichen Schutzschild presste er sie in Brusthöhe vor seinen Körper. Das Teppichmesser hielt er seitlich an ihren Hals, ganz in der Nähe der Schlagader, was ihren Widerstand vollständig ersterben ließ.

Sie wagten beide kaum zu atmen, wenn auch aus unterschiedlichen Gründen. Wieder ertönte das leise Geräusch. Kein Zweifel, Gummisohlen näherten sich mit verräterischem Quietschen der einstigen Wartungsgrube.

»Keinen Schritt weiter, oder die Bullenschlampe stirbt in einem Blutbad!«, brüllte der Brockopath. Das verhaltene Quietschen hörte abrupt auf.

»Geben Sie es auf, Hornschuch. Das macht doch alles keinen Sinn mehr. In ein paar Minuten wimmelt es hier vor Polizisten und Sie werden keinen Fluchtweg finden, wie mir scheint«, entgegnete Beckert in ruhigem Tonfall.

Hornschuch lachte spöttisch.

»Ich habe eine Ihnen wohlbekannte Geisel in meiner Gewalt. Sie wird meine Eintrittskarte in die Freiheit sein. Hauen Sie ab, und zwar schnell, dann bleibt sie am Leben. Schließlich habe ich mit ihr noch einiges vor. Bloß schade, dass ich mein Kunstwerk an Ihrem Herrn Kommissar nicht mehr fertigbekommen kann. Aber Beethoven hatte ja auch eine Unvollendete, da bin ich in bester Gesellschaft.«

Verdammt … es hilft nichts, ich muss hoch pokern, indem ich für eine Eskalation sorge. Hoffentlich ist der Typ so blöd wie er aussieht. Ich kann im Zwielicht zu wenig erkennen, und das gereicht ihm bislang zum Vorteil. Das muss ich unbedingt ändern.

»Gut, okay. Ich funke also meine Kollegen an, dass sie sich zurückhalten sollen. Aber zuerst will ich sehen, dass Sie tatsächlich meine Kollegen gefangen halten. Einem Idioten wie Ihnen traue ich so eine anspruchsvolle Leistung nämlich gar nicht zu, weder Mader noch Schmidbauer sind Anfänger. Die wissen sich zu helfen«, sagte er, so abfällig wie möglich.

Beckert entsicherte seine Pistole, ging in die Hocke und hielt sie in jene Richtung, aus welcher Hornschuchs Stimme zu ihm drang. Sie schien von unterhalb zu kommen. Langsam tastete er sich vorwärts, umrundete etwas, dessen Umrisse im Halbdunkel wie das Drehgestell eines Waggons aussahen. Durch die geöffnete Holztür fiel spärliches Licht in den Schuppen. Er beglückwünschte sich selbst dazu, sie ein Stück offen gelassen zu haben.

Der Rand einer länglichen Grube kam in Sichtweite. Drinnen wurde soeben eine Lampe angeschaltet.

Eine Leuchte, wie man sie für Baustellen verwendet, schoss es Beckert durch den Kopf.

»Werfen Sie als erstes Ihre Waffe zu mir herunter, bevor Sie sich davon überzeugen dürfen, dass Sie unrecht haben«, forderte der zweifache Mörder.

»Okay, einen Augenblick noch. Ich muss erst noch ein wenig näher kommen, dermaßen weit kann ich beim besten Willen nicht werfen. Hier steht zu viel Kram im Weg.«

»Aber keine Sperenzchen, sie hat ein Messer am Hals – und ich nichts mehr zu verlieren!«

»In Ordnung. Keine Angst, Marit. Ich werde dein Leben nicht aufs Spiel setzen. Ich tue alles, was er von mir verlangt.«

Er arbeitete sich weiter voran, blieb aber in der Hocke. Überall lagen Gegenstände verstreut, die ihm den direkten Weg zur Grube versperrten. Hofer behielt Recht, in diesem Schuppen befand sich ein wildes Sammelsurium aus undefinierbaren Teilen, die irgendwann einmal zu Lokomotiven gehört hatten. Kein Wunder, dass heutzutage kein Mensch freiwillig hier hereinkam.

Nach dreieinhalb weiteren nervenzerreibenden Minuten fiel sein Blick über den Grubenrand. Er erstarrte für einen Moment, als er Mader erkannte. Direkt daneben standen Hornschuch und Marit. Ihr enger schwarzer Bleistiftrock war bis zur Taille hochgeschoben, die Feinstrumpfhose zerrissen. Mit dem rechten Arm drückte Hornschuch ihren Oberkörper an sich, die zugehörige Hand hielt ihr ein Teppichmesser drohend an den Hals. Die andere steckte vorne in Marits Slip, schien genüsslich ihr Geschlechtsteil zu massieren. Wie gestört konnte man sein?

Beckert hielt sich keine Sekunde mit dieser Frage auf, er zielte und schoss in derselben Bewegung. Hornschuch ging mit einem Blattschuss zu Boden, riss Marit mit sich. Sie knallte mit einem Wimmern auf die Metallplatte.

Der Brockopath Winnie Hornschuch, geborener Spindler, war tot. Eine dunkelrote Blutlache breitete sich unter seinem kantigen Schädel aus.

Just in diesem Augenblick traf die Verstärkung auf dem Brockenplateau ein. Autotüren klappten, Blaulicht blitzte über den regennassen Asphalt. Die ersten Schaulustigen kamen mit Regenschirmen aus der Richtung des Brockenhotels geeilt. Neugierige Gaffer ließen sich auch von miesestem Wetter niemals abschrecken. Manche filmten mit dem Smartphone.

Beckert hatte sein riskantes Wagnis selbst noch nicht verarbeitet. Zum Glück war am Ende alles gut ausgegangen, Marit lebte und auch Mader schien lediglich bewusstlos zu sein. Seine Verletzungen waren zwar schwer und sicherlich auch schmerzhaft, aber er würde sie überleben.

Er sprang in die Grube, nahm beiden Befreiten die Knebel ab und zog Marits Rock hastig wieder über ihr Hinterteil, damit die Kollegen sie nicht derart entblößt zu sehen bekamen. Erst danach öffnete er fahrig ihre Handschellen.

Sie bedankte sich mit einer spontanen Umarmung. Der Albtraum war vorüber, aber er wirkte nach. Beckert bemerkte, dass sie am ganzen Leib schlotterte. Er selbst fühlte sich vor lauter Adrenalin ebenfalls tattrig. Nur mit einiger Mühe schaffte er es, sein Funkgerät zu bedienen und in der Zentrale zwei Krankenwagen anzufordern. Anschließend dirigierte er die neu angekommenen Polizisten zum Schauplatz des Showdowns.

Erst ganz allmählich wurde ihm bewusst, dass bei dieser unbedachten Aktion vieles hätte gründlich schiefgehen können. Kein Zweifel, sie hatten allesamt riesengroßes Schwein gehabt und er war der Held des Tages. Eine Rolle, in der er sich schon jetzt bestens gefiel.

Der Chef würde stolz auf ihn sein. Was unter dem Strich zählte, war schließlich das Ergebnis.

*

Mader war erst im Sanka wieder voll zu sich gekommen. Nun lag er, mit Verbänden um Kopf und Brust, in einem Krankenhausbett und versuchte gedanklich zu rekonstruieren, was ihm widerfahren war. Seine eingerissenen Mundwinkel waren dick mit einer klebrigen, extrem mies schmeckenden Heilsalbe eingeschmiert, das hatte er beim Trinken aus dem Plastikbecher bemerkt. Im linken Handrücken steckte eine Kanüle, über welche seinem dehydrierten Körper eine glasklare Flüssigkeit zugeführt wurde. Gleich drei Beutel hingen am Ständer neben dem Bett. Die darin enthaltenen Schmerzmittel hielten ihn in einem dösigen Dämmerzustand.

Die breite Schiebetür des Einzelzimmers öffnete sich, jemand klopfte verlegen an den Türrahmen.

»Darf ich reinkommen?«

Das ist Marit, meldete sein Gehirn mit kurzer Verzögerung.

»Natürlich. Wenn nicht du, wer dann? Du hast mir das Leben gerettet.«

Er griff ungeschickt nach der Fernbedienung, mit der man das Kopfende des Bettes elektrisch anheben konnte. Nun vermochte er ihr wenigstens ins Gesicht zu sehen. Sie kam zögernd näher, setzte sich in Hüfthöhe auf sein Bett.

»Wie … wie geht es dir?«, wollte er wissen.

»Das müsste ich eher *dich* fragen. Mir fehlt nicht viel, habe nur ein paar Prellungen und Schürfwunden abbekommen. Deswegen hat man mich hier soeben entlassen. Was ist mit dir, hast du schlimme Schmerzen?«, fragte sie besorgt.

Er lächelte schwach.

»So la la. Die pumpen mich mit Drogen voll. Aber ich muss ziemlich verunstaltet sein. Meinen Corsa kann ich künftig wohl nicht mehr mit nacktem Oberkörper waschen. Zu gerne würde ich unter meinen Verband gucken, aber das hat mir eine resolute Krankenschwester verboten. Ich riskiere sonst eine Sepsis sowie Ärger mit ihr, hat sie gemeint. Aber jetzt komm mal vorsichtig her, ich muss mich bei dir bedanken.«

Marit beugte sich über ihn, sah ihm in die Augen. Ihr Gesicht senkte sich langsam über seines, dann küsste sie ihn zärtlich auf den Mund. Er erwiderte den Kuss mangels anderer Möglichkeiten, strich ihr dazu liebevoll über den Hinterkopf.

Sie wollte weiterküssen, ihre Zunge in seinen Mund schieben.

Das ging ihm zu weit. Behutsam nahm er ihren Kopf in seine Hände, zog ihn von sich weg.

»Ich weiß gar nicht, wie ich dir danken soll.«

»Das brauchst du nicht«, hauchte sie. »Der Brockopath hat uns quasi zusammengeführt und dafür bin ich ihm schon fast zu Dank verpflichtet. Ich liebe dich, Bernd Mader.«

»Äh … was, du meinst … nein, also Marit, das geht nicht. Tut mir ausgesprochen leid. Ich mag dich auch sehr gut leiden, sogar außerordentlich gut, aber erstens stecke ich noch voll in den Nachwehen meiner Scheidung und zweitens bin ich bereits mit jemandem zusammen. Zumindest hoffe ich, dass es noch so ist … na, mal sehen.

Lass uns beide einfach gute Kollegen bleiben, Marit. Verhältnisse am Arbeitsplatz haben nur selten gute Auswirkungen, das darfst du mir glauben. Ich musste das bei einigen Kollegen in Dresden miterleben. Am Ende blieben stets nur Scherben, üble Nachrede und erbitterte Revierkämpfe von der großen Liebe übrig.«

Marit wirkte total entgeistert.

»Du willst nicht … ? Aber ich dachte … !«

»Komm, wir verarbeiten am besten erst einmal unser gruseliges Erlebnis. Danach reden wir in Ruhe über alles. Ich bin unter diesem Drogencocktail wahrscheinlich eh nicht zurechnungsfähig, erst recht nicht eloquent«, schlug er achselzuckend vor.

Die unbedachte Bewegung der oberen Körperhälfte bereute er gleich darauf. Seine Brust brannte wie Feuer.

Marit streichelte ihm über den Oberarm und trollte sich traurig. Sie musste das Gehörte wahrscheinlich erst verarbeiten.

Zehn Tage später betrachtete der Kommissar seine Brandwunden erstmals im Spiegel. Sie heilten recht gut ab, auffällige Narben würden ihm jedoch bleiben. Der Vers, den Hornschuch ihm eingebrannt hatte, war deutlich zu lesen. Allerdings fehlten die letzten beiden Wörter der vierten Zeile. Seine schwarzhumorige Krankenschwester hatte gewitzelt, dass er sich die ja später als Tattoo hinzufügen lassen könnte, der Vollständigkeit halber.

Nach vierzehn Tagen wurde er aus dem Krankenhaus entlassen und trat unverzüglich seinen Dienst wieder an.

Winfried Ziegler war inzwischen aus der Untersuchungshaft auf freien Fuß gesetzt worden und durfte auf eine finanzielle Entschädigung hoffen. Der örtlichen Presse hatte er abgeklärt erzählt, dass ihn die vergangenen Monate gar nicht so sehr belastet hätten, von der Ungerechtigkeit mal abgesehen. Es habe sich für ihn mehr angefühlt, als wäre er nach Hause gekommen. Jetzt sei er wieder total entwurzelt, müsse zusehen, was er mit dem Rest seines Lebens anfange.

Steffen Beckert wurde von der Presse als Held gefeiert, so wie er sich das gewünscht hatte. Die Wernigeröder konnten dank seines und Marits beherzten Agierens wieder ruhig schlafen.

Sein Onkel Remmler hingegen hatte ihm wider Erwarten eine Standpauke verpasst, weil er die Kollegin Schmidbauer angeblich großer Gefahr ausgesetzt hatte. Sein Schuss hätte sie bei der kleinsten Bewegung leicht am Kopf treffen können. Remmlers Ansicht nach hätte er nicht schießen, sondern auf Verstärkung warten sollen, schließlich sei die bereits auf dem Weg gewesen. Er leitete sogar ein Disziplinarverfahren gegen ihn ein, nur um seinen eigenen Leumund zu retten. Ansonsten wäre dieser elendige Wendehals bei seinen hochrangigen Vorgesetzten womöglich selbst herber Kritik ausgesetzt gewesen, vermutete Beckert zu Recht.

Gleich am allerersten Tag nach der Krankenhausentlassung hatte sich Bernd Mader herzlich bei Beckert für das mutige Eingreifen bedankt und ihm seine uneingeschränkte Unterstützung in diesem Untersuchungsverfahren zugesichert.

»Die sollten lieber heilfroh sein, dass das kranke Arschloch tot ist und dem Staat keine Kosten mehr verursacht«, hatte er gemeint und ihm freundschaftlich die Hand geschüttelt.

Der Sachsenbeutel war anscheinend doch kein so übler Kerl. Beckert nahm sich schuldbewusst vor, seine Vorbehalte gegen den Dresdner fallen zu lassen.

*

Sonntags, drei Wochen später …

Ein silberfarbener Škoda fuhr mit Schwung auf den Hof, parkte unter dem Küchenfenster. Bernd kannte dieses Auto und auch den rasanten Fahrstil der Eigentümerin.

Julia! Die hatte er schon abgeschrieben gehabt. Etwas verunsichert ging er zur Haustür, flankiert von Felix. Für gewöhnlich war der kleine Herr im Pelzmantel viel zu faul, sich für Besucher extra vom bequemen Sessel zu hieven. Er schien zu ahnen, wer seinem Herrchen da einen Besuch abstatten wollte.

Tatsächlich. Schon eilte diese heiß ersehnte Premiumstreichlerin mit gesenktem Haupt auf die Eingangstreppe zu.

Das Tierchen gab ein aufforderndes »Brrr« von sich.

Noch ehe Mader ein Wort des Grußes loswerden oder sein Erstaunen zum Ausdruck bringen konnte, hob Julia abwehrend eine Hand. Ein grünes Augenpaar blickte entschlossen drein.

»Sag' bitte nichts, Bernd. Ich habe lange mit mir gekämpft und mich gefragt, ob ich dich nach meinem unschönen Abgang vor ein paar Wochen noch belästigen darf. Als ich in den Nachrichten die Meldung über dein Martyrium hörte, und, dass du in akuter Lebensgefahr geschwebt hast, da … !«

Ihr standen Tränen der Reue in den Augen.

»Ich weiß nicht, warum ich zu diesem Zeitpunkt erst gemerkt habe, wie sehr ich an dir hänge. Nein, ich nenne es jetzt beim Namen, verdammt noch mal: Ich liebe dich, Bernd, bin jedoch neulich wieder mal vor meinen Gefühlen davongelaufen, so wie schon des Öfteren in der Vergangenheit. *Deswegen* war ich nur kurze Zeit verheiratet und habe auch keine Kinder bekommen. Scheinbar bin ich gegen Beziehungsstress aller Art nicht resistent genug.

Um es kurz zu machen: Wenn du mich noch willst, wäre ich gerne wieder mit dir zusammen. Ich werde künftig versuchen, mich nicht mehr in deine Beziehung zu den Kindern einzumischen. Im Gegenteil, ich möchte sie gerne kennen lernen, falls das irgendwann möglich sein sollte.

Den leidigen Sorgerechtskrieg kämpfen wir von nun an gemeinsam durch und ich werde dich dabei unterstützen. Auch wenn die Kinder jetzt noch so sehr unter dem Einfluss ihrer Mutter stehen, dass sie dich nicht sehen wollen – spätestens im Erwachsenenalter werden sie wieder auf dich zukommen.

Ich bin selber ein Scheidungskind, kenne mich in diesem Metier also bestens aus. Sabine mag sie für die nächsten paar Jahre unter Kontrolle haben, aber später interessieren sie sich garantiert für ihre Wurzeln, werden den Kontakt zu dir suchen und die Wahrheit wissen wollen. Darauf kannst du dann aufbauen«, sprudelte sie hastig hervor. Sie hatte sich diese Worte sicherlich vorab schon sorgfältig zurechtgelegt.

Bernd hielt ihr schmunzelnd einen Zeigefinger auf den Mund.

»Ich habe schon verstanden, Julia. Was für eine Frage, ob ich dich zurück haben will … da schau mal, neben deinem rechten Unterschenkel. Meine Katerstrophe würde mich glatt in Streifen schneiden, wenn ich dich wegschicke.«

Sie fielen sich in die Arme, sie drückte ihn ungestüm an sich.

»Aua! Ich bin seit neuestem beschädigte Ware, du musst vorsichtiger mit mir umgehen«, mahnte er grinsend.

Sie ließ locker, aber nur ein bisschen.

»Und du hast vom sagenhaften Harz nach dieser Tortur nicht die Nase voll, lässt dich auch bestimmt nicht mehr nach Dresden zurückversetzen?«, wollte sie sich misstrauisch vergewissern.

Sie bückte sich und nahm endlich den schnurrenden Felix auf den Arm.

Bernd öffnete, mit vielsagendem Blick, aufreizend langsam die Knöpfe seines Hemdes.

Sie erschrak, als sie die vernarbte Bescherung sah.

»Wie sollte ich«, grinste er verschmitzt. Mit dieser Aufschrift auf meiner Brust? Ich bin für immer und ewig mit dieser Region verbunden. Allmählich gewöhne ich mich an euch Landeier.«

Julia lachte erleichtert, ihre Augen versprühten Lebensfreude.

»Da hat er uns ganz schön was eingebrockt, der Brockopath.«

»Du sagst es, Frau Kommissar.«

***

Ende

Die Autorin

Marie Kastner stammt aus dem Norden Bayerns, ist stolze Mutter von drei Kindern und lebt seit einigen Jahren als Autorin und Inhaberin eines Kleinunternehmens in Südspanien.

Der Brockopath ist ihr sechstes Buch nach dem Krimi **Endstation Balaton** (erschienen 2014), der gesellschaftskritischen Krimisatire **Rentner's Rache** (erschienen Frühjahr 2016), dem Horrorthriller **Der Schreckenswald des Hoia Baciu**, welcher seit Herbst 2016 auf dem Buchmarkt zu haben ist, dem im Mai 2017 erschienenen Mallorca-Krimi **Dunkelsonne** und schließlich **Eilandfluch – Das Grauen von La Gaiola**, veröffentlicht im August 2017.

Besuchen Sie die Webseite der Autorin:

marie-kastner.es

Danksagungen

Auch dieses Mal gilt mein herzlicher Dank allen Menschen, die es mir ermöglichen, ein Buch nach dem anderen zu schreiben. Das sind selbstverständlich die Käufer meiner Bücher und all jene Leute, die an deren Entstehung als Grafiker, Drucker, Distributoren, Lageristen, et cetera, beteiligt sind. Erst die Kooperation helfender Hände macht aus einem Manuskript ein schönes Buch.

Ganz wichtig ist für mich der psychische Support, den ein Autor immer wieder erfahren muss, um dauerhaft Sinn hinter seiner anspruchsvollen Tätigkeit zu sehen, auch wenn sich diese Werke bis dato nicht in solchen Massen wie namhafte Bestseller oder billige Mainstreamware verkaufen. Ich will und muss nicht ständig im Rampenlicht stehen, aber auch mir tut lieb gemeinter Zuspruch und die eine oder andere Rezension gut.

Mein Lebensgefährte Alexander und meine drei Kinder Suzann, Patrick und Cedric geben mir immer wieder die erforderliche Motivation, ohne längere Pause weiterzumachen. Und dann ist da noch meine innere Triebfeder, meine scheinbar nie versiegende Fantasie. Sie zwickt und zwackt mich solange, bis ich die Ideen zu Papier gebracht habe – und serviert mir dann gleich die nächsten. Ich habe bis dato keinen blassen Schimmer, was eine Schreibblockade sein soll. Vielmehr bedaure ich oft, dass der Mensch zwischendurch auch mal essen oder schlafen muss, anstatt nonstop Geschichten zu ersinnen.

So bin ich eben und ihr müsst das aushalten. Danke dafür!

Orihuela (Costa), im Herbst 2017

Marie Kastner

Die Eisermann Media GmbH

Für mehr Lesevergnügen!

EISERMANN MEDIA
BUCHSHOP

Entdecken Sie unsere Verlage und Partner

www.eisermann-media-buchshop.de